MEGAN MIRANDA zählt in ihrem Heimatland USA zu den erfolgreichsten Thriller-Autorinnen. Auch in Deutschland ist sie regelmäßig auf den Bestsellerlisten zu finden. Ihr Markenzeichen sind clevere Plottwists, die selbst ihre größten Fans nicht kommen sehen – bis zur letzten Seite. So garantiert auch *Das Sommerhaus* atemlose Spannung mit Gänsehautfaktor. Megan Miranda lebt mit ihrer Familie in North Carolina.

Begeisterte Stimmen über Megan Mirandas Thriller:

»Der ultimative Thriller! Spannung bis zur letzten Seite.«
Reese Witherspoon (»Reese's Book Club«) über *Das Sommerhaus*

»Eine Geschichte so verschlungen und düster wie der titelgebende Pfad selbst. Mit dem tiefsten Unbehagen als Wegbegleiter … Ich verpasse kein Buch von Megan Miranda, und Sie sollten das auch nicht tun. Das ist richtig hohe Thriller-Kunst.«
Romy Hausmann über *Der Pfad*

»Megan Miranda steht für atemraubende Twists und überraschende Wendungen.« *New York Times*

Außerdem von Megan Miranda lieferbar:

TICK TACK. Wie lange kannst du lügen?
LITTLE LIES. Wer einmal lügt, dem glaubt man nicht
BAD DREAMS. Deine Träume lügen nicht
DER PFAD

www.penguin-verlag.de

Megan Miranda

DAS SOMMERHAUS

Thriller

Aus dem Amerikanischen
von Cathrin Claußen

PENGUIN VERLAG

Das Sommerhaus ist zuvor unter dem Titel
Perfect Secret im Penguin Verlag erschienen.

Die Originalausgabe erschien 2019 unter dem Titel
The Last House Guest
bei Simon & Schuster, New York.

MIX
Papier | Fördert gute Waldnutzung
FSC® C014496

Penguin Random House Verlagsgruppe FSC® N001967

2. Auflage

Neumarkter Straße 28, 81673 München
Redaktion: Barbara Raschig
Umschlaggestaltung: Favoritbuero
Umschlagabbildung: Trevillion/Yolande De Kort
Satz: Greiner & Reichel GmbH
Druck und Bindung: GGP Media GmbH, Pößneck
Printed in Germany 2024
ISBN 978-3-328-11170-2
www.penguin-verlag.de

Für Rachel

Sommer 2017

Die Plus-One-Party

Fast wäre ich noch einmal umgekehrt wegen ihr. Als sie nicht auftauchte. Nicht ans Handy ging. Nicht auf meine Nachricht antwortete.

Aber ich hatte schon etwas getrunken, und mein Auto war zugeparkt, und es war mein Job, ein Auge auf alles zu haben. Ich hatte dafür zu sorgen, dass die Nacht glattlief.

Und überhaupt hätte sie mich ausgelacht, wenn ich zurückgekommen wäre. Hätte die Augen verdreht. Gesagt *Ich hab schon eine Mutter, Avery.*

Alles Ausreden, ich weiß.

Ich war als Erste auf der Aussichtsfläche angekommen.

Die Party fand dieses Jahr in einem Ferienhaus dort in der Sackgasse statt, in einem Drei-Zimmer-Haus am Ende einer langen mit Bäumen gesäumten Straße, kaum genug Platz, dass zwei Autos aneinander vorbeifahren konnten. Die Lomans hatten es Blue Robin genannt, wegen der blassblauen Schindelverkleidung und weil das quadratische Dach aussah wie das Oberteil eines Vogelhäuschens. Auch wenn ich fand, dass es eher passte, weil es ein wenig zurück zwischen den Bäumen lag, wie ein Farbblitz aus dem Abseits, den man nicht richtig sehen konnte, bis man direkt davorstand.

Es war nicht die schönste Lage oder die mit dem besten Ausblick – zu weit weg, um das Meer zu sehen, gerade nah genug, um es zu hören –, aber es lag am entferntesten von der Frühstückspension weiter unten an der Straße, und die Terrasse war umgeben von dicht an dicht gepflanzten immergrünen Sträuchern, sodass hoffentlich niemand etwas bemerken oder sich beschweren würde.

Die Sommerhäuser der Lomans sahen von innen sowieso alle gleich aus, von Besichtigungstouren kam ich manchmal ganz desorientiert zurück: eine Verandaschaukel statt der Steinstufen; das Meer statt der Berge. Jedes Haus hatte den gleichen Fliesenboden, den gleichen Granitton, den gleichen hochwertig-rustikalen Stil. Und alle Wände waren geschmückt mit Szenen aus Littleport: der Leuchtturm, die im Hafen tanzenden weißen Masten, die schaumgekrönten Wellen, die auf beiden Seiten an die Klippen schlugen. Eine untergegangene Küste wurde sie genannt – aus dem Ozean ragende Landzungen, die felsige Küstenlinie im Versuch, der Brandung standzuhalten, mit den Gezeiten in der Ferne auftauchende und wieder verschwindende Inseln.

Ich verstand es, wirklich. Wozu die langen Wochenendfahrten aus den Städten oder die zeitweiligen Umzüge während der Sommersaison; woher kam die Exklusivität eines Ortes, der so klein und bescheiden wirkte? Er war aus der unberührten Wildnis geschnitten, Berge auf der einen Seite, das Meer auf der anderen, nur zugänglich über eine einzige Küstenstraße und mit Geduld. Littleport existierte aus purer Sturheit, wehrte sich von beiden Seiten gegen die Natur.

Hier aufzuwachsen gab dir das Gefühl, du seist aus genau diesem Eisen geschmiedet.

Ich leerte die Kiste mit den übrig gebliebenen Alkoholika aus dem Haupthaus und stellte alles auf die Granitkücheninsel, räumte zerbrechliche Deko weg, schaltete die Poolbeleuchtung an. Dann schenkte ich mir einen Drink ein, setzte mich auf die hintere Terrasse und lauschte den Klängen des Ozeans. Ein kühle Herbstbrise huschte durch die Bäume, und ich zitterte, wickelte meine Jacke fester um mich.

Diese jährliche Party stand immer auf der Kippe von irgendetwas – ein letzter Kampf gegen den Wechsel der Jahreszeiten. Der Winter setzte sich einem hier in den Knochen fest, dunkel und endlos. Er kam, sobald die Gäste abgereist waren.

Aber zuerst noch das hier.

Eine weitere Welle barst in der Ferne. Ich schloss die Augen, zählte die Sekunden. Wartete.

Heute Nacht waren wir hier, um die Sommersaison auszuläuten, doch sie war bereits ins Meer hinausgespült worden, ohne uns um Erlaubnis zu bitten.

Luciana tauchte auf, gerade als die Party so richtig in Schwung war. Ich hatte sie nicht hereinkommen sehen, aber da stand sie, allein in der Küche, unsicher. Sie stach heraus, groß und unbeweglich mitten in der ganzen Action, nahm alles auf. Ihre erste Plus-One-Party. So anders, das wusste ich, als die Partys, zu denen sie während der ganzen Saison gegangen war, ihre Einführung in die Welt der Sommer in Littleport, Maine.

Ich berührte sie am Ellbogen, mir war immer noch irgendwie kalt. Sie zuckte zusammen und drehte sich zu mir um, atmete dann aus, als wäre sie froh, mich zu sehen. »Das ist nicht ganz, was ich erwartet hatte«, sagte sie.

Sie war zu sehr herausgeputzt für diesen Anlass. Das Haar gelockt, enge Hose, hohe Absätze.

Ich lächelte. »Ist Sadie mit dir gekommen?« Ich sah mich im Zimmer um nach dem vertrauten dunkelblonden, in der Mitte gescheitelten Haar, den dünnen Zöpfen, von den Schläfen geflochten und hinten mit einer Spange zusammengehalten, Kind einer anderen Ära. Ich stellte mich auf die Zehenspitzen und horchte nach dem Klang ihres Lachens.

Luce schüttelte den Kopf, dunkle Locken wellten sich über ihre Schultern. »Nein, ich glaube, sie war immer noch am Packen. Parker hat mich abgesetzt. Er wollte das Auto an der Pension stehen lassen, damit wir später besser rauskommen.« Sie zeigte in die grobe Richtung der Point-Frühstückspension, eines umgebauten viktorianischen Acht-Zimmer-Hauses an der Spitze der Aussichtsfläche, inklusive einer Menge Türmchen und einer umlaufenden Dachterrasse. Von dort aus konnte man fast ganz Littleport sehen – zumindest alles, was wichtig war –, vom Hafen bis zu dem sandigen Streifen von Breaker Beach, dessen Klippen ins Meer ragten, und wo die Lomans am nördlichen Ende des Ortes lebten.

»Er sollte da nicht parken«, sagte ich und hatte schon mein Telefon in der Hand. So viel dazu, dass die Besitzer der Pension nichts mitkriegen sollten – wenn Leute jetzt anfingen, ihre Autos auf deren Parkplatz abzustellen.

Luce zuckte die Achseln. Parker Loman tat, was Parker Loman tun wollte, er kümmerte sich nie um irgendwelche Konsequenzen.

Ich horchte in mein Handy und verdeckte mit einer Hand mein freies Ohr. Über die Musik hinweg konnte ich es kaum klingeln hören.

Hi, das ist der Anschluss von Sadie Loman …

Ich drückte auf Auflegen und steckte das Telefon wieder in die Tasche, dann reichte ich Luce einen roten Plastikbecher. »Hier«, sagte ich. Was ich eigentlich meinte war: *Mein Gott, atme mal tief durch und entspann dich*, aber das überstieg schon meinen normalen Gesprächsumfang mit Luciana Suarez. Vorsichtig hielt sie den Becher, während ich die halb leeren Flaschen herumschob und nach Whiskey suchte – ihrem Lieblingsgetränk. Eine Sache, die ich wirklich an ihr mochte.

Nachdem ich ihr eingeschenkt hatte, runzelte sie die Stirn und sagte: »Danke.«

»Kein Problem.«

Eine ganze Saison zusammen, und sie wusste immer noch nicht, was sie von mir halten sollte, der Frau, die in dem Gästehaus neben der Sommerresidenz ihres Freundes wohnte. Freundin oder Feindin. Verbündete oder Gegnerin.

Dann schien sie sich für etwas entschieden zu haben, denn sie beugte sich ein bisschen näher zu mir, als wäre sie bereit, mich in ein Geheimnis einzuweihen. »Ich versteh es immer noch nicht wirklich.«

Ich grinste. »Wirst schon sehen.« Sie hatte die Plus-One-Party schon infrage gestellt, seit Parker und Sadie ihr davon erzählt und ihr mitgeteilt hatten, dass sie nicht mit ihren Eltern zusammen am Labour Day abreisen, sondern noch die Woche nach Ende der Saison bleiben würden – wegen einer letzten Nacht für diejenigen, die während der gesamten Sommersaison hier gewesen waren. Einer Nacht, die überschwappte in das Leben der Menschen, die hier das ganze Jahr über wohnten.

Anders als die Partys, zu der die Lomans Luce den ganzen Sommer über mitgenommen hatten, würde es auf dieser Party keine Caterer, keine Hostessen, keine Barkeeper geben. Stattdessen würde man eine Mixtur aus den übrig gebliebenen Drinks der Gäste trinken, die ihre Kühlschränke und Vorratskammern geleert hatten. Nichts passte zusammen. Nichts hatte einen festen Platz. Es war eine Nacht der Exzesse, ein langer Abschied, neun Monate, um zu vergessen und zu hoffen, dass auch andere vergaßen.

Die Plus-One-Party war sowohl exklusiv als auch nicht. Es gab keine Gästeliste. Wenn du davon gehört hattest, warst du dabei. Die Erwachsenen mit echter Verantwortung waren bis dahin alle in ihren normalen Alltag zurückgekehrt. Die jüngeren Kinder mussten wieder zur Schule, und deren Eltern waren zusammen mit ihnen abgereist. Diejenigen, die zurückblieben, waren also im Collegealter und darüber, noch zogen die Verpflichtungen des Lebens sie nicht fort oder waren sie Partys wie diesen hier entwachsen.

Heute Nacht machten die Umstände uns gleich, und man konnte vom bloßen Hinsehen nicht sagen, wer hier wohnte und wer Tourist war.

Luce sah wiederholt auf ihre edle Goldarmbanduhr, die sie dabei jedes Mal über ihr Handgelenk vor- und zurückschob. »Mein Gott«, sagte sie, »er braucht echt ewig.«

Irgendwann traf Parker ein, er erblickte uns schon von der Türschwelle aus. Alle Köpfe wandten sich ihm zu, wie es oft passierte, wenn Parker Loman einen Raum betrat. Es lag an seiner perfektionierten Körperhaltung, dieser Abgehobenheit, die er entwickelt hatte, damit alle auf den Zehenspitzen stehen blieben.

»Sie werden das Auto bemerken«, sagte ich, als er zu uns kam.

Er beugte sich herunter und legte einen Arm um Luce. »Du machst dir zu viele Sorgen, Avery.«

Das tat ich, aber nur, weil er sich nie Gedanken darüber machte, wie er auf die andere Seite wirkte – auf die Menschen, die hier lebten und Leute wie ihn sowohl brauchten als auch verabscheuten.

»Wo ist Sadie?«, fragte ich über die Musik hinweg.

»Ich dachte, du nimmst sie mit.« Er zuckte die Achseln und sah dann über meine Schulter irgendwohin. »Sie hat mir vorhin gesagt, ich solle nicht auf sie warten. Ich nehme an, das war Sadie-Sprache für *Ich komme nicht.*«

Ich schüttelte den Kopf. Sadie hatte noch nie eine Plus-One verpasst, in all den Jahren nicht, seit wir zusammen hingingen, seit dem Sommer, als wir achtzehn waren.

Heute früh hatte sie die Tür zum Gästehaus ohne zu Klopfen aufgerissen, aus dem vorderen Zimmer meinen Namen gerufen, dann noch einmal, als sie in mein Schlafzimmer kam, wo ich mit dem geöffneten Laptop auf der weißen Überdecke saß, in meiner Pyjamahose und einem langärmeligen Thermoshirt, Haare in einem Knoten auf dem Kopf.

Sie war bereits für den großen Tag angezogen – blaues Slip-Dress und goldene Riemchensandalen –, während ich meinen Pflichten für die Grant-Loman-Hausverwaltungsgesellschaft nachging. Sadie hatte eine Hand auf die Hüfte gestützt, sodass ich ihre vorspringenden Knochen sehen konnte, und gesagt: *Was halten wir davon?* Das Kleid schmiegte sich an jede Linie und Kurve.

Ich rutschte weiter in meine Kissen zurück, zog die Knie an, dachte, sie würde bleiben. *Du wirst erfrieren, das weißt du, oder?*, sagte ich. Die Temperatur war die letzten Abende gesunken – ein Vorbote des Verlassenwerdens, wie die Einwohner es nannten. In einer Woche würden die Restaurants und Geschäfte am Harbor Drive die Öffnungszeiten ändern, während die Landschaftsgärtner zu Schulhausmeistern und Busfahrern wurden und die Jugendlichen, die sich als Kellnerinnen und Deckarbeiter verdingt hatten, sich zu den Hängen von New Hampshire aufmachten, um Skiunterricht zu geben. Der Rest von uns war daran gewöhnt, den Sommer auszusaugen, als wollten wir vor einer Dürre Wasservorräte sammeln.

Sadie verdrehte die Augen. *Ich hab schon eine Mutter*, sagte sie, aber dann ging sie meinen Schrank durch und warf sich einen schokoladenbraunen Pulli über, der sowieso ihr gehörte. Er machte ihr Outfit zu einer perfekten Mischung aus elegant und lässig. Ohne Aufwand. Sie drehte sich zur Tür um, fuhr sich mit den Fingern durch die Haarspitzen, schäumte über vor Energie.

Wofür sonst hätte sie sich fertig machen sollen, wenn nicht für das hier?

Durch die offenen Terrassentüren sah ich Connor am Poolrand sitzen, die Jeans hochgekrempelt und die nackten Füße im Wasser baumelnd, blau leuchtend vom Licht darunter. Fast wäre ich zu ihm gegangen und hätte ihn gefragt, ob er sie gesehen hat, aber das war nur, weil der Alkohol mich sentimental werden ließ. Doch ich besann mich eines Besseren. Er erwischte mich, wie ich ihn anstarrte, und ich drehte mich weg. Ich hatte einfach nicht erwartet, ihn hier zu sehen, das war alles.

Ich zog mein Telefon hervor, schickte Sadie eine Nachricht: *Wo bist du?*

Ich betrachtete immer noch das Display als ich plötzlich die Punkte sah, die bedeuteten, dass sie eine Antwort schrieb. Dann hörten sie auf, aber keine Nachricht erschien.

Ich schickte noch eine:*???*

Keine Antwort. Ich starrte noch eine weitere Minute auf das Display, bevor ich das Telefon wegsteckte und annahm, dass sie auf dem Weg war, trotz Parkers Behauptung.

In der Küche tanzte jemand. Parker warf den Kopf zurück und lachte. Die Magie begann.

Eine Hand berührte meinen Rücken, ich schloss die Augen und lehnte mich dagegen, wurde eine andere.

So laufen diese Dinge eben.

Bis Mitternacht war alles bruchstückhaft und nebelig geworden, trotz der geöffneten Terrassentüren stand die Luft im Raum vor Hitze und Gelächter. Parker fing meinen Blick über die Köpfe der Menge hinweg auf und nickte leicht in Richtung Vordereingang. Warnte mich.

Ich folgte seinem Blick. Zwei Polizisten standen in der offenen Tür, die kalte Luft ließ uns nüchtern werden, als ein Windstoß vom Vorder- bis zum Hintereingang strömte. Keiner der Männer hatte eine Mütze auf, als versuchten sie, sich unter die Leute zu mischen. Ich ahnte schon, dass das an mir hängen bleiben würde.

Das Haus lief auf den Namen Loman, aber ich war als Immobilienmanagerin angegeben. Noch wichtiger war, dass ich diejenige war, von der erwartet wurde, die zwei Welten hier zu steuern, als würde ich beiden angehören, obwohl ich in Wahrheit nirgendwohin gehörte.

Ich kannte die beiden Männer, aber nicht gut genug, um mich an ihre Namen zu erinnern. Ohne die Sommergäste hatte Littleport eine Einwohnerzahl von unter dreitausend. Es war offensichtlich, dass auch sie mich erkannten. Als ich achtzehn, neunzehn gewesen war, hatte ich ständig in Schwierigkeiten gesteckt, und die Polizisten waren alt genug, um sich daran zu erinnern.

Ich wartete ihre Beschwerde nicht ab. »Es tut mir leid«, sagte ich und bemühte mich, meine Stimme fest und sicher klingen zu lassen. »Ich sorge dafür, dass der Lärmpegel reduziert wird.« Ich machte bereits Zeichen, dass jemand die Lautstärke drosseln solle.

Aber die Polizisten interessierten sich nicht für meine Entschuldigung. »Wir suchen Parker Loman«, sagte der kleinere der beiden und blickte in die Menge. Ich drehte mich zu Parker um, der sich bereits zu uns durchdrängte.

»Parker Loman?«, fragte der größere Polizist, als er in Hörweite war. Natürlich wussten sie, dass er es war.

Parker nickte, der Rücken gerade. »Was kann ich für Sie tun, Gentlemen«, sagte er und verwandelte sich in den Geschäftsmann Parker, sogar als eine Strähne seines dunklen Haars ihm ins Auge fiel; der Schweißfilm ließ sein Gesicht heller leuchten.

»Wir müssen draußen mit Ihnen reden«, sagte der größere Mann, und Parker, immer zuvorkommend, wusste, was er zu tun hatte.

»Natürlich«, sagte er, kam aber nicht näher. »Können Sie mir zuerst sagen, worum es geht?« Er wusste auch, wann er sprechen und wann er nach einem Anwalt verlangen musste. Sein Telefon hatte er bereits in der Hand.

»Um Ihre Schwester«, sagte der Polizist, und der Blick des kleineren Mannes glitt zur Seite. »Sadie.« Er winkte Parker näher heran, senkte die Stimme, sodass ich nicht verstehen konnte, was sie sagten, aber alles veränderte sich. Die Art wie Parker stand, sein Ausdruck, das Handy, das er schlaff an seiner Seite herunterhängen ließ. Ich trat dichter heran, etwas flatterte in meiner Brust. Das Ende des Gesprächs bekam ich mit. »Was hatte sie an, als Sie sie zuletzt gesehen haben?«, fragte der Beamte.

Parker verengte die Augen. »Ich weiß nicht ...« Er sah sich im Zimmer hinter sich um, als erwartete er, dass sie hereingeschlüpft war, ohne dass es jemand von uns bemerkt hatte.

Ich verstand die Frage nicht, aber ich wusste die Antwort. »Ein blaues Kleid«, sagte ich. »Brauner Pullover. Goldene Sandalen.«

Die Männer in Uniform tauschten einen schnellen Blick, traten dann zur Seite und ließen mich in ihren Kreis. »Irgendwelche besonderen Kennzeichen?«

Parker kniff die Augen zu. »Warten Sie«, sagte er, als könne er dem Gespräch eine andere Wendung geben, den unvermeidbaren Kurs der folgenden Ereignisse ändern.

»Ja, das hat sie, oder?«, sagte Luce. Ich hatte nicht bemerkt, dass sie da stand; Parkers Schulter verdeckte sie. Ihr Haar war zurückgebunden, und ihr Make-up war etwas verlaufen, bildete schwache Ringe unter ihren Augen. Luce trat vor, ihr Blick huschte zwischen Parker und mir hin und her. Sie nickte, mehr zu sich selbst. »Ein Tattoo«, sagte sie. »Genau hier.« Sie zeigte auf die Stelle an ihrem eigenen Körper, etwas oberhalb der linken Leiste. Sie zog mit dem Finger die Umrisse einer liegenden Acht – das Symbol der Unendlichkeit.

Der Polizist spannte den Kiefer an, und in dem Moment verschwand der Boden unter unseren Füßen wie in einem Strudel.

Wir hatten den Anker verloren, waren kleine Boote im Ozean, und ich hatte wieder so ein Gefühl, als sei ich seekrank, ich hatte es nie so ganz überwinden können, nachts auf dem Wasser, obwohl ich so nah an der Küste aufgewachsen war. Eine orientierungslose Dunkelheit ohne Bezugsrahmen.

Der größere Polizist legte Parker eine Hand auf den Arm. »Ihre Schwester wurde am Breaker Beach gefunden …«

Der Raum summte, und Luce hielt sich die Hand vor den Mund, aber ich war immer noch nicht sicher, was sie sagten. Was Sadie am Breaker Beach gemacht hatte. Ich sah sie vor mir, barfuß tanzend. Nackt badend im eiskalten Wasser als Mutprobe. Ihr Gesicht erleuchtet von einem Lagerfeuer, das wir mit Treibholz errichtet hatten.

Hinter uns ging die halbe Party weiter, aber die Geräusche wurden leiser. Die Musik – gekappt.

»Rufen Sie bitte Ihre Eltern an«, fuhr der Polizist fort. »Sie müssen alle auf die Wache kommen.«

»Nein«, sagte ich, »sie …« *… packt … macht sich fertig … ist auf dem Weg*. Die Augen des Polizisten weiteten sich, und er sah auf meine Hände hinunter. Ich hatte ihn am Ärmel seines Hemdes gepackt, meine Fingerspitzen waren bleich.

Ich ließ los, trat einen Schritt zurück, stieß gegen jemanden. Die Punkte auf meinem Telefon – sie hatte mir geschrieben.

Die Polizisten mussten sich täuschen. Ich zog mein Telefon heraus, um nachzusehen. Aber meine Fragezeichen an Sadie waren unbeantwortet geblieben.

Parker drängte sich an den Männern vorbei, raste zur Vordertür hinaus, verschwand hinter dem Haus, lief den Weg zur Pension entlang. In dem Tumult konnte man uns nicht aufhalten. Luce und ich rannten ihm nach durch die Bäume, holten ihn auf dem Schotterparkplatz schließlich ein und sprangen in sein Auto.

Als wir an den dunklen Ladenfenstern vorbeifuhren, die den Harbour Drive säumten, war das einzige Geräusch das periodische Hicksen in Luces Atmen. Ich lehnte mich dichter ans Fenster, als wir in die Kurve bogen, die nach Breaker Beach führte, vor uns blinkten Lichter, Streifenwagen blockierten die Einfahrt zum Parkplatz. Aber ein Polizist, der hinter den Dünen Wache stand, bedeutete uns mit einem Leuchtstab weiterzufahren.

Parker wurde noch nicht einmal langsamer. Er fuhr die Steigung der Landing Lane bis zum Haus am Ende der Straße hinauf, das dunkel hinter der von Steinen gesäumten Auffahrt stand.

Er hielt das Auto an und ging sofort ins Haus – entweder, um nach Sadie zu suchen, weil er es ebenfalls nicht glauben konnte, oder um seine Eltern ungestört anzurufen. Luce folgte ihm langsam die Vordertreppe hinauf, aber zuerst blickte sie über ihre Schulter zu mir.

Ich stolperte um die Ecke des Hauses, eine Hand an der Verkleidung, um mich abzustützen, ging am schwarzen Zaun vorbei, der den Pool umgab, direkt zum Küstenweg darunter. Der Pfad führte am Rand der Klippen entlang, bis diese abrupt an der nördlichen Spitze von Breaker Beach endeten. Aber es gab ein paar Stufen, die dort in den Stein gehauen waren und in den Sand hinunterführten.

Ich wollte den Strand selbst sehen, um es zu glauben. Sehen, was die Polizei da unten machte. Sehen, ob Sadie mit ihnen stritt. Ob wir etwas missverstanden hatten. Auch wenn ich es da schon besser wusste. Dieser Ort – er nahm mir die Menschen. Und ich war so leichtfertig gewesen, das zu vergessen.

Links hörte ich die Wellen an die Klippen schlagen, konnte vor mir sehen, wie das Wasser im Tageslicht voller Kraft schäumte. Aber jetzt war alles dunkel, und ich bewegte mich nur mithilfe von Geräuschen. In der Ferne hinter dem Point blinkte regelmäßig der Leuchtturm, in dem sich das Licht drehte, und ich lief darauf zu wie benommen.

Direkt vor mir in der Dunkelheit war Bewegung, weiter unten auf dem Klippenpfad. Eine Taschenlampe leuchtete in meine Richtung, sodass ich einen Arm heben musste, um meine Augen abzuschirmen. Der Schatten eines Mannes kam auf mich zu, sein Walkie-Talkie knisterte. »Ma'am, Sie dürfen nicht hier draußen sein«, sagte er.

Die Taschenlampe schwenkte zurück, und da sah ich sie, ein Funkeln, in einem Lichtstrahl gefangen. Es war, als kippte der Erdboden zur Seite.

Ein bekanntes Paar goldener Riemchensandalen, ausgezogen direkt an der Felskante.

Sommer 2018

Kapitel 1

Im Morgengrauen braute sich vor der Küste ein Sturm zusammen. Ich sah ihn in den dicht über dem Horizont hängenden dunklen Wolkenbergen kommen. Fühlte ihn im Wind, der aus Norden blies, kälter als die Abendluft. In der Wettervorhersage hatte ich nichts gehört, aber bei einer Sommernacht in Littleport hatte das nichts zu bedeuten.

Ich trat vom Steilufer zurück, stellte mir wie so oft vor, Sadie stünde hier. Ihr blaues Kleid flatternd im Wind, das blonde Haar über ihr Gesicht geweht, den Blick starr in die Ferne gerichtet. Die Zehen um die Kante gekrallt, eine leichte Gewichtsverlagerung. Dieser Moment – der Angelpunkt, an dem ihr Leben die Balance verlor.

Was hätte sie mir wohl gesagt, da am Abgrund? *Es gibt Dinge, die sogar du nicht weißt.*

Ich kann das nicht mehr.

Behalte mich in Erinnerung.

Aber eigentlich war die Stille auf perfekte und tragische Weise typisch für Sadie Loman, sie ließ alle mit dem Wunsch nach mehr zurück.

Das weitläufige Anwesen der Lomans hatte sich einmal wie ein Zuhause angefühlt, warm und tröstlich – das Steinfundament, die blaugraue Schindelverkleidung, Türen und Fensterrahmen weiß gestrichen und an Sommerabenden jedes Fenster erleuchtet, als wäre das Haus lebendig. Jetzt reduziert auf eine dunkle und leere Hülle.

Im Winter war es leichter gewesen, sich etwas vorzumachen: sich um die Instandhaltung der Grundstücke im Ort kümmern, die zukünftigen Buchungen verwalten, den Neubau überwachen. Die Stille der Nebensaison war ich gewohnt, die schwelende Ruhe. Aber in der Sommerhektik, mit den Besuchern, wenn ich immer auf Abruf stand, ein Lächeln im Gesicht, die Stimme zuvorkommend – dann bot das Haus einen krassen Kontrast. Eine Abwesenheit, die spürbar war, wie ein Geist.

Wenn ich nun abends auf dem Weg zum Gästehaus daran vorbeiging, ließ irgendetwas mich immer zweimal hinschauen – eine verschwommene Bewegung. Für einen schrecklichen, schönen Moment dachte ich: Sadie. Aber das Einzige, was ich je in den dunklen Fenstern erblickte, war mein verzerrtes Spiegelbild, das mich ansah. Mein ganz persönlicher Spuk.

In den Tagen nach Sadies Tod blieb ich hier draußen am Ortsrand und kam nur, wenn ich aufgefordert wurde, sprach nur, wenn ich angesprochen wurde. Alles spielte eine Rolle, und nichts.

Ich machte bei den beiden Männern, die am nächsten Morgen an meine Tür klopften, meine gestelzte Aussage über jene Nacht. Der zuständige Detective war der gleiche Mann, der mich in der Nacht zuvor bei den Klippen entdeckt hatte. Sein Name war Detective Collins, und jede gezielte Frage kam von ihm. Er wollte wissen, wann ich Sadie zuletzt gesehen hatte (hier im Gästehaus, um Mittag herum), ob sie mir ihre Pläne für den Abend mitgeteilt hatte (hatte sie nicht), wie sie sich an dem Tag verhalten hatte (wie Sadie).

Aber meine Antworten hinkten unnatürlich hinterher, als wäre eine Verbindung beschädigt. Ich hörte mich selbst wie von fern, während die Befragung stattfand.

Sie, Luciana und Parker sind alle getrennt auf der Party eingetroffen. Wie lief das noch mal ab?

Ich war zuerst da. Luciana kam als Nächste. Parker zuletzt.

Hier eine Pause. *Und Connor Harlow? Wir haben gehört, er war auch auf der Party.*

Ein Nicken. Eine Lücke. *Connor war auch da.*

Ich erzählte ihnen von der Nachricht, zeigte ihnen mein Handy, versicherte, dass sie mir geschrieben hatte, als wir alle schon zusammen auf der Party waren. *Wie viel hatten Sie bis dahin schon getrunken?*, fragte Detective Collins. Und ich sagte zwei Drinks und meinte drei.

Er riss ein Blatt liniertes Papier aus seinem Notizblock, listete unsere Namen auf und bat mich, die Ankunftszeiten einzutragen, so gut ich konnte. Ich schätzte Luces Ankunftszeit danach, wann ich Sadie angerufen hatte, und Parkers danach, wann ich die Nachricht verschickt hatte, in der ich sie fragte, wo sie blieb.

Avery Greer – 18 Uhr 40
Luciana Suarez – 20 Uhr
Parker Loman – 20 Uhr 30
Connor Harlow –?

Ich hatte Connor nicht reinkommen sehen und runzelte die Stirn über dem Zettel. *Connor war vor Parker da gewesen. Wann genau, weiß ich nicht,* sagte ich.

Detective Collins drehte den Zettel zu sich und überflog die Liste. *Zwischen Ihnen und der nächsten Person ist eine große Lücke.*

Ich erzählte ihm, dass ich alles vorbereitet hatte. Sagte ihm, die Neulinge kämen immer früh.

Die folgende Untersuchung verlief zügig und zielgerichtet,

was die Lomans zu schätzen gewusst haben mussten, in Anbetracht aller Tatsachen. Das Haus war dunkel geblieben, seit Grant und Bianca mitten in der Nacht mit der Nachricht von Sadies Tod zurückgerufen worden waren. Als die Reinigungsfirma und der Poolwartungswagen vor Memorial Day auftauchten – die Spinnweben entfernen, die Tresen polieren, den Pool öffnen –, sah ich von hinter den Vorhängen des Gästehauses aus zu und dachte, vielleicht kommen die Lomans zurück. Sie waren keine gefühlsbetonten Menschen, die sich in ihrem Unglück suhlten. Sie waren von der zuverlässigen Art, sie schätzten Fakten, egal in welche Richtung diese sich entwickelten.

Also, die Fakten: Es gab keine Anzeichen von Fremdeinwirkung. Weder Drogen noch Alkohol in ihrem Organismus. Keine Ungereimtheiten in den Befragungen. Es schien, als hätte weder jemand ein Motiv gehabt, Sadie Loman etwas anzutun, noch die Gelegenheit. Alle, die in Beziehung zu ihr standen, waren nachweislich auf der Plus-One-Party gewesen.

Es war schwer, gleichzeitig zu trauern und dein eigenes Alibi zu rekonstruieren. Jemand anderes zu beschuldigen, nur um dich selbst zu entlasten, war verführerisch. Es wäre so leicht gewesen. Aber niemand von uns hatte es getan, und ich fand, das sprach für Sadie selbst. Dass niemand sich vorstellen konnte, sich ihren Tod zu wünschen.

Die offizielle Todesursache war Ertrinken, aber auch den Sturz hätte man nicht überleben können – die Felsen und die Strömung, die Kälte.

Sie könnte ausgerutscht sein, sagte ich den Detectives. Das wollte ich unbedingt glauben. Dass es nichts gab, was ich übersehen hatte. Kein Zeichen, das ich hätte erkennen, keinen Moment, in dem ich hätte einschreiten können. Doch zunächst waren es die Schuhe, die sie an etwas anderes denken ließen. Ein freiwilliger Akt. Die zurückgelassenen goldenen Sandalen.

Als hätte sie angehalten, um sie auszuziehen, auf dem Weg bis zur Kante. Ein Moment des Innehaltens, bevor sie weiterging.

Ich kämpfte sogar noch dagegen an, als ihre Familie es akzeptiert hatte. Sadie war mein Anker, meine Mitverschwörerin, die Kraft, die mein Leben für so viele Jahre geerdet hatte. Bei der Vorstellung, sie könnte gesprungen sein, geriet alles bedrohlich ins Wanken, genau wie in jener Nacht.

Aber später an dem Abend, nach den Verhören, fanden sie die Nachricht im Abfalleimer in der Küche. Wahrscheinlich entsorgt, im Zuge des Leerens der Speisekammer, aus der sämtlicher Kram auf allen Flächen ausgebreitet worden war – das Resultat von Luces Versuchen zu putzen, ein wenig Ordnung zu schaffen, bevor Grant und Bianca mitten in der Nacht ankamen. Aber wenn man Sadie kannte, war es eher ein Entwurf, gegen den sie sich entschieden hatte; ein Zugeständnis an die Tatsache, dass keine Worte reichen würden.

Ich hatte die Warnzeichen nicht gesehen. Den Grund und die Folge, die Sadie bis zu diesem Punkt geführt hatten. Aber ich wusste, wie schnell man in einer Spirale gefangen sein, wie weit weg das Licht von unten erscheinen konnte.

Ich wusste genau, wozu Littleport imstande war.

Jetzt war ich allein hier oben.

Lebte und arbeitete immer noch im Gästehaus.

Innen war das Ein-Zimmer-Appartement wie eine Puppenhausversion des Haupthauses eingerichtet, mit der gleichen Vertäfelung und dem dunklen Holzfußboden. Die Wände standen jedoch enger, die Decken waren niedriger, die Fenster dünn genug, dass der Wind nachts in ihren Winkeln rüttelte. Der Meerblick war durch die Bäume teilweise verborgen.

Ich saß am Tisch im Wohnzimmer und beendete den letzten Papierkram, bevor ich ins Bett ging. Es hatte Anfang der Woche einen Schaden in einem der Ferienhäuser gegeben – ein kaputter Flachbildfernseher, die Oberfläche gesprungen, das ganze Dinge hing schief von der Wand; und eine zerbrochene Keramikvase darunter. Die Mieter schworen, dass sie es nicht waren, beschuldigten einen Einbrecher, der während ihrer Abwesenheit da gewesen sein sollte, auch wenn nichts fehlte und es keine Zeichen gewaltsamen Eindringens gab.

Ich war direkt hingefahren, nachdem sie in Panik angerufen hatten. Begutachtete die Szene, während sie mit zitternden Händen auf den Schaden zeigten. Ein schmales, verwittertes Haus am Rand des Ortszentrums, das wir Trail's End nannten und dessen verblichene Verkleidung und der überwachsene Pfad zur Küste seinen Charme nur noch verstärkten. Nun zeigten die Mieter auf den unbeleuchteten Pfad und die Entfernung zu den Nachbarn, als wäre das ein Sicherheitsmanko, eine mögliche Gefahr.

Sie beteuerten, sie hätten abgeschlossen, bevor sie den Tag über unterwegs gewesen waren. Sie seien sich absolut sicher und unterstellten mir, dass ich irgendwie Schuld hatte. Die Art, wie sie diese Tatsache mehrfach wiederholten – *Wir haben abgeschlossen, das tun wir immer* –, reichte mir, um ihnen nicht zu glauben. Oder um mich zu fragen, ob sie etwas Ernsteres vertuschen wollten: einen Streit, jemanden, der die Vase geworfen hatte, die sich dann überschlagen und den Fernseher getroffen hatte.

Wie auch immer, der Schaden war angerichtet. Er war nicht hoch genug, dass es sich für die Firma lohnte, ihn zu untersuchen, schon gar nicht bei einer Familie, die seit drei Jahren immer den ganzen August hier verbrachte, vollkommen egal, was zwischen diesen Wänden passierte.

Ich streckte mich auf der Couch aus und griff nach der Fernbedienung, bevor ich ins Schlafzimmer ging. Ich hatte mir angewöhnt, bei laufendem Fernseher einzuschlafen. Das leise Gewirr von Stimmen aus dem Nachbarraum, neben dem Geräusch des sanft klappernden Fensterrahmens.

Ich wusste genug von Verlust, um zu akzeptieren, dass die Trauer mit der Zeit ihre Schärfe verliert, die Erinnerung sich aber nur noch verstärkt. Einzelne Momente wiederholten sich immer wieder.

In der Stille war alles, was ich hören konnte, Sadies Stimme, die meinen Namen rief, als sie das Haus betrat. Das letzte Mal, dass ich sie sah.

Manchmal bleibt sie in meiner Erinnerung dort stehen, im Eingang zu meinem Zimmer, als würde sie darauf warten, dass ich etwas bemerkte.

Ich erwachte, und es war still.

Es war immer noch dunkel, aber die Geräusche des Fernsehers waren verstummt. Nur das Fensterrütteln, als eine kräftige Böe von irgendwo vor der Küste heranwehte. Ich legte den Schalter der Nachttischlampe um, aber nichts geschah. Schon wieder kein Strom.

Das passierte immer öfter, immer nachts, immer dann, wenn ich erst eine Taschenlampe suchen musste, um die Sicherung im Kasten neben der Garage wieder einzuschalten. Es war ein Zugeständnis an das Leben in einem Ort wie diesem. Exklusiv, ja. Aber zu weit von der Stadt entfernt und zu anfällig für die Umgebung. Die Infrastruktur an der Küste war nicht an die Bedürfnisse angepasst worden, Geld hin oder her. Die meisten Häuser hatten Notgeneratoren für den Winter, nur für alle Fälle; ein ordentlicher Sturm konnte uns für eine Woche oder mehr aus dem Versorgungsnetz katapultieren. Sommerstromausfälle waren das andere Extrem – zu viele Leute, die Bevölkerung verdreifachte sich. Alles wurde zu stark ausgereizt. Das Netz überlastet.

Aber soweit ich das beurteilen konnte, war das hier lokal – betraf nur mich. Ein Problem, das sich ein Elektriker anschauen sollte.

Das Geräusch des Windes draußen führte fast dazu, dass ich beschloss, bis zum Morgen zu warten, aber der Akku meines Telefons war so gut wie leer, und die Vorstellung, hier oben allein zu sein, ohne Strom und ohne Telefon, gefiel mir nicht.

Die Nacht war kälter als erwartet, als ich, die Taschenlampe in der Hand, den Pfad zur Garage entlanglief. Die Metalltür zum Sicherungskasten fühlte sich kühl an und stand ein Stück offen. Sie hatte ein Schloss, aber das hatte ich selbst Anfang des Monats aufgebrochen, als dies hier zum ersten Mal passierte.

Ich legte den Hauptschalter um und schlug die Metalltür wieder zu, wobei ich diesmal darauf achtete, dass sie einrastete.

Auf dem Rückweg blies eine weitere Windböe, und das Geräusch einer zuknallenden Tür, das durch die Nacht hallte, ließ mich erstarren. Es war vom Haupthaus gekommen, auf der anderen Seite der Garage.

Ich ging die Möglichkeiten durch: ein Poolliegestuhl, der vom Wind erfasst worden war, ein Stück Schutt, gegen die Hausverkleidung geweht. Oder etwas, was ich selbst vergessen hatte zu sichern – die Hintertür, die nicht richtig verschlossen war vielleicht.

Das Schließfach für den Ersatzschlüssel war unter dem Steinüberbau der Veranda versteckt, ich fummelte daran herum und brauchte im Dunkeln zwei Versuche für den Code, bis der Deckel aufsprang.

Noch eine Windböe, noch ein Geräusch, diesmal näher – die

Scharniere eines Tores hallten durch die Nacht, als ich die Stufen der vorderen Veranda hochlief.

Ich wusste, dass etwas nicht stimmte, sobald ich den Schlüssel ins Schloss gesteckt hatte – die Tür war bereits entriegelt. Sie öffnete sich knarrend, und ich strich mit der Hand über die Wand innen, bis ich den Lichtschalter für das Foyer gefunden hatte und der leere Raum von dem Kronleuchter über mir erleuchtet wurde.

Und da sah ich ihn. Durchs Foyer, hinter dem Flur, am anderen Ende des Hauses. Den Schatten eines Mannes, der vor den gläsernen Terrassentüren stand, seine Silhouette im Mondlicht.

»Oh«, sagte ich und trat einen Schritt zurück, als er näher kam.

Seine Gestalt hätte ich überall erkannt. Parker Loman.

Kapitel 2

»Mein Gott«, sagte ich und tastete nach den restlichen Lichtschaltern. »Du hast mich zu Tode erschreckt. Was machst du hier?«

»Das ist mein Haus«, antwortete Parker. »Was machst *du* hier?«

Jetzt war alles hell. Das große Untergeschoss, die gewölbte Decke, der Flur, der die Entfernung zwischen mir und ihm umfasste.

»Ich hab etwas gehört.« Ich hielt die Taschenlampe wie zum Beweis hoch.

Er neigte den Kopf zur Seite, eine vertraute Geste, als würde er etwas gewähren. Sein Haar war länger geworden, oder er stylte es nun anders. Aber es machte die Kanten seines Gesichts weicher, rundete die Wangenknochen ab, und eine Sekunde lang, als er sich umdrehte, sah ich Sadie in ihm.

Dann änderte er seine Haltung, und sie war verschwunden. »Es wundert mich, dass du noch hier bist«, sagte er. Als wäre ihr lokales Unternehmen das letzte Jahr von allein weitergelaufen. Ich antwortete fast: *Wo sollte ich sonst hingehen?* Aber dann grinste er, und ich konnte mir vorstellen, dass ich ihm einen ganz schönen Schrecken eingejagt hatte, als ich so unangekündigt durch seine Tür spazierte.

In Wahrheit hatte ich schon viele Male daran gedacht zu gehen. Nicht nur weg von hier, sondern aus diesem Ort. Ich war zu der Auffassung gelangt, dass in seinem Kern etwas Giftiges versteckt war, das sonst niemand zu bemerken schien. Aber es gab mehr als das Geschäft, mehr als den Job, ich hatte mir selbst ein Leben hier aufgebaut. Ich war zu sehr an diesen Ort gebunden.

Und doch, manchmal hatte ich das Gefühl, dass zu bleiben nichts weiter war als ein Durchhaltetest, der an Masochismus grenzte. Ich war mir nicht mehr sicher, was ich beweisen wollte.

Ich spürte, wie mein Herzschlag sich verlangsamte. »Ich hab gar kein Auto gesehen«, sagte ich und blickte mich im Untergeschoss um, nahm die Veränderungen wahr: zwei Ledertaschen unten vor der breiten Treppe, ein Schlüsselring auf dem Tisch im Eingangsbereich; eine offene Flasche auf der Granitkücheninsel, daneben ein Glas; und Parker, die Ärmel seines Hemdes hochgekrempelt und der Kragen gelockert, als wäre er gerade von der Arbeit gekommen und es wäre nicht mitten in der Nacht.

»Es ist in der Garage. Ich bin erst heute Abend angekommen.«

Ich räusperte mich, nickte in Richtung der Taschen. »Ist Luce mit?« Ich hatte ihren Namen lange nicht mehr gehört, aber Grant beschränkte sich in unseren Gesprächen auf das Geschäft, und Sadie war nicht mehr da, um mich auf dem Laufenden zu halten, was das Privatleben der Lomans betraf. Es gab Gerüchte, aber das musste nichts zu bedeuten haben. Ich war selbst Objekt jeder Menge unbegründeter Gerüchte.

Parker blieb an der Kücheninsel stehen, viel Abstand zwischen uns, und nahm das Glas in die Hand, trank einen großen Schluck. »Nur ich. Wir nehmen eine Auszeit«, sagte er.

Eine Auszeit. Das war etwas, was Sadie sagen würde, inkonsequent und vage optimistisch. Aber sein Griff um das Glas, der Blick zur Seite sagten etwas anderes.

»Komm doch ein bisschen rein. Trink einen mit mir, Avery.«

»Ich muss morgen ziemlich früh auf einem Grundstück sein«, sagte ich. Aber meine Worte erstarben bei dem Blick, den er mir zuwarf. Er grinste, holte ein zweites Glas und schenkte ein.

Parkers Gesichtsausdruck sagte, dass er genau wusste, wer ich war und es keinen Sinn hatte, etwas vorzutäuschen. Ganz egal, ob ich gerade sämtlichen Besitz seiner Familie in Littleport betreute – sechs Sommer und man kennt die Angewohnheiten eines Menschen ganz gut.

Ich kannte ihn schon länger. So war das, wenn man hier aufgewachsen war: die Randolphs auf Hawks Ridge; die Shores, die einen alten Gasthof an einer Seite des Parks renoviert, dann jeweils eine Reihe von Affären hatten und ihr riesiges Grundstück nun teilten wie ein Scheidungskind, nie zur selben Zeit gesehen wurden; und die Lomans, die oben auf dem Steilufer wohnten, ganz Littleport überblickten und sich dann weiter ausgebreitet, ihre Fühler im ganzen Ort ausgestreckt hatten, bis ihr Name zu einem Synonym für Sommer geworden war. Die Ferienhäuser, die Familie, die Feste. Ein Versprechen.

Die Einheimischen bezeichneten die Loman-Residenz als Breakers, ein subtiler Stich, der den Rest von uns früher miteinander verbunden hatte. Teilweise hatte der Name mit der Nähe ihres Zuhauses zum Breaker Beach zu tun und teilweise war er ein Verweis auf das Vanderbilt-Anwesen in Newport – dieses Level an Reichtum konnten auch die Lomans nicht erhoffen. Immer im Spaß geflüstert, ein Witz, den alle außer ihnen kannten.

Parker schob mir den Drink zu, Flüssigkeit schwappte an der Seite über. So nachlässig war er nur, wenn er schon fast betrunken war. Ich drehte das Glas auf dem Tresen hin und her.

Er seufzte und schaute sich um, betrachtete das Wohnzimmer. »Mein Gott, dieses Haus«, sagte er und nahm dann den Drink in die Hand. Weil ich ihn elf Monate nicht gesehen hatte, weil ich wusste, was er meinte: dieses Haus. Jetzt. Ohne Sadie. Ihr vergrößertes Familienfoto von vor Jahren hing immer noch über dem Sofa. Alle vier lächelten, in beige und weiß gekleidet, die Dünen von Breaker Beach unscharf im Hintergrund. Ich konnte das Vorher und Nachher sehen, genau wie Parker.

Er hob sein Glas, stieß es mit genug Kraft gegen meines, dass deutlich wurde, es war nicht sein erster Drink – nur falls mir das entgangen sein sollte.

»Hört, hört«, sagte er stirnrunzelnd. Das hatte Sadie immer gesagt, wenn wir uns fertig machten, um auszugehen. Ein paar Gläser in einer Reihe füllen, unaufmerksames Einschenken – *hört, hört*. Sie stärkte sich, während es bei mir genau andersherum war. Den Alkohol hinunterkippen und dann das Brennen in meinem Hals, glühende Lippen.

Ich schloss die Augen beim ersten Schluck, fühlte die Entspannung, die Wärme. »Ruhig, ruhig«, antwortete ich leise, aus Gewohnheit.

»Also«, sagte Parker und schenkte sich selbst noch etwas mehr ein. »Da sind wir.«

Ich setzte mich auf den Barhocker neben ihm, umfasste meinen Drink. »Wie lange bleibst du?« Ich fragte mich, ob das mit Luce zu tun hatte, ob sie zusammenlebten und er nun einen Ort brauchte, an den er fliehen konnte.

»Nur bis zur Gedenkfeier.«

Ich nahm noch einen Schluck, größer als ich vorhatte. Die Ehrung von Sadie hatte ich gemieden. Das Denkmal würde eine Bronzeglocke sein, die nicht funktionierte und die am Eingang zum Breaker Beach stehen sollte. *Mögen alle Seelen ihren Weg nach Hause finden*, würde darauf stehen, die Worte handgraviert. Es war abgestimmt worden.

Littleport war voll von Denkmälern, und ich hatte schon lange meine ausreichende Dosis davon abbekommen. Von den Bänken, die die Fußwege säumten, zu den Statuen der Fischer vor dem Rathaus – wir wurden zu einem Ort, der nicht nur den Besuchern diente, sondern auch den Toten. Mein Vater hatte eine Klasse in der Grundschule. Meine Mutter eine Wand in der Galerie am Harbour Drive. Eine Goldplakette für deinen Verlust.

Ich rutschte auf dem Hocker herum. »Kommen deine Eltern?«

Er schüttelte den Kopf. »Dad ist beschäftigt. Sehr beschäftigt. Und Bee, naja, es würde ihr wahrscheinlich nicht so guttun.« Das hatte ich ganz vergessen, Parker und Sadie sprachen von Bianca als Bee – nannten sie aber nie in ihrer Anwesenheit so. Immer auf eine distanzierte Art, als wäre da eine große Entfernung zwischen ihnen. Ich hielt es für eine exzentrische Laune der Wohlhabenden. Gott weiß, ich habe viel an ihnen entdeckt über die Jahre.

»Wie geht's dir, Parker?«

Er drehte sich auf seinem Stuhl um und sah mich an. Als wäre ihm gerade erst klar geworden, dass ich da war. Aufmerksam studierte er mein Gesicht.

»Nicht so toll«, sagte er und lehnte sich auf seinem Hocker zurück. Es war der Alkohol, der ihn so ehrlich machte, das wusste ich.

Sadie war meine beste Freundin gewesen, seit dem Sommer, in dem wir uns kennengelernt hatten. Ihre Eltern hatten mich praktisch bei sich aufgenommen – mir Kurse bezahlt, mir Arbeit versprochen, wenn ich mich als dafür wert erwies. Seit Jahren lebte ich in ihrem Gästehaus und arbeitete von dort aus, seit Grant Loman das Haus meiner Großmutter gekauft hatte. Und in all der Zeit, die wir am gleichen Ort existiert hatten, hatte Parker kaum je etwas Tiefsinniges von sich gegeben.

Er griff nach einer meiner Haarsträhnen und zog sanft daran, bevor er sie wieder fallen ließ. »Dein Haar ist anders.«

»Oh.« Ich fuhr mit der Handfläche darüber, strich es zurück. Es war weniger eine aktive Veränderung als der Weg des geringsten Widerstands. Ich hatte die Strähnen über die Jahre herauswachsen lassen, die Farbe war nun wieder ein dunkleres Braun, und dann hatte ich es bis zu den Schultern abgeschnitten, die Seiten aber lang gelassen. Das war eine der Konsequenzen, wenn man Leute nur im Sommer sah – Veränderungen waren nie schleichend. Wir wuchsen in Sprüngen. Wir verwandelten uns abrupt.

»Du siehst älter aus«, fügte er hinzu. Und dann: »Das ist aber nichts Schlechtes.«

Ich spürte, wie meine Wangen heiß wurden und neigte mein Glas, um es zu verstecken. Es war der Alkohol und die Sentimentalität und dieses Haus. Als wäre alles immer kurz davor zu bersten. *Sommerspannung* hatte Connor es immer genannt.

»Wir *sind* älter«, sagte ich, was Parker zum Lächeln brachte.

»Sollten wir uns dann ins Wohnzimmer begeben?«, fragte er, und ich konnte nicht sagen, ob er sich über sich selbst oder über mich lustig machte.

»Ich muss mal aufs Klo«, sagte ich. Ich brauchte Zeit. Parker hatte so eine Art einen anzusehen, als sei man das Einzige auf der Welt, das es sich zu kennen lohnte. Vor Luces Zeit hatte ich ihn diesen Blick ein Dutzend Mal an ein Dutzend verschiedener Mädchen anwenden sehen. Was nicht hieß, dass er auf mich keine Wirkung gehabt hätte.

Ich ging den Flur entlang, wo sich der Hauswirtschaftsraum und die Seitentür nach draußen befanden. Das Bad hier hatte ein Fenster über der Toilette, unverhüllt, mit Blick aufs Meer. Alle Fenster, die zum Wasser hinausgingen, waren wegen des Ausblicks ohne Vorhänge. Als könnte man je die Anwesenheit des Ozeans vergessen. Den Sand, der hier alles zu durchdringen schien, und das Salz, das sich auf der Straße ablagerte und die Autos rosten ließ und unablässig an den hölzernen Ladenfronten am Harbour Drive nagte. Wenn ich mit den Fingern durch mein Haar fuhr, konnte ich die salzige Luft riechen.

Ich spritzte mir Wasser ins Gesicht, dachte, ich hätte einen vorbeigehenden Schatten unter der Tür gesehen. Ich drehte den Wasserhahn ab und starrte auf den Türknauf, hielt die Luft an, aber nichts passierte.

Nur ein Produkt meiner Fantasie. Die Hoffnung auf eine lang vergangene Erinnerung.

Es war eine Eigenart des Loman-Hauses, dass keine der Innentüren Schlösser hatte. Ich hatte nie herausgefunden, ob das ein Bruch im Design war – eine Antwort auf die glatten Knäufe im antiken Stil – oder ob es einen elitären Status kennzeichnen sollte. Dass man vor einer geschlossenen Tür immer stehen blieb, um zu klopfen. Ob es in den Menschen eine Art Zurückhaltung hervorrief.

Wie auch immer, das war der Grund, warum ich Sadie Loman kennenlernte. Hier, in genau diesem Zimmer.

Ich sah sie nicht zum ersten Mal. Es war der Sommer nach meinem Uniabschluss, fast sechs Monate nach dem Tod meiner Großmutter. Eine vereiste Stelle, eine Gehirnerschütterung gefolgt von einem Schlaganfall, der mich zur letzten Greer in Littleport machte.

Ich war durch den Winter geflippt, ungebunden und wild. Hatte meinen Abschluss mit mehr Glück als Verstand geschafft, hatte mich treiben lassen und war unzuverlässig geworden. Und doch gab es Leute wie Evelyn, die Nachbarin meiner Großmutter, die mich mit merkwürdigen Arbeiten beauftragten und versuchten dafür zu sorgen, dass ich klarkam.

Es bewirkte allerdings nur, dass ich noch mehr Dinge direkt vor der Nase hatte, die mir selbst fehlten.

Das war das Problem an einem Ort wie diesem: Alles lag ganz und gar öffentlich vor dir, einschließlich des Lebens, das du nie haben konntest.

Wenn du alles im Gleichgewicht, in Ordnung hieltest, dann konntest du einen Laden eröffnen und hausgemachte Seife verkaufen oder eine Catering-Firma von der Küche des Gasthofes aus leiten. Du konntest deinen Lebensunterhalt verdienen, mehr oder weniger, draußen am Wasser, wenn du es nur genug wolltest. Du konntest Eis oder Kaffee in einem Laden verkaufen, der vier Monate im Jahr so gut lief, dass er dich durch den Rest bringen würde. Du konntest einen Traum haben, solange du bereit warst, etwas dafür aufzugeben.

Solange du unsichtbar bliebst, wie es vorgesehen war.

Evelyn hatte mich für die Saisoneröffnungsparty der Lomans gebucht. Ich trug die Uniform – schwarze Hose, weißes Shirt, Haar zurückgebunden –, die dazu diente, nicht aufzufallen. Ich saß auf dem geschlossenen Toilettendeckel, hatte meine Hand mit Klopapier umwickelt, fluchte still vor mich hin und versuchte, die Blutung zu stoppen, als die Tür aufging und sich dann leise wieder schloss. Da stand Sadie Loman, von mir abgewandt, die Handflächen an die Tür gepresst, mit hängendem Kopf.

Wenn du einer Person allein in einem Badezimmer begegnest, die sich versteckt, weißt du sofort etwas über sie.

Abrupt stand ich auf und räusperte mich. »Tut mir leid, ich …« Ich versuchte, mich an ihr vorbeizudrängen, bewegte mich dicht an der Wand entlang, vermied es, sie anzusehen.

Sie musterte mich ungeniert. »Ich wusste nicht, dass jemand hier drin ist«, sagte sie. Keine Entschuldigung, denn Sadie Loman musste sich bei niemandem entschuldigen. Das war ihr Haus.

Die Röte stieg in ihrem Gesicht auf, so, wie ich es noch gut kennenlernen sollte. Als hätte ich sie erwischt statt umgekehrt. Der Fluch der Hellhäutigen, würde sie später erklären. Das und die schwachen Sommersprossen über ihrer Nase bewirkten, dass sie jünger aussah, als sie war, was sie auf andere Art wieder ausglich.

»Alles okay?«, fragte sie und betrachtete stirnrunzelnd das Blut, das durch das Toilettenpapier um meine Hand sickerte.

»Ja, ich hab mich nur gerade geschnitten.« Ich presste stärker, aber es half nicht. »Und du?«

»Ach, du weißt schon«, sagte sie und wedelte leicht mit ihrer Hand herum. Aber das tat ich nicht. Da noch nicht. Ich würde es bald besser verstehen, dieses leichte Handwedeln: *All das hier*, die Lomans.

Sie griff nach meiner Hand, bedeutete mir, näher zu kommen, und ich konnte nichts tun, als es zu dulden. Sie wickelte das Papier ab, beugte sich vor, presste dann ihre Lippen zusammen. »Ich hoffe, du bist gegen Tetanus geimpft«, sagte sie. »Das erste Anzeichen ist Kiefersperre.« Sie ließ ihre Zähne aufeinanderschlagen, ein Geräusch wie ein brechender Knochen. »Fieber. Kopfschmerzen. Muskelzuckungen. Bis du schließlich nicht mehr schlucken oder atmen kannst. Keine schöne Art zu sterben, wenn du mich fragst.« Sie sah mich mit ihren haselnussbraunen Augen an. Sie war so nah, dass ich den Rand ihres Make-ups darunter erkennen konnte, die leichte Unvollkommenheit, wo ihr Finger ausgerutscht war.

»Es war ein Messer«, sagte ich, »in der Küche.« Kein dreckiger Nagel. Ich nahm an, dass man eher von so etwas Tetanus bekam.

»Oh, na ja, trotzdem. Sei vorsichtig. Jede Infektion, die in deinen Blutkreislauf gelangt, kann zu einer Blutvergiftung führen. Auch kein guter Weg, um sich zu verabschieden, wenn wir schon dabei sind.«

Ich konnte nicht sagen, ob sie es ernst meinte. Aber ich lächelte, und sie tat es auch.

»Studierst du Medizin?«, fragte ich.

Sie lachte kurz auf. »Finanzen. Das ist zumindest der Plan. Faszinierend, oder? Der Pfad zum Tod ist nur persönliches Interesse.«

Das war, bevor sie von meinen Eltern wusste. Bevor sie wissen konnte, dass ich mich selbst oft fragte, wie schnell oder langsam sie gestorben waren, und so konnte ich ihr die Leichtfertigkeit, mit der sie über den Tod redete, verzeihen. Die Wahrheit war jedoch, dass es auch etwas fast Verführerisches hatte – diese Person, die mich nicht kannte und vor mir einen Witz über den Tod reißen konnte, ohne danach zusammenzuzucken.

»Ich mach nur Spaß«, sagte sie, als sie meine Hand im Waschbecken unter kaltes Wasser hielt, um den Schnitt zu betäuben. In meinem Magen regte sich eine Erinnerung, die ich nicht fassen konnte – ein plötzliches schmerzliches Verlangen. »Das hier ist mein liebster Platz auf der Welt. Nichts Schlimmes darf hier passieren. Das verbiete ich.« Dann wühlte sie im Unterschrank und zog einen Verband hervor. Unter dem Waschbecken war ein Sortiment von Salben, Verbänden, Nähetuis und Pflegeprodukten.

»Wow, du bist hier ja auf alles vorbereitet«, sagte ich.

»Außer auf Voyeure.« Sie sah hoch zu dem unverdeckten Fenster und lächelte kurz. »Du hast Glück gehabt«, sagte sie und strich den Verband glatt. »Du hast knapp die Vene verfehlt.«

»Oh, da ist Blut auf deinem Pulli«, sagte ich, erschrocken darüber, dass ein Teil von mir sie befleckt hatte. Den perfekten

Pulli über dem perfekten Kleid in dieser perfekten Sommernacht. Sie zog den Pulli aus, knüllte ihn zusammen und warf ihn in den Porzellanmülleimer. Etwas, was mehr kostete, als ich an diesem ganzen Tag verdienen würde, da war ich sicher.

Sie schlich sich so leise hinaus, wie sie hereingekommen war, ließ mich dort zurück. Eine Zufallsbegegnung nahm ich an.

Aber das war nur der Anfang. Das Abrutschen eines Messers hatte mir eine Welt eröffnet. Eine Welt unerreichbarer Dinge.

Nun, wo ich mich in eben jenem Spiegel sah, mir Wasser ins Gesicht spritzte, um meine Wangen abzukühlen, konnte ich fast ihr dunkles Lachen hören. Wie sie mich ansehen würde, wenn sie wüsste, dass ihr Bruder und ich allein in einem Haus waren und mitten in der Nacht einen zusammen tranken. Ich starrte mein Spiegelbild an, die Ringe unter meinen Augen, erinnerte mich. »Tu es nicht.« Ich flüsterte es laut, um mich meiner selbst zu vergewissern. Der Akt des Sprechens aktivierte meinen Verstand, verschloss etwas anderes in mir.

Manchmal half es, mir vorzustellen, dass Sadie es sagte. Wie eine Glocke, die in meiner Brust schlug, mich zurückgeleitete.

Parker lag ausgestreckt auf der Couch unter dem alten Familienporträt, starrte durch die vorhanglosen Fenster in die Dunkelheit, der Blick leer. Ich war nicht sicher, ob es so eine gute Idee war, ihn allein zu lassen. Ich war jetzt vorsichtiger. Suchte nach dem, was unter der Oberfläche eines Worts oder einer Geste versteckt war.

»Du willst gehen, oder«, sagte er, immer noch aus dem Fenster starrend.

Ein Regentropfen schlug gegen die Scheibe, dann noch einer – ein gegabelter Blitz in der Ferne, vor der Küste. »Ich sollte zurück sein, bevor der Sturm hier ist«, sagte ich, aber er winkte ab.

»Ich kann nicht fassen, dass sie diese Party wieder machen«, sagte er, als wäre es ihm gerade eingefallen. »Eine Gedenkfeier und dann die Plus-One.« Er trank einen Schluck. »Sieht diesem Ort hier ähnlich.« Drehte sich zu mir. »Gehst du hin?«

»Nein«, sagte ich, als wäre das meine eigene Entscheidung. Ich konnte ihm nicht sagen, dass ich nichts von einer Plus-One-Party dieses Jahr wusste, ob sie wieder stattfinden würde oder wo. Es waren noch ein paar Wochen übrig in dieser Saison, und ich hatte kein Wort davon gehört. Aber er war erst ein paar Stunden hier und wusste es bereits.

Er nickte. In der Loman-Familie gab es immer eine richtige Antwort. Ich hatte schnell gelernt, dass sie keine Fragen stellten, um deine Gedanken zu erfahren, sondern um dich zu beurteilen.

Ich spülte mein Glas aus, hielt Distanz. »Ich sag den Putzleuten Bescheid, wenn du länger bleibst.«

»Avery, warte«, sagte er, aber ich wollte nicht hören, was er zu sagen hatte.

»Schlaf dich aus, Parker.«

Er seufzte. »Komm morgen mit mir mit.«

Ich erstarrte, die Hand auf dem Granittresen. »Wohin soll ich mit dir kommen?«

»Zu diesem Treffen mit dem Gedenkkomitee«, sagte er stirnrunzelnd. »Für Sadie. Mittags in der Bay Street. Ich könnte dort eine Freundin gebrauchen.«

Eine Freundin. Als wären wir befreundet.

Und doch. »Gut«, sagte ich und fühlte zum ersten Mal seit fast einem Jahr die vertrauten Regungen des Sommers. Bay Street hörte sich nach einem Treffpunkt an, den Parker ausgesucht hatte, nicht das Komitee. Die Lomans hatten da einen Tisch, auch wenn man in der Bay Street eigentlich nicht reservieren konnte.

Ich dachte, es bestand eine Fifty-fifty-Chance, dass er sich am nächsten Morgen nicht an dieses Gespräch erinnerte. Oder die Einladung bereute, und so tat, als gäbe es sie nicht.

Aber wenn ich auch sonst nichts von den Lomans gelernt hatte, das zumindest hatte ich gelernt: Versprechen, auch wenn man sie ohne klaren Kopf ausgesprochen hatte, zählten trotzdem. Ein sorgloses *Ja*, und du warst gebunden.

Draußen in der Dunkelheit konnte ich das beständige Plätschern des Regens hören, der durch die Rinnsteine floss. Ich duckte mich, bereit zu rennen. Aber im Licht der Taschenlampe sah ich, was mich eigentlich hierhergeführt hatte. Der Mülleimer, der in die Nische vor dem Eingang zum Hauswirtschaftsraum geklemmt war, war umgefallen, der Inhalt lag verstreut. Das Tor des hohen weißen Gitterzauns, der ihn umschloss, stand jetzt offen.

Ich erstarrte, leuchtete mit der Taschenlampe die Bäume und die Ecke der Garage ab. Eine weitere Böe wehte mit dem Regen heran, und das Tor knarrte noch einmal, schlug gegen die Hausseite.

Der Wind also.

Ich würde mich am nächsten Morgen darum kümmern. Der Himmel öffnete sich. Der Sturm war da.

Kapitel 3

Ich tauchte aus einem Traum auf, als das Telefon am nächsten Morgen klingelte. Es war ein alter Traum: das Gefühl des wiegenden Meeres, alles unstet, als wäre ich innerhalb eines der Bilder meiner Mutter – gestrandet im Chaos der Wellen vor dem Hafen, nach drinnen schauend.

Als ich meine Augen öffnete, drehte sich das Zimmer, und mein Magen rumorte. Das war der Alkohol mitten in der Nacht, der Schlafmangel. Ich tastete nach meinem Telefon und warf einen Blick auf die Uhr – Punkt acht. Die Nummer kannte ich nicht.

»Hallo?« Ich versuchte, so zu klingen, als hätte ich nicht gerade noch geschlafen, doch ich starrte immer noch die Decke an und versuchte, wieder zu mir zu kommen.

»Miss Greer?«

Ich setzte mich aufrecht hin, bevor ich antwortete. *Miss Greer* hieß geschäftlich, hieß die Lomans, hieß die Art von Menschen, die erwarteten, dass ich um diese Zeit an einem Schreibtisch saß, anstatt im Schneidersitz auf dem Bett, den Geschmack von Whiskey im Mund. »Ja. Wer spricht da?«, antwortete ich.

»Kevin Donaldson«, antwortete er, »ich wohne im Blue Robin. Es ist etwas passiert. Es war jemand hier.«

»Wie bitte? Wer war da?«, fragte ich. Ich versuchte mich zu erinnern, wann ich die Endreinigung eingeplant hatte, ob ich das Abreisedatum der Donaldsons durcheinandergebracht hatte. Leute wie sie schätzten es nicht, wenn jemand unangekündigt kam und ging, während sie weg waren. Deshalb wohnten sie in einem unserer Häuser statt in einer Frühstückspension oder einer Hotelsuite. Ich war bereits auf dem Weg zum Schreibtisch, der im Wohnzimmer in einer Ecke stand, öffnete die daneben gestapelten Mappen, bis ich das richtige Haus fand.

Als er antwortete, hatte ich sogar schon seinen Mietvertrag in der Hand: »Wir sind gestern Abend spät nach Hause gekommen, so um Mitternacht. Offensichtlich hat jemand unsere Sachen durchsucht. Es fehlt allerdings nichts.«

Ich ging die Liste der Leute durch, die einen Schlüssel hatten. Ob es irgendwelche neuen Angestellten gab bei einem der Lieferanten, mit denen wir zusammenarbeiteten. Wen ich als Nächstes anrufen sollte, auf wen ich mein Geld verwetten würde. »Tut mir leid, das zu hören«, sagte ich.

Meine nächste Frage wäre eigentlich: *Haben Sie irgendwelche Fenster oder Türen offen gelassen?* Aber ich wollte mich nicht anhören, als würde ich die Donaldsons beschuldigen, besonders nicht, wenn nichts fehlte. Trotzdem wäre es hilfreich, das zu wissen.

»Haben Sie die Polizei angerufen?«, fragte ich.

»Natürlich. Letzte Nacht. Wir haben zuerst versucht, Sie anzurufen, aber Sie sind nicht rangegangen.« *Natürlich.* Sie mussten es versucht haben, als ich letzte Nacht mit Parker im Haupthaus war. »Es kam jemand und hat unsere Aussage aufgenommen, sich kurz umgesehen.«

Ich schloss die Augen, holte langsam Luft. Das Protokoll besagte, immer zuerst Grant Loman anzurufen, bevor man die Polizei involvierte. Ein Polizeireport über ein Ferienhaus war nicht gut fürs Geschäft.

»Hören Sie«, fuhr er fort, »es spielt keine Rolle, dass nichts gestohlen wurde. Das ist einfach sehr beunruhigend. Wir werden heute Morgen abreisen und hätten gern den Rest unseres Aufenthalts erstattet. Drei Tage.«

»Ja, ich verstehe«, sagte ich und drückte meine Finger gegen die Schläfen. Auch wenn nur noch zwei Tage in ihrem Mietvertrag standen. Es war den Kampf nicht wert in der Serviceindustrie, das wusste ich aus Erfahrung. »Ich kann es Ihnen heute Nachmittag überweisen.«

»Nein, wir möchten es gern abholen, bevor wir abreisen«, sagte er. Sein Tonfall machte deutlich, dass das nicht zur Diskussion stand. Ich hatte schon öfter mit Typen seines Kalibers zu tun gehabt. Die Herausforderung meines Jobs bestand darin, mir die meiste Zeit auf die Zunge zu beißen. »Wir werden den Rest der Woche in der Point-Frühstückspension verbringen«, fuhr er fort. »Wo befindet sich Ihr Büro?«

Mein Büro war dort, wo ich mich gerade befand, und ich wollte nicht, dass irgendjemand mit geschäftlichem Anliegen auf dem Grundstück der Lomans auftauchte. Wir kümmerten uns in erster Linie online um Verträge und Finanzen, und für alles andere nutzte ich mein Postfach. »Ich werde es heute Nachmittag persönlich im Point vorbeibringen. Der Scheck wird vor Ende des Arbeitstages an der Rezeption für Sie bereitliegen.«

Ich schrieb Parker eine Nachricht, um meinen Tagesablauf planen zu können, aber sie kam als »nicht gesendet« zurück.

Trotz der Tatsache, dass ich verschlafen hatte, dauerte es noch bis zur Besichtigung, sie war nicht vor zehn Uhr. Ich hatte Zeit für einen Morgenlauf, wenn ich ihn kurz hielt. Auf dem Weg konnte ich bei Parker vorbeischauen.

Der einzige Beweis für den Sturm letzte Nacht war das sanfte Nachgeben der Erde unter meinen Füßen. Der Morgen war frisch und sonnig, wie auf den Littleport-Postkarten in den Läden im Zentrum. An solchen Tagen, die wie geschaffen waren für die Touristen, florierten die Geschäfte: Der Ort erschien pittoresk und idyllisch, beschützt und umgeben von ungezähmter Natur.

In Wahrheit war das Leben hier wild und neigte zu Extremen. Vom Sturm aus Nordosten, der leicht ganz plötzlich gute dreißig Zentimeter Meter Schnee und Eis schicken und die Hälfte der elektrischen Leitungen zu Fall bringen konnte, bis zur Sommerruhe mit Vogelgezwitscher und der Glockenboje, die rhythmisch draußen auf dem Meer läutete. Von den turmhohen Wellen, die ein Boot von seinem Liegeplatz losreißen konnten, bis zu dem sanften Plätschern des Wassers gegen deine Zehen im Strandsand bei Ebbe. Malerische Geschäftigkeit im Gegensatz zu öder Einsamkeit. Pulverfass oder Geisterstadt.

Als ich an der Garage vorbeikam, stellte ich fest, dass die Mülltonne wieder befestigt, das Tor gesichert war. Parker war offensichtlich schon auf und unterwegs, unbeeindruckt vom späten Abend und vom Alkohol.

Ich hatte kaum einen Fuß auf die erste Stufe der Veranda gesetzt, als die Haustür aufschwang. Parker blieb abrupt stehen, guckte zweimal hin.

Es war der gleiche Blick, mit dem er mich angesehen hatte, als er mich zum ersten Mal traf. Da hatte ich in Sadies Zimmer gesessen, im Schneidersitz auf ihrem elfenbeinfarbenen Bettüberwurf, während sie unsere Nägel glänzend violett lackierte, das Fläschchen gefährlich auf ihrem Knie zwischen uns balancierend, hinter ihr nichts als Meer und Himmel jenseits der Glastüren ihres Balkons, blau auf blau bis zur Wölbung des Horizonts.

Ihre Hand blieb mitten in der Luft hängen, als sie die Schritte den Flur entlangkommen hörte, und sie sah auf, gerade als Parker vorbeiging. Er war damals neunzehn, ein Jahr älter als wir, eben fertig mit seinem ersten Collegejahr. Aber etwas stoppte ihn mitten im Gehen. Er sah mich an, dann Sadie, und ihr Mundwinkel zuckte.

»Dad sucht dich«, sagte er.

»Dann sucht er nicht besonders gut.« Sie fuhr fort, ihre Nägel zu lackieren, aber er blieb weiter in der Tür stehen. Sein Blick schnellte noch einmal zu mir, dann wieder weg, als wolle er nicht beim Starren erwischt werden.

Sadie seufzte hörbar. »Das ist Avery. Avery, mein Bruder Parker.«

Er war barfuß, in abgetragenen Jeans und einem T-Shirt mit Werbeaufdruck. So anders als er auf dem sorgfältig arrangierten Porträt unten aussah. Eine schwache Narbe trennte eine Ecke seiner linken Augenbraue ab. Ich winkte, und er tat dasselbe. Dann machte er einen Schritt in den Flur und ging weiter.

Ich schaute ihm nach, als ihre Stimme durch die Stille schnitt. »Tu es nicht«, sagte sie.

»Was?«

Sie schüttelte den Kopf. »Tu es einfach nicht.«

»Werde ich nicht.«

Sie schraubte die Flasche zu, pustete sanft auf ihre Nägel. »Im Ernst. Es wird nicht gut ausgehen.«

Als würde alles verheißungsvolle Zukünftige davon abhängen. Ihre Aufmerksamkeit, ihre Freundschaft, diese Welt.

»Ich sagte, das werde ich nicht.« Ich war es nicht gewohnt, herumkommandiert zu werden, Befehle entgegenzunehmen. Seit ich vierzehn war, hatte es nur mich und meine Großmutter gegeben, und jetzt war sie seit sechs Monaten tot.

Sadie hatte langsam geblinzelt. »Das sagen sie alle.«

Parker Loman war in den Jahren danach etwas breiter geworden, etwas kompakter, selbstsicherer. Er würde nicht mehr schwankend im Flur stehen bleiben. Aber ich hob die Hand, so wie ich es damals getan hatte, und er tat dasselbe. »Hi. Ich habe erst versucht, dir eine Nachricht zu schicken.«

Er nickte, ging die Stufen weiter hinunter. »Ich hab eine neue Nummer. Gib mal her.« Er streckte die Hand nach meinem Telefon aus und brachte seine Kontaktinformationen auf den neusten Stand. Ich fragte mich, ob er seine Nummer wohl wegen Luce geändert hatte. Oder Sadie. Falls ihn Leute anriefen, Freunde, die kondolieren wollten, Journalisten auf der Suche nach einer Story, alte Bekannte, die bei einer Tragödie wieder aus der Versenkung auftauchten. Ob er seine Kontakte ausmisten, seine Welt wieder zu ihrem Kern schrumpfen lassen und neu aufbauen wollte – so wie ich es einst getan hatte.

»Wann ist das Treffen?«, fragte ich.

»Es ist für dreizehn Uhr dreißig geplant. Hab dich schon angekündigt. Wollen wir zusammen hinfahren?«

Ich war überrumpelt, nicht nur, weil er sich erinnerte, sondern dass er es auch durchzog. »Ich hab danach ein paar Sachen zu erledigen, ich fahre lieber selbst.«

»Okay, dann sehen wir uns da.« Er ging ein paar Schritte in Richtung Garage. »Ich will einkaufen fahren. Es ist nichts im Haus. Ich meine, außer Whiskey.« Er grinste. »Soll ich noch etwas mitbringen?«

Ich hatte vergessen, wie charmant er sein konnte, wie entwaffnend. »Nein«, sagte ich. »Alles da.«

»Gut«, rief er, immer noch lächelnd, »dann lass ich dich wohl mal zu dem frühen Termin fahren.«

Ich hielt mich an eine vertraute Strecke, nahm die abschüssige Landing Lane. Erreichte das Ende des Ortszentrums und lief dann in einer Runde zurück bis zum Breaker Beach.

Der August war früher meine Lieblingszeit des Jahres in Littleport gewesen, egal, von wo ich schaute. Es lag etwas in der Luft, ein Beben, der Ort in ständiger Bewegung. Er war nach der Familie Little benannt, aber jeder hier – sowohl Einwohner als auch Besucher – hielt sich an diesen sprechenden Namen, als wäre es eine Mission. Alles im Ortszentrum musste winzig bleiben. Kleine Holzschilder mit handgemalten Buchstaben, niedrige Markisen, schmale Planken. Die Besucher saßen den Sommer über an kleinen Bistrotischchen mit Meerblick, und sie tranken aus kleinen schmalen Gläschen, sprachen mit kleinen Stimmchen. Von den Dachsparren hingen kleine Lichter, als wollten wir alle einander sagen: *Hier sind immer Ferien.*

Es war ein Stück, und wir alle spielten mit.

Trat man aus dem Zentrum heraus, war das Stück vorbei. Die Sommerhäuser erhoben sich zwei oder drei Stockwerke auf dem perfekt gepflegten Rasen, am Steilufer sogar noch höher. Lange von Steinen gesäumte Auffahrten, ausgedehnte umlaufende Veranden, Fenster im Porträtstil, die den Himmel und das Meer widerspiegelten. Schöne, prachtvolle Monstrositäten.

Ich war näher an der Inlandseite des Ortes auf einer Ranch aufgewachsen, wo meine Mutter einen Raum als Atelier nutzte. Sie hatte den Teppich herausgerissen und die Schranktüren entfernt, die Regale mit Reihen von Farben und Lacken gefüllt. Jedes Zimmer war in einer leuchtenden Farbe gestrichen, außer ihres, als bräuchte sie eine leere und neutrale Fläche, um sich mehr ausdenken zu können.

Unser einziger Ausblick damals ging auf Bäume und dahinter auf das Boot in der Auffahrt der Harlows. Connor und ich rannten früher immer den Pfad hinter unseren Häusern entlang, erschreckten die Wanderer, wenn wir in Schlangenlinien an ihnen vorbeizischten, für nichts langsamer würden.

Meine Großmutter, bei der ich meine Teenagerjahre verbracht hatte, wohnte weiter unten am Wasser. Der Geruch nach Terpentin und Farbe, an den ich mich gewöhnt hatte, war ersetzt worden durch den von süßen Seerosen, die ihren Garten hinten säumten, gemischt mit der salzigen Luft. In der Stone-Hollow-Gemeinde lebten die Familien schon seit Generationen, sie meldeten ihre Ansprüche an, bevor die Preise stiegen, und behielten ihre Häuser.

Ich kannte jede Facette dieses Ortes, lebte in jedem unterschiedlichen Viertel ein Leben. Hatte einmal von ganzem Herzen an seine Magie geglaubt.

Ich hielt an, als ich den sandigen Streifen von Breaker Beach erreichte. Legte die Hände auf die Knie und versuchte, wieder zu Atem zu kommen, meine Turnschuhe versanken im Sand. Später am Tag würden sich die Touristen hier versammeln, die Sonne aufsaugen. Kinder würden Sandburgen bauen oder vor der Flut davonrennen – das Wasser war zu kalt, sogar in der Sommerhitze.

Aber im Moment war ich ganz allein hier.

Der Sand war feucht vom vergangenen Sturm, und ich entdeckte noch ein anderes Paar Fußspuren, das den Strand überquert hatte und hier endete, direkt vor dem Parkplatz. Ich ging bis zum Rand der Klippen und zu den Steinstufen, die in den Felsen gehauen waren. Hier hörten die Fußspuren abrupt auf, als wäre jemand den Pfad in die andere Richtung gegangen, vom Haus weg.

Ich blieb stehen, hielt mich am kühlen Fels fest, Kälte stieg in mir auf. Ich blickte zu den Dünen hinter mir und stellte mir vor, dass da noch jemand war. Diese Spuren waren frisch, noch nicht weggespült von der auflaufenden Flut. Wieder das Gefühl, nicht allein zu sein.

Der Stromausfall letzte Nacht, die Geräusche im Dunkeln, die Fußspuren diesen Morgen.

Ich schüttelte es ab – das war typisch für mich: Ich ging drei Schritte zu weit, versuchte mir die Dinge vorwärts und rückwärts zu erklären, sodass ich diesmal etwas würde kommen sehen. Eine Angewohnheit aus der Zeit, als ich nur mir selbst trauen konnte und den Dingen, von denen ich wusste, dass sie wahr waren.

Bestimmt Parker, der vor mir laufen war. Der Anruf wegen des zweiten Einbruchs, der mich erschüttert hatte. Der seltsame Traum vom wogenden Meer – die Erinnerung der Worte meiner Mutter im Ohr, die mich, während sie arbeitete, anregte, *noch einmal hinzuschauen*, ihr zu erzählen, was ich gesehen hatte, auch wenn es für mich genau gleich aussah.

Es war dieser Ort und alles, was hier passiert war – immer brachte er mich dazu, nach etwas zu suchen, das nicht existierte.

Hier war Sadie gefunden worden. Ein Anruf bei der Polizei um dreiundzwanzig Uhr fünfundvierzig von einem Mann, der nachts mit seinem Hund spazieren ging. Ein Einwohner, der die Umrisse des Ortes kannte. Der etwas im Schatten sah, einen blauen Schimmer im Mondlicht.

Ihr Bein, das bei Ebbe von den Felsen festgehalten wurde. Der Ozean, der sie dort vergaß, als er sich wieder zurückzog.

Kapitel 4

Bay Street bedeutete, man musste sich sehr bemühen und dabei aussehen, als ob man sich überhaupt nicht bemühte. Ich ging meinen Schrank durch, eine Sammlung meiner eigenen und Sadies aussortierter Sachen, stellte mir vor, wie Sadie ein zufälliges Outfit wählte, es mir an die Schultern hielt, das Gefühl ihrer Finger an meinem Schlüsselbein, während sie mich hin und her drehte, überlegte.

Am Ende jeder Saison hatte sie mir immer ein paar Kleider oder Shirts oder Taschen hinterlassen. Häufte alles auf mein Bett. Das meiste stellte sich als entweder zu eng oder zu kurz heraus, was sie zwar für perfekt erklärte, was aber auch verhinderte, dass ich wirklich in ihre Kreise passte. Ihre Welt war altes Geld, was hieß, dass man es nicht zeigen musste, um es zu beweisen. Die Kleidung spielte keine Rolle; es waren die Details, die Art, wie du sie trugst, und das hatte ich nie genau richtig hinbekommen.

Auch wenn wir gleich gekleidet waren, zog immer sie die Aufmerksamkeit auf sich.

Am Wochenende nachdem wir in ihrem Gästebad aufeinandergetroffen waren, erinnerte sie sich an mich. Ein Lagerfeuer und ein paar Autos nachts versteckt hinter den Dünen von Breaker Beach, der Rest von uns kam zu Fuß. Bootkühlboxen gefüllt mit Bier. Ein Haufen verrottetes Treibholz mit Streichhölzern angezündet.

Es war die Stille, die mich dazu brachte, mich umzudrehen und sie zu sehen. Eine Präsenz, die ich mehr fühlen als hören konnte. »Hallo«, sagte sie, als hätte sie darauf gewartet, dass ich sie bemerkte. Wir waren eine Gruppe, die um das Feuer versammelt saß, aber sie sprach nur mich an. Sie war kleiner, als ich es in Erinnerung hatte, oder vielleicht lag das daran, dass sie barfuß war. Ihre Flip-Flops baumelten von ihrer linken Hand; sie trug weite Jeansshorts mit ausgefranstem Saum, ein Kapuzensweatshirt, dessen Reißverschluss gegen die kühle Nacht bis oben geschlossen war. »Kein Tetanus, wie ich sehe? Oder Blutvergiftung? Mann, bin ich gut.«

Ich zeigte ihr meine Hand. »Offenbar werde ich überleben.«

Sie lächelte ihr breites Lächeln, lauter gerade weiße Zähne leuchteten im Mondlicht. Das Licht der Flammen lief über ihr Gesicht. »Sadie Loman«, sagte sie und reichte mir die Hand.

Ich lachte halb. »Ich weiß. Ich bin Avery.«

Sie sah sich um, senkte die Stimme. »Ich hab den Rauch von unserem Garten aus gesehen und war neugierig. Ich werde nie zu solchen Sachen eingeladen.«

»Du verpasst nicht wirklich etwas«, sagte ich, aber das war eigentlich gelogen. Diese Nächte am Strand bedeuteten Freiheit für uns. Einen Weg, etwas zu beanspruchen. Ich war aus Gewohnheit hingegangen, hatte es aber sofort bereut. Alle feierten – den Abschluss, ein neues Leben –, und zum ersten Mal hatte ich mich gefragt, was ich hier machte. Was mich hierhergeführt hatte und was mich nun hier hielt. Jenseits der Grenzen dieses Ortes gab es eine Richtungslosigkeit, grenzenlos wild, aber überall hätte genauso gut nirgendwo sein können für jemanden wie mich.

Mein Dad war in Littleport aufgewachsen – nachdem er ein College in der Nähe besucht hatte, war er mit einem Lehrerabschluss wieder zurückgekehrt, genau wie er es schon immer gewusst hatte. Meine Mutter landete zufällig hier. Auf ihrem Weg die Küste entlang kam sie durch Littleport, den Rücksitz ihres Gebrauchtwagens vollgestopft mit Gepäck und Werkzeug, mit allem, was ihr auf der Welt gehörte.

Sie sagte, irgendetwas an diesem Ort habe sie gestoppt. Etwas habe sie angezogen, was sie nicht loslassen könne. Was ich später in einem Entwurf nach dem anderen in ihrem Atelier fand, versteckt in den Bilderstapeln. Ich sah es in ihrem Gesicht, wenn sie arbeitete, wenn sie den Blickwinkel änderte, ihre Perspektive, und noch einmal hinsah. Als gäbe es ein unfassbares Element, das sie nie ganz greifen konnte.

Die Schönheit ihrer fertigen Werke lag darin, dass man nicht nur das Motiv, sondern ihre Intention darin erkennen konnte. Dieses Gefühl, dass etwas fehlte und dich anzog, dich glauben ließ, dass du diejenige sein würdest, die es enthüllte.

Aber das war das Tückische an diesem Ort – er lockte dich unter falschen Vorspiegelungen an, und dann nahm er dir alles.

Sadie zog die Nase kraus beim Anblick der Szene um das Lagerfeuer. »Es wird regnen, weißt du?«

Ich konnte die Feuchtigkeit spüren. Aber das Wetter hatte sich gehalten, und das war der halbe Spaß. Als würden wir die Natur herausfordern. »Vielleicht«, sagte ich.

»Nein, es wird.« Und als hätte sie auch die Kontrolle über das Wetter, fühlte ich den ersten Tropfen auf meiner Wange, schwer und kühl. »Willst du mitkommen? Wir schaffen es, wenn wir rennen.«

Ich betrachtete die Gruppe Kids, mit denen ich zur Schule gegangen war. Alle warfen mir Blicke zu. Connor saß auf einem Baumstamm in der Nähe und tat sein Bestes vorzugeben, ich existiere nicht. Ich wollte schreien – meine Welt schrumpfte, während ich zusah. Und dann dieses Gefühl, das ich in letzter

Zeit nie abschütteln konnte, als wäre ich immer nur auf der Durchreise gewesen.

»Es gibt eine Abkürzung.« Ich zeigte auf die Stufen im Fels, auch wenn man sie von da, wo wir standen, nicht erkennen konnte.

Sie hob eine Augenbraue, aber mir wurde nie klar, ob sie von den Stufen schon gewusst oder ob ich ihr in dieser Nacht etwas Neues eröffnet hatte. Aber als ich darauf zuging, folgte sie mir, hielt sich hinter mir an den Griffen im Felsen fest. Der Regen setzte ein, als wir oben auf den Klippen ankamen, und ich sah die Unruhe unten im Schein des Lagerfeuers – die Schatten der Leute, die Kühlboxen hochhoben und zu den Autos rannten.

Sadie legte eine Hand an meinen Ellbogen, als sie einen Schritt nach hinten trat. »Pass auf«, sagte sie.

»Was?«

Im Mondschein konnte ich ihre Augen ganz deutlich sehen – groß und weit aufgerissen. »Wir sind nah am Abgrund«, sagte sie. Sie schaute zur Seite, und ich folgte ihrem Blick, auch wenn unter uns nur Dunkelheit war.

So nah waren wir gar nicht – nicht nah genug, dass ein falscher Schritt hätte fatal sein können –, aber ich trat trotzdem etwas weiter zurück. Sie griff nach meinem Handgelenk, als wir lachend in den Schutz ihres Gartens rannten. Wir ließen uns auf die Couch fallen, die direkt unter dem überdachten Teil der Terrasse stand, der Pool leuchtete vor uns, das Meer in der Ferne. Die Fenster hinter uns waren dunkel, und sie schlüpfte schnell hinein und kam mit einer Flasche teuer aussehendem Alkohol zurück. Ich wusste nicht mal, was es für eine Sorte war.

Die Grundstücksgrenze leuchtete in einem bernsteinfarbenen Glanz, und um das schwarze Tor zum Pool waren auch Lichter versteckt, sodass wir den Regen wie einen Vorhang fallen sehen konnten, als würde er das Hier vom Dort trennen.

»Willkommen bei den Breakers«, sagte sie und legte ihre sandigen Füße auf den geflochtenen Tisch vor uns. Als hätte sie vergessen, dass ich vor nur einer Woche auf einer Party hier gearbeitet hatte.

Ich starrte sie von der Seite an, ihr Mundwinkel war zu einem wissenden Lächeln nach oben gebogen. »Was?«, sagte sie und sah mich an. »Nennt ihr das hier nicht so?«

Ich blinzelte langsam. Ich dachte, das war vielleicht der Schlüssel zum Erfolg: ewiger Optimismus. Eine Beleidigung zu nehmen und sie zum eigenen Vorteil umzudefinieren. Alles zu nehmen, sogar das hier, und es zu besitzen. Noch einmal hinzuschauen und etwas Neues zu sehen. Und in dem Moment war ich mir über eine Wahrheit absolut sicher: Meine Mutter würde sie lieben.

»Ja«, sagte ich, »es ist nur so – ich war schon mal hier.«

Ihr Lächeln wuchs, bis es ihre Augen erreichte, und sie neigte den Kopf leicht nach hinten, fast als würde sie lachen. Ich spürte, wie sie mich genau musterte. Ob sie den Pulli erkannte, den ich trug, sagte sie nicht.

Sie hob die Flasche in meine Richtung, dann in Richtung Ozean. »Hört, hört«, sagte sie, kippte sie senkrecht und wischte sich danach mit der Hand über die Lippen.

Ich dachte an Connor unten am Strand, wie er mich ignoriert hatte. Das leere Haus meiner Großmutter, das auf mich wartete. Die Stille, die Stille.

Ich nahm einen langen Schluck, den Mund an dem kühlen Glas, meine Nervenenden in Flammen. »Ruhig, ruhig«, sagte ich, und sie lachte.

Wir tranken den Alkohol pur und schauten uns die Blitze vor der Küste an, nah genug, um etwas in der Atmosphäre zu entzünden. Ich fühlte mich wie eine lebendige Leitung. Ihre Finger schlossen sich über meinen, als sie nach der Flasche griff, und da war ich geerdet.

Ich ignorierte Sadies Klamotten und entschied mich für eins meiner eigenen Businessoutfits – Anzughose und eine weiße ärmellose Bluse –, ich konnte den Gedanken nicht ertragen, dass Parker mich in den Kleidern seiner Schwester sah.

Ich kam als Erste in der Bay Street an, denn ich war immer zu früh. Eine rudimentäre Angst, die bestand, seit ich für Grant Loman arbeitete, davor, dass er mich aus irgendeinem Grund feuern könnte und alles hier vorbei wäre.

Als ihre Eltern mich kennenlernten, war ich etwas, was Sadie am Strand gefunden und woran sie hoffentlich schnell das Interesse verlieren würde. Sie mussten alle gedacht haben, ich sei eine Phase, aus der Sadie herauswachsen würde. Eine fein eingestellte, kontrollierte Rebellion.

Sie hatte mich mit dem Treffen mit ihnen überrumpelt, ohne dass ich Zeit gehabt hätte, mich entweder vorzubereiten oder einen Rückzieher zu machen. »Ich habe ihnen gesagt, dass ich eine Freundin zum Essen mitbringe«, sagte sie, als wir gerade die Stufen zu ihrem Haus hochgingen, ein paar Tage später in dieser ersten Woche.

»Oh, nein, ich will …«

»Bitte. Sie werden dich lieben.« Sie hielt inne, lächelte. »Sie werden dich *mögen*«, berichtigte sie sich.

»Oder mich geradeso tolerieren, dir zuliebe?«

»Oh, es wäre nicht mir zuliebe. Komm schon, es ist nur ein Essen. Bitte, rette mich vor der Monotonie.« Wieder diese leichte Geste mit der Hand. *All das. Mein Leben.*

»Ich weiß nichts über sie«, sagte ich, auch wenn das nicht stimmte.

Sie hielt direkt vor der Tür an. »Alles, was du wirklich wissen musst, ist, dass mein Vater das Gehirn und meine Mutter die Muskeln hat.« Ich lachte, weil ich dachte, sie scherze. Bianca war zierlich, schlank, mit einem kindlichen Tonfall in der Stimme. Aber Sadie hob nur eine Augenbraue. »Mein Vater hat gesagt, es sei nicht sicher, hier oben zu bauen. Und doch«, sagte sie und zeigte herum, als sie die Tür aufmachte, »da sind wir. *Und* sie leitet die Wohltätigkeitsorganisation der Familie.« Inzwischen flüsterte sie nur noch, während ich verzweifelt versuchte, mir alles zu merken. »Alle müssen dem Schrein der Bianca Loman huldigen.«

»Sadie?« Die Stimme einer Frau erklang von irgendwo außer Sichtweite. »Bist du das?«

»Los geht's«, murmelte Sadie und stieß mich mit der Hüfte an.

Ich verstand nun, was es mit ihrem Handgewedel auf sich hatte – die Mutter, Bianca. Grant hatte nur eine Stimmung, stabil und unerbittlich, aber zumindest vorhersehbar. Von ihm lernte ich, was wahre Macht war. Bianca konnte dich in Wohlbehagen einlullen mit ihrem Lob, nur um zuzuschlagen, wenn deine Abwehr gerade unten war. Aber jemanden runtermachen konnte jeder; sogar ich konnte das. Jemanden aber aus einer Welt in eine andere zu erheben – das war wahre Macht.

Bei diesem ersten Dinner kopierte ich jede von Sadies Bewegungen, saß still und hoffte nicht aufzufallen. Doch ich bemerkte, wie ihre Kiefer sich mehr und mehr anspannten, während die Liste meiner Vergehen wuchs: kein College in Aussicht; kein Karriereplan; keine Zukunft.

Sadie hatte sie für mich eingenommen, in kleinen Dosen, auf ihre Art. Ich war ein Projekt. Am Ende des Sommers hatte ihr Vater mir ein Stipendium angeboten, um ein paar Wirtschaftskurse in der Nähe zu belegen, eine Investition in die Zukunft, wie er sagte. Als Nächstes kauften sie das Haus meiner Großmutter und ließen mich als Teil des Handels in ihrem Gästehaus wohnen. Eine Kostprobe davon, was es hieß, Sadie Loman zu sein.

Irgendwann arbeitete ich Vollzeit für Loman-Immobilien, verwaltete und überwachte ihren gesamten Besitz in Littleport, während sie weg waren. Ich hatte mich hochgearbeitet, mich bewiesen.

Aber es war schwer, die Paranoia abzuschütteln, die von der Türglocke herrührte, die nachts zweimal geklingelt hatte, lange nachdem meine Eltern zu Hause hätten sein sollen; als ich erwartet hatte, meiner Mutter die Tür zu öffnen und sehen würde, wie sie in ihrer Tasche wühlte und sich dann das dunkle Haar aus den Augen strich – *ich hab schon wieder den Schlüssel verloren* –, und meinem Vater, heimlich lächelnd neben ihr, der ihr kopfschüttelnd zusah. Aber stattdessen standen auf der vorderen Veranda Polizisten.

So war ich immer zu früh – zu Meetings, zu Besichtigungen, bei Anrufen. Ich bildete mir ein, auf diese Weise meinem Schicksal voraus zu sein.

»Ich habe eine Reservierung für Parker Loman«, sagte ich der Kellnerin. Es war immer aufregend, den Namen Loman zu nennen und der subtilen Veränderung in einem Ausdruck zuzusehen, der schnellen Anpassung. Sie lächelte, als sie mich zum Tisch führte, etwas Größerem als mir zu Diensten.

Ich setzte mich mit dem Rücken zur Wand, den Blick in den offenen Raum und auf die Fenster zum Anleger und dem Hafen dahinter gerichtet. Ein paar Minuten später erstarrte ich jedoch, als Detective Collins von derselben Kellnerin in meine Richtung geführt wurde. Mit einem Schwung ihrer Haare wies sie auf meinen Tisch, und mir sackte der Magen in die Kniekehlen. Sein Lächeln verrutschte bei meinem Anblick für eine Sekunde, aber als er sich setzte, hatte ich meine Gesichtszüge wieder unter Kontrolle. »Hi, Avery, mir war nicht klar, dass Sie dabei sein würden«, sagte er.

Ich hatte die Serviette in meinem Schoß zusammengeknüllt und lockerte nun langsam den Griff. »Ich wusste auch nicht, dass Sie Teil dieses Komitees sind, Detective.« Aber natürlich ergab das einen Sinn; hätte ich darüber nachgedacht, wäre ich wahrscheinlich auch so auf ihn gekommen.

»Ben, bitte«, sagte er.

Gemeinsam mit Justine McCann, der Kommissarin von Littleport, organisierte und betreute Detective Ben Collins die meisten öffentlichen Veranstaltungen hier, vom Kinderumzug am vierten Juli bis zum Gründungsfest am Harbour Drive. Er war der Mann, den ich in jener Nacht am Steilufer gesehen hatte. Der mir mit der Taschenlampe ins Gesicht geleuchtet, mich geblendet hatte. Und er war der Mann, der mich befragt hatte, hinterher. Der alles wissen wollte über die Party und warum ich zurück nach oben an den Rand der Klippen gekommen war.

Er galt allgemein als gut aussehend – breitschultrig, kantiger Kiefer, funkelnde Augen. Man sah langsam Zeichen des Alters, die aber irgendwie seine Anziehungskraft bei anderen noch steigerten, doch ich selbst konnte ihn immer nur im Negativraum sehen. Stets, wie in jener Nacht, in einem Lichtstrahl, der ihn in furchterregende Teile zerschnitt.

»Also«, sagte er und trank einen Schluck Wasser, »schön, Sie zu sehen. Ist eine Weile her. Wo wohnen Sie jetzt?«

Ich antwortete nicht, tat, als läse ich die Speisekarte. »Gleichfalls schön, Sie zu sehen«, sagte ich.

Es war schwer zu erkennen, wo der Small Talk endete und das Verhör begann. Bevor sie Sadies Notiz gefunden hatten, hatte er mir gegenüber an meinem Küchentisch gesessen und wieder und wieder meine Geschichte über jene Nacht auseinandergenommen. Als hätte er in meiner ursprünglichen Aussage etwas gehört, das ihm seltsam vorgekommen war.

Mit wem waren Sie zusammen? Warum haben Sie sie angerufen? Ihr geschrieben? Und an der Stelle hatte er immer eine Pause gemacht: *Aber Sie sind nicht zurückgegangen, um sie zu holen?*

Es war wie Schnellfeuer gewesen, brutal, sodass ich manchmal nicht mehr sagen konnte, ob ich eine Erinnerung aus jener Nacht hervorholte oder nur etwas, was ich ihm zuletzt erzählt hatte.

Wer war noch da? Wussten Sie, dass sie sich mit Connor Harlow traf?

»Ich bin froh, dass Sie hier sind«, sagte er. »Um die Wahrheit zu sagen – ich wollte Sie heute Nachmittag anrufen.«

Ich hielt die Luft an, wartete. Mir war klar geworden, dass diese Liste von Leuten, die er mir gegeben hatte, dazu diente, eine Ungereimtheit in der Aussage von irgendjemandem zu finden. Als er also beim Verhör aufgestanden war, um einen Anruf zu tätigen, und sein Partner sich gerade umdrehte, hatte ich mit dem Handy schnell ein Foto von der Liste gemacht, ich wollte versuchen zu erkennen, was sie erkannten. Es hatte sich allerdings nicht gelohnt. Am selben Tag hatten sie Sadies Nachricht gefunden, und danach hatte nichts mehr eine Rolle gespielt. Als ich ihm aber nun gegenübersaß, erwartete ich fast, dass er wieder in einem Detail herumstochern, nach einer Diskrepanz suchen würde.

»Ich habe gehört, dass es in einem der Häuser gestern Nacht Probleme gegeben hat«, sagte er.

»Oh, ja.« Ich schüttelte den Kopf. »Es wurde nichts gestohlen.«

Er glättete das Tischtuch vor sich. »Die Mieter waren ganz schön verschreckt.«

Mein Herz machte einen Satz. »Waren Sie da?«

Er nickte. »Ich hab den Anruf entgegengenommen. Bin vorbeigefahren, hab mich umgesehen, sie beruhigt.«

»Warum haben Sie mich letzte Nacht nicht angerufen?« Mein einziger verpasster Anruf war der von den Donaldsons gewesen.

»War es nicht wert, jemanden deswegen aufzuwecken«, sagte er. »Ehrlich, ich konnte keinen Beweis finden, dass sonst jemand dort war.«

»Na ja«, sagte ich und entspannte die Schultern, »wir werden sowieso keine Anzeige erstatten. Die Mieter haben beschlossen abzureisen. Da ist es nicht nötig, einen Bericht zu schreiben.«

Eine lange Sekunde der Stille sah er mich durchdringend an. »Ich weiß, wie ich meine Arbeit zu tun habe, Avery.«

Ich sah weg, und das vertraute Gefühl setzte sich wieder in mir fest. Als gäbe es etwas, wonach er suchte, versteckt hinter meinen Worten.

»Oh, da ist ja Parker«, sagte ich und betrachtete ihn, wie er zusammen mit Justine McCann und einer anderen Frau den Raum betrat. Als sie näher kamen, erkannte ich auch die dritte Person, kam aber nicht auf den Namen. Sie war ungefähr in meinem Alter, hellbraunes Haar zu einem französischen Zopf geflochten, rote Brille, Lippenstift im gleichen Farbton.

Parker beugte sich vor und deutete einen Wangenkuss an, was überraschend war. »Tut mir leid, wenn ihr lange warten musstet«, sagte er.

»Ganz und gar nicht.«

Er schüttelte dem Detective die Hand und fuhr mit der Vorstellungsrunde fort. »Justine, kennen Sie Avery Greer?«

»Natürlich«, antwortete Justine höflich lächelnd. Sie war die Älteste in unserer Gruppe, um mindestens zwei Jahrzehnte, und allein durch diese Tatsache verschaffte sie sich schon Aufmerksamkeit. »Schön, dass Sie uns Gesellschaft leisten können, Avery. Das ist meine Assistentin Erica Hopkins.«

»Wir kennen uns«, sagte Erica, die Hände um eine Stuhllehne geschlungen. »Du und deine Großmutter haben neben meiner Tante gewohnt. Evelyn?«

»Richtig. Ja. Hallo.« Deshalb kam sie mir bekannt vor. Erica Hopkins war nicht mit uns zusammen zur Schule gegangen, aber sie hatte im Sommer oft ihre Tante besucht. Ich hatte sie allerdings jahrelang nicht gesehen.

Sie lächelte knapp. »Schön, dich mal wiederzusehen.«

»Wie geht es Ihren Eltern, Parker?«, fragte Detective Collins, während alle um den runden Tisch Platz nahmen.

»Ganz gut.« Parker fuhr sich mit einer Hand durchs Haar, strich mit dem Daumen an seinem Gesicht entlang. Eine nervöse Angewohnheit, das Kratzen des schwachen Schattens eines Bartes. »Sie werden nun wohl doch zur Einweihung hier hochkommen.«

»Das ist wunderbar«, sagte Justine und klatschte in die Hände. Als ob wir alle etwas Positives daraus ziehen könnten. Eine Hommage an ein totes Mädchen. Ein Besuch ihrer trauernden Eltern, die die Schuld an der ganzen Sache Littleport geben wollten. Mir war gar nicht bewusst, dass ich den Kopf schüttelte, bis ich bemerkte, dass der Detective mich neugierig ansah.

»Einige Bitten habe ich trotzdem«, fügte Parker hinzu und rieb seine Hände unter dem Tisch an seiner Hose. Ich sah zu, wie er sich in den Business-Parker verwandelte. Er richtete die Ärmel seines Hemdes, eine Warnung vor dem, was folgen sollte. Es wäre ein Leichtes, seine Position einfach der Vetternwirtschaft zuzuschreiben, aber ich musste zugeben, dass er beeindruckend effektiv war, indem er uns alle glauben ließ, wir seien auf derselben Seite, wollten dasselbe – und dass er genau wusste, was wir brauchten.

Irgendwann, als es um die Presse für die neue Stiftung der Lomans ging, schaltete ich ab. Ein Selbstmordpräventionsprogramm der Gemeinde, die Bereitstellung der dafür vorgesehenen psychiatrischen Versorgung und Untersuchung. Ich wusste bereits alles darüber, hatte die Artikel gelesen, die Reportagen. Sadies Tod hatte die Lomans irgendwie nur noch interessanter, noch wertvoller gemacht. Als wären sie durch die Tragödie menschlich geworden. Die ganze Sache war ekelhaft.

Ich konzentrierte mich auf den Hummersalat, der für alle serviert worden war, leicht und wohltuend, versuchte mich an das letzte Mal zu erinnern, als ich hier zusammen mit den Lomans war.

Mit plötzlicher Wucht fiel es mir ein: Sadies Geburtstag. Später Juli letztes Jahr. Ihre Eltern, Parker, Luce und ich. Sie war unkonzentriert gewesen. Sprunghaft. Hatte in ihrem Job gerade die Position gewechselt. Ich hatte angenommen, sie war abgelenkt. *Distanziert und unbeteiligt*, so hatte die Polizei es später beschrieben. Als wäre dies das erste Zeichen gewesen, das wir verpasst hatten.

»Avery?« Parker sah mich an, als hätte er mir gerade eine Frage gestellt. »Kannst du dich um den Zeitungsartikel kümmern? Das richtige Foto heraussuchen?«

»Natürlich«, sagte ich. Und da verstand ich meine Rolle. Justine hatte ihre Assistentin mitgebracht – und Parker seine. Ich war Angestellte der Lomans, eine Requisite, eine Machtdemonstration. Ich hatte mich sogar so angezogen.

Wir standen auf, verabschiedeten uns.

»Ich melde mich bald«, sagte Erica, als wir nach draußen traten, und gab mir ihre Karte. Sie ging vor uns die Holzstufen hinunter. Als sie am Auto ankam, sah sie noch einmal zu uns hoch, aber ich konnte ihren Gesichtsausdruck nicht einordnen.

Ich konnte mir nur vorstellen, was Evelyn ihr erzählt hatte.

Parker stand neben mir, als die anderen wegfuhren. Er berührte meine Schulter, und ich zuckte zusammen.

»Bist du sauer? Avery, es tut mir leid. Meine Eltern haben mich hierhergeschickt, weil sie dachten, ich kann das hier regeln. Aber das kann ich nicht. Ich brauche wirklich deine Hilfe dabei.«

Ich ging über die Straße auf mein Auto zu, das zwischen zwei teuren SUVs eingeklemmt war, und er hielt mit mir Schritt. »Mensch, Parker. Wie wär's, wenn du mich nächstes Mal einfach vorher informierst? Außerdem war mir nicht klar, dass Detective Collins dabei sein würde. Gott.«

Er legte eine Hand auf das Dach meines Wagens und beugte sich zu mir. »Ich weiß. Ich weiß, es ist nicht leicht.«

Ich glaubte nicht, dass er das wusste. Bis Parker seine Aussage machen musste, war der Anwalt der Familie bei ihm. Sein Vater war wahrscheinlich ebenfalls im Raum gewesen, hatte alles überwacht. Parker war der Bruder des Opfers und wurde dementsprechend behandelt. Ich war ein Produkt von Littleport, etwas, was extrem fehl am Platz war, und Detective Collins hatte mir von Anfang an nicht getraut.

Kann irgendjemand die ganze Zeit für Sie bürgen, Avery?

Parker, Luce, es gab ein ganzes Haus voller Leute. Sie haben mich gesehen. Ich war da.

Sie hätten gehen können. Sie können nicht für jeden Moment bürgen.

Aber das bin ich nicht. Und ich habe Ihnen gesagt, dass sie mir eine Nachricht geschrieben hat. Es ging ihr gut.

Was ist mit Connor Harlow?

Was soll mit ihm sein?

Wissen Sie, wie es ihm gestern Nacht ging?

Ich weiß gar nichts. Connor und ich sprechen nicht mehr miteinander.

»Es würde mir viel bedeuten«, sagte Parker, »wenn du mir hiermit hilfst.« Änderung der Taktik, um mich auf seine Seite zu ziehen.

»Ich dachte, du hättest gesagt, deine Eltern würden nicht zur Einweihung kommen«, sagte ich, unfähig den Vorwurf in meiner Stimme zu verstecken.

Er sah auf sein Telefon, verschickte eine Nachricht. »Na

ja, es ist noch nicht klar. Wahrscheinlich werden sie das auch nicht.« Halbe Aufmerksamkeit. Halbes Interesse. »Ist aber besser, wenn die anderen das denken. Das wird alles einfacher machen.« Parker erzählte den Leuten immer, was sie hören wollten, und ich konnte nicht sagen, mit wem von uns er gerade seine Spielchen spielte.

Seine Lügen, damals und heute, ganz ohne Anstrengung.

Wie alles in ihrem Leben.

Kapitel 5

Als ich das Point betrat, lächelte Mr. Sylva höflich. Im Sommer hielten wir unsere Mienen ruhig und vorhersehbar, eine Maske, Teil der endlosen Scharade. Mr. Sylva ließ sich nicht anmerken, dass Faith und ich, als wir Kinder waren, diese Flure entlanggerannt waren, das Trampeln unserer nackten Füße ertönte im Gleichklang mit unserem Gelächter, während er uns hinterherrief: *Mädchen! Passt auf!* Oder dass er Jahre später die Polizei hatte rufen müssen, um mich vom Grundstück entfernen zu lassen.

»Guten Tag«, sagte er. Faiths Vater sah aus wie ein Fischer, mit wettergegerbter Haut und knorrigen Händen, nicht vom Herumwuchten der Hummerkisten, sondern vom Tischlern, was optisch keinen Unterschied machte. Die Sylvas sahen alle aus, als wären sie eins mit der Küste von Maine und ihren Produkten. Mrs. Sylvas flammend rotes Haar war, seit wir uns zuletzt gesehen hatten, an den Schläfen grau geworden, und die Linien in ihrem Gesicht waren tief eingegraben, als hätte sie Jahre auf dem Balkon verbracht, den Ozean betrachtet, sich dem Wind entgegengestellt. Faiths Haare gingen mehr ins Bernsteinfarbene, lockig und wild, und sie machte sich nie die Mühe, sie zu bändigen – typisch Faith. Egal, was sie anboten, die Leute kauften es, einfach weil sie nach dem Aussehen des Ortes urteilten.

Ich ging geradewegs zur großen Eichenrezeption in dem zweistöckigen Foyer und legte den Umschlag auf den Tresen, vorne in meiner Schrift draufgeschrieben: *Kevin Donaldson.* »Hi, Mr. Sylva, ich glaube, Familie Donaldson sollte heute irgendwann einchecken? Wären Sie so nett, das hier an sie weiterzugeben?«

Der Eingang zur Küche hinter dem Tresen öffnete sich, und Faith blieb wie angewurzelt stehen, die Türen schwangen hinter ihr. »Oh. Ich wusste nicht, dass hier jemand ist.« Sie räusperte sich, es war offensichtlich, dass sie mit *jemand* mich meinte.

»Hallo, Faith. Willkommen zurück.« Ihr weites T-Shirt hing ihr über eine Schulter, sodass ich ihren Schlüsselbeinknochen sehen konnte. Schwarze Leggins, schwarze Schlappen und das Haar zu einem Pferdeschwanz gebunden. Auf den ersten Blick könnte sie immer noch das Mädchen sein, das sich für einen Mitternachtssnack während Übernachtungspartys am Wochenende in die Küche schleicht, die das Gelände barfuß, buchstäblich hüpfenden Schrittes, sowohl drinnen als auch draußen durchstreift hatte – als würde sie auf den Startschuss warten. Aber sie war dünner geworden, seit ich sie das letzte Mal gesehen hatte. Aus der Art, wie sie mich musterte, schloss ich, dass sie die Veränderungen an mir wohl auch wahrnahm.

»Danke.« Sie drehte sich schnell Richtung Rezeption. »Mom braucht die Gästezahl fürs Mittagessen, wenn du Zeit hast.«

Mr. Sylva nickte, und Faith verschwand wieder hinter den Schwingtüren. Ich hatte gehört, dass sie ihr Graduiertenprogramm beendet hatte, wieder hierher zurückgezogen und bereit war, die Pension zu übernehmen, sobald ihre Eltern in Rente gingen.

»Muss schön sein, sie wieder zu Hause zu haben«, sagte ich.

»Das ist es. Du musst mal zu Besuch kommen und dich auf den neuesten Stand bringen lassen, wenn sie gerade nicht so viel zu tun hat.«

»Unbedingt.« Freundlichkeiten. Er meinte es nicht ernst, und ich auch nicht.

Aus dem oberen Flur waren Schritte zu hören, und ich sah instinktiv hoch, entdeckte aber nur Schatten oben an der geschwungenen Doppeltreppe.

Das Haupthaus war riesig und hatte sich über die Zeit stetig vergrößert; früher dachte ich, es sei ein Schloss. Es gab gebogene Türrahmen, versteckte Fenstersitze, Schränke in Schränken. Ein Geländer aus unbehandeltem Holz, das hinten an den Klippen entlangführte. Balkone, die gefährlich nah über dem Rand der Aussichtsfläche hingen, salziger Nebel legte sich beständig auf die Brüstungen. Faith hatte auch da gewohnt, im obersten Stockwerk, in einem umgebauten Teil des Dachbodens, wo wir in der Middleschool alle zum ersten Mal eine Flasche herumgehen ließen.

Eine Sekunde lang erinnerte ich mich an Connor, wie er damals war, dass er scheinbar nie stillstehen konnte. Wie er verschwinden konnte, während du dich umdrehtest, nur um dann zur Tür hereinzukommen, gerade wenn dir auffiel, dass er weg war. Dieses Gefühl, dass er ein komplettes zweites Leben lebte in dieser Pause, während der Rest von uns in Zeitlupe feststeckte.

Mr. Sylvas Blick folgte dem meinen zum Treppenabsatz, und als die Schritte sich zurückzogen, beugte er sich vor und senkte die Stimme. »Die Donaldsons sind schon angekommen. Schienen ein bisschen durcheinander, um ehrlich zu sein. Was ist da oben passiert, Avery?« Er wies mit dem Kinn zur Seite in Richtung der Ferienhäuser auf der Aussichtsfläche. Sie waren zu Fuß erreichbar, aber von hier nicht vollständig zu sehen.

»Ich weiß nicht«, sagte ich und sah noch einmal zu dem leeren, im Schatten liegenden Flur hoch. »Ich will gerade mal gucken gehen.«

Familie Donaldson hatte im Blue Robin gewohnt, dem Schauplatz der letzten Plus-One-Party. Ich war seitdem nicht zum ersten Mal hier, aber ich hatte mich nie lange aufgehalten. Ich hatte die Besichtigungen zwischen den Gästen kurz und effizient gehalten. Ansonsten gab es zu viel dort, was mich erinnerte.

Das war nicht der Ort, an dem Sadie gestorben war, also hatte die Polizei ihn ziemlich außer Acht gelassen. Aber es würde immer der Platz sein, an dem ich war, als ich sie mir das letzte Mal lebendig vorgestellt hatte. Wo ich auf ihre letzte Nachricht gewartet hatte, auf das Letzte, was sie mir sagen wollte:

Niemand versteht.

Ich werde dich vermissen.

Vergib mir.

Ich werde nie wissen, was sie sagen wollte. Die Polizei hatte versucht, ihr Handy zu finden, aber das GPS war schon seit ich sie kenne deaktiviert – eine übrig gebliebene Vorsichtsmaßnahme aus der Teenagerzeit, in der ihre Eltern sie ausspioniert und jeden ihrer Schritte überwacht hatten. Das Handy war offline, als die Polizei ihre Nummer anwählte, am wahrscheinlichsten war es im Meer verloren gegangen, als sie sprang.

Es gab einen Pfad, der von der Pension durch die Bäume zur Aussichtsfläche führte und direkt hinter dem Blue Robin vorbeiging. Ich hätte mein Auto nehmen, die Auffahrt wieder zurückfahren und die nächste Abbiegung nehmen können, aber ich wollte niemanden darauf aufmerksam machen, dass ich kam; ich wollte nicht, dass jemand mein Auto erkannte und fragte, was los war.

Ich ging denselben Pfad, den ich vor fast einem Jahr entlanggerannt war, Parker und Luce folgend. Gerannt zu etwas hin, das wir unmöglich aufhalten konnten. Im Nachhinein wusste ich, dass Parker nicht mehr hätte fahren sollen. Niemand von uns hätte das. Die Nacht hatte verschwommene Winkel, was Partys häufig bei mir bewirkten. Erinnerungsfetzen kamen während der Befragung in überraschenden Flashbacks zu mir zurück, verwandelten sich in eine künstliche Zeitleiste der Dinge, die ich gesagt oder getan, gesehen oder gehört hatte.

Als ich nun auf der vorderen Veranda stand, konnte ich die Leute auf der anderen Seite fast fühlen – die Hitze, das Gelächter –, bevor sich alles verändert hatte.

Die Donaldsons hatten sich an die Hausregeln gehalten und den Schlüssel in einem Umschlag im Briefkasten neben der Vordertür hinterlegt. Nicht gerade die sicherste Methode, das wusste ich, aber es war alles Teil des Spiels. Teil der Geschichte, die wir über diesen Ort hier erzählten. Es gab viele offensichtliche Gefahren in Littleport, trotz der gegenteiligen Aussagen, die wir den Touristen gegenüber machten. *Ein sicherer Ort*, sagten wir ihnen, und im Grunde genommen, wenn man sich die Kriminalitätsstatistik ansah, war das die Wahrheit.

Aber es gab andere Gefahren. Ein Auto auf einer dunklen, gewundenen Straße. Eine vereiste Stelle auf dem Gehweg. Das Steilufer, die Strömung, die Felsen.

Die Berge und das Wasser; die Kälte im Winter; das Wohlbehagen im Sommer.

Die Beinahe-Verschwundenen, von denen nie berichtet wurde: die Wanderer, die vermisst wurden (und die man zwei Tage später fand), die Frau, die in eine Schlucht fiel (sie hatte es geschafft, um Hilfe zu rufen, denn zu ihrem Glück hatte sie ihr Handy dabei), die Kajakfahrer, von den Hummerfischern herausgezogen, einer nach dem anderen, die ganze Saison hindurch, sie unterschätzten die Strömung und gerieten in Panik.

Und es gab mehr – jene, von denen wir so taten, als existierten sie nicht.

Das Haus roch immer noch nach Frühstück, als ich eintrat. Sie hatten ihr Geschirr in der Spüle stehen lassen, eingeweicht im Wasser, obwohl sie eigentlich verpflichtet waren, den Geschirrspüler zu befüllen, bevor die Reinigungsfirma kam.

Ich konnte erst nichts entdecken, keine Anzeichen, dass jemand anderes hier gewesen war, wie Detective Collins gesagt hatte. Die Stühle standen nicht mehr in der Mitte des Esszimmers, wahrscheinlich hatte aber Familie Donaldson sie weggerückt. Das Gleiche mit den dreckigen Fingerabdrücken und der Ecke des Wohnzimmerteppichs, die umgeklappt war.

Aber dann fielen mir ein paar kleinere Details auf: das umgedrehte Kissen auf einem Sofa, als hätte jemand die Kissen weggenommen und dann dieses falsch zurückgelegt. Die Beine des Esszimmertischs passten nicht mehr in die Abdrücke auf dem Teppich darunter. Die Donaldsons hätten doch sicher keinen Grund gehabt, die Möbel umzustellen.

Ich drehte eine Runde durch das Haus, fuhr mit den Fingern an den Fensterbänken entlang, den Türrahmen, prüfte die Schlösser. Alles schien sicher. Ich stoppte am zweiten Fenster, das nach hinten hinausging, ein bisschen glatter als alle anderen. Irgendwann nach der Plus-One-Party war es ausgetauscht worden, weil es von einem Netz von Rissen durchzogen gewesen war. Ein Unfall in der Partynacht, das Risiko, wenn man querbeet alle möglichen Leute in sein Haus einlud.

Ich selbst hatte das Ersatzfenster bestellt. Nun fuhr ich mit den Fingern an seinen Kanten entlang, etwas dünner, mit einem glatteren Schloss. Es war in der verschlossenen Stellung. Aber es war ein neueres Modell als die anderen Fenster, der Hebel war so schmal, dass ich nicht sicher war, dass er genau passte. Ich zog es von unten hoch, und die Scheibe glitt ohne Widerstand nach oben, Schloss hin oder her. Ich fluchte innerlich. Wenigstens musste ich mir keine Gedanken um jemanden mit einem Schlüssel machen.

Erst einmal musste ich sichergehen, dass nichts von uns gestohlen worden war; die Ferienhäuser hatten keine besonders gehobene Einrichtung, aber es war bestimmt trotzdem das Beste, schnell alles durchzuchecken. Bei der Art, wie die Kissen lagen, schien es, als hätte, wer auch immer hier drin war, nach versteckten Wertgegenständen gesucht. In einem Haus ohne Safe ist bekannt, was die Leute tun: Laptops zwischen Matratze und Lattenrost verstecken. Schmuck in Schubladen unter der Kleidung.

Die Tür zum großen Schlafzimmer am Ende des Flurs war geschlossen, aber ich dachte mir, dass dort alles von Wert versteckt werden würde – da würde man nachsehen.

Sobald ich die Tür öffnete, roch ich Meersalz und Lavendel. Auf der weißen Holzkommode brannte noch eine Kerze. Vergessen, als die Donaldsons abgereist waren. Kerzen waren nicht explizit verboten, aber das hier ließ mich daran zweifeln, ob im Haus welche vorhanden sein sollten. Ich blies die Flamme aus, eine schwarze Rauchfahne kringelte sich vor dem Spiegel, bevor sie sich auflöste.

Die Schubladen waren alle leer, und auch auf der Badezimmerablage war nichts liegen geblieben. Das Doppelbett war ungemacht, der weiße Überwurf lag zerknüllt am Boden. Ich öffnete die Truhe am Fußende, in der wir zusätzliche Decken aufbewahrten, der Geruch erinnerte mich an den alten Dachboden meiner Großmutter, abgestanden und erdig. Eine Spinne huschte über den Stapel, und ich machte einen Satz nach hinten, bekam eine Gänsehaut. Diese Decken sind vermutlich den ganzen Sommer über nicht angerührt worden. Sie mussten gewaschen werden, die ganze Truhe sollte einmal mit Möbelpolitur geputzt und ausgesaugt werden – für nächste Woche war noch eine letzte Familie eingeplant.

Ich schaufelte den Berg von Decken und Überwürfen heraus, hielt die Luft an, und da erblickte ich etwas unten in einer Ecke.

Es war ein Handy. Erst nahm ich an, die Donaldsons hatten es vergessen, versteckt, genau wie ich es getan hätte. Aber das

Display hatte in der oberen linken Ecke einen Sprung, und es schien ausgeschaltet zu sein, wahrscheinlich verloren und vergessen von einer Familie, die früher in der Saison hier gewesen war. Ich wollte es in meine Tasche stecken, aber ein roter Streifen an der Ecke der einfachen schwarzen Hülle zog meinen Blick auf sich. Nagellack, das wusste ich. Vom Anfang des letzten Sommers, als sie eine Nachricht schrieb, bevor ihre Nägel trocken waren.

Der Versuch, ihn wegzuwischen, hatte es nur schlimmer gemacht. *Gibt ihm Charakter*, sagte sie.

Ich saß auf der Bettkante, zitternd.

Ich hielt Sadie Lomans Telefon in der Hand.

Sommer 2017

Die Plus-One-Party

21 Uhr

Das hier war ein Fehler.

Ich stand auf der vorderen Veranda des Blue Robin und sah zu, wie hinter den Bäumen ringsherum Gruppen von zwei oder drei Leuten auftauchten, lachend und mit Drinks in der Hand. Sie schlenderten von ihren Autos durch die bewaldeten Stellen, manche kamen direkt über die Terrasse. Ich hoffte, dass das Meer unsere Geräusche schluckte.

Die Party hatte dieses Jahr eigentlich im Haus der Lomans stattfinden sollen, aber Sadie war absolut dagegen gewesen. Sie und Parker hatten deswegen gestritten, Parker meinte, es wäre nur fair, als ob er immer nach den Regeln spielte, und Sadie appellierte an seine Vernunft: *Willst du sie wirklich in unserem Haus haben? Sie unsere Sachen durchwühlen lassen? In unseren* Zimmern. *Komm schon, du weißt doch, wie es manchmal werden kann.*

Parker hatte versucht, für jeden Punkt ein Gegenargument zu finden, denn so funktionierte er, im Geschäft und im Leben: *Dann hilft Avery eben, alles im Blick zu behalten. Dann dürfen die Schlafzimmer eben nicht betreten werden.*

Ach ja?, hatte sie mit großen belustigten Augen gesagt. *Es gibt keine Schlösser, wie genau willst du das also durchsetzen? Mit einer Möbelbarrikade? Willst du gegen sie* kämpfen, *wenn sie nicht gehorchen?*

Du machst dich lächerlich, hatte Parker gesagt und sich abgewandt, was der falsche Schachzug gewesen war.

Ich spannte die Schultern an, als Sadie Luft holte und sich zu ihm beugte. *Gut. Dann kannst* du *aber Dad beichten, dass sein Schreibtisch von einem betrunkenen Ortsbewohner verunstaltet wurde.* Du *kannst Bee sagen, dass jemand in ihre Küche gekotzt hat.*

Er lachte. *Mein Gott, niemand wird einen verdammten Schreibtisch verunstalten, Sadie. Tu nicht so, als wären alle Menschen Abschaum. Und außerdem*, sagte er und sah ihr in die Augen, *nichts kann schlimmer sein, als das, was du bereits getan hast.*

Da griff ich ein. *Wir könnten die Party in einem der Ferienhäuser veranstalten*, sagte ich. *Beide Häuser auf der Aussichtsfläche sind in der Woche frei.*

Sadie nickte, ihr Gesicht entspannte sich sichtlich, ihre Fäuste lockerten sich. Ich konnte sehen, wie die Idee in Parker arbeitete, sein Kiefer bewegte sich, während er darüber nachdachte. *Sunset Retreat*, sagte er, *das ist größer.*

Aber ich schüttelte den Kopf. Niemand kannte die Häuser besser als ich. *Nein*, sagte ich, *das Blue Robin ist abgeschiedener. Da wird uns niemand entdecken.*

Aber als ich nun auf der vorderen Veranda stand, während die Party ihren Höhepunkt erreichte, war ich nicht mehr so sicher. Autos standen in beiden Richtungen am Straßenrand, was wahrscheinlich die Brandschutzregeln verletzte, so wenig Platz wie auf der Straße noch blieb. Ich verrenkte mir den Hals, um mein Auto zu sehen, das ich am Ende der kurzen Auffahrt vom Sunset Retreat auf der anderen Seite des Weges geparkt hatte, mit der Front nach vorne, um andere Wagen vom Grundstück fernzuhalten. Es hatte mich jetzt schon jemand zugeparkt, indem er sich direkt vor die Einfahrt gestellt hatte.

Zwischen den Bäumen hindurch und in der Dunkelheit konnte ich noch nicht einmal erkennen, wie weit die Reihe der Autos reichte. Es gab noch keine Straßenbeleuchtung hier oben – nur das Verandalicht über mir und ab und zu ein Scheinwerfer, der das Pflaster erleuchtete, jedes Mal, wenn ein Auto einbog.

»Alles in Ordnung?« Parker stand hinter mir in der offenen Tür. Er runzelte die Stirn und sah über meine Schulter hinweg in die Dunkelheit.

»Ja, alles gut.« Es gab eine ganze Liste von Dingen, über die ich mir Sorgen machen könnte: die Anzahl der Leute, die immer noch ankamen, die Menge des Alkohols, die Tatsache, dass ich zwar die zerbrechliche Deko weggeräumt hatte, aber nicht daran gedacht hatte, die Läufer unter den Möbeln wegzunehmen, und die würden viel schwerer zu ersetzen sein.

Aber heute Nacht musste ich nicht ich selbst sein. Heute Nacht war zum Vergessen da.

Ich folgte Parker nach drinnen, verlor ihn dort in der Menge aus den Augen. Fand mich mitten in einem vertrauten Spiel wieder.

Die Musik hatte sich verändert, harter Techno, und niemand tanzte oder bewegte sich zu dem Rhythmus. Aber es gab eine Gruppe, die über der Kücheninsel hing, eine Ansammlung von Schnapsgläsern auf dem Tresen vor sich.

Ich gesellte mich dazu. »Hört, hört«, sagte ich und nahm mir lächelnd ein Glas.

»Genau rechtzeitig«, sagte der Mann neben mir. Ich erkannte ihn vage, aber er war ein bisschen jünger als ich, und ich hatte es lange aufgegeben, mir die Namen der neueren Gäste zu merken. »Ich war gerade im Begriff, allen von Greg und Carys Flamme zu berichten«, fuhr er fort.

Greg knallte sein Glas auf den Tresen, Mund sperrangelweit auf.

»Versuche nicht, es zu leugnen«, sagte der andere Mann breit grinsend. »Ich hab euch gesehen. Unten am Bruch.«

Greg schüttelte den Kopf und lächelte dann, bevor er den nächsten Schnaps hinunterkippte. Weiter ging's.

Es war ein Reinwaschen von Geheimnissen, von heimlichen Verabredungen und Reue. Ein Spiel ohne Regeln und ohne Ausweg, außer noch etwas mehr zu trinken. Wenn ein Geheimnis erzählt oder aufgedeckt wurde, musste man trinken.

Runde um Runde ging es weiter. Mittlerweile kannte ich den Großteil der Namen kaum noch.

Vor sechs Jahren hatten Sadie und ich Seite an Seite an einem Tisch recht ähnlich dem hier gestanden, bei meiner allerersten Plus-One-Party. Wir waren in eine leichte Vertrautheit geglitten nach dem Tag am Strand, verbrachten die folgenden Monate auf eine Art, die sich sowohl unvermeidlich als auch unhaltbar anfühlte, und die Plus-One-Party war der perfekte Abschluss dafür.

Einer von Parkers Freunden hatte mit dem Finger auf Sadies Gesicht gezeigt und verkündet: *Du warst in unserem Haus. Mit meinem Bruder.* Die Röte war ihr den Hals hinaufgekrochen, aber statt auszuweichen, ging sie darauf ein. *Du hast recht, das war ich. Kannst du es mir vorwerfen? Ich meine, schau, ich werde rot, nur bei dem Gedanken daran.*

Sie war so durchlässig, die Art wie sie ihre Verlegenheit auf der Haut trug. Sie sagte, es hätte keinen Zweck, sich vor sich selbst zu verstecken, wenn ihr Gesicht schon alles verraten hatte.

Mir fiel auf, wie jener Freund sie den Rest der Nacht nicht aus den Augen ließ. Damals war sie noch auf eine kindliche Art dünn. Auf einem Gruppenfoto leicht zu übersehen. Doch auch da konnte sie dich schon zum Sklaven machen, schneller als du gucken konntest.

Rückblickend wurde mir klar, dass es das war, was mich am meisten für sie einnahm – die Vorstellung, sich nicht entschuldigen zu müssen. Nicht für das, was man tat, und auch nicht dafür, wer man war. Von allen Verheißungen, die sich mir in diesem Sommer eröffnet hatten, war diese die betörendste gewesen.

»Hey«, sagte Greg und sah sich im Zimmer um. »Wo ist Sadie?«, fragte er an mich gewandt.

Greg Rudolph kannte ich seit sechs Jahren, Sadie hatte mir von ihm erzählt – so, wie sie jeden Menschen in einem Halbsatz beschrieb. Sein Zuhause, auf einem Berganwesen mit Namen Hawks Ridge, war fast so beeindruckend wie das der Lomans. Aber was ich von ihrer Einschätzung von Greg Rudolph am besten behalten hatte, war das Erste, was sie je über ihn gesagt hatte: *Ein fieser Säufer, wie sein Vater.* Früher war er breit und muskulös gewesen, momentan tendierte er aber eher in Richtung weich, seine Gesichtszüge etwas verschwommen; dunkles, zurückgegeltes Haar, die Nase so gebräunt, dass sie an einen Sonnenbrand grenzte. Über die Jahre hatte er Sadie penetrant verfolgt, und sie hatte ihn ebenso penetrant immer wieder abgewiesen.

Da wir hier ja die Wahrheit ans Licht brachten, hielt ich mich nicht zurück. »Auf dem Weg«, sagte ich, »aber immer noch nicht an dir interessiert.«

Ersticktes Lachen erklang rund um die Kücheninsel, aber niemand trank, und Gregs dunkle Augenbrauen schossen in die Höhe – ein kurzer Wutausbruch, den er nicht verstecken konnte. Aber er fasste sich schnell wieder und verzog den Mund zu einem wissenden Lächeln. »Oh, das ist mir schon klar. Als ich deine Freundin Sadie das letzte Mal gesehen habe, ist sie mit diesem Typ aus dem Ort, den ich gerade hier gesehen habe, aus einem Boot gestiegen.« Er bewegte sein Kinn in Richtung Terrasse, aber ich konnte nicht sehen, wen er meinte. »Nur die beiden bei Sonnenuntergang. Ich hätte nie gedacht, dass sie auf so was steht, aber was weiß ich schon. Ich fand, ich war dran damit, das zu erzählen. Zu schade, dass sie es verpasst hat.«

Ich runzelte die Stirn, und der Mann neben Greg sagte: »Der aus dem Yachtklub?«

Greg lachte. »Nein, nein, nicht von der Sorte. Der Typ, der die Fischerboote vermietet, ihr wisst schon.«

Connor. Er musste von Connor reden. In Wahrheit tat Connor viel mehr als das. Er leitete praktisch das Tagesgeschäft der Auslieferungsfirma seiner Eltern. Führte die Bücher, nahm Fracht am Anleger an, sorgte dafür, dass der Tagesfang in jedem Restaurant des Ortes landete, groß oder klein. Brachte die Touristen in seiner Freizeit mit Charterbooten raus, danach. Aber das war nicht sein Hauptjob.

»Wundert mich, dass du das nicht wusstest«, sagte Greg, und es kotzte mich an, dass er mir das vom Gesicht ablesen konnte. Er lächelte, aber mir schwirrte der Kopf. Connor. Sadie und Connor. Es ergab keinen Sinn, aber das musste der Grund sein, warum er heute Abend hier war. Greg zeigte auf das nächste Schnapsglas. »Trinkst du das für sie?«

Ich schob ihm das Glas zu. »Weiter«, sagte ich und tat gleichgültig, so, wie auch Sadie ihn abschütteln würde.

»Da wir uns gerade unterhalten«, sagte Greg und legte einen Ellbogen auf dem Tresen ab, klebrig vom Alkohol, »ich habe mich gefragt. Also, wir *alle* haben uns das gefragt: Was machst du eigentlich genau für die Lomans?«

Er war so nah dran, dass ich seinen Atem spüren konnte, scharf und sauer. Wegen des Geruchs wich ich automatisch zurück, aber er lächelte nur breiter, weil er dachte, er hätte einen

Nerv getroffen. Ich hatte die Gerüchte gehört. Dass ich die Geliebte von Grant war. Oder von Bianca. Dass ich für etwas Dunkles und Geheimnisvolles angestellt war, etwas, was sie zu vertuschen versuchten, indem sie mich in die Öffentlichkeit stellten. Als wäre die Vorstellung von Großzügigkeit, von Freundschaft, von einer Familie, die sich über die Umstände deiner Geburt hinaus erstreckte, etwas zu schwer Fassbares.

Neid, würde Sadie sagen. *Eine hässliche, hässliche Sache.* Und dann: *Mach dir keine Sorgen, wir sind die Breakers. Sie müssen uns hassen.*

»So geht das Spiel nicht«, sagte ich. Weil ich wusste, dass Verteidigung ihre Neugier nur anfachen würde.

Greg beugte sich zu mir und verlor fast das Gleichgewicht. Kaum zwei Stunden auf der Party und schon sturzbesoffen. »Das Spiel geht so, wie ich es will, Mädchen.«

Da fiel mir auf, dass er nie meinen Namen benutzte. Ich fragte mich, ob er ihn tatsächlich nicht kannte oder ob er damit nur seine Macht demonstrieren wollte. Ich wich zurück und stieß mit Luce zusammen, deren braune Augen unnatürlich geweitet waren. Sie hielt meinen Arm fest, ihre Hand kälter als erwartet. »Ich hab dich gesucht«, sagte sie. »Es ist etwas passiert.«

»Was? Was ist los?« Aber ich steckte noch im Gespräch von davor fest, mein Gehirn musste erst aufholen.

»Das Fenster.«

Sie zog mich durch die Küche in die Ecke des Wohnzimmers. Eins der Fenster, die zum Garten neben der Terrasse hinausgingen, war kaputt. Nein, es war *fast* kaputt. Die Scheibe war noch in einem Stück, aber man würde sie austauschen müssen. Sie sah aus, als hätte jemand mit einem Baseballschläger dagegengehauen. Ich beugte mich hinunter, um mir die Einschlagstelle genau anzusehen, und fuhr mit den Fingern über die spinnennetzartigen Risse, die wie Strahlen vom Zentrum ausgingen.

Durch die Scheibe sah ich Connor mit jemandem im Schatten streiten. Ich änderte die Blickrichtung, versuchte besser zu sehen, aber sein Bild vor dem Nachthimmel war durch das Fenster in ein Dutzend Teile gespalten.

Er sah in meine Richtung und ging dann weg, raus aus meinem Sichtfeld. Ich schloss die Augen und atmete langsam ein. »Wir sollten es abdecken«, sagte ich, »damit sich niemand verletzt.«

Ich wusste, dass sich im großen Schlafzimmer am Ende des Flurs ein Erste-Hilfe-Kasten befand und auch Tapeverband. Das Tape schien mir die beste Möglichkeit, sowohl als Abschreckung als auch als Provisorium bis morgen.

Aber die Tür zu diesem Zimmer war bereits abgeschlossen. »Verdammt«, sagte ich und donnerte mit der Hand gegen das Holz, sodass das Geräusch durch den engen Flur hallte. Ich hoffte, das würde ihnen einen Schrecken versetzen.

»Ich denke, Sadie hatte wohl recht damit, die Party nicht bei ihnen zu Hause zu machen«, sagte Luce.

Ich seufzte. »Es geht schon«, sagte ich. Auch wenn ich gespürt hatte, wie das Glas unter meinen Fingern bereits nachgab. Man bräuchte nur einmal dagegendrücken, damit es zersplitterte und jemanden ernsthaft verletzte. Ich war darauf vorbereitet gewesen, dass jemand im Pool landen würde, bevor die Nacht zu Ende war. Hatte damit gerechnet, dass hier und da ein Glas umkippte, aber echten Schaden hatte ich nicht erwartet.

Eine Frau hob einen roten Becher in die Luft. »Auf den Sommer!«, sagte sie.

Luce hob ihren zur Antwort und entdeckte dann jemand auf der anderen Seite des Raumes – Parker, nahm ich an. Sie ließ mich allein stehen, am Eingang zum dunklen Flur.

Niemand schien zu bemerken, wie ich aus der Vordertür schlüpfte. Wie ich an der Seite des Hauses vorbeiging, die Einsamkeit einatmete. Nichts als Bäume und das gedämpfte Geräusch von Menschen drinnen.

Ich war nicht die Einzige hier draußen. Ein Zweig knackte, ein trockenes Blatt knisterte, das Rascheln von Kleidung kam näher. »Hallo?«, rief ich. Und dann: »Sadie?«

So bewegte sie sich. Schwerelos auf den Füßen. Selbstsicher. Unwahrscheinlich, dass sie jemand anderem zuliebe anhielt.

Aber danach wurde der Wald still, und als ich die Taschenlampe an meinem Handy anmachte, sah ich nichts als Schatten die Dunkelheit durchkreuzen.

Sommer 2018

Kapitel 6

Ich saß dort auf der Bettkante, während die Sekunden verstrichen, starrte auf das Telefon in meiner Hand.

Sadies Handy, das die Polizei nie gefunden hatte. Sadies Handy, mutmaßlich im Meer verloren, weil es ihr aus der Hand fiel, als sie sprang, oder sie es kurz vorher in den Abgrund geworfen hatte.

Wenn Sadie in der Nacht allein gewesen war, wie konnte ihr Handy *hierher*gelangen?

Nun sah ich wieder die Punkte, die das Nachrichtenfenster erhellten, stellte mir ihren letzten Text vor:

Hilf mir …

Ein Knarren war vor dem Schlafzimmer zu hören, und ich stand schnell auf, mein Herz klopfte.

»Avery? Bist du hier?«

Ich ließ das Handy in meine Gesäßtasche gleiten, als ich aus dem Zimmer trat, den kurzen Flur entlangging. Connor stand mitten in der Eingangshalle und sah die Treppe hinauf. »Oh«, sagte er.

»Hey, hallo.« Ich verlor kurz die Orientierung, mit dem Handy in der Hosentasche und Connor vor mir, in dem Haus, in dem wir alle waren, als sie starb.

Connor und ich hatten nicht mehr die Art von Beziehung, in der wir miteinander sprachen oder uns gegenseitig suchten. Und nun hier in einem Zimmer mit mir schien es, als wüsste er selbst nicht, was er hier tat.

Er war für die Arbeit gekleidet, in Jeans und einem roten Poloshirt mit dem Logo der Harlow-Familie in der linken oberen Ecke. Auch sonst erinnerte mich Connor immer ans Meer. Auf seinen blauen Augen lag so ein Glanz, als hätte er zu lange in die Sonne geblinzelt. Spuren von Salzwasser, die auf seinen Handflächen zurückblieben. Die Haut viel gebräunter als alle anderen hier – durch das Auf-See-Sein, wo die Sonne dich doppelt erwischt: einmal von oben und dann noch mal als Reflektion von der Wasseroberfläche. Und braunes Haar mit von den Sommermonaten hellen Strähnen, die unter seinem Hut hervorlugten. Er war immer schon dünn gewesen, eher drahtig als stark, aber bis wir zur Highschool kamen, war er in die schärferen Konturen seines Gesichtes hineingewachsen.

»Was machst du hier?«, fragte ich.

Erst antwortete er nicht, stand nur da zwischen mir und der Haustür, musterte mich. Ich wusste, was er sah: die Anzughose, die Halbschuhe, die ärmellose Bluse, die mich in eine andere Person verwandelte, mit einer anderen Rolle. Oder vielleicht war es nur die Art, wie ich dastand, auf der Stelle erstarrt, unsicher, wie ich mich bewegen sollte – als hätte ich etwas zu verbergen. Und für einen Moment konnte ich nur die Fragen des Detectives hören: *Was ist mit Connor Harlow? Wissen Sie, wie es ihm gestern Nacht ging?* Connor runzelte die Stirn, als wüsste er, was ich dachte. »Tut mir leid«, sagte er. »Die Tür war offen. Ich hab dein Auto beim Point gesehen, als ich meine Auslieferung gemacht habe. Mr. Sylva hat mir gesagt, was passiert ist. Ist alles in Ordnung hier?« Er sah sich im Erdgeschoss um.

»Es fehlt nichts«, sagte ich.

»Jugendliche?«

Ich nickte langsam, war aber nicht sicher; versuchten wir hier, uns etwas einzureden? Wenn da nicht das Handy wäre, das ich gerade gefunden hatte, wäre es die logischste Erklärung. Etwas, mit dem wir hier nur zu vertraut waren. In der Nebensaison hatten wir ein Problem mit den Jugendlichen. Ein Drogenproblem. Ein Langeweileproblem. Ein unausweichliches, existenzielles Problem. Man tat alles, um den Winter hier zu überstehen. Schlimmer wäre es, wenn es sich in den Sommer ausweiten würde.

In der Nebensaison hatten wir alle schon in die Häuser gespäht. Neugier, Zeitvertreib, das Schicksal herausfordern. Testen, wie weit wir gehen und womit wir davonkommen konnten.

Connor und ich wussten das so gut wie alle anderen. Er, Faith und ich hatten unten vor dem Haus der Lomans gestanden in einem Winter vor langer Zeit, ich auf Connors Schultern, bevor ich dann auf einen Balkon im zweiten Stock kletterte und mich durch ein Fenster im großen Schlafzimmer schob, das offen gelassen worden war. Die anderen folgten nach. Wir nahmen nichts mit. Waren nur neugierig. Faith öffnete den Gefrierschrank, den Kühlschrank, die Badezimmerschränke, die Schreibtischschubladen – alle leer –, ließ ihre Finger über sämtliche Oberflächen gleiten, während sie sich überall umsah. Connor durchwanderte die Zimmer des unbewohnten Hauses, ohne etwas anzufassen, als wolle er sie im Gedächtnis behalten.

Aber ich blieb im Wohnzimmer, stand vor dem Bild, das an der Wand über dem Sofa hing. Starrte die Familie darauf an. Die Mutter und die Tochter, blond und schlank, Vater und Sohn, dunklere Haare, die gleichen Augen. Eine Hand auf der Schulter jedes Kindes. Vier Teile eines Sets, lächelnd, die Dünen von Breaker Beach hinter sich. Das war näher als ich je an Sadie Loman herangekommen war. Ich trat noch näher, studierte die feineren Details: der schiefe Eckzahn, der noch gerichtet werden musste. Ich sah die Mutter vor mir, wie sie ihr den Lockenstab in das ansonsten schnurgerade Haar wickelte.

Den Fotografen, der alle Mängel glättete, sodass ihre Sommersprossen verblassten, in ihrer Haut verschwanden.

Irgendwann kam Connor wieder zurück und sah, wie ich das Familienporträt betrachtete. Er stieß mich an der Schulter an, flüsterte mir ins Ohr: *Lass uns hier verschwinden. Ich krieg 'ne Gänsehaut hier drin.*

Nun stand er auf der anderen Seite des Zimmers, und ich wusste immer noch nicht, was er hier machte. Warum er so interessiert an einem Einbruch in ein Ferienhaus war, aus dem nichts gestohlen worden war.

»Wer auch immer es war, kam durch das Fenster hier«, sagte ich und schüttelte den kalten Schauer ab. »Das Schloss rastet nicht richtig ein.«

Für einen Moment sah er mir in die Augen, als würde er sich auch erinnern. »Brauchst du die Nummer von einem Glaser?«

»Nein, ich kenne einen.« Ich starrte durch die Scheibe und sah Connors Gesicht vor mir, wie es damals ausgesehen hatte, zersplittert, in meiner Erinnerung. »Weißt du noch, wie es zerbrach, in der Nacht, als Sadie starb?«

Er zuckte zusammen, als er ihren Namen hörte, rieb sich dann über sein stoppeliges Kinn, um es zu überspielen. »Bin nicht sicher. Ich hab nur die Frau auf der anderen Seite stehen und es untersuchen sehen. Parker Lomans Freundin.«

»Luce«, sagte ich. In jenem Sommer war es mir vorgekommen, als beobachte sie jeden meiner Schritte.

Er zuckte mit einer Schulter. »Sie wirkte aufgeregt, deshalb hatte ich ehrlich gesagt angenommen, dass sie es war. Warum?«

»Aus keinem bestimmten Grund. Ich hab nur gerade daran gedacht.« Weil Sadies Handy in meiner Tasche steckte und nichts mehr einen Sinn ergab. Ich hielt die Luft an, wünschte mir, er würde gehen, bevor er meine Hände bemerkte. Wie ich sie an meine Beine pressen musste, damit sie nicht zitterten. Aber Connor lief langsam im Zimmer hin und her, sein Blick wanderte über die Fenster, die Möbel, die Wände.

»Ich erinnere mich an das Bild«, sagte er und zeigte auf das Gemälde an der Wand.

Es war ein Druck meiner Mutter, nach einem Bild, das sie eines Abends auf dem Boot von Connors Dad gemacht hatte, im Herbst vor dem Autounfall. Wir waren in der Middleschool, vielleicht dreizehn. Sie machte außerhalb des Hafens eine Reihe von Fotos von der Küstenlinie, während der Abend in die Dämmerung und dann in die Dunkelheit überging. Die Häuser entlang der Küste waren nicht länger erleuchtet und einladend, sondern wirkten monströs, dunkle Schatten hielten Wache in der Nacht. Sie fotografierte, sobald das Licht sich veränderte, bis die Dunkelheit sich gesetzt hatte und ich keine Schatten mehr ausmachen, Meer nicht mehr von Land und Land nicht mehr von Himmel unterscheiden konnte; ich verlor jeden Orientierungssinn und erbrach mich über die Reling.

»Ich glaub, die Kinder haben genug, Lena«, hatte Mr. Harlow lachend gemeint.

Sie hatte versucht, das in diesem Gemälde festzuhalten, nach endlosen Entwürfen in ihrem Studio. Das Endprodukt war in Schattierungen von Blau und Grau gehalten, etwas zwischen Dämmerung und Nacht. Das Grau des Wassers vermischte sich mit der Dunkelheit der Klippen und verschwand im Blau der Nacht. Als könntest du das Bild in die Hand nehmen, es schütteln und so das Motiv wieder daraus auftauchen lassen.

Jahre später hab ich Drucke davon anfertigen lassen und sie an die Wohnzimmerwand in jedem Haus gehängt, für das ich zuständig war. Ein Stück von ihr in allen Loman-Häusern, und niemand außer mir wusste es.

Als ich nun ihr Bild anstarrte, überwältigte mich der Impuls, es zu tun – mich auszustrecken und danach zu greifen. Ich wollte diesen Moment nehmen und ihn wieder ins Blickfeld schütteln. Eine Hand durch die Zeit stecken und nach Sadies Arm greifen.

Bis man Sadies Nachricht gefunden hatte, waren Detective Collins' Fragen immer wieder um Connor Harlow gekreist, obwohl sein Alibi stichhaltig war. Er war auf der Party; niemand hatte ihn je gehen sehen. Und doch. Er war ein paar Tage zuvor zusammen mit Sadie gesehen worden. Sadie hatte niemandem davon erzählt. Und soweit ich wusste, auch Connor nicht.

»Hast du sie in der Nacht getroffen, Connor?«, fragte ich, als er immer noch von mir abgewandt war.

Er erstarrte, sein Rücken versteifte sich. »Nein«, sagte er und wusste genau, worauf ich anspielte. »Ich habe sie in der Nacht nicht getroffen, und ich habe sie auch sonst nie getroffen. Was ich auch der Polizei gesagt habe. Immer wieder.«

Wenn Connor wütend war, wurde seine Stimme leise. Seine Atmung verlangsamte sich. Als würde sein Körper in eine Art Urzustand schalten, Energie sammeln vor einem Schlag.

»Leute haben euch gesehen.« Ich erinnerte mich an das, was Greg Randolph über Sadie und Connor auf seinem Boot gesagt hatte. »Meinetwegen musst du nicht lügen.«

Er wandte sich langsam um. »Das würde ich nie wagen. Was sollte das bringen?«

Ich konnte die Anspannung in seinen Schultern sehen, die Art, wie er die Zähne zusammenbiss. Aber alles, woran ich denken konnte, war die Liste, die Detective Collins mir vorgelegt hatte. Die Namen. Die Zeiten. Und die Tatsache, dass ich die bei Connor nicht nennen konnte. »Wann bist du in der Nacht zur Party gekommen?«

Er trat von einem Fuß auf den anderen. »Warum tust du das?«

Ich schüttelte den Kopf. »Das ist keine schwere Frage. Ich nehme an, du hast sie der Polizei bereits beantwortet.«

Er starrte mich mit funkelnden Augen an. »Kurz nach acht«, sagte er monoton. »Du standst in der Küche mit dieser Frau – mit Luce.« Sein Blick wanderte zur Seite, zur Küche. »Du warst am Telefon. Ich bin an dir vorbeigegangen.«

Ich schloss die Augen, versuchte ihn dort in meiner Erinnerung zu spüren. Das Telefon am Ohr, das Geräusch des endlosen Klingelns. Ich hatte nur einen Anruf gemacht in der Nacht – den an Sadie, als sie nicht abnahm.

»Weißt du«, sagte er und seine Augen verengten sich, »von der Polizei hab ich diese Fragen erwartet. Auch von den Lomans. Aber *das* …« Er brach ab. »Sie hat sich umgebracht, Avery.«

Vielleicht war die Stille zwischen uns im Grunde besser. Denn was wir zu sagen hatten, würde in eine Richtung abgleiten, die keiner von uns einschlagen wollte.

Er schüttelte den Kopf, als würde ihm gerade dasselbe klar werden. »Also, es war nett, mal wieder mit dir zu reden.«

Ich verschränkte die Arme vor der Brust, als er zurück nach draußen zu seinem Lieferwagen in der Auffahrt ging. Von der Haustür aus konnte ich sehen, wie die dünnen weißen Vorhänge im Haus auf der anderen Straßenseite – Sunset Retreat – wieder zurückfielen. Ich erkannte den Umriss eines Schattens dort. Eine einzelne Gestalt, unbeweglich, die mich beobachtete, als ich die Haustür abschloss, um das Haus herum zum Waldpfad ging und dann zwischen den Bäumen verschwand.

Die größte Gefahr in Littleport war anzunehmen, du seist unsichtbar. Dass niemand sonst dich sah.

Kapitel 7

Ob Parker wieder zu Hause war, konnte ich nicht erkennen, aber ich wollte nicht, dass er mich sah, mich aufhielt, mir folgte. Also rannte ich praktisch vom Auto ins Gästehaus und schloss die Tür hinter mir ab. Meine Hände zitterten immer noch von fehlgeleitetem Adrenalin.

Sadie und ich hatten das gleiche Handymodell. Mein Ladegerät müsste passen. Ich schloss ihr Telefon an das Kabel auf meinem Schreibtisch an und starrte auf das schwarze Display, wartete. Lief vor den Wohnzimmerfenstern hin und her. Hörte wieder ihre Worte, das Letzte, was sie zu mir gesagt hatte: *Was halten wir davon?*

Dieses Mal änderte sich die Szene, bis ich mir eine andere Möglichkeit vorstellen konnte: Sie hatte vor, sich mit jemandem zu treffen. Die blasse Haut ihrer Schultern, die nervöse Energie, die ich für Erwartung gehalten hatte, eine pochende Aufregung wegen der Party in jener Nacht.

Nun ging ich eine andere potenzielle Version der Ereignisse durch.

Irgendwo auf meinem Telefon hatte ich eine Kopie der Liste, die Detective Collins letzten Sommer für mich aufgeschrieben hatte. Ich scrollte etwas zurück bis ich sie fand, etwas verschwommen, weil ich meine Hand noch beim Fotografieren zurückgezogen hatte, als der Detective sich wieder umgedreht hatte. Ich musste das Bild heranzoomen, um alles zu erkennen, zur Seite drehen, aber da waren wir. Die Liste der Namen:

Avery Greer, Luciana Suarez, Parker Loman, Connor Harlow. Unsere Ankunftszeiten in meiner Handschrift.

Irgendetwas hatte die Polizei in dieser Liste gesucht. Eine Geschichte, die nicht aufging. Ich riss ein leeres Blatt aus dem Notizblock auf meinem Schreibtisch, schrieb die Liste ab – nun komplett mit der Information, die Connor mir gegeben hatte:

Ich – 18 Uhr 40
Luce – 20 Uhr
Connor – 20 Uhr 10
Parker – 20 Uhr 30

Ich klopfte mit dem Ende meines Kulis auf den Schreibtisch, bis der Rhythmus mich wahnsinnig machte. Vielleicht hatten Sadie und Connor vorgehabt, sich zu treffen. Vielleicht hatte sie Parker gesagt, er solle nicht auf sie warten, weil Connor sie mit zur Party nehmen wollte.

Ich hatte keine Ahnung, was sie vormittags gemacht hatte. Am frühen Nachmittag war sie schon fertig umgezogen, während ich noch die Finanzen der Mietobjekte überprüft hatte, gefangen in der Arbeit zum Saisonende. Luce hatte angenommen, Sadie packte. Laut Parker hatte Sadie gesagt, er solle nicht auf sie warten.

Aber irgendwie war ihr Telefon in einem Ferienhaus auf der anderen Seite von Littleport gelandet, während ihre Leiche am Strand von Breaker Beach angespült worden war. War es möglich, dass jemand es erst kürzlich in der Truhe versteckt hatte? Oder hatte es schon die ganze Zeit da gelegen, seit der Nacht, in der sie starb?

Sobald das Display ihres Handys aufleuchtete und den Passwortbildschirm zeigte, drückte ich meinen Daumen auf die Home-Taste. Auf dem Display erschien: *Erneut versuchen,* und mein Magen sank mir in die Kniekehlen.

Sadie und ich hatten gerade eine schwere Zeit überwunden in den Wochen, bevor sie starb. Bis dahin hatten wir seit Jahren immer Zugang zu dem Handy der jeweils anderen gehabt. Sodass wir einen Text nachsehen, nach dem Wetter gucken, ein Foto machen konnten. Es war ein Vertrauensbeweis. Es war ein Versprechen.

Dass sie mich vielleicht aussperren würde, als die Dinge sich abgekühlt hatten, war mir nie in den Sinn gekommen.

Ich wischte mir die Hand am T-Shirt ab und versuchte, ganz still zu halten, doch ich konnte meinen Puls bis in die Fingerspitzen fühlen. Ich hielt die Luft an, als ich es noch einmal versuchte.

Das Passwortraster verschwand – ich war drin.

Der Hintergrund ihres Home-Bildschirms war ein Foto vom Wasser. Ich hatte es noch nicht gesehen, aber es sah aus, als wäre es bei Sonnenaufgang oben vom Steilufer aus aufgenommen worden – der Himmel hatte zwei Schattierungen von Blau, und die Sonne leuchtete bernsteinfarben gerade so eben über dem Horizont. Als hätte sie vorher da gestanden, den gleich folgenden Moment erwartend.

Als ich zuletzt ihr Telefon gesehen hatte, war der Hintergrund ein Farbverlauf in verschiedenen Schattierungen von Lila gewesen.

Als Erstes öffnete ich ihre Nachrichten, um zu sehen, ob sie mir etwas geschickt hatte, das nie rausgegangen war. Aber ich fand nur die Nachrichten von mir. Die erste, in der ich fragte, wo sie war. Die zweite eine Reihe von drei Fragezeichen.

Ich war als *Avie* in ihren Kontakten aufgeführt. So nannte sie mich, wenn wir unterwegs waren, auf Partys im Gedränge – *Wo bist du, Avie?* –, als würde sie den Leuten sagen, dass ich zu ihr gehörte.

Sonst war nichts dadrin zu finden. Keine SMS von irgendjemandem und nichts von unserer vorhergehenden Korrespondenz. Ich war nicht sicher, ob die Polizei ihre alten Nachrichten abrufen konnte, egal ob mit oder ohne das Handy, aber für mich war nichts hier drin. Ihre Anrufliste war ebenfalls leer. Keine Anrufe oder Nachrichten waren durchgegangen nach denen, die ich geschickt hatte. Ich hatte angenommen, dass ihr Handy im Meer verschwunden und deshalb offline war, als die Polizei versucht hatte, es zu orten. Aber dann bemerkte ich wieder den Sprung in der oberen Ecke und fragte mich, ob es runtergefallen oder geworfen worden war – ob es sich durch dasselbe Ereignis, das den Sprung im Display verursacht hatte, auch ausgeschaltet hatte.

Hatte sie Angst gehabt, als sie in meiner Zimmertür stand? War ihr Gesichtsausdruck zaudernd gewesen, als hätte sie darauf gewartet, dass ich mit ihr komme? Sie frage, was los ist?

Ich klickte auf das E-Mail-Symbol, aber ihr Arbeitsaccount war in dem Jahr nach ihrem Tod deaktiviert worden. Sie hatte einen zweiten, privaten Account, der voll mit Irrelevantem war – Spam, Schlussverkäufe, wiederkehrende Erinnerungen an Termine, die sie nie hatte absagen können. Ich versuchte, keine Spuren zu hinterlassen, indem ich eine der ungelesenen Nachrichten öffnete. Aber zu gucken konnte nicht schaden.

Als Nächstes sah ich mir ihre Fotos an. Ich saß auf meinem Schreibtischstuhl und scrollte sie durch, während das Handy noch weiter auflud. Landschaftsfotos, die um Littleport herum aufgenommen worden waren: eine sich durch einen Tunnel aus Bäumen windende Bergstraße, der Anleger, das Steilufer, Breaker Beach in der Abenddämmerung. Mir war nie bewusst gewesen, dass sie sich für Fotografie interessiert hatte, aber Littleport konnte das bewirken. Es inspirierte die Menschen, mehr zu sehen, ihre Seelen zu öffnen und noch einmal hinzuschauen.

Als ich weiter zurückscrollte, sah ich noch mehr Bilder, eine eher persönliche Auswahl: Sadie mit dem Ozean hinter sich; Sadie und Luce am Pool; Parker und Luce auf der anderen Seite des Tisches, irgendwo bei einem gemeinsamen Abendessen. Sie prosteten sich zu und lachten.

Ich hörte auf zu scrollen. Das Bild eines Mannes, so vertraut, dass mir das Herz stehen blieb.

Sonnenbrille, Hände hinter dem Kopf verschränkt, zurückgelehnt, ohne Hemd, gebräunt. Connor, auf seinem Boot. Sadie, die über ihm stand, um das Foto zu machen.

Vielleicht hatte die Polizei von woanders Zugriff auf diese Fotos gehabt. Vielleicht fragten sie deshalb immer wieder nach Connor. Nach den beiden zusammen. Er konnte es leugnen, sooft er wollte, aber hier war er.

Sadie kannte Connors Namen fast so lange wie sie meinen kannte. Aber soweit ich wusste, hatten sie nie vorher gesprochen. In diesem ersten Sommer, während Sadies Welt sich vor mir öffnete, betrachtete sie meine mit zügelloser Neugier.

Ihre Augen leuchteten bei meinen Geschichten – je ungeheuerlicher, desto besser. Es machte süchtig, die Teile dieses dunklen, einsamen Winters zu nehmen und zu ihrem Gefallen wieder zusammenzusetzen.

Wie ich den Winter in einer Starre verbracht hatte, als wäre die Zeit eingefroren. Wie ich trank, als wäre ich auf der Suche nach etwas, so sicher, ich würde es finden, je tiefer ich sank. Wie ich meine Freunde bekämpfte, sie wegstieß, die dummen, rastlosen Dinge, dich ich tat. Niemandem vertraute und im Gegenzug das Vertrauen aller verlor.

Lange Zeit wurden mir meine Verfehlungen vergeben – sie geschahen aus Trauer –, und war ich nicht ein tragisches Klischee, gefangen in einem Teufelskreis aus Wut und Bitterkeit? Aber die Menschen mussten gemerkt haben, was ich dann auch bald verstand: Trauer erschuf nichts, das vorher nicht existiert hatte. Es verstärkte nur, was schon da war. Entfernte die Fesseln, die mich sonst beschützt hatten.

Das hier war nun die wahre Avery Greer.

Aber so sah Sadie es nicht. Oder sie tat es, aber es machte ihr nichts aus. Sie kam nicht auf die Idee, vor mir zurückzuschrecken.

Wir verbrachten späte Nachmittage auf der Terrasse des Harbor Clubs, ließen den Blick über den Anleger und die Straßen des Ortszentrums schweifen, bestellten Limonade und sahen den Leuten zu, wie sie sich durch das Netz der Geschäfte unter uns schlängelten. Sadie schüttete sich immer noch extra Päckchen Zucker in ihr Glas, während sie trank, auch wenn die Körnchen nur noch herumschwammen, sich unmöglich auflösen konnten.

Immer, wenn sie unten eine bekannte Person entdeckte, zeigte sie auf sie: *Stella Bryant. Unsere Eltern sind befreundet, deshalb ist sie oft bei uns. Unausstehlich, um die Wahrheit zu sagen.* Und der Nächste: *Olsen, einer von Parkers Freunden. Hab ihn geküsst, als ich vierzehn war, und seitdem hat er Angst, mit mir zu sprechen. Wenn ich so darüber nachdenke, fällt mir ein, dass ich immer noch nicht weiß, wie er mit Vornamen heißt.*

Einmal zeigte sie mit ihrem Strohhalm über die Brüstung, zum Anleger. *Wer ist das?*

Wer?

Sie verdrehte die Augen. *Der Typ, den du die ganze Zeit anguckst.*

Sie blinzelte nicht, und ich auch nicht, bis ich seufzte und mich auf meinem Stuhl zurücklehnte. *Connor Harlow. Freund, Flirt, Fehler.*

Oh, sagte sie, und ihr Gesicht leuchtete, als sie sich näher zu mir beugte, das Kinn in die Hände gestützt. *Komm schon, hör nicht auf. Erzähl mir alles.*

Ich übersprang den schlimmsten Teil, wer ich im letzten Winter geworden war. Die Dinge über mich, die ich lieber selbst nicht wissen wollte. Ich ließ weg, dass er mein ältester

Freund war, mein bester Freund, die Rolle gehabt hatte, die sie im Moment einnahm. *Typische Geschichte. Hab einmal mit ihm geschlafen, ehe mir klar war, dass das eine schlechte Idee war.* Ich schauderte. *Und dann noch einmal, als ich das schon wusste.* Sie lachte, laut und unvermittelt. *Und dann,* fuhr ich fort, *denn Selbstzerstörung kennt keine Grenzen, erwischte er mich in der nächsten Woche mit seinem Freund am Strand.*

Sie blinzelte zweimal, ihre Augen funkelten. *Na, hallo. Schön, dich kennenzulernen. Ich bin Sadie.*

Ich lachte. *Und dann,* erzählte ich ihr, angefeuert von ihrer Antwort, *bin ich betrunken beim Haus unserer Freundin aufgetaucht. In der Point-Frühstückspension, kennst du die? Ich meine, vollkommen betrunken, hab ihn gesucht. War überzeugt davon, dass er und meine Freundin Faith wegen meines derzeitigen Zustands etwas miteinander anfingen. Und als Faith versuchte, mich zu beruhigen, machte ich eine solche Szene, dass ihre Eltern die Polizei riefen.*

Sadie formte ein perfektes O mit den Lippen. Sie war erfreut.

Es ging noch weiter, die Pointe meines Lebens: *Die Polizei kam gerade rechtzeitig, um zu sehen, wie ich Faith schubste. Sie stolperte rückwärts über einen dieser Poolschläuche, weißt du? Brach sich den Arm. Das Ganze war ein einziges Chaos.*

Allein Sadies Gesicht zu sehen, war das Geständnis schon wert. *Bist du verhaftet worden?*, fragte sie mit weit aufgerissenen Augen.

Nein. Kleiner Ort, und Faith erstattete keine Anzeige. Eine Warnung. Ein Unfall. Ich fügte Anführungszeichen in der Luft zu *Unfall* hinzu, dabei war es wirklich einer. Ich wollte Faith nicht verletzen, auch wenn ich mich nicht besonders gut an die Details erinnern konnte. Trotzdem stellte sich heraus, dass der Großteil der Einwohner weit weniger versöhnlich war, wenn Körperverletzung im Spiel war.

Sadie trank noch einen Schluck von ihrer Limonade, ohne den Blickkontakt zu verlieren. *Dein Leben ist so viel interessanter als meins, Avery.*

Das bezweifle ich echt, sagte ich. Später hatte Faith gesagt ich sei *verrückt, abgefuckt, bräuchte unbedingt Hilfe.* Wenn selbst deine engsten Freunde dich aufgeben, bist du so gut wie erledigt. Aber Sadies Reaktionen gefielen mir, also erzählte ich ihr weiterhin die Geschichten aus dem Winter – die Rastlosigkeit, die Wildheit –, all das besaß ich. Ich fühlte die gewichtslose Qualität, die entsteht, wenn man Teile seines Lebens jemand anderem übergibt. Als wir schließlich aufstanden, stützte sie eine Hand auf dem Tisch auf, fing sich ab. *Mir ist schwindelig*, sagte sie. *Ich glaube, ich bin high von deinem Leben.*

Ich verbeugte mich. *Ich dachte, es ist nur fair, dich vorzubereiten.*

All diese Dinge, die Menschen abgestoßen hatten, brachten sie mir nur immer näher, und ich wollte noch mehr davon finden. Sie zum Lachen und Kopfschütteln bringen. Sie zusehen lassen, wie ich weiter auf einen undefinierbaren Abgrund zuschlitterte. Noch einmal all das sein, was ich nie wieder hatte sein wollen, bis die Saison zwei Monate später zu Ende und sie weg war. Ein kurzer Stopp zu Hause in Connecticut, bevor sie aufs College nach Boston zurückkehrte.

Wir schrieben uns. Wir riefen uns an.

Im folgenden Mai, als sie schließlich wiederkam, wartete ich am Steilufer auf sie, und sie fragte, *Vertraust du mir,* und das tat ich – ich musste nicht darüber nachdenken, es gab keine Wahl. Sie fuhr uns direkt in ein Tattoostudio zwei Städte weiter die Küste hinauf und sagte: *Schließ die Augen.*

Connor gehörte mir. Er war meine Geschichte, meine Vergangenheit. Doch über die Jahre verschwammen Sadies und mein Leben. Ihr Haus wurde mein Haus. Ihre Klamotten in meinem Schrank. Autoschlüssel am Schlüsselbund der anderen. Geteilte Erinnerungen. Ich bewunderte Grant, weil sie es tat; verabscheute Bianca, weil sie so fühlte. Wir hassten und liebten paarweise. Ich sah die Welt durch ihre Augen. Dachte, ich sah etwas Neues.

Aber von Connor hatte sie mir nicht erzählt, und ich hatte es nicht bemerkt. Ich war zu abgelenkt gewesen von dem Geld, das auf der Arbeit fehlte, und den daraus resultierenden Konsequenzen. Der Art, wie ich danach gemieden und ignoriert wurde – ein Gefühl, das ich nicht schon wieder akzeptieren konnte.

Nun scrollte ich in alphabethischer Reihenfolge durch ihre Kontakte. *Bee, Dad, Junior*. Ich wusste, der letzte bezog sich auf Parker, es war ein Witz, ein Spitzname, bei dem sie ihn rief, um ihn zu ärgern, wenn er die von ihm erwartete jugendliche Rebellion beiseiteschob.

Er wird eines Tages die Firma übernehmen, erklärte sie, als ich das infrage stellte. *Ein kleiner Star-Protegé. Ein Junior-Arschloch.*

Was ist mit dir? Ich wusste, dass sie Finanzen studierte und bei ihrem Vater ein Praktikum gemacht hatte, wo sie selbst die Abläufe in der Firma lernte. Es könnte genauso gut rechtmäßig ihre sein.

Niemals ich. Ich bin nicht groß genug.

Ich hatte sowohl durch die *Cs* als auch durch die *Hs* gescrollt, ohne über etwas zu stolpern, das mit Connor verbunden war, aber da, am Ende der Liste, war er. Als **Connor* aufgeführt, sodass sein Name ans Ende des Alphabets rutschte.

Ich hatte nie erfahren, was in Sadies Selbstmordnachricht

stand. Ich wusste nur, dass sie existierte und den Fall beendet hatte, auf eine Art, die Sinn ergab.

Aber bevor sie die Nachricht fanden, hatte es einen Grund gegeben, warum die Polizei mich immer wieder nach Connor Harlow fragte, und das hier muss er gewesen sein – der Hinweis auf eine geheime Beziehung, etwas, was es sich zu verstecken lohnte.

Und nun: Sein Bild in ihrem Handy, sein Name mit einem Sternchen versehen, als würde sie auf ihn zurückverweisen.

Tja, er war schon immer ein schlechter Lügner gewesen.

Ich verband Sadies Handy mit meinem Laptop und importierte ihre Fotos.

Der Vorgang war noch nicht beendet, als ein Auto langsam in die Auffahrt fuhr. Ich blickte aus dem Fenster neben der Haustür, gerade rechtzeitig, um zu sehen, wie Parker aus seinem Auto im Leerlauf stieg und die Garage öffnete. Ich faltete die Liste der Namen und Zeiten, die ich gerade abgeschrieben hatte, und steckte sie in meine Handtasche.

Ich musste mit ihm sprechen. Es hatte zwei bestätigte Einbrüche in ihren Ferienhäusern gegeben. Geräusche in der Nacht, Fußspuren im Sand.

Und ich glaubte nun, dass noch jemand bei Sadie gewesen war, nachdem ich ihr diese Nachricht geschickt hatte. Noch jemand bei ihr, da oben auf den Klippen. Streitend. Sie schubsend, vielleicht. Das Handy war dabei vielleicht heruntergefallen, auf den Felsen gesplittert. Die andere Person hatte es aufgehoben, war zu der Party gegangen und hatte es dort versteckt, als die Polizei kam. Eine Person, die auf der Party gewesen war. Die herausgeschlichen und wiedergekommen sein könnte, ohne dass jemand etwas davon mitbekommen hatte.

Kapitel 8

Die Garagentür war offen, aber Parker hatte mir den Rücken zugewandt und wühlte im Kofferraum seines schwarzen Wagens.

»Hast du mal eine Minute?«, fragte ich, und er machte einen Satz.

Er schloss den Kofferraum und drehte sich um, die Hand auf dem Herzen, schüttelte den Kopf. »Nun bist du diejenige, die mir einen Herzinfarkt beschert.«

Die Garage hier war so exklusiv wie das Haupthaus: eine Schiebetür wie bei einem Stall und auch mit der gleichen Pultdach-Konstruktion. Drinnen war sie makellos organisiert – rote Gascontainer für den Generator in den Ecken, an den Wänden aufgehängtes Werkzeug, das wahrscheinlich nur von der Gärtnereifirma je angefasst wurde, Farbdosen in Regalen, zurückgelassen von den Malern, die vor zwei Jahren hier gestrichen hatten.

Doch auf allem hier lag eine Schicht Staub, und es roch schwach nach Abgasen und Chemikalien. Eine vergessene Nebenstelle des Lomanschen Besitzes.

Ich trat von einem Bein auf das andere. »Ist dir irgendwas Merkwürdiges aufgefallen, seit du zurück bist?«

Er runzelte die Stirn, um seinen Mund bildeten sich Falten, wo noch keine waren, als ich das letzte Mal darauf geachtet hatte. »Was meinst du mit *merkwürdig*?«

»Letzte Nacht ist der Strom im Gästehaus ausgefallen. Das

ist schon ein paarmal vorgekommen. Und den Mülleimer hast du gesehen, oder?« Ich schüttelte den Kopf, versuchte ihm zu zeigen, dass ich auch nicht glaubte, es sei etwas Ernstes.

Die vertraute Falte erschien zwischen seinen Augen. »Wahrscheinlich der Wind. Ich konnte ihn sogar spüren, als ich letzte Nacht hier hochgefahren bin.«

»Nein, du hast recht. Ich hab mich nur gefragt ... Im Haupthaus wirkt auch alles in Ordnung?«

»Ich glaube schon. Nicht dass wir viel zurückgelassen haben. Komm«, sagte er und winkte mich aus der Garage. »Ich will abschließen.« Trotz seiner Worte war mir, als hätte sich etwas Besorgniserregendes in seinen Kopf geschlichen. Seine Hand zitterte leicht, als er das Garagentor zuschob und das Schloss einrasten ließ. Der Parker, den ich mal gekannt hatte, war unerschütterlich, aber Verlust kann sich auf viele Arten festsetzen. Mit Zeichen von Alter, Krankheit, Schmerzen. Ein Zittern in den Fingern, ein übersteuertes Nervensystem. Eine Wunde, die langsam heilte.

In dem Sommer, nachdem meine Eltern gestorben waren, befiel mich jede Nacht eine stechende Schwere in den Beinen, auch wenn ich nach allen Aussagen zu alt für Wachstumsschmerzen war. Trotzdem rieb meine Großmutter mir Nacht für Nacht die Waden, die Fußsohlen, die Kniekehlen, während ich steif auf dem Bett lag, bis die Spannung nachließ. Wenn ich meine Augen schloss, konnte ich mir immer noch das Gefühl ihrer trockenen Fingerspitzen vorstellen, wie sie sich ganz auf diese eine Sache konzentrierte, die sie heilen konnte. Als es Monate später vorbeiging, war mir, als hätte ich nun meinen Platz in der Welt verdient, in diesem Körper.

Vielleicht würde Sadies Tod aus Parker auch mehr machen, als er vorher gewesen war. Ihm ein bisschen Tiefe verleihen, mehr Mitgefühl. Eine Facette, die ihm bisher fehlte.

Er ging in Richtung des Hauses, und ich lief neben ihm her.

Auf den Verandastufen hielt er an, der Schlüssel baumelte von seinem Finger. »Ist das alles, Avery? Ich arbeite diese Woche von hier aus. Muss gleich ein paar Anrufe erledigen.«

»Nein, das ist nicht alles.« Ich räusperte mich, wünschte, es wäre wieder letzte Nacht und wir säßen drinnen auf dem Sofa, als er vom Alkohol locker war, verletzlicher und offener. »Ich hab mir noch mal Gedanken wegen der Untersuchung gemacht. Wegen der Nachricht.«

Parker kippelte auf seinen Absätzen, das Holz unter uns knackte.

»Ich hab mich gefragt, für wen sie wohl war?« Ich konnte nichts dagegen tun, dass ich es wissen wollte. Sadie hatte ihre Nachricht an mich nicht beendet. Wem hatte sie stattdessen ihre letzten Worte hinterlassen?

Die Falten in Parkers Gesicht vertieften sich wieder. »Ich weiß es nicht. Ich meine, sie war an niemanden Spezielles adressiert. Wir haben sie im *Müll* gefunden.«

»Du glaubst nicht, dass sie sie dir hinterlassen wollte?«

Er rieb sich mit einer Hand über das Gesicht, steckte dann die Schlüssel wieder in die Tasche und setzte sich auf die Verandastufen. »Ich weiß es nicht. Meistens wusste ich bei der Hälfte der Dinge nicht, warum Sadie sie getan hat.«

In den Jahren, die ich sie gekannt habe, schienen Sadie und Parker sich nie nahegestanden zu haben. Obwohl sie in denselben Kreisen verkehrten, sowohl beruflich als auch privat, schien jenseits der Oberfläche keiner von beiden besonders interessiert am Leben des anderen.

Ich runzelte die Stirn, setze mich neben ihn und wählte meine Worte sorgfältig, leise, um das fragile Gleichgewicht des Moments nicht zu stören. »Was stand darin?«

»Was spielt das jetzt noch für eine Rolle? Ich weiß es nicht, sie wollte Frieden schließen oder so. Ich glaube, sie war für Dad und Bee.«

»Womit Frieden schließen?« Ich verlor ihn bereits. Er hatte seine Hände auf die Verandastufen gestützt, stemmte sich hoch, wollte aufstehen, aber ich hielt ihn am Handgelenk fest, was uns beide überraschte. »Bitte, Parker. Was genau hat sie geschrieben? Es ist wichtig.«

Er starrte meine Hand um sein Handgelenk an, und ich löste langsam meine Finger. »Nein, Avery, es ist nicht wichtig. Es ist vorbei. Ich erinnere mich nicht.«

Und da wusste ich, dass er log. Wie konnte er sich daran nicht erinnern? An ihre letzten Worte, die Worte, die ich versucht hatte, zum Leben zu erwecken, als ich die Punkte auf meinem Handy sah. Aber vielleicht war es ihm wirklich egal. Vielleicht sah er sie nicht, wie ich sie sah. Merkte sich nicht ihre Worte, jedes Mal, wenn sie etwas sagte, behielt sie alle, ordnete sie weg, um sie später wieder hervorzuholen.

»Hast du sie noch?«

Er zuckte mit den Schultern und seufzte dann. »Ich nehme an, die Polizei hat sie noch.« Wir saßen so dicht nebeneinander, dass ich sehen konnte, wie die Muskeln seines Kinns sich anspannten.

»Aber wenn sie wirklich so vage war, *Frieden schließen oder so*, dann kann das doch nicht ausreichen, oder? Die Polizei kann sich nicht sicher sein, dass sie gesprungen ist. Nicht hundertprozentig.«

Er sah mich von der Seite an. »Sie war besessen vom Tod, Avery. Komm schon, das wusstest du doch auch.«

Ich blinzelte langsam, erinnerte mich. Es stimmte, dass sie schnell Dinge vorbrachte, die uns vielleicht schaden könnten, aber ich hatte das nie ernst genommen. So haben wir uns kennengelernt – mit einer Warnung vor Tetanus, Blutvergiftung. Und so ging es weiter, immer mal wieder in die Oberfläche piksen. Eine Warnung, ein Witz, der schwarze, schwarze Humor. Ein kunstvolles Spiel. Aber manchmal war ich nicht sicher. Ob es ein Spiel war oder nicht. Ob ich mitspielte oder eine zufällige Beobachterin war.

Meine Gedanken wanderten zu einem Schläfchen auf den Loungestühlen auf ihrer Poolterrasse, die Nachmittagssonne wärmte meine Haut. Wie ich ihre Hand auf meinem Hals gefühlt hatte, ihre Finger direkt unter meinem Kiefer. Bei ihrer Berührung hatte ich die Augen aufgerissen.

Ich dachte, du wärst vielleicht tot, hatte sie gesagt, ohne sich wegzubewegen.

Ich hab geschlafen.

Es kann passieren, weißt du – das Gehirn vergisst, deine Lunge zu benachrichtigen, dass sie atmen soll. Normalerweise wacht man dann auf und schnappt nach Luft. Aber manchmal auch nicht.

Ich setzte mich auf, und erst da rutschte ihre Hand weg. Instinktiv legte ich meine eigene an die Stelle, bis ich das Flattern meines Pulses spüren konnte. *Du bist ja ganz am Boden zerstört deswegen*, witzelte ich.

Na ja, ich bin ein bisschen verärgert, weil ich nicht die Möglichkeit hatte, meine gerade erworbenen Wiederbelebungskenntnisse einzusetzen, dein Leben zu retten und dich für immer in meiner Schuld zu wissen.

Ich lächelte, mein Gesicht spielgelte ihres.

In den Dingen, die uns wirklich hätten schaden können, sah sie nie eine Todesgefahr: besinnungslose Besäufnisse viel zu nah am Wasser, die Autos, in die wir stiegen, die Leute, die wir kaum kannten. Die Art, wie wir uns gegenseitig immer weitertrieben bis irgendetwas nachgab – letztendlich war das die Jahreszeit; schon war Sadie weg, und die Winterkälte verlangsamte alles: meinen Herzschlag, meine Atmung, die Zeit. Bis es unerträglich im anderen Extrem war, und ich jeden Tag nur noch auf den Funken des Frühlings wartete, auf das Versprechen eines weiteren Sommers am Horizont.

Parker nannte es Besessenheit, aber das war es nicht.

Besessenheit sah ich in den Stapeln von Bildern im Atelier meiner Mutter; in den Booten, die vor der Dämmerung ausliefen, jeden Tag wieder. Besessenheit war die Schwerkraft, die dich in der Umlaufbahn hielt, eine Kraft, in deren Richtung du dich kontinuierlich schraubtest, selbst wenn du wegsahst.

»Nur weil du darüber sprichst, heißt es nicht, dass du es auch *tun* willst«, antwortete ich schließlich. Die andere Möglichkeit war zu schmerzhaft: Dass sie um Hilfe gerufen hatte und wir nur dagestanden und zugesehen hatten.

Parker holte tief Luft. »Manchmal hat sie ihre Venen angestarrt …« Er zuckte zusammen, und ich spürte mein eigenes Blut dort pulsieren. »Du weißt nicht, was da unter der Oberfläche abging.« Er schüttelte den Kopf. »Wenn man alles zusammennimmt, ist es das, was am meisten Sinn ergibt.«

»Aber wie können sie überhaupt sicher sein, dass die Nachricht von ihr ist?«

»Sie haben die Handschrift verglichen.« Er stemmte sich von der Verandastufe hoch, zog seinen Haustürschlüssel heraus.

Ich hatte unrecht mit der Annahme, dass ihr Telefon etwas Gefährliches bedeutete. Das Handy war zwar nicht da, wo es hätte sein sollen, aber es gab auch andere Wege, wie es in den letzten elf Monaten ins Haus gekommen sein konnte. Vielleicht war es Sadie auf dem Weg zum Rand der Steilküste heruntergefallen, oder sie hatte es zurückgelassen, neben ihren goldenen Schuhen. Vielleicht hatte sie jemand in jener Nacht gesucht, als ich es nicht getan hatte. Jemand, der das Telefon gefunden und es einer Eingebung folgend eingesteckt hatte. Weil etwas darauf gespeichert war, das es wert war, es zu beschützen, zu verstecken.

Jetzt, da ich von Connors Foto und seinem Namen in ihrem Handy wusste, fragte ich mich, ob er es gewesen war. Ob er irgendwie an ihr Telefon gekommen und in Panik geraten war bei dem Wissen, was vielleicht darin verborgen lag. Und es dann im Chaos jener Nacht verloren oder vergessen hatte, als die Polizei kam. Ob das der Grund war, warum er heute nach mir im Blue Robin aufgetaucht war. Ob er von den Einbrüchen gehört und sich Sorgen gemacht hatte.

Es gab schließlich Wege, jemanden gefangen zu halten, ohne ihn ins Gefängnis zu stecken. Ein Zivilprozess wegen widerrechtlicher Tötung. Ich hatte in den Nachrichten schon mal davon gehört – von den Menschen, die jemanden dazu brachten, Selbstmord zu begehen, sie davon überzeugten, es zu tun oder sie so unter Druck setzten, dass sie keine andere Möglichkeit mehr sahen, in Anbetracht all dessen, was sie für die hinterbliebene Familie wert waren.

Gerechtigkeit hatte viele Gesichter. Etwas Befriedigenderes als eine unbewegliche Kupferglocke mit einem melancholischen Spruch darauf – in jeder Hinsicht so weit entfernt wie nur möglich von der Person, die Sadie gewesen war.

Ich stellte sie mir vor, wie sie hastig eine Nachricht schrieb. Sie zerknüllte. Aus dem Fenster starrte. Ihr Kiefer sich verhärtete.

Sadie schrieb nicht viel per Hand. Sie machte Notizen in ihrem Handy, schickte Nachrichten und E-Mails. Hatte immer ihren Laptop auf dem Schreibtisch geöffnet.

»Parker«, sagte ich, als der Schlüssel ins Schloss glitt. »Womit haben sie sie verglichen?«

Seine Hand verharrte. »Mit ihrem Tagebuch.«

Aber ich schüttelte wieder den Kopf. Nichts ergab Sinn. »Sadie hat kein Tagebuch geführt.«

Die Tür öffnete sich knarrend, und er trat ins Haus, drehte sich um. »Offensichtlich hat sie das doch. Offensichtlich gibt es einiges, was du nicht weißt. Ist es so verwunderlich, dass sie dir ihr Tagebuch nicht gezeigt hat? Sie hat dir nicht alles erzählt, Avery. Und wenn du glaubst, das hat sie, dann hast du eine ganz schön hohe Meinung von dir selbst.«

Er schloss die Tür, machte eine Show daraus, von innen abzuschließen, sodass ich das dumpfe Echo in dem hölzernen Rahmen hören konnte.

Und ihm hätte ich fast Sadies Handy gezeigt.

Parker hatte mich nie hier haben wollen. Das sagte er nicht nur, sondern zeigte es auch mit seinem Verhalten, nachdem die Entscheidung bereits gefallen war. Grant wollte das Grundstück meiner Großmutter, bei dem sowieso die Gefahr bestand, dass ich es verlieren würde. Ein Teil der Hypothek war mit der Auszahlung der kleinen Lebensversicherung meiner Eltern beglichen worden – nicht genug, um davon zu leben, aber genug, um mir die Sicherheit eines Ortes zu geben, den ich mein Eigen nennen konnte. Die verbleibenden monatlichen Raten waren also nicht das Problem. Die ganzen zusätzlichen Kosten jedoch schon – die Versicherung, die Steuern, die Ausstattung. Es waren die letzten Arztrechnungen meiner Großmutter, und plötzlich trug ich sämtliche Verantwortung. Aber trotzdem, es war mein Zuhause. Und ich wusste nicht, wo ich sonst hinsollte. Die Touristen hatten die Preise verdorben und uns aus unseren eigenen Häusern vertrieben, das Beste, worauf ich also hoffen konnte, wäre eine Wohnung, allein, Meilen von der Küste entfernt.

Es hatte noch weitere Interessenten gegeben – die anderen Bewohner von Stone Hollow wollten nicht, dass das Land für Ferienhäuser genutzt wurde –, aber Lomans Angebot bedeutete mehr, als nur das Haus zu kaufen. Es bedeutete, ihre Welt zu betreten, auf ihrem Grund zu wohnen, Teil ihrer Kreise zu sein. Also verkaufte ich mein Haus, und damit meine Seele, an die Lomans.

Als Grant anbot, dass ich ihr Gästehaus nutzen konnte, hatte ich gesagt, dass ich das schriftlich bräuchte – die Erfahrung hatte mich gelehrt, skeptisch damit zu sein, jemanden beim Wort zu nehmen, egal, wie gut die Absichten waren –, und er warf den Kopf zurück und lachte, genau wie Sadie es tun würde. *Du kommst schon wieder in Ordnung, Kleine*, sagte er zu mir. Das war nur ein winziges Kompliment, aber ich erinnerte mich an die Wärme, die mich damals durchfuhr. Dieser Glaube, dass ich das wirklich würde, dass auch er es in mir sehen konnte.

Aber später hörte ich, wie sie darüber stritten, nachdem Grant die Papiere erstellt hatte. Parker sprach zu leise, als dass ich ihn richtig verstehen konnte, aber ich hörte, wie Sadie ihn egoistisch nannte und Grants ruhige Stimme, die erklärte, was geschehen würde, und keinen Raum für Fragen ließ. *Es ist fair, und es ist richtig. Das Haus wird nie benutzt. Werde erwachsen, Parker.*

Danach stritt Parker nicht mehr weiter, aber er war der Einzige, der mir nicht beim Umzug half.

Bianca kümmerte sich um das Praktische – sie sorgte dafür, dass ich ein Postfach bekam und gab ihre Adresse als Wohnort an, sodass ich offiziell in Verbindung zu ihnen existierte: Avery Greer, c/o 1, Landing Lane.

Grant selbst half im Haus meiner Großmutter, mietete ein paar Männer, die die Kartons transportieren sollten, während er das Grundstück, die Bausubstanz des Hauses, die Zimmer begutachtete. Alles abschätzte, ihm einen Wert zuschrieb, entschied, ob es mehr brachte, wenn es stehen blieb oder abgerissen wurde.

Sadie kam auch und sagte, niemand sollte mit Grant Loman allein zurechtkommen müssen, aber ich schätzte seine Effizienz in all seiner unsentimentalen Brutalität.

Ich spürte, wie ich unter seiner Hand zu funktionieren begann, aussortierte und beseitigte, bis nur noch die Dinge um mich blieben, die es zu behalten lohnte. Mit der gleichen knallharten Effizienz, die Grant auch bei Menschen anwandte.

Am Ende hatte ich nur einen Stapel Kartons, alle mit Sadies rotem Edding markiert. Das steile *V* für *Verkaufen*, das bauchige *B* für *Behalten*. Mein Leben, neu strukturiert durch ihre fähigen Hände.

Es gab vier Kartons mit meinen eigenen Sachen, die mir wichtig waren. Und einen weiteren, der voll war mit den Sachen meiner Eltern und meiner Großeltern. Hochzeitsalben und Erinnerungen. Familienfotos und ein Kochbuch aus der Küche meiner Großmutter, ein Schuhkarton mit Briefen von und an meinen Großvater, als er in Übersee war. Der Ordner mit den Papieren, die alles, was einst ihnen gehörte, in meinen Besitz übergehen ließen. Als würde ich nicht nur mit mir umziehen, sondern auch mit meiner ganzen Geschichte. Mit allen Menschen, die mich an diesen Punkt gebracht hatten.

Nun sah ich Sadie vor mir, mit dem Edding in der Hand, die Kappe zwischen ihren Zähnen.

Wie sie sich in meinem leeren, leeren Haus umsah. Die einsame Existenz, die ich hinter mir ließ für etwas Neues. Grant stand draußen vor dem Fenster, abgewandt, eine Hand in die Hüfte gestützt, in der anderen ein Handy. Drinnen war nur Stille. Sadie sah für einen Moment erstarrt aus, die Lippen zusammengepresst, als würden die Emotionen sie jeden Moment überwältigen. Es war, als sähe sie mich zum ersten Mal als eine andere. *Das wird toll werden, Avery.*

Und damals – in dem fast verlorenen Haus, nun nackt und kahl, mit dem Gefühl, dass ich mich endlich aus etwas herausgearbeitet hatte – glaubte ich ihr.

Zu der Zeit war mir das so großzügig von ihnen vorgekommen. Aber das letzte Jahr hatte ich allein hier verbracht, nur mit Geistern als Gesellschaft. Sadie, wie sie in meinem Türrahmen stand, als ich sie das letzte Mal sah. Meine Mutter, die mir ins Ohr flüsterte, fragte, was ich sehe.

Und so blickte ich immer wieder zurück, um die Stelle zu finden, wo alles aus der Spur geriet. Ich fange jedes Mal beim Anfang an:

Ich sehe Grant und Bianca, die zuschauten, wie Sadie mich mit nach Hause brachte. Ich stelle mir vor, wie sie im Ort herumfragen, meinen Namen erwähnen, die Geschichten hören, alles in Erfahrung bringen, was es zu wissen gibt. Sie werden Zeugen, wie das Band, das Sadie und mich verbindet, stramm und stark wird. Ich frage mich, ob sie Angst hatten, dass ihre Tochter in meine Welt heruntergezogen werden könnte, so wie ich das Gefühl hatte, in ihre hinaufgezogen zu werden. Sie müssen verstanden haben, dass der einzige Weg, ihre Tochter unter Kontrolle und in der Spur zu halten, der war, mich an ihre Seite zu bringen.

Das war es, was alle verkannten, wenn sie sich fragten, was ich im Haus der Lomans machte. Ihre Gerüchte stimmten nicht, aber meine Verteidigung auch nicht. Es war keine Großzügigkeit gewesen, sondern ein Akt der Kontrolle, das wurde mir langsam bewusst. Ein wahrer Geschmack davon, was es hieß, Sadie Loman zu sein. Eine schöne Marionette. Vielleicht hatte sie das bis an den Abgrund getrieben.

Dein Haus kaufen und dich hierbehalten. Deine Ausbildung finanzieren, dir liebevoll die Richtung weisen. Dich anstellen, dich überwachen, deinen Weg formen.

Mein Zuhause ist dein Zuhause. Dein Leben ist mein Leben.

Schlösser oder Geheimnisse wird es hier nicht geben.

Kapitel 9

Bevor ich ging, machte ich nur eine Änderung an Sadies Handy. Nur eine Sache, die ich löschte, was sicher niemand bemerken würde.

In den Einstellungen entfernte ich die zusätzliche Touch-ID, bevor ich es herunterfuhr.

Die Fahrt zur Polizei war fast so wie die zum Hafen. Der Kampf gegen die Masse von Autos und Fußgängern im Ortszentrum. Das Gaffen beim Anblick des Meeres und des Parks. Ich musste geradewegs durch alles durch, um zu dem Gebäude auf der Anhöhe an der Hafenseite zu kommen.

Ich fuhr auf den Parkplatz, der den Hafen darunter überblickte, überall Glasfenster und glatter weißer Stein.

An der gebogenen Rezeption in der Lobby, die eher zu einem Hotel als zu einer Polizeiwache gepasst hätte, fragte ich nach Detective Collins. Die Frau hinter dem Tresen hielt sich das Telefon ans Ohr, nannte meinen Namen und bat mich zu warten, wies auf eine Reihe von Stühlen am Fenster. Diese Offenheit war irreführend, die summenden hellen Lichter an so einem Ort – es ließ einen glauben, man müsste nichts verbergen.

Ich hatte mich gerade auf die steifen Kissen gesetzt, als mir klar wurde, dass sie gewusst hatte, wer ich war, ohne zu fragen.

Nicht dass es mich wunderte. Mein Name war hier bekannt, seit ich vierzehn war, auf die eine oder andere Art.

Es hat einen Unfall gegeben.

Was für ein einfacher, harmloser Satz dafür, dass alles, was ich je gekannt hatte, auf den Kopf gestellt sein würde.

Eine dunkle Straße, eine Bergkurve, und mein ganzes Leben hatte sich in einem Augenblick verändert, während ich schlief. Ich war ins Krankenhaus gebracht und in einen kleinen Warteraum gesetzt worden. Man gab mir Essen, das ich nicht anrühren konnte, Brause, die in meinem Hals sprudelte, bis ich würgen musste. Dann saß ich da, konnte es nur halb glauben, versuchte verzweifelt, mich an die letzte Begegnung mit meinen Eltern zu erinnern.

Mein Dad, der über den Flur rief: *Da ist noch Pizza im Kühlschrank*, meine Mom, die kurz den Kopf in mein Zimmer steckte, mit einem Schuh an, den anderen in der Hand: *Bleib nicht so lange auf.* Ich hatte meinen Daumen hochgestreckt, ohne das Telefon vom Ohr zu nehmen. Faith war dran, und meine Mom, die das bemerkte, formte mit dem Mund ein lautloses *Tschüss*. Das war das Letzte von den beiden, woran ich mich erinnerte. Sie wollten zu einer Ausstellung ein paar Orte weiter und nahmen auch meine Großmutter mit.

Ich schlief vor dem Fernseher ein. Bemerkte nicht einmal, dass etwas nicht stimmte.

Eine Polizistin legte mir die Hand auf die Schulter, während ich im Krankenhaus saß und die sprudelnde Brause anstarrte – *Gibt es noch jemanden, den wir anrufen können?*

Sie versuchten es zuerst bei den Harlows, aber schließlich war es Mrs. Sylva, die kam, um mich abzuholen. Ich blieb in einem leeren Zimmer in ihrer Frühstückspension, bis meine Großmutter am nächsten Tag entlassen wurde. Sie hatte nicht einen Kratzer abbekommen, aber sie trug eine Halskrause wegen des Stoßes gegen den Baum, der vordere Teil des Autos war zusammengepresst wie ein Akkordeon. Zuerst dachten sie, sie sei tot. Das hatte der erste Beamte vor Ort gesagt. In dem Artikel stand, wie er in die Situation gestolpert war, neu in dem Job, erschüttert von dem ganzen Schrecklichen – sein eigener Fall auf den harten Boden der Wirklichkeit, so schien es.

Ich hatte den Bericht nur einmal gelesen. Einmal war mehr als genug.

Der Polizist sagte, mein Vater hätte nicht mal auf die Bremse getreten, als er schon von der Straße abgekommen war, wahrscheinlich war er eingeschlafen, genau wie meine Großmutter auf dem Rücksitz. Ich dachte oft daran, wie wir alle schliefen, als es passierte. Wie man durch die Dunkelheit rasen kann, ohne einen einzigen bewussten Gedanken, ohne, dass einen jemand gehen sieht.

Vier Jahre später war ich nach dem Kampf mit Faith auf die Wache gebracht worden. Zu dem Zeitpunkt war die einzig verbleibende Person, die man noch anrufen konnte, die Nachbarin meiner Großmutter, Evelyn.

»Avery?« Detective Collins wartete am Eingang zum Flur hinter mir. Er nickte mir zu, als ich aufstand. »Schön, Sie wiederzusehen. Kommen Sie mit nach hinten.« Er führte mich in ein kleines Büro auf halber Höhe des Flurs, setzte sich hinter seinen Schreibtisch und bedeutete mir, auf dem Stuhl ihm gegenüber Platz zu nehmen. Sein Büro war karg, auf dem Schreibtisch lag nichts, hinter mir waren Fenster zum Flur. »Geht es um die Gedenkfeier?«, fragte er und lehnte sich auf seinem Stuhl zurück, bis die Federn aus Protest knarrten.

Ich schluckte. »Ja und nein.« Ich ballte meine Hände zusammen, damit sie nicht zitterten. »Ich wollte Sie nach Sadies Nachricht fragen.«

Er hörte auf, mit dem Stuhl zu wippen.

»Die Nachricht, die sie hinterlassen hat«, verdeutlichte ich.

»Ich erinnere mich«, sagte er. Dann sagte er nichts mehr, wartete, dass ich fortfuhr.

»Wie lautete sie?«, fragte ich.

Nach einer Pause setzte er sich aufrecht hin und zog sich dichter an seinen Schreibtisch heran. »Es tut mir leid, aber das ist eine Familienangelegenheit, Avery. Sie fragen besser einen von ihnen.« Als wüsste er, dass ich es bereits versucht und nicht geschafft hatte.

Ich sah die Wände an, seinen Schreibtisch, überallhin, nur nicht ihm ins Gesicht. »Ich hab noch einmal über diese Nacht nachgedacht. Ist man sich sicher, dass die Nachricht von ihr stammt? Ich meine, wirklich absolut sicher?«

Im Zimmer war es so still, dass ich ihn atmen, das schwache Ticken seiner Uhr hören konnte. Schließlich holte er Luft. »Sie ist von ihr, Avery. Wir haben sie abgeglichen.«

Ich wedelte mit meiner Hand zwischen uns herum. »Mit einem Tagebuch, wie ich gehört habe. Aber, Detective, sie hatte keins.«

Seine Augen fixierten mich – grün, auch wenn ich es nie zuvor bemerkt hatte. Sein Ausdruck war nicht unfreundlich, es lag etwas darin, das Sympathie nahekam. »Vielleicht kannten Sie sie nicht so gut, wie Sie dachten.«

»Oder«, sagte ich, meine Stimme lauter, als ich annahm, »vielleicht war die Nachricht doch nicht von ihr. Luciana Suarez lebte auch in dem Haus. Oder sie könnte von der Reinigungsfirma sein. Jemand anderes könnte sie hinterlassen haben.« Es konnte sein, dass sie ihre Handschrift übereilt abgeglichen hatten, weil sie wollten, dass alle Teile zusammenpassten. Sie hatten nur gesehen, was sie sehen wollten, nicht, was da war.

Mich selbst hatten die Neuigkeiten letztes Jahr auch zu unvorbereitet erwischt, um Fragen zu stellen. Ich fühlte mich überrumpelt, weil ich die Dinge so vollkommen falsch verstanden hatte. Schon wieder hatte ich etwas Wichtiges nicht kommen sehen.

Er verschränkte langsam die Hände auf dem Schreibtisch, Finger für Finger. Seine Nägel waren zu kurz geschnitten. »Hören Sie zu. Es ist nicht nur die Schrift, die passt.« Er schüttelte den Kopf. »Es ist mehr wie ein Logbuch – über das, was in ihrem Geist vorging. Und es ist sehr, sehr düster.«

»Nein«, sagte ich. »Sie meinte es nicht ernst.« Das Gleiche, was ich zu Parker gesagt hatte. Aber war das denn nicht die Wahrheit? Die Art, wie sie mir an dem Tag, als wir uns kennenlernten, die Gefahren auflistete, als könne sie sie sehen, direkt unter der Oberfläche, immer bereit, uns zu vernichten. Die Beiläufigkeit des Todes; etwas, mit dem sie flirtete. *Tu dir nicht weh*, hatte sie gesagt, als ich in der Dunkelheit zu nah am Abgrund stand. Als wenn sie es sich, sogar da schon, vorgestellt hatte.

Er schüttelte traurig den Kopf. »Avery, Sie sind nicht die Einzige, die sie vermisst, okay? Niemand hat es kommen sehen. Manchmal erkennt man die Zeichen erst im Nachhinein.«

Mein Hals fühlte sich wieder eng an. Er griff über den Tisch, seine dicke Hand schwebte über meiner, bevor er sie wieder zurückzog. »Es ist ein Jahr her. Ich verstehe das. Wie die Dinge einen einholen. Aber wir sind das alles schon durchgegangen. Der Fall ist abgeschlossen, wir haben Parker ihre alten persönlichen Dinge heute übergeben.« Das muss es gewesen sein, was Parker sich im Auto angesehen hatte, als ich ihn in der Garage überrascht hatte – die Sachen, die man ihm auf der Polizeiwache ausgehändigt hatte. »Alles passt zusammen. Kommen Sie zur Gedenkfeier und machen Sie mit Ihrem Leben weiter.«

»Es passt nicht alles«, sagte ich. »Sie hätte zur Party kommen sollen. Es ist etwas geschehen.« Ich griff in meine Handtasche, legte ihr Telefon vor ihm hin.

Er fasste es nicht an, starrte nur darauf. Das hatte er nicht kommen sehen. »Was ist das?«

»Sadies Handy. Ich habe es heute im Ferienhaus gefunden. Im Blue Robin, wo wir alle in der Nacht waren, als sie starb.«

Er wandte die Augen nicht von dem Telefon ab. »Sie haben es *gerade* gefunden?«

»Ja.«

»Ein Jahr später.« Ungläubig, die Augen verengt, als würde ich mir einen Spaß mit ihm erlauben. Wie schnell sein Verhalten sich gewandelt hatte. Oder vielleicht war ich es, die sich vor ihm veränderte.

»Es lag am Boden einer Truhe im großen Schlafzimmer. Ich hab es gefunden, als ich die Decken herausgenommen habe, um sie zu lüften. Ich weiß nicht, wie lange es da schon liegt, aber sie hat es jedenfalls nicht verloren, als sie starb.« Ich schluckte, wünschte mir, dass er die Schlussfolgerung ziehen würde: Wenn sie damit falschgelegen hatten, konnten sie mit allem falschliegen.

Er schüttelte den Kopf, rührte das Handy noch immer nicht an.

Einmal, vor ein paar Sommern, hatte Sadie versucht, sich festnehmen zu lassen. Zumindest war es mir damals so vorgekommen. Ich hatte sie abends mit zum Anleger genommen, um ihr etwas zu zeigen. Eine Welt, zu der sie selbst nie Zugang hatte, eine Art, ihr meinen eigenen Wert zu beweisen. Ich wusste aus der Zeit, als Connor das manchmal getan hatte, wie man ins Hafenbüro hereinkam – den Griff anheben, der Tür gleichzeitig einen gut geplanten Schubs geben – und dann den Schlüssel seines Vaters aus dem hinteren Büro drinnen holen, das Boot losmachen und ein Stück abstoßen, bevor man den Motor anmachte.

Aber jemand muss gesehen haben, wie wir hineingeschlichen sind. Ich hatte es gerade bis in den vorderen Raum geschafft, als eine Taschenlampe ins Fenster leuchtete und ich in die andere Richtung rannte, zu der selten benutzten Hintertür. Sadie war erstarrt, glotzte in das Licht im Fenster. Ich zog sie am Arm, aber inzwischen war der Beamte schon drin – ich kannte ihn, wenn auch nicht vom Namen her. Doch das spielte keine Rolle, denn er kannte meinen.

Er führte uns hinaus, zurück zu seinem Auto. Mir stellte er die schon erwartete Frage, wen er anrufen sollte, nicht; er musste die Antwort inzwischen wohl kennen.

»Wie heißt du?«, fragte er Sadie, aber sie reagierte nicht. Ihre Augen weiteten sich, und sie presste die Lippen zusammen, schüttelte den Kopf. Der Mann bat um ihre Handtasche, die sie über die Schulter gehängt hatte. Er zog ihr Portemonnaie heraus, leuchtete mit der Taschenlampe auf ihren Führerschein. »Sadie …«, und dann brach er ab. Räusperte sich. Schob den Führerschein zurück, gab ihr ihre Tasche. »Hört zu, Mädchen. Ich erteile euch eine Verwarnung. Das war Betreten fremden Eigentums, und das nächste Mal, wenn wir euch erwischen, bekommt ihr eine Anzeige, ist das klar?«

»Ja, Sir«, sagte ich. Erleichterung wärmte mein Blut wie der erste Schluck Alkohol.

Er ging zurück zu seinem Auto, und Sadie stand da, mitten auf dem Parkplatz und sah ihm nach. »Was muss ein Mädchen hier tun, um verhaftet zu werden?«, fragte sie.

»Ändere deinen Namen«, sagte ich.

Ihr Name hatte Gewicht. Aber sie warf damit nicht um sich. Das musste sie nicht.

Mir wurde bewusst, dass mir, solange ich mit ihr zusammen war, wohl der gleiche Schutz gewährt wurde.

Noch immer hatte ihr Name dieses Gewicht, ihr Handy auf dem Schreibtisch des Detectives, das er immer noch nicht anfassen wollte. Tot oder nicht, es gab Dinge, mit denen man in dieser Gegend vorsichtig sein musste. Er nahm sein Bürotelefon in die Hand, zögerte aber vorerst noch.

»Es tut mir leid. Ich wünschte, es müsste nicht so sein«, sagte Detective Collins schließlich, bevor er mich aus dem Zimmer winkte.

»Was? Wie?«

Er schüttelte den Kopf. »Ihre Nachricht. So lautete sie.«

Kapitel 10

Es tut mir leid. Ich wünschte, es müsste nicht so sein.

Mitten auf dem Harbor Drive stieg ich gerade noch auf die Bremse, als eine Frau, ohne zu gucken, auf den Zebrastreifen trat. Sie stand vor meinem Auto, starrte mich durch die Windschutzscheibe an. Meine Hände am Steuer zitterten. Es waren nur Zentimeter, die uns trennten.

Im Rückspiegel konnte ich immer noch, auf die Spitze des Hügels gekauert, die Polizeiwache sehen. Die Frau vor mir hob ihre Hand wie eine Barriere zwischen sich und meinem Auto und formte mit dem Mund das Wort *Vorsicht*, bevor sie weiterging. Als hätte ich nicht bemerkt, wie nah ich gekommen war. Als wäre ihr nicht klar, wie nah *sie* gekommen war.

Dann sah ich Sadie am Abgrund der Klippe stehen. Das blaue Kleid hinter ihr im Wind wehend, ein Träger, der ihr über die Schulter rutscht, die Wimperntusche unter den Augen verschmiert, mit zitternden Händen. Sah, wie sie sich umdrehte und diesmal mich ansah, die Augen weit aufgerissen …

Stopp.

Ich musste mit jemandem reden.

Nicht den Detective, der gerade so ungläubig ihr Handy angestarrt hatte. Nicht Parker, der mir verschwiegen hatte, dass er gerade Sadies persönliche Sachen von der Polizei abgeholt hatte. Nicht Connor, der uns alle belogen hatte durch sein Schweigen …

Mein Telefon klingelte genau in dem Moment, als ich gedanklich die Kontakte durchging. Wieder eine Nummer, die nicht gespeichert war. Ich fragte mich, ob es schon Detective Collins war, der mir sagen wollte, ich solle zurückkommen. Dass sie noch etwas anderes auf ihrem Handy entdeckt hatten oder meine Hilfe brauchten, weil sie bei irgendetwas nicht wussten, was es zu bedeuten hatte. Ich stellte den Anruf auf Lautsprecher.

»Ist da Avery?« Es war ein Mädchen. Eine Frau. Etwas dazwischen.

»Ja, wer spricht da?«

»Erica Hopkins. Vom Mittagessen.«

»Richtig, hallo.«

Sie räusperte sich. »Justine hat mich gebeten nachzufragen. Wir brauchen den Artikel für Sadie morgen – spätestens nachmittags.«

Gestern fühlte sich ewig weit entfernt an. »Ich kann dir den Text heute Abend mailen, aber das Foto wird wahrscheinlich ein Papierbild sein. Ich habe keinen Zugang zu einem Scanner.« Ich würde Grant und Bianca nicht kontaktieren, um nach einem hochaufgelösten Foto ihrer verstorbenen Tochter zu fragen, auch wenn es eins von ihren sein musste, eins, das einmal die Wände der Breakers geziert hatte. In Wahrheit fiel mir nichts Passenderes ein.

»Wir haben morgen um elf Uhr ein Treffen mit Parker Loman an der Gedenkstätte. Am Eingang von Breaker Beach. Willst du uns dann das Foto bringen?«

Irgendwo in dem Haus waren Sadie Lomans persönliche Sachen, gerade von der Polizei an Parker zurückgegeben. Parker hatte gesagt, er würde heute von zu Hause aus arbeiten, und ich konnte die Lichter im oberen Büro von der Auffahrt aus sehen.

Morgen um elf herum würde er weg sein. Das Haus würde leer sein.

»Komm doch hinterher vorbei«, sagte ich, während ich das Auto auf der anderen Seite der Garage parkte. »Wir können uns hier am Gästehaus treffen. Schick mir eine Nachricht, wenn du auf dem Weg bist.«

In ihrem Haus war das Tagebuch, das man Parker zurückgegeben hatte und mit dessen Hilfe sie die vermeintlich letzten Worte von Sadie Loman bestimmt hatten. Das Tagebuch, auf dem sie den Fall gründeten.

Ich musste es sehen.

Etwas hatte seinen Weg hineingefunden, dunkel und verschlungen. Als hätte ich gerade etwas in Bewegung gesetzt und nun keine Macht mehr, es zu stoppen.

Zurück im Schlafzimmer des Gästehauses machte ich die Schranktür auf und nahm den einzigen Karton heraus, der nie geöffnet worden war – beschriftet mit *B* für *Behalten* in Sadies Schrift. Den Rest hatte ich nach und nach ausgepackt, meine wenigen eigenen, mir wichtigen Dinge. Aber das war der Karton, in dem die Sachen meiner Eltern, die Sachen meiner Großmutter waren.

Auch wenn das Haus selbst nicht mir gehörte, wusste ich, dass niemand es wagen würde, diesen Karton anzurühren. Nicht einmal Sadie, die unzählige Male in meinen Schrank gegriffen hatte.

Ich holte das Hochzeitsalbum meiner Eltern hervor, die Briefe meiner Großmutter, legte sie vorsichtig zur Seite. Bis ich den kleinen Schuhkarton darunter ausgegraben hatte.

Darin befanden sich die Fotos von Sadie, die einst im Haus der Lomans verstreut standen. Jedes Jahr mit einer neuen Serie ersetzt. Aber Bianca hatte sie hinzugefügt, ohne die vorigen Fotos zu entfernen, hat in den Rahmen ein Bild auf das andere gelegt, sodass sie zusammenblieben. Wie Farbschichten, die langsam immer dicker wurden, bis ich die älteren Fotos herausgenommen und selbst aufbewahrt hatte.

Die Oberflächen waren leicht beschädigt, klebten an den neueren Versionen, die Ecken geknickt und ausgebleicht durch die Rahmen. Auf Kinderporträts folgten Schulabschlussfotos. Auf Schulabschlussfotos Urlaubsschnappschüsse – Sadie vor dem Eiffelturm, Sadie in roter Skiausrüstung mit Bergen hinter sich, Sadie neben Parker sitzend, irgendwo in den Tropen, hinter ihnen der Ozean.

Nun sortierte ich diese vergessenen Bilder und versuchte, das Passende für den Text zu finden. Mein Gott, sie würde das hassen. Auf jedem Foto sah sie entweder zu jung oder zu glücklich aus. Ungeeignet für den Zweck des Artikels. Sie würden etwas wollen, das jeden anspricht, Insider und Outsider gleichermaßen. Sie musste sowohl zugänglich als auch unantastbar wirken.

Schließlich entschied ich mich für ihr Collegeabschlussfoto. Sie hielt das Diplom in der Hand, aber ihr Kopf war leicht nach hinten geneigt, als würde sie gleich anfangen zu lachen. Es war voll und ganz Sadie. Und es war voll und ganz tragisch.

Dieses Foto zeigte einen Anfang. Etwas lag in der Luft und war brutal beendet worden. Der Beginn eines Lachens, ihres Lebens. Etwas, von dem ich nun das Gefühl hatte, dass es ihr genommen worden war.

Und dann legte ich die restlichen Fotos zurück in den Karton, versteckt im Schrank, wo sie zusammen mit den anderen Menschen, die ich verloren hatte, bleiben würden.

Littleport-Gedenkstätte für Sadie Janette Loman.

Ich klopfte mit den Fingern gegen den Rand der Tastatur und wartete, dass die Worte kamen. Ich starrte das Foto von ihr in Schulabschlusskleidung an, hinter ihr der blaue Himmel über der Kuppel des Gebäudes.

Sadie Loman mag neun Monate des Jahres in Connecticut verbracht haben, aber Littleport war ihr der liebste Ort auf der Welt.

Das hatte sie mir erzählt, als wir uns das erste Mal trafen. Und nun war sie kurz davor, Teil seiner Geschichte zu werden.

Für eine so kleine Ortschaft hatten wir eine lange Vergangenheit, die in unserem kollektiven Gedächtnis lebte. Es war ein Ort voller Geister aus alten Legenden und auch aus Gutenachtgeschichten. Der auf dem Meer verschwundene Fischer, der erste Leuchtturmwärter – ihre Schreie, die nachts im Heulen des Windes erklangen. Bänke in Gedenken an, zu Ehren von; Kartons von Haus zu Haus getragen. Wir nahmen die Verlorenen mit uns hierher.

Es war ein Ort für Risikofreudige, ein Ort, der die Mutigen mochte.

Ich versuchte einen Platz für Sadie in dieser Geschichte zu finden. Etwas, von dem sie Teil sein konnte.

Sie war mutig, natürlich war sie das. Aber das war es nicht, was die Leute hören wollten. Sie wollten hören, dass sie den Ozean liebte, ihre Familie, diesen Ort.

Was ich sagen würde, wenn ich die Wahrheit erzählen könnte:

Sadie würde alles hieran hassen. Von der Glocke über die Inschrift bis zur Ehrung. Sie würde auf den Felsen sitzen und auf den Strand hinuntersehen, wo wir alle versammelt wären, lachend und einen Drink in der Hand. Littleport war ungerührt und ohne Mitleid, und das war sie auch. Ein Produkt dieses Ortes wie wir alle.

Vielleicht würde sie fordern, dass man ihr vergab. Vielleicht würde sie ein erlittenes Unrecht mit einem übertriebenen Gegengewicht kompensieren. Vielleicht wusste sie tief in sich drinnen, wenn sie zu weit gegangen war.

Aber Sadie Loman hätte sich nie entschuldigt. Nicht dafür, wer sie war, und nicht für das, was sie getan hatte.

Es tut mir leid. Ich wünschte, es müsste nicht so sein.

Zwei einfache Sätze. Die Nachricht, die sie gefunden hatten. Zerknüllt im Müll.

Wie hoch war die Wahrscheinlichkeit, dass alles ein Fehler war? Dass die Polizei und ihre Familie eine Sache gesehen und eine andere geglaubt hatten?

Wie standen die Chancen, dass Sadie genau diese Worte gewählt hatte, genau die gleichen, die ich früher in dem Sommer auch benutzt hatte – jene, die ich selbst geschrieben, in der Mitte gefaltet und auf ihrem Schreibtisch für sie hinterlassen hatte?

Sommer 2017

Die Plus-One-Party

21 Uhr 30

Es passierte alles auf einmal. Das Licht, der Klang, die Stimmung.

Der Strom war ausgefallen. Die Musik, das Licht im Haus, das blaue Unterwasserleuchten des Pools. Nichts als Dunkelheit.

Drinnen waren zu viele Menschen, ihre Leiber aneinandergepresst. Meine Ohren summten immer noch von der Musik. Jemand trat mir auf den Fuß. Ich hörte das Geräusch von zerbrechendem Glas und hoffte, es war nicht das Fenster. Alles wurde Geräusch und Geruch. Leises Flüstern, nervöses Lachen, Schweiß und im Vorbeigehen der Duft eines Shampoos und dann ein würziges Aftershave.

Ich spürte eine Hand auf meiner Schulter, einen Atemzug an meinem Hals. Ich erstarrte, desorientiert. Und dann hörte ich einen Schrei. Alles hörte auf – das Flüstern, das Lachen, die Leute, die aneinander vorbeistrichen. Auf der anderen Seite des Raumes ging die Beleuchtung eines Handys an, und dann noch eine, bis ich auch meins aus der Gesäßtasche zog und dasselbe tat.

»Sie ist in Ordnung!«, rief jemand von draußen. Alle bewegten sich in Richtung der Rückseite des Hauses.

Ich schob mich durch die Menge, meine Augen gewöhnten sich an die Dunkelheit. Draußen verdeckten die Wolken die

Sterne und das Mondlicht. Nur der Strahl des Leuchtturms oben schnitt durch den Himmel, verschluckt von den Wolken.

Es war natürlich Parker, der sie hielt, umringt von einem Halbkreis Zuschauern. Zuerst konnte ich nur einen dunklen Schatten erkennen, zusammengerollt in Parkers Armen. Er rieb ihren Rücken, und sie spuckte hustend Wasser. »Okay, du bist in Ordnung«, sagte er zu ihr, und sie hob ihr Gesicht. Ellie Arnold.

Sadie kannte sie schon ewig, fand sie nervig. Sagte, sie würde alles tun, um Aufmerksamkeit zu erregen, und so war mein erster Gedanke weder edelmütig noch mitfühlend.

Aber als ich mich neben sie kniete, war sie so durcheinander, sah so elend aus, dass ich wusste, sie hatte es nicht extra gemacht.

»Was ist passiert?«, fragte ich.

Sie war durchnässt, ihre Kleider hingen an ihr, sie zitterte.

»Sie konnte nichts sehen«, antwortete Parker für sie. »Hat den Halt verloren.«

»Jemand hat mich *geschubst*«, sagte Ellie und wickelte ihre Arme um sich. »Als die Poollichter ausgingen.« Sie hustete und schluchzte halb. Ihr langes Haar klebte an ihrem Gesicht, ihrem Hals.

»In Ordnung. Du bist okay.« Ich wiederholte Parkers Worte und lächelte in mich hinein, dankbar für die Dunkelheit. Der Pool war überall nur anderthalb Meter tief – sie war nie in ernsthafter Gefahr gewesen, trotz ihres gegenwärtigen Auftretens. Alles, was sie hatte tun müssen, war sich hinzustellen.

Ich machte mir mehr Sorgen um die Lautstärke ihres Schreis, der durch die Nacht gehallt war.

Schließlich schaffte es eine von Ellies Freundinnen durch die Menge. »O mein Gott«, sagte sie mit der Hand vor dem Mund. Sie griff nach Ellies Hand.

»Bring sie rein«, sagte Parker und half ihr auf. Ellie wankte leicht und stützte sich dann auf ihre Freundin, während die Leute um sie herum Platz machten.

»In den Badezimmern unter den Waschbecken sind jede Menge Handtücher«, sagte ich. »Wahrscheinlich ist auch irgendwo ein Bademantel.«

Parker blickte zurück auf das Haus. Ein oranges Leuchten blitzte im Fenster auf – ein Feuerzeug, die Flamme berührte den Docht einer Kerze.

»Ich schau mal nach dem Rechten«, sagte ich. Von hier aus konnten wir nicht sagen, ob der Strom im ganzen Ort ausgefallen war oder nur in unserer Straße. Wenn es nur diese Straße war, würde ich einen Anruf machen müssen, und diese Party wäre vorbei. Besser wäre ein ortsweiter Ausfall. Im besten Fall war nur hier im Haus die Sicherung rausgesprungen wegen der Lautsprecher und all der gleichzeitig eingeschalteten Lichter – Netzüberlastung.

Drinnen hatte jemand die restlichen Kerzen gefunden, sie auf den Fensterbänken aufgereiht und den Ständer vom Kaminsims mitten auf die Kücheninsel gestellt. Der Typ mit dem Feuerzeug hatte seinen Rundgang unten beendet, und nun war alles in gedämpfte Lichtflecken getaucht. Die Gesichter lagen immer noch im Schatten, aber ich konnte den Weg zum Stromverteilerkasten finden.

Die Tür zum großen Schlafzimmer am Ende des Flurs stand offen – wenigstens hatte die Aufregung die Leute daraus vertrieben.

Der Verteilerkasten war im Flurschrank, und ich benutzte mein Handy, um die Sicherungen zu beleuchten. Erleichtert stieß ich einen Seufzer aus – das war etwas, was ich reparieren konnte. Alle Stromkreisschalter waren gekippt, ausgeschaltet. Ich legte sie wieder um, einen nach dem anderen, und sah zu, wie die Lichter wieder angingen, wie die Leute sich im Zimmer umsahen, einen Moment lang irritiert davon, wo sie sich wiederfanden.

Beim letzten Schalter dröhnten unerwartet die Lautsprecher los, und mein Herz machte einen Satz.

»Sag jemandem, er soll das leiser stellen«, bat ich den Typen neben mir, es war der, der Greg Randolph beschuldigt hatte, einen Flirt mit der Flamme von Cary zu haben. »Und schalte ein paar Lichter aus.«

»Jawohl, Ma'am«, sagte er und salutierte schief.

Ich ging ins große Badezimmer, wo zwei von Ellies Freundinnen um sie herumschwirrten. Ellie Arnold war eindeutig sowohl beschämt als auch erschüttert, und zum ersten Mal bezweifelte ich Sadies Eindruck von ihr.

»Hey«, sagte ich, »ist hier alles in Ordnung?« Jemand hatte die Handtücher gefunden, von denen die Hälfte auf dem Boden neben Ellies nasser Kleidung angehäuft war. Sie war in einen plüschigen elfenbeinfarbenen Bademantel gewickelt und trocknete sich die Haare mit einem dazu passenden Handtuch. Unter ihren Augen zerlief ihr Make-up in dunklen Spuren. Der Boden war feucht, stellenweise bildete das Wasser Pfützen, der Spiegel war beschlagen. Sie muss kurz geduscht haben, um sich aufzuwärmen.

Ellie schüttelte den Kopf, sah mich nicht an. »Die lustige Idee von irgendeinem Arschloch.« Sie beugte sich in Richtung der offenen Tür. »*Fickt euch* doch!«, brüllte sie.

»Mein Gott«, sagte ich halb unterdrückt, auch wenn niemand im angrenzenden Schlafzimmer war, der sie hätte brüllen hören können.

Die größere ihrer Freundinnen zog eine Grimasse und tauschte einen Blick aus aufgerissenen Augen mit der anderen. »Beruhige dich, El.«

»Der Strom war ausgefallen«, sagte ich. »Niemand konnte etwas sehen. Ich bin sicher, es war ein Versehen.« Auch wenn ich wusste, dass es keinen Sinn hatte, mit jemandem vernünftig zu reden, der von einer unbekannten Menge Alkohol bedröhnt war.

Aber Ellie presste die Lippen zusammen. Sie ließ die Schultern sinken, die Schärfe fiel von ihr ab. »Ich will nur nach Hause.«

Ich sah von Gesicht zu Gesicht, um herauszufinden, ob irgendjemand in diesem Raum nüchtern genug war, um sie zu fahren, entschied dann aber nein. »Ich schau mal, ob dich da draußen jemand bringen kann.«

Ihr Gesicht veränderte sich nicht. Sie starrte die Wand an, der Blick verschwommen, bis mir klar wurde, dass mit *nach Hause* irgendwo außerhalb von Littleport gemeint war, wohin auch immer sie morgen abreisen würde.

»Komm«, sagte die kleinere Freundin, einen Arm um ihre Schulter gelegt. »In trockenen Klamotten wird es dir gleich besser gehen. Liv und ich haben schon das halbe Gepäck im Kofferraum. Wollen wir schauen, ob wir etwas für dich finden?«

Das bewirkte ein schwaches Lächeln bei ihr, und sie verließen zusammen das Bad, obwohl Ellie nichts weiter als einen Bademantel trug.

Vielleicht hatte Sadie doch recht.

Ich nahm mir ein paar Müllbeutel aus der Küche, wovon ich einen für Ellies nasse Klamotten benutzte, die sie versehentlich zurückgelassen hatte. Die benutzten Handtücher voller Schmutzflecken stopfte ich in den anderen Beutel, zog dann noch ein paar unter dem Waschbecken hervor, um das Wasser und die dreckigen Fußspuren wegzuwischen.

»Mach das nicht, Avie.« Ich drehte mich um und sah Parker in der Badezimmertür stehen und mir zusehen. »Lass es.«

Seine Augen waren dunkel geworden, auf seinem Gesicht lag ein Schweißfilm, das braune Haar fiel ihm über die Stirn.

Er roch nach Chlor, und sein T-Shirt klebte an seiner Brust, weil Ellies nasser Körper sich dagegengedrückt hatte.

»Jemand muss es tun«, sagte ich und wartete, bis er ging. Stattdessen hörte ich, wie die Tür sich von innen schloss.

Er nahm mir den Müllbeutel aus der Hand, stopfte den Rest der dreckigen Wäsche hinein. Wir waren uns zu nah. Bei der Feuchtigkeit im Zimmer war es schwer durchzuatmen, klar zu denken.

»Glaubst du, dass ich ein guter Mensch bin?«, fragte er, sein Gesicht so dicht, dass ich es nur in Teilen sehen konnte – seine Augen, die Narbe durch seine Augenbraue, die Erhöhung seiner Wangenknochen, die Konturen seines Mundes.

An Parker wirkte alles konstruiert, außer in Momenten wie diesem hier, wenn es einen Riss in seiner Fassade gab. Zeig mir einen Bruch im Verhalten und sieh zu, wie ich falle. Ich bin noch nie auf einen Makel getroffen, den ich nicht liebte. Die versteckte Unsicherheit, die kurze Ungewissheit. Das Zögern hinter der Arroganz.

Die Sache ist die: Zuerst wollte ich Parker gar nicht. Nicht in all den Jahren, in denen ich wusste, wer er ist, nicht, bevor ich ihn kennenlernte und nicht, als ich ihn das erste Mal im Haus gesehen hatte. Nicht wirklich – bis Sadie sagte, dass ich ihn nicht haben könne. Ich wusste, es war ein Klischee, dass ich nicht anders war, als so viele andere. Aber etwas war daran – eine universelle Anziehungskraft dessen, was du nicht haben kannst. Etwas, was sich bei manchen Menschen festsetzt und das Verlangen verdoppelt.

Doch Momente wie dieser hier waren es, die alles deutlich machten – als würde ich etwas sehen, das er vor allen anderen versteckte. Etwas, was er teilte, nur mit mir.

Ich schob ihm das Haar aus dem Gesicht, und er griff nach meiner Hand.

»Tut mir leid«, sagte ich. Aber er zog sich nicht zurück. So verharrten wir, nur Zentimeter auseinander, das Zimmer zu feucht, meine Sicht verschwommen an den Rändern.

Jemand klopfte an die Tür, und ich fuhr zusammen. Stellte mir vor, dass Luce uns hier drinnen sah. »Besetzt«, rief ich und stand auf.

Auf der anderen Seite stöhnte jemand, aber es war ein Mann. Trotzdem reichte es, um uns beide zur Besinnung zu bringen.

Parker hatte seine Finger um mein Handgelenk gelegt und seufzte langsam. »Eines Tages werde ich wahrscheinlich Luciana Suarez heiraten und wunderschöne Kinder haben, die manchmal Arschlöcher sind, aber sie werden gute Menschen sein.«

»Ja, okay, Parker.« Ich trat einen Schritt zurück, sah wieder klar. Ich fand, er sollte nicht davon sprechen, ein guter Mensch zu sein, während er so mit mir in einem Badezimmer stand und die Frau, die er überlegte zu heiraten, irgendwo auf der anderen Seite wartete, aber das war nur Teil seiner Allüren.

»Oh«, sagte er und schüttelte den Kopf. »Ich bin eigentlich gekommen, um dir etwas zu sagen. Da draußen ist ein Typ, der dich sucht.« Er nickte zur Tür. »Du gehst zuerst. Ich kümmere mich um den Rest.«

Ich öffnete die Tür einen Spalt, um sicherzugehen, dass niemand auf der anderen Seite wartete, wo ein Gerücht entstehen und wachsen konnte. Als ich sah, dass das Zimmer leer war, schlüpfte ich hinaus.

Bevor sich die Tür hinter mir schloss, rief Parker mir nach: »Sei vorsichtig, Avery.«

Sommer 2018

Kapitel 11

Freitagmorgen, viertel vor elf, und Parkers Auto stand immer noch am Haus. Zumindest nahm ich das an. Ich hatte es nicht aus der Garage fahren sehen, und ich hielt danach Ausschau, seit ich wach war.

Er könnte allerdings auch laufen, die Landing Lane entlang bis zum Eingang des Breaker Beach. Wenn er zu Fuß vom Gästehaus aus losginge, würde ich ihn nicht sehen können. Ich öffnete die Wohnzimmerfenster um meinen Schreibtisch herum und versuchte zu lauschen, damit ich eine Tür zuschlagen oder seine Schritte auf dem Kies hören könnte, wie sie die Straße entlang verschwanden.

Ein Treffen mit einem Generalauftragnehmer für eines der neuen Häuser verschob ich auf Montag. Den Austausch des Fensters im Blue Robin hatte ich abgesagt und dem Lieferanten mitgeteilt, dass wir einen neuen Termin ausmachen müssen. Meine Mails blieben unbeantwortet; ich ging nicht ans Telefon. Ich wollte nicht abgelenkt werden und meine Chance verpassen.

Um elf hatte ich ihn immer noch nicht gehört und begann mich zu fragen, ob er an diesem Vormittag überhaupt zu Hause war. Aber um fünf nach hörte ich schließlich das Garagentor aufgehen, das schwache Anspringen eines Motors, das Geräusch sich langsam die Auffahrt entlangbewegender Reifen, das dann in der Ferne verebbte.

Ich wartete noch fünf Minuten, nur um sicherzugehen, dass er weg war.

Ich hatte immer noch den Schlüssel aus dem Schließfach. Ich hätte mich durch jede Tür hineinschleichen können – vorne, hinten oder an der Seite –, dachte aber, es wäre am wenigsten verdächtig, wenn ich einfach vorn hineinging. Für den Fall, dass ich gesehen werden würde, hatte ich mir bereits eine Entschuldigung ausgedacht: Ich wollte, bevor ich den Kundendienst rufen würde, die Elektrik überprüfen, weil wir ein paar Ausfälle gehabt hatten.

Nachdem ich hineingegangen war, schloss ich die Tür hinter mir ab. Das Haus sah genauso aus, wie zu dem Zeitpunkt, als Parker angekommen war. Kaum belebt. Eine einzelne Person hinterließ hier so wenig Eindruck. Das Haus war das, was man weitläufig nennt, mit großen offenen Bereichen. Plätze, wo man sitzen und das Wasser betrachten konnte.

Einen Karton mit Sadies Sachen würde ich hier unten sicher ziemlich schnell entdecken.

Auf den ersten Blick schien es nicht so, als hätte Parker ihn in einem der Aufenthaltsräume unten gelassen. Sein Kaffeebecher stand auf dem Tresen, daneben eine leere Eierpackung.

Ein Berg sorgfältig gestapelter Briefe lag auf einer Ecke der Kücheninsel, zum größten Teil adressiert an die »Stiftung für wohltätige Zwecke der Familie Loman«. Parker muss sie heute Morgen abgeholt haben – die Briefsachen wurden immer auf der Post aufbewahrt, bis sie wiederkamen. Die Umschläge waren aufgeschlitzt, die Quittungen und Danksagungen für *Ihre beständige Unterstützung* in Stapel unterteilt. Alles für örtliche Projekte – der Fond für das Polizeireviergebäude, das städtische Rehabilitationsprogramm von Littleport, die Naturschutzinitiative. Ihre ganze Großzügigkeit reduziert auf einen Haufen Papier.

Die Perfektion wurde einzig gestört durch die verstreuten Kissen auf dem Sofa, wo Parker gesessen hatte, als wir an jenem ersten Abend hier zusammen gewesen waren.

Als Nächstes ging ich nach oben, nahm die breite gewundene Treppe. Am rechten Ende des Flurs war Parkers Zimmer, in dem ich zuerst nachsah. Alle Schlafzimmer oben waren zum Meer hin ausgerichtet und hatten ausladende bodentiefe Fenstertüren, die zu privaten Balkonen gingen.

Parkers Zimmer sah so aus, wie es immer ausgesehen hatte – ungemachtes Bett, leere Koffer im Schrank, Schubladen halb geschlossen. Es war kein Karton im Schrank. Nur einige Paar Schuhe und die von meiner Anwesenheit gestörten, schwach schaukelnden Bügel. Auch nicht unter dem Bett und auf den Kommoden. Ich öffnete ein paar Schubladen, um dort nachzusehen, aber darin waren nur die Sommerklamotten, die er mitgebracht hatte.

Der nächste Raum war das große Schlafzimmer, und es schien unberührt wie erwartet. Trotzdem sah ich mich flüchtig um. Aber es war makellos, mit einer separaten Sitzecke, einem leuchtend blauen Stuhl neben einem Stapel Bücher, die mehr wegen des Designs und nicht wegen der Lesevorlieben ausgewählt worden zu sein schienen, die Buchrücken changierten in Elfenbeinfarben und Blau.

Sadies Zimmer war am anderen Ende des Flurs oben. Ihre Tür war offen, weswegen ich annahm, dass hier kürzlich jemand drin gewesen sein musste. Aber nichts wirkte fehl am Platz. Ich wusste, dass die Polizei alles hier durchgegangen war, und fragte mich, was sie noch mitgenommen hatte. Es war schwer zu wissen, was möglicherweise fehlte, wenn man nicht wusste, wonach man suchte.

Ihr Bettüberwurf war glatt und unberührt, die Ecke der Ablage aus Treibholz, an die sie normalerweise ihre Tasche hängte, jetzt leer.

Ich hatte angenommen, dass ihre Familie ihre persönlichen Dinge zusammen mit ihren Kleidern mit nach Connecticut genommen hatte. Aber mein Nacken kribbelte. Es war genug von

Sadie zurückgelassen worden, dass ich sie immer noch fühlen konnte. Dass ich über meine Schulter blicken und mir vorstellen konnte, wie sie mich hier fand. Wie sie sich an mich heranschlich, auf Zehenspitzen, mir die Hände auf die Augen legte – *rate schnell*. Mein Herz mir in die Hose rutschte, sogar noch, als sie schon lachte.

Ich drehte mich um, und die Luft schien sich zu bewegen. Es war die Raumaufteilung. Die Akustik. Ein Design, das die klaren Linien zur Geltung brachte, aber auch die eigene Anwesenheit offenbarte.

Als ich das erste Mal hier übernachtet hatte, war ich von dem Geräusch einer Tür, die sich irgendwo auf dem Flur schloss, aufgewacht. Sadie schlief neben mir, ein Arm über den Kopf geworfen – vollkommen ruhig. Aber ich dachte, ich hätte einen Lichtstrahl durch die Glastüren zu ihrem Balkon gesehen. Schlüpfte aus dem Bett, fühlte eine Bodendiele unter meinen Füßen knacken.

Ich stand vor den Fenstern, so nah, dass meine Nase fast dagegenstieß, starrte hinaus. Mit den Augen suchte ich die Dunkelheit hinter meiner Spiegelung ab, strengte mich an, etwas Konkretes zu sehen. Und da bemerkte ich den blassen Schatten über meiner Schulter, in der Sekunde, bevor ich sie fühlen konnte.

Was guckst du da an? Sadie stand hinter mir, spiegelte meine Position.

Ich weiß nicht. Ich dachte, ich hätte etwas gesehen.

Nicht möglich, hatte sie gesagt und den Kopf geschüttelt.

Ich verstand, was sie meinte, als ich einen Schritt zurücktrat. Das Einzige, was man nachts in den Fenstern sehen konnte, war sich selbst.

Als ich jetzt aus denselben Fenstern starrte, fühlte ich wieder ihren Schatten, der mich beobachtete.

In ihrem angrenzenden Bad stand immer noch eine Reihe

von Produkten, Shampoos, Conditioner. Eine Haarbürste. Eine Tube Zahnpasta. Ein Sortiment von Glasfläschchen, mehr zur Dekoration als aus praktischen Gründen.

Ihr Schreibtisch war vor etwa zwei Jahren durch einen neuen ersetzt worden, in eine Nische gestellt, die einmal eine Sitzecke gewesen war. Sie hatte letzten Sommer begonnen, Vollzeit im Homeoffice zu arbeiten, und ihr Schreibtisch war nun glatter, verkabelt für einen Laptop und einen Drucker. Es war der Platz, an dem ich einst jene Nachricht hinterlassen hatte, zusammen mit einer Schachtel ihres Lieblingsfudge, für das ich eine Stunde die Küste hinuntergefahren war, um es zu besorgen. Eine Entschuldigung und ein Friedensangebot.

Zu Beginn des letzten Sommers war Sadie technisch gesehen meine Chefin gewesen. Zumindest der Mensch, dem ich Bericht erstattete. Bevor Grant beschloss, dass ich die ganze Logistik der Littleport-Grundstücke allein betreuen konnte, und sie eine neue Aufgabe bekam.

Momentan war die Oberfläche ihres Schreibtischs vollkommen leer. Es schien alles unberührt.

Der letzte Raum, den ich vorhatte zu überprüfen, war Grants Büro – jetzt Parkers. Es war das einzige Zimmer oben, das nach vorn hinausging, außer dem Waschraum und einem Bad. Hier hingen Jalousien vor dem Fenster, damit man am Computerbildschirm nicht geblendet wurde, der nun auf dem Schreibtisch stand, ein rotes Licht leuchtete.

Ich konnte sehen, wie Parker langsam die Geschäfte übernahm, alles war minimal anders, als ich es in Erinnerung hatte. *Ein Junior-Arschloch*, hatte Sadie ihn genannt. Der Schreibtisch war derselbe, er stand auf einem roten Orientteppich, aber die Anordnung auf der Oberfläche war anders. Neben dem Laptop ein gelber Notizblock, ein einzelner Stift, eine hastig geschriebene Liste, die Hälfte der Punkte durchgestrichen.

Grant hatte immer alles in den Schubladen aufbewahrt, wenn er nicht da war, ein akribischer Zwang, reinen Tisch zu machen, sowohl im übertragenen als auch im wörtlichen Sinn, jedes Mal, wenn er ging.

Parkers Ledertasche war unter den Schreibtisch geschoben. Ich schielte hinein, sah aber nur ein paar Akten, an denen er wohl arbeitete. Der Laptop-Bildschirm war schwarz, doch es war eindeutig, dass Parker eilig aufgebrochen war, vielleicht hatte er die Zeit aus dem Blick verloren. Ich schob vorsichtig die seitlichen Schubladen auf, aber sie waren zum größten Teil leer, außer ein paar Dingen, die wahrscheinlich vom letzten Sommer übrig geblieben waren: ein Stapel frischer Notizblöcke und eine Schachtel Kugelschreiber.

Die rechte untere Schublade war abgeschlossen, aber sie schien für Akten vorgesehen zu sein – kein Ort, den ich als Versteck für einen Karton mit Sadies Sachen vermuten würde. Trotzdem öffnete ich die obere Schublade, um nach einem Schlüssel zu sehen, und fand einen, der in einem Haufen USB-Sticks steckte, auf denen bei allen das Logo von Loman-Immobilien prangte und die sie statt Schlüsselringen als Werbegeschenke verteilten. Weil man sie eher benutzen und schätzen würde.

Aber dieser Schlüssel war zu groß für ein Schreibtischschloss. Und zu klein für einen Hausschlüssel.

Ich saß auf dem Stuhl und betrachtete das Zimmer. Der Schrank lag neben dem Fenster, in der Ecke. Ich hatte zuvor nie genau hingesehen, hatte nie Grund gehabt, Zeit in diesem Zimmer zu verbringen – aber der Türknauf war der einzige im Haus, der nicht diesen glatten antiken Look hatte. Da war ein Schlüsselloch im Metallbeschlag, direkt unter dem Knauf. Der einzige Platz in diesem Haus, der Privatsphäre erforderte, wie es schien.

Der Schlüssel passte perfekt, das Schloss ging auf.

Als ich die Tür öffnete, erwartete ich, den Karton mit Sadies Sachen zu finden. Geheimnisse, die bewahrt werden mussten. Details, die es zu verstecken galt. Aber die Regale waren voller zusammengebundener Aktenmappen, alle mit großen Blockbuchstaben bedruckt – eine Akte für jedes Mietshaus, Verträge und Baupläne enthaltend; eine weitere, auf der *Stiftungsquittungen* stand, in die sicherlich die Briefe unten geheftet werden würden; und noch eine auf der *Medizinisches* stand. Nichts, was Sadie gehörte. Nur Dokumente, die man für gewöhnlich aufbewahrte, außer Sichtweite gelagert. Nichts Geheimes daran.

Es bestand die Möglichkeit, dass sich der Karton mit Sadies Sachen immer noch im Kofferraum von Parkers Auto befand. Ich hatte ihn überrascht, und er hatte es vielleicht alles dort versteckt gelassen, sicher verschlossen hinter der Garagentür.

Ich hatte die Akten gerade wieder gestapelt, als ich das Geräusch von Reifen auf Kies hörte. Ich drehte mich abrupt um und sah etwas Metallisches durch die Schlitze der Jalousien blitzen. Ich trat näher heran. Ein dunkles Auto fuhr die Auffahrt entlang, ein zweites dahinter, aber es hielt, bevor es an der Garage ankam. Eine Frau stieg an der Fahrerseite aus. Braunes Haar fiel ihr über die Schultern, ein dünner beigefarbener Pulli. Rote Brille. Erica.

Verdammt. Sie hob eine Hand an ihre Augen, drehte sich zum Haus um, und ich sprang zur Seite, hoffte, sie hatte meinen Schatten hier oben nicht gesehen. Sie hätte mir doch eine Nachricht schicken sollen, damit ich rechtzeitig gewarnt wäre.

Ich schloss die Schranktür ab und ließ den Schlüssel in die obere Schreibtischschublade fallen, bewegte die USB-Sticks ein bisschen in der Hoffnung, dass es natürlich aussehen würde. Sah mich schnell im Raum um, um sicherzugehen, dass ich alles so hinterließ, wie ich es vorgefunden hatte. Stellte den Stuhl gerade hin, sah nach, ob Parkers Tasche unter dem Schreibtisch auch wirklich zu war. Dann rannte ich nach unten, hielt den Atem an, lauschte. Parkers Stimme war von irgendwo draußen zu hören, ein Fetzen eines Gesprächs, den ich nicht verstehen konnte.

Wenn ich hinten durch die Terrassentür hinausschlich, riskierte ich, dass ich dabei erwischt wurde, wie ich versuchte, durch das schwarze Eisentor hinauszugelangen. Ich entschied mich für den Seiteneingang, neben der Küche, durch den Hauswirtschaftsraum.

Vorsichtig machte ich die Tür zu, als ich draußen war, steckte dann den Schlüssel leise ins Schloss, drehte ihn um und überprüfte noch einmal, ob die Haustür auch richtig verriegelt war. Ich hörte die Hebungen und Senkungen von Ericas Stimme, Parkers Lachen als Antwort. Aber ich war versteckt vom Mülleimer und dem Gitterzaun. Ich wartete, bis ich wieder Lachen hörte und rannte dann die Strecke bis zur Garage, hielt mich unter den Bäumen, hoffte inständig, dass niemand mich sah.

Zehn Sekunden, um meine Atmung zu beruhigen, und dann trat ich von der anderen Seite der Garage hervor, winkte mit einer Hand über meinem Kopf. »Huhu. Erica? Ich dachte doch, dass ich euch gehört habe.«

Sie drehten sich beide um und sahen mich an, die Gesichter undurchschaubar. Erica lächelte zuerst. »Tut mir leid, ich wollte dir gerade schreiben.«

»Kein Problem«, sagte ich. »Bist du so weit? Dann komm rein.«

Erica stand mitten im Wohnzimmer und gab sich keine Mühe die Tatsache zu verbergen, dass sie den Raum abschätzte.

Mein Herz raste immer noch, und ich öffnete den Kühlschrank, um mein Gesicht abzukühlen. »Möchtest du etwas trinken?«, fragte ich.

»Nein, danke.« Sie sah demonstrativ auf die Uhr, als ich ein Getränk herausnahm. »Ich muss gleich wieder ins Büro zurück.«

Ich nahm das Bild von Sadie von meinem Schreibtisch und gab es ihr, ohne hinzuschauen. »Wird das gehen?«

Erica starrte das Foto in ihrer Hand an, die Augen unbewegt, so nah, dass sich die Farben des Bildes in ihrer Brille spiegelten. Ich hatte gehofft, dass es aufwühlend wirkte. »Ja. Das ist gut.« Sie steckte es in ihre Tasche, beugte sich dann über meinen Schreibtisch und sah aus dem Fenster. »Es ist schön hier oben, das muss ich zugeben«, sagte sie. Als würde sie an ein Gespräch anknüpfen, das ich verpasst hatte.

»Das ist es. Wohnst du jetzt die ganze Zeit in Littleport?«

Sie nickte, immer noch aus dem Fenster sehend. »Ich bin hierhergezogen, nachdem ich im Mai meinen Abschluss gemacht habe. Wohne bei meiner Tante, bis ich selbst auf die Beine komme. Sie hat mir für die Zwischenzeit diesen Job besorgt.«

»Du solltest den Blick aus dem Haupthaus sehen«, sagte ich.

»Das hab ich«, sagte sie, drehte sich dann um und sah mich an, die Hände in die Hüften gestützt. »Du erinnerst dich wirklich nicht, oder?«

Ich schüttelte den Kopf, riss die Augen auf, versuchte verzweifelt ihr Gesicht mit einer Erinnerung an die Lomans zu verbinden.

»Nein, wahrscheinlich nicht. Ich hab auf dieser Party mit dir zusammengearbeitet. Kurz nachdem du deinen Highschool-Abschluss gemacht hast?«

»Oh.« Ich schlug mir die Hand vor den Mund. Ich erinnerte mich. Nicht speziell an sie, aber ich erinnerte mich, wie Evelyn jeder von uns eine Rolle zugewiesen hatte. *Erica, Terrasse. Avery, Küche.* Aber diese Momente waren in den Schatten gestellt worden von den Teilen, die so deutlich gestrahlt hatten: das Blut, das Badezimmer, Sadie. »Tut mir leid. Es ist lange her.«

»Kein Problem, meine Tante hat mir erzählt, was damals passiert ist. Nimm es mir nicht übel, aber sie hat mich gewarnt, ich solle mich von dir fernhalten.« Erica räusperte sich, ihr Blick driftete zur Seite. »Aber es sieht so aus, als würde es dir hier recht gut gehen, so ganz alleine.«

Ich nickte. Was sagte man, wenn man mit einer peinlichen Vergangenheit konfrontiert wird? Ich wollte sie wegwedeln, ihr sagen, dass es lange her ist, dass ich mich selbst kaum noch daran erinnerte. Dass ihre Tante übermäßig behütend gewesen war und alles übertrieben aufgeblasen hatte.

Stattdessen ging ich darauf ein, wie ich es von Sadie gelernt hatte, denn sie hatte mir beigebracht, dass es nichts nützte, sich vor sich selbst zu verstecken. Besonders hier nicht. »Es war eine schlimme Zeit«, sagte ich.

Sie blinzelte einmal, nickte dann. »Na ja, wir werden wohl alle erwachsen.«

»Deine Tante war gut zu mir, als ich es nicht verdiente. Ich glaube nicht, dass mich zu der Zeit besonders viele Leute für etwas wie das eingestellt hätten.«

Sie lächelte schief, als würde sie sich an einen Witz erinnern. »Rechne es ihr nicht zu hoch an. Sie hätte alles getan, was die Lomans verlangten. Würde sie wahrscheinlich noch immer.«

Ich schüttelte den Kopf, verstand nicht.

Erica zeigte mit dem Daumen auf das Haupthaus. »Sadie Loman, deine Freundin, oder? Sie hat vor der Party angerufen und ausdrücklich dich verlangt. Ich dachte, das wusstest du?«

»Nein«, sagte ich. Das war falsch. Erica hatte etwas verdreht. »Ich hab sie an dem Tag erst kennengelernt. Auf der Party.«

Erica neigte den Kopf, als wolle sie in meinen Worten etwas lesen. »Nein, ich erinnere mich. Ich erinnere mich, weil meine Tante nicht glücklich damit war. Sagte, ich müsse ein Auge auf dich haben, sichergehen, dass du durchhältst.« Sie zuckte mit den Schultern. »Wie du gesagt hast, es ist lange her.« Als würde sie mir meine Erinnerungslücke nachsehen.

Aber nein. Erica irrte sich. Sadie kannte mich da noch nicht. Es war ein Unfall gewesen. Sadie hatte mich im Bad erwischt, als ich mich versteckte, versuchte, das Blut zu stillen.

Ein Zufallstreffen, und deswegen hatte meine Welt sich zum Guten gewendet.

»Also, ich mach mich besser auf den Weg.« Erica klopfte auf ihre Tasche mit dem Foto. »Danke dafür, Avery.«

Sie ging den Pfad entlang zu ihrem Auto, und ich stand in der Tür, sah sie wegfahren. Sie musste sich irren. Etwas durcheinandergebracht haben. Eine Erinnerung mit einer anderen verwechselt haben, weil ihre Besuche in Littleport miteinander verschwammen.

Ich wollte gerade die Tür schließen, da fiel mir etwas ins Auge. Parker, der an der Ecke der Garage stand und mich beobachtete.

Ich fuhr zusammen. Lächelte unbehaglich. »Das wird ja zu einer Angewohnheit«, rief ich, setzte auf Ungezwungenheit. Ich hatte keine Ahnung, wie lange er da schon stand.

Aber er lächelte nicht zurück. »Warst du im Haus?«

Mein Herzschlag beschleunigte sich wieder, und ich spürte, wie ich rot wurde, war froh um die Entfernung zwischen uns. »Was?«, fragte ich, um Zeit zu gewinnen, mir die richtige Entschuldigung auszudenken. Hatte ich etwas am falschen Ort zurückgelassen? Oder hatten sie ein Sicherheitssystem installiert? Hatte die Kamera seines Laptops mich im Büro aufgenommen, als ich die Schreibtischschubladen durchsuchte?

»Die Hintertür«, sagte er und kam näher. »Zur Terrasse. Sie war offen.«

Ich schüttelte den Kopf. Das war ich nicht. Ich hatte sie nicht angefasst. »Vielleicht hast du vergessen, sie abzuschließen«, sagte ich.

Er presste die Lippen zusammen. »Ich meine, sie war noch nicht einmal zu.«

Ein Schauer überlief mich. Als ich unten gesucht hatte, war mir alles genauso erschienen, wie es sein sollte. »Wenn du sie nicht abschließt, rastet sie manchmal nicht richtig ein. Sie kann dann vom Wind aufgehen«, sagte ich. Aber es lag ein Zittern in meiner Stimme, und ich war sicher, dass er es auch hörte.

Er schüttelte den Kopf, als wolle er einen Gedanken klären. »Ich weiß. Ich dachte, ich hätte sie abgeschlossen. Ich – ich kann mich bloß nicht an das letzte Mal erinnern, als ich da rausgegangen bin. Hat noch jemand einen Schlüssel? Ich meine, außer dir.«

Ich fuhr mir mit den Fingern durchs Haar, versuchte seine Worte einzuordnen – eine subtile Beschuldigung, aber er hatte auch recht. »Die Reinigungsfirma hat den Code für das Schließfach. Im Moment habe ich allerdings den Schlüssel. Wegen der einen Nacht. Es ist der für Notfälle. Ich hole ihn dir.« Guten Willen zeigen als Beweis, dass ich meine Position nicht missbraucht habe und das auch in Zukunft nicht tun würde.

Er winkte ab. »Nein, schon okay. Ich wollte es nur wissen. Ich wäre nicht sauer, wenn du es gewesen wärst.«

Nach seinem Gesichtsausdruck zu urteilen, als ich ihn da neben der Garage hatte stehen sehen, glaubte ich allerdings, das war ganz und gar nicht die Wahrheit.

Und nun kam mir der Gedanke, dass noch jemand mit uns hier oben war. In dem Haus gewesen ist, genau wie ich. Eine

Anwesenheit, die ich gefühlt hatte, als ich in Sadies Zimmer stand. Jemand, der fast erwischt worden war und in der Eile zu verschwinden, die Tür offen stehen lassen hatte.

Eine Person, die die gleiche Idee gehabt hatte wie ich und ebenfalls nach etwas suchte.

Kapitel 12

Jemand schnüffelte auf den Loman-Grundstücken herum. Jemand *hatte* herumgeschnüffelt. Von den nächtlichen Geräuschen über die Stromausfälle bis zu der Tatsache, dass Parker heute nach Hause gekommen war und eine Hintertür offen vorgefunden hatte.

Was auch immer dieser Mensch suchte, ich musste es zuerst finden. Und nun war ich ziemlich sicher, dass ich genau wusste, wo ich gucken musste.

Die Garage war immer abgeschlossen. Es gab einen separaten Schlüssel nur für dieses Gebäude – so konnten die Lomans den Gärtnern Zutritt lassen, ohne sich Gedanken um ihr Zuhause zu machen. Für mich allein gab es keinen Weg hinein. Der logischste Weg, an den Kofferraum von Parkers Wagen zu kommen, war, den Wagen herauszubekommen.

»Parker«, rief ich, als er auf halbem Weg zurück zum Haupthaus war. Ich lief das Stück zwischen uns zu ihm hin, schloss die Lücke. »Lass uns heute Abend ausgehen.« Ich ließ es wie eine Entschuldigung klingen. Ein Willkommensgruß. Ein Freitagabend. »Du solltest mal rauskommen.«

Er musterte mich langsam. »Ich hatte das sowieso vor. Es ist immer so ruhig hier oben.«

Allein war er noch nie hier gewesen. Normalerweise war Bianca den ganzen Sommer in Littleport. Und wenn sie am Ende der Saison fuhr, war sonst immer Sadie mit ihm dageblieben.

»Um acht?«, fragte ich. »Ich kann fahren.«

»Nein, ich fahre«, sagte er, was ich vorausgesehen hatte. Auf keinen Fall würde er sich auf dem Beifahrersitz meines alten Autos erwischen lassen, das seit Jahren den Elementen ausgesetzt war, Schnee und Eis und Salzwasser-Wind. »Ins Fold?«

Das Fold hatte ich seit fast einem Jahr nicht mehr betreten. Früher war es mal mein absoluter Lieblingsladen gewesen, zusammen mit Sadie. Er war Teil ihrer Welt, einer dieser Orte, der nur in den Sommermonaten in Betrieb war, wie die Eisläden.

Inzwischen waren die Bars, in die ich ging, meist die hier vor Ort. Meine nächsten Kontakte waren die Leute, mit denen ich zusammenarbeitete, auf die eine oder andere Weise. Die Hausinspektorin Jillian. Der Bauunternehmer Wes, auch wenn ich eine Vertreterin der Lomans war, weshalb ich nie ganz sicher war, wie er zu mir stand. Außer, dass er immer, wenn ich ihn um ein Treffen bat, auch kam. Und das eine Mal, als ich ihn gefragt hatte, ob ich noch mit zu ihm kommen könne, hatte er Ja gesagt. Ich hab nicht noch mal die Initiative ergriffen, und er auch nicht.

Dann waren da noch meine Kontakte zu den verschiedenen Händlern im Ort, die immer freundlich waren, wenn sie mich hinausbegleiteten, aber immer auch auf Distanz.

Andere Freundschaften hatten die Jahre nicht überlebt. Mit Connor und Faith hatte ich mich nie wieder vertragen. Und von der Gruppe, die ich während der Wirtschaftskurse am Community College kennengelernt hatte, hatte ich mich entfernt, Ausreden erfunden, ein Angebot, sich eine Wohnung in einer anderen Stadt zu teilen, abgelehnt. Ich war darauf eingerichtet, in Littleport zu arbeiten. Und nirgendwo sonst gäbe es diesen Ausblick. Diese Perspektive, über alles hinwegzublicken, das ich je gekannt hatte. Nirgendwo sonst gäbe es Sadie.

Es war nach achtzehn Uhr, als ich einen Anruf von einer Frau erhielt, die sich als Katherine Appleton vorstellte, und gerade im Sea Rose wohnte – einer kleinen Hütte unten am Breaker Beach, nicht weit von hier. Sie sagte, ihr Dad habe die Hütte gemietet, aber sie sei diejenige, die da wohnte. Ich hasste es, wenn die Leute das taten – im Namen von jemand anderem mieteten. Solange nichts schiefging, ließ ich es durchgehen. Solange es keine Gruppe Studenten war, ohne Respekt vor fremdem Eigentum, die das Mietshaus mit größerem Schaden hinterließen, als es wert war. Die Lomans hatten eine ausdrückliche Regel, die untersagte, dass Häuser für jemand anderen gemietet wurden, aber ich setzte sie nur teilweise durch. Ich war mehr daran interessiert, die Wochen ausgebucht zu haben: Das war das Entscheidende, nahm ich an. Wie ich den Rest auslegte, war meine Sache. Ich hatte immer Rufbereitschaft, auch wenn es Freitagabend und die letzte Augustwoche war.

»Ich hab Ihre Nummer in den Papieren gefunden«, sagte sie. Ihre Worte klangen unnatürlich gestelzt.

»Ja, ich bin die Immobilienmanagerin. Was kann ich für Sie tun, Katherine?« Ich drückte mir die Finger gegen eine Schläfe, hoffte, dass es warten konnte.

»Jemand hat unsere Kerzen angezündet«, antwortete sie.

»Was?«

»Jemand. Hat. Unsere. Kerzen. Angezündet«, wiederholte sie, jedes Wort ein eigener Satz. »Und niemand hier war es. Sagen sie.« Ich hörte Gelächter im Hintergrund.

Sie waren betrunken. Verschwendeten meine Zeit. Riefen mich an, weil niemand beichtete, als Mutprobe – *Gebt es zu, oder ich rufe die Eigentümer an.* Aber dann fiel mir die brennende Kerze im Blue Robin ein, der Geruch von Meersalz und Lavendel.

»Okay, Katherine, warten Sie mal. Gab es Zeichen von gewaltsamem Eindringen?«

»Oh, ich kann mich nicht erinnern, ob wir abgeschlossen hatten. Tut mir leid.« Im Hintergrund gab es mehr Gerede. Jemand wollte das Telefon haben, Katherine ignorierte die Bitte.

»Fehlt etwas?«, fragte ich.

»Nein, ich glaube nicht. Alles sieht aus wie vorher. Es ist nur unheimlich mit den Kerzen.«

Mir war nicht klar, was sie von mir wollte. Warum sie mich Freitagabend anrief; warum sie immer noch in der Leitung war.

»Wir haben nur – wir haben uns gefragt …«, fuhr sie fort. Wieder Lachen im Hintergrund. »… ob es irgendwelche Geistergeschichten über dieses Haus hier gibt?«

Ich blinzelte langsam, versuchte ihr zu folgen. »Sie rufen mich wegen einer Geistergeschichte an?« Es war nicht der lächerlichste Anruf, den ich an einem Freitagabend erhalten hatte, aber er kam dem sehr nahe. Was war los mit den Leuten, dass sie sich eher ein Gespenst vorstellten als etwas Reales? Wie auch immer, ich sollte wohl dankbar sein, dass sie nicht damit drohten abzureisen, eine Erstattung oder meine sofortige Aufmerksamkeit forderten.

Das Gelächter im Hintergrund brachte mich zu der Annahme, dass es wohl einer von ihnen gewesen ist. Dass ich vorbeischauen und zu viele Leute vorfinden würde, Beweise, dass Luftmatratzen benutzt worden waren, eine überlaufende Mülltonne.

»Ich komme morgen früh vorbei«, sagte ich. »Und schau mir die Schlösser an.«

Nachdem ich aufgelegt hatte, zog ich einen Stapel Mietverträge hervor. Morgen würde ich alle Unterkünfte überprüfen müssen, nur um sicherzugehen. Es gab zwei definitive Einbrüche, von denen ich wusste, und nun noch das.

Samstags fanden ohnehin die meisten Wechsel statt, es sei denn, eine Familie blieb länger als eine Woche. Alle, die morgen abreisten, sollten um zehn Uhr draußen sein. Ich hatte die Reinigungsfirmen so eingeteilt, dass sie die Häuser, in der nächste Woche Besucher erwartet wurden, zuerst angingen. Samstag war Chaos: Wir hatten sechs Stunden, um alles auf den Kopf zu stellen und für den nächsten Schwung vorzubereiten.

Ich überprüfte die Liste der Häuser, machte mir selbst einen Plan. Es gab zweiundzwanzig Einheiten, die ich in Littleport beaufsichtigte, und achtzehn davon waren gerade belegt. Nächste Woche würden sechzehn besetzt sein.

Ich blätterte die Liste wieder durch und fragte mich, ob ich etwas durcheinandergebracht hatte. Für das Sunset Retreat gab es gar keinen Vertrag. Weder für die letzte noch für die kommende Woche.

Sunset Retreat, gegenüber vom Blue Robin, wo ich einen Vorhang hatte fallen sehen, jemand mich beobachtet hatte, nachdem ich das Handy gefunden hatte.

Es sollte niemand dort sein.

Mein Magen drehte sich mir um. Jemand war dabei, alles zu beobachten. Nicht nur das Loman-Haus. Nicht nur die Ferienhäuser. Sondern auch mich.

Kapitel 13

Ich zitterte vor Aufregung, als Parker und ich vom Parkplatz ins Fold gingen. Es lag am Dunklen, an der Verheißung, dem Mann neben mir. Es lag an meinem Platz, wiederhergestellt. Es lag an Freitagnacht, den vielen Leuten. An der Spannung auf das, was ich hoffte, aufzudecken und nur Zentimeter entfernt von mir fühlen konnte.

Die Bar hatte eine Atmosphäre wie ein lokaler Treffpunkt – die gealterten Holzbalken, die dicken hohen Holztische, die laminierten Plastikspeisekarten. Aber das war alles nur Show. Die Preise, die Barkeeper, der Ausblick, dies war ein Laden, geschaffen für die Touristen. Die Besitzer wussten, was sie taten. Ein verstecktes Schmuckstück, verborgen hinter einer wackligen Holztreppe, mit einem verwitterten Schild darüber. Ein offener Balkon, der den Blick freigab auf die felsige Küste, ein Versprechen, dass dies das wahre Littleport war, nur für sie entdeckt.

Genauso wurde es auch vermarktet. Die Besitzer verdienten in nur vier Monaten genug und vernagelten ab Oktober die Fenster und den Balkon, um ihren Betrieb zu ihrem Hauptquartier zurückzuverlegen – einem Burgerladen vier Kilometer weiter im Inland.

Im Raum war es laut und wild, aber der Geräuschpegel sank, sobald sich die Tür hinter uns schloss. Das war eine Reaktion auf Parker. Sie hatten ihn hier den ganzen Sommer über nicht gesehen, und nun machten sie ihm nacheinander ihre Aufwartung. Mädchen in Jeans und engen Tops. Typen in Khakishorts und Poloshirts. Eine gesichtslose Masse. Hände legten sich auf seine Schultern, Finger um seinen Oberarm. Ein mitfühlendes Lächeln hier. Ein Streicheln da.

Mir geht es gut.

Danke, dass ihr an uns denkt.

Ja, ich bin wegen der Gedenkstätte hier.

In der folgenden Stille hob ein Mann ein Schnapsglas und sagte: »Auf Sadie.«

Parker wurde in eine Gruppe an den Ecktisch gezogen. Er warf mir einen Blick über seine Schulter zu, streckte zwei Finger hoch, und ich machte mich auf zur Bar.

Der Barkeeper hob kurz den Blick und sah mich an, dann fuhr er fort, den Tresen zu wischen. »Was darf's sein«, fragte er abwesend, als wüsste er, dass ich nicht hierhergehörte.

Als ich bestellte – einen Bourbon auf Eis für Parker, ein Light-Bier vom Fass für mich –, setzte sich ein Mann auf den Platz neben mir, und ich spürte, wie er mich von der Seite anstarrte. Ich war nicht in der Stimmung für Small Talk, aber er klopfte auf den Tresen, um meine Aufmerksamkeit zu erregen. »Klopf, klopf«, sagte er, nur für den Fall, dass ich es nicht gehört hatte, und dann fügte er hinzu: »Hallo auch«, als ich ihn endlich ansah. Greg Randolph, der letztes Jahr auf der Party so einen Spaß daran gehabt hatte, mir von Sadie und Connor zu erzählen. »Erinnerst du dich an mich?«

Ich nickte zum Gruß, lächelte verkniffen.

Er fragte, als hätte er mich in den letzten sieben Jahren nie gesehen. Als hätte er mich nicht vor vielen Sommern am Pool der Lomans kennengelernt, auf einer von Bianca veranstalteten Spendenparty, wo ich Sadies Klamotten anhatte und am Saum meines Kleides zupfte, das sich plötzlich zwei Zentimeter zu kurz anfühlte, als Greg Randolph zwischen uns trat und Sadie eine triviale Klatschgeschichte erzählte, an der sie absolut nicht interessiert schien. Bei jedem Erwachsenen, der vorbeiging, unterbrach er sich, um höflich zu grüßen.

Lass dich nicht von dem Netten-Jungen-Gehabe täuschen, hatte sie gesagt, als er sich abwandte. *Darunter ist er ein fieser Säufer, wie sein Vater.*

Sie senkte nicht die Stimme, und ich riss die Augen auf bei dem Gedanken, dass uns jemand gehört haben könnte. Vielleicht sogar Gregs Dad, der wahrscheinlich einer der Erwachsenen aus der Gruppe hinter uns war – wenn nicht Greg selbst. Aber Sadie lachte über meinen Gesichtsausdruck. Niemand hört so genau zu, Avie. Nur du. Sie wedelte auf diese luftige Art mit der Hand, als wäre alles so belanglos. *All das. Dieses Nichts.*

Ich habe nie erfahren, was zwischen Sadie und Greg vorgefallen war.

Der Barkeeper stellte die Getränke auf den Tresen, und ich hinterließ meine Karte, um die Rechnung offen zu lassen.

»Ist das für mich?«, fragte Greg und wies mit dem Kinn auf Parkers Glas.

»Nö«, sagte ich und wandte mich ab.

Er fasste mich am Arm, Bier schwappte auf meinen Daumen. »Warte, warte. Geh noch nicht. Ich hab dich den ganzen Sommer über nicht gesehen. Nicht wie früher.«

Ich spürte, dass der Barkeeper uns beobachtete, aber als ich über die Schulter blickte, war er weitergegangen, wischte das andere Ende des Tresens.

Ich starrte Gregs Hand auf meinem Arm an und stellte die Gläser wieder auf den Tresen, um keine Szene zu machen. »Tut mir leid, aber kennst du überhaupt meinen Namen?«

Da lachte er, laut und übertrieben selbstbewusst. »Natürlich. Du bist Sadies Monster.«

Mein ganzer Körper fing an zu kribbeln. Durch diese Art, wie er ihren Namen benutzte bis zu seinem anzüglichen Flüstern. »Was hast du gerade gesagt?«

Er grinste, antwortete nicht gleich. Ich merkte, dass er das hier genoss. »Sie hat dich erschaffen. Eine Mini-Sadie. Ein Monster, ihr zum Gefallen. Und nun ist sie weg, aber du bist da. Immer noch hier, lebst ihr Leben.«

Parker stand nur ein paar Schritte entfernt. Ich senkte die Stimme: »Verpiss dich.«

Aber Greg lachte, als ich die Getränke wieder in die Hände nahm. »Ist der Drink für Parker?«, fragte er, als ich mich zum Gehen wandte. »Ah, ich verstehe. Von einem Loman zum nächsten.«

Ich ging weiter, tat so, als hätte er nichts gesagt.

Parker lächelte, als ich die Getränke auf dem Stehtisch abstellte, an dem er stand. »Das war eine gute Idee«, sagte er. »Danke.«

Zitternd trank ich einen Schluck, versuchte, das Gespräch an der Bar abzuschütteln.

Parker hatte kaum sein Glas an die Lippen gesetzt, als sich drei Frauen von der Seite näherten. »Parker, wie schön dich hier zu sehen.«

Ellie Arnold. Das letzte Mal hatte ich sie auf der Party vor einem Jahr gesehen, ganz durch den Wind von ihrem Sturz in den Pool. Jetzt war ihr langes blondes Haar wellig und glänzend, ihr Make-up makellos. Sie legte ihre Finger um seinen Arm, die Nägel perfekt manikürt in einer unauffälligen Schattierung von Rosa. Zwei ihrer Freundinnen standen zwischen uns, kondolierten und brachten ihn auf den neuesten Stand über alles, was er verpasst hatte.

Es war Zeit. Ich klopfte meine Taschen ab. »Parker«, sagte ich, alle unterbrechend. »Tut mir leid, ich glaube, ich hab mein Handy im Auto gelassen. Kann ich kurz den Schlüssel haben?«

Abwesend gab er mir sein Schlüsselbund, und ich schob mich durch die Menge, trat aus der Tür. Die Nacht war still, als ich zu seinem Auto auf dem überfüllten Parkplatz ging, nur einmal schwang die Bartür auf, und ein Schwall von Geräuschen und Licht entwich, als jemand hineinging.

Ein Piepen schnitt durch die Nacht, als ich das Auto aufschloss. Ich öffnete die Beifahrertür, fischte mein Handy aus dem Becherhalter. Ich hatte es dagelassen, falls er darauf bestanden hätte mitzukommen.

Dann blickte ich über die Schulter und ging zum Heck des Wagens, drückte auf den Knopf am Schlüssel, der den Kofferraum aufpoppen ließ, nicht vorbereitet auf das Licht, das darin anging.

Schnell blickte ich mich um, aber der Parkplatz schien leer zu sein.

Ich öffnete den Kofferraum etwas weiter, meine Hände zitterten jetzt schon vor Aufregung. Eine einzelne Kiste war in eine Ecke geklemmt. Darauf lag eine Felldecke, eine die vielleicht für Notfälle im Kofferraum aufbewahrt wurde. Das mussten die persönlichen Gegenstände sein, die von der Polizei zurückgegeben worden waren.

Das Erste, was ich sah, als ich die Decke wegnahm, waren Sadies Sandalen. Die gleichen, die ich in der Nacht gesehen hatte, so dicht am Rand des Steilufers.

Ich strich mit den Fingern darüber. Es waren ihre Lieblingssandalen gewesen, und so sahen sie auch aus. Golden, aber oben abgewetzt. Sichtbare Nähte, da, wo die Riemen von unten hochgezogen worden waren, das Loch von der Schnalle geweitet, beim linken Schuh fehlte die eine Seite der kunstvollen Schnalle. Niedrige Absätze und das Geräusch ihrer Schritte, die in meiner Erinnerung nachhallten.

Die Bartür hinter mir öffnete sich wieder, ein Schwall von Geräuschen überflutete kurz den Parkplatz. Ich drehte mich um, aber es war niemand draußen zu erkennen. Ich starrte in die Dunkelheit, suchte nach einem Zeichen von Bewegung.

Schließlich wandte ich mich wieder dem Kofferraum zu, schob die Schuhe zur Seite – und sah es. Ein Tagebuch. Lila mit schwarzen und weißen Farbspiralen vorne drauf. Eine Ecke des Covers fehlte, sodass die zerfledderten Seiten darunter sich wellten.

Mir rutschte der Magen in die Kniekehlen, und alles verschwamm vor meinen Augen. Und plötzlich ergab alles einen Sinn. Warum die Nachricht zu ihrem Tagebuch passte. Warum das Tagebuch der Polizei zu denken gab. Ich hatte es jahrelang nicht gesehen. Die Vertrauten, wütenden Tintenspuren auf dem Cover, die ramponierten Ecken, die geschwärzten Kanten.

Ich steckte es schnell in meine Tasche, schloss dann den Kofferraum wieder, rannte zurück nach drinnen und fühlte mich so unsicher wie in jener Nacht.

Die Schrift der Nachricht stimmte perfekt mit der im Tagebuch überein, ja. Es war dieselbe. Und es war meine.

Kapitel 14

Parker wartete auf mich, als ich zurückkam. Ellie und ihre Freundinnen waren nicht mehr bei ihm. »Gefunden?«, fragte er.

Ich gab ihm seine Schlüssel, zeigte ihm mein Telefon. »Habs. Danke.«

Greg kam an unseren Tisch und balancierte drei Schnapsgläser zwischen seinen Fingern. »Los geht's«, sagte er, als hätten sie beide auf mich gewartet.

»Nein, lieber nicht«, sagte ich. »Ich fahre uns zurück.«

Aber Parker war nicht unterwegs, um sich zu entspannen oder in Erinnerungen zu schwelgen, und wie es aussah, war ich das auch nicht. »Nur den einen«, sagte er und schob mir ein Glas hin, blickte mir direkt in die Augen, keinen Widerspruch duldend.

Ich hob es in die Luft so wie sie. »Hört, hört«, sagte Parker und starrte mich an, als die Gläser zusammenstießen.

Das Schnapsglas schlug mir gegen die Zähne. Als der Alkohol meine Kehle hinunterrann, bekam ich eine Gänsehaut, obwohl es warm war im Raum.

Ich starrte zurück, fragte mich, was er wusste. »Ruhig, ruhig«, antwortete ich.

Drei Stunden später waren wir schließlich auf dem Weg nach Hause. Auch wenn ich nicht mehr getrunken hatte, fühlte ich mich ausgetrocknet, dehydriert vom Sprechen, dem gedankenlosen Gelächter.

»Was war das denn da eben?«, fragte Parker, auf dem Beifahrersitz zurückgelehnt, während ich fuhr.

»Was meinst du?«, fragte ich und hielt die Luft an. Meine Tasche lag auf dem Rücksitz, darin war das Tagebuch, ich hatte Angst, dass er alles wusste.

»Ich weiß auch nicht, du hast dich seltsam benommen, seit wir da ankamen.«

»Dieser Typ«, sagte ich ausweichend. »Greg.«

»Was ist mit ihm?«

»Er war ein Arschloch«, sagte ich mit zusammengebissenen Zähnen.

Parker lachte einmal auf. »Greg Randolph *ist* ein Arschloch. Na und?«

»Sadie konnte ihn nicht ausstehen.«

»Sadie konnte viele Menschen nicht ausstehen«, murmelte er.

Sadies Monster. Ich rutschte auf dem Sitz herum. »Er hatte immer eine Schwäche für sie«, sagte ich, und Parker runzelte die Stirn. Es war ihm anzusehen, dass er darüber nachdachte. All diese Leute, die sie liebten, ja. Aber das waren auch alles Leute, die sie nicht haben konnten.

Das Verandalicht war aus, als ich in die Auffahrt einbog. Die Klippen waren nichts als Schatten in der Dunkelheit. Ich ließ die Scheinwerfer an, während Parker das Garagentor aufschob. Er war vielleicht betrunken, aber er dachte daran, sein Auto einzuschließen.

Nachdem ich es in die Garage gefahren hatte, wartete ich draußen, während er das Schiebetor abschloss, die Nacht nichts als Schatten.

»Gute Nacht, Parker.«

»Kommst du mit rein?«, fragte er, rastlos auf den Füßen wippend.

»Es ist spät«, sagte ich. »Und ob du es glaubst oder nicht, auch wenn für dich Wochenende ist, ich muss morgen früh arbeiten.«

Aber das war es nicht, was er gefragt hatte, und wir beide wussten das. »Sadie ist weg, Avery.«

Er hatte Sadies Erlass, mich von ihm fernzuhalten, damals auch gekannt. Vielleicht hatte sie ihm dasselbe gesagt. Als Sadie *Tu es nicht* zu mir gesagt hatte, konnte ich an nichts anderes mehr denken. Wann immer ich an seinem Zimmer vorbeiging, wann immer ich seinen Schatten hinter den Fenstern sah.

Aktive Zurückhaltung konnte man üben, man konnte sich darauf konzentrieren. Es war eine neue Art von Spiel, so anders als einem Impuls einfach nachzugeben, woran ich mich gewöhnt hatte. Ich war gezwungen zu widerstehen, und ich ließ die Spannung mich strammziehen wie einen Draht.

Aber nun war Sadie weg, Luce war weg, und Parker war hier, und was gab es eigentlich noch zu ruinieren? Ohne die anderen hier gab es etwas Brodelndes, Unerfülltes und nichts, was mich aufhielt. Etwas in Reichweite, plötzlich.

Er stand unschlüssig in der Auffahrt, sein Blick wich zur Seite aus, vorsichtig und unsicher, und das war es, was mich schwach werden ließ. Das ließ mich immer schwach werden. Die Art, wie eine Unsicherheit sie zurückhielt und etwas enthüllte, was mir kurzzeitig Macht gab.

Ich trat näher, und er fuhr mir mit den Fingern durchs Haar. Ich hob meine Hand an sein Gesicht, streichelte mit dem Daumen über die Narbe durch seine Augenbraue.

Er ergriff mein Handgelenk, schnell. Die Unvollkommenheit ließ einen annehmen, er hatte sich auf seinem Weg in dieses Leben durch irgendetwas hindurchkämpfen müssen.

Im Schatten sahen seine Augen so dunkel aus. Als er mich küsste, fuhr seine Hand meinen Hals hinunter, sein Daumen blieb auf meinem Kehlkopf liegen. Mein Hals, in seinem Griff.

Ich hatte keine Ahnung, ob es unterbewusst war oder nicht. Bei ihm war das schwer zu sagen. Doch ich konnte die Vision davon, was drei Schritte weiter ab hier geschehen könnte, nicht abschütteln – an die Garagenseite gedrückt, seine Hände, die fester zupackten, die Erinnerung an Sadies Stimme: *Es kann passieren, weißt du. Du kannst nicht mehr schlucken, nicht mehr atmen. Keine schnelle Art zu sterben, wenn du mich fragst.*

Ich schnappte nach Luft, zog mich zurück. Legte eine Hand an meinen Hals, Parker sah mich verwundert an. Ich fragte mich, was ich in diesem Haus sonst noch verpasst hatte – ob Parker fähig wäre, mir etwas anzutun. Ob Parker fähig gewesen war, *ihr* etwas anzutun.

Ich bin als Einzelkind aufgewachsen, hatte keine Ahnung von einer normalen Geschwisterbeziehung. Dachte die Ausbrüche, die beiläufigen Grausamkeiten waren logische Folgen bei einem Geschwisterpaar, das versuchte, sich gegenseitig aus dem Schatten des anderen zu kämpfen.

Aber vielleicht hatte Sadie etwas gewusst, das ich nicht wusste. Vielleicht hatte sie, als sie sagte *Tu's nicht,* versucht, mich zu retten.

Mehr und mehr war ich davon überzeugt, dass ihr jemand etwas angetan hatte. Die Nachricht war nicht von ihr. Das Tagebuch war nicht von ihr. Ohne das beides würde die Polizei uns immer noch befragen, immer wieder, bis etwas zusammenbrach. Die Geschichte von jemandem. Eine Lüge. Ein Weg hinein.

Parkers Atem war heiß und scharf, und außer uns war niemand hier. »Was ist los?«

Ich räusperte mich, atmete die kühle Nachtluft. »Du bist betrunken.«

»Das bin ich.«

»Ich bin nüchtern.«

Er neigte den Kopf zur Seite, lächelte schief. »Das bist du.«

Ich konnte noch nie Nein zu ihm sagen, zu keinem von ihnen. Wusste nicht, wie man durch die Nuancen ihrer Worte und Manierismen navigierte.

Doch hier stand jetzt zu viel auf dem Spiel. Zu viel, das ich zuvor nicht klar erkannt hatte.

»Lass uns dreißig Sekunden zurückspulen«, sagte ich und trat zurück, bemüht ungezwungen. »Gute Nacht, Parker. Bis morgen.«

Auch in der Dunkelheit konnte ich sein breites Lächeln sehen. Spürte, wie er mir nachschaute, als ich wegging.

Ich schloss die Tür des Gästehauses hinter mir ab. Als ich den Lichtschalter betätigte, passierte gar nichts. Ich versuchte es noch einmal, aber da war nur Dunkelheit.

Mist. Ich würde nicht noch einmal da hinausgehen, um den Hauptschalter umzulegen. Nicht während Parker in der Nähe war und zusah. Nicht bei allem, was auf den Feriengrundstücken passierte.

Ich stellte mir den Umriss eines Schattens im Sunset Retreat vor und zitterte. Indem ich nur mit meinem Handy leuchtete, drehte ich eine Runde durch die Wohnung, zog alle Vorhänge zu. Dann sammelte ich die Teelichte im Badezimmer ein, die auf den Ecken der Badewanne gestanden hatten, und zündete sie im Schlafzimmer an. Die Tür schloss ich ebenfalls ab.

Nahm das Tagebuch aus meiner Tasche. Fühlte die vertrauten Einkerbungen auf dem Cover und öffnete es.

Die Klippen, fing es an.

Die Straße.

Die Flasche im Medizinschrank.

Die Klinge.

Die Schrift war so wütend, der Stift hatte tiefe Abdrücke auf der Seite hinterlassen; als ich im Dunkeln mit den Fingern über die Zeilen fuhr, konnte ich fast die Gefühle hinter den Worten spüren. Ich blätterte um, meine Hände zitterten. Es gab noch mehr Listen, Seite um Seite davon, so wie diese. Die Zeiten, als der Tod genau dort war, in Reichweite. Die Zeiten, als der Tod so nahgekommen war.

Bis zum Abgrund gegangen, dort balanciert.

Oben auf dem Leuchtturm, vorgebeugt.

Aufgewacht am Strand, nach Luft schnappend, geträumt, dass die Flut kommt.

Mit dem Messer abgerutscht. Das Blut in meinen Venen.

Ich versuchte, das so zu sehen, wie es die Polizei beim Lesen dieser Seiten getan hatte. Stellte mir Sadie vor, wie sie diese Dinge tat, diese Dinge schrieb. Ihre Venen anstarrte, wie mir Parker gesagt hatte. Die Arten, wie sie sterben könnte, auflistete.

Ich hatte das Tagebuch seit Jahren nicht gesehen. Nicht seit jenem Winter. Als der Funke des Frühlings nie übersprang und der Sommer einfach heranrollte ganz genau wie der Winter, leer und endlos. Es war die Geschichte von Trauer, von Enttäuschung, von einer ausgelöschten Seele.

Es war die Geschichte von der, die ich war, bis zu dem Moment, als ich Sadie Loman traf und sie erwählte. Mein Leben in ihren Händen, neu strukturiert, neu besetzt. Nicht mehr verlassen oder allein.

Dies war mein Tagebuch aus einer Zeit meines Lebens, die ich lieber vergessen hätte – die aber alles gefärbt hatte, was danach kam. Als ich unter die Oberfläche gesunken war und nichts mehr wollte, als noch tiefer hineinzugleiten, als würde ich etwas jagen, das auf dem Grund wartete. Man konnte an der Zerstörung in meinem Kielwasser sehen, wo ich gewesen war.

In diesen Seiten konnte ich erkennen, wo ich Connor verloren hatte, wo ich Faith verloren hatte und mich selbst.

Wann hatte Sadie das gefunden? Ich konnte mich nicht daran erinnern, wo ich es aufbewahrt hatte. Es war vielleicht in meinem Schrank gewesen, im Haus meiner Großmutter. Es war vergessen, nachdem ich Sadie kennengelernt und eine neue Welt sich vor mir geöffnet hatte. Die Welt, durch ihre Augen.

Ich fragte mich, ob Sadie es gefunden hatte, als sie und Grant mir beim Umzug geholfen hatten. Aber auch dann verstand ich nicht, warum sie es behalten hatte.

Die Polizei jedoch hatte es in ihrem Zimmer gefunden und beschlossen, eine Person wie diese, sie würde es tun. *Es ist sehr, sehr düster.* Das hatte der Detective mir gesagt. Eine Person wie diese, glaubten sie, wollte nicht leben. Sie existierte in der Dunkelheit und wäre fähig, über die Kante zu treten.

Dieses Tagebuch, traurig und wütend, war aber nur eine Momentaufnahme. Wenn ich auf diese Seiten zurückblickte, wusste ich, dass ich dabei war, meinen Weg hindurch zu finden.

Erst jetzt, da ich es überstanden hatte, sah ich, wie nah ich in Wahrheit gekommen war. Der Dunkelheit, in die ich bereit gewesen war, kopfüber einzutauchen.

Immer wieder sah ich mir die Orte an, an denen der Tod lauern könnte. In so vielen Listen endete ich bei der Klinge. Ich erinnerte mich an das Gefühl von damals, wie mein Blut unter meiner Haut pulsiert hatte. Das Bild eines Autounfalls, Körper gegen Metall und Holz. Der Druck des Blutes im Schädel meiner Großmutter. Ich starrte meine Venen an, ihre Verwundbarkeit, so nah an der Oberfläche.

Die Klinge, die Klinge, ich kam immer wieder auf die Klinge zurück.

Das scharfe Blitzen von Silber. Die leere Küche. Der Impuls und das Chaos eines einzigen Moments.

Mit so viel Blut hatte ich nicht gerechnet. Das Geräusch von Schritten. Ich konnte es nicht stoppen.

Versteckte mich im Bad, presste das Klopapier unten gegen meine Hand.

Dachte *Nein. Nein.* Bis Sadie hineinschlüpfte.

Du hast Glück gehabt, hatte sie gesagt. *Du hast knapp die Vene verfehlt.*

Ich schlief kaum. Fühlte mich der Person, die ich mit achtzehn gewesen war, so nah. Als stünden meine Nerven in Flammen.

Beim ersten Lichtstrahl nahm ich das Auto und fuhr durch den Ort, zu einer Stunde, wo nur die Fischer am Hafen waren und die Lieferwagen auf den Straßen. Ich fuhr den Berg hinauf, an der Polizeiwache vorbei, ließ das Point hinter mir, wo ich das Feuer des Leuchtturms blinken sehen konnte, sogar bei Tageslicht. Und dann bog ich an der Straßengabelung ab und fuhr zu den Häusern auf der Aussichtsfläche.

Die meisten der Loman-Ferienhausgrundstücke befanden sich entlang der Küste. Eine gute Aussicht trieb die Mietkosten fast um das Zweifache in die Höhe – sogar noch mehr, wenn man in den Ort laufen konnte. Um das zu kompensieren, waren die Häuser auf der Aussichtsfläche noch geräumiger, wurden oft an größere Familien vermietet. Und weil bald die Schule wieder anfing, waren das normalerweise die ersten Häuser, die leer blieben.

Ich hatte alle Schlüssel dabei, jeder hatte ein Schild mit einer zugewiesenen Nummer, die zu einem bestimmten Haus gehörte. Inzwischen konnte ich sie alle auswendig.

Letzte Woche war jemand in das Haus namens Trail's End am Ende des Ortszentrums eingebrochen und hatte einen Fernseher zerstört. Jemand hatte sich ins Blue Robin hier oben geschlichen und etwas gesucht. Und jemand hatte im Sea Rose, unten am Breaker Beach, Kerzen angezündet.

Ich fing an, das Muster nicht als Drohung gegen die Lomans zu sehen, sondern als Botschaft.

Jemand wusste, was in jener Nacht geschehen war. Jemand war auf der Party gewesen und wusste, was Sadie Loman passiert war.

Als ich die Straße an der Aussichtsfläche entlangfuhr, stand ein dunkles Auto vor dem Blue Robin am Straßenrand.

Drinnen saß ein Schatten. Augen blickten in den Rückspiegel.

Ich parkte dahinter, wartete, ließ meinen eigenen Wagen im Leerlauf. Bis Detective Ben Collins aus dem Auto auftauchte. Er kam stirnrunzelnd auf mich zu.

»Lustig, Sie hier zu sehen«, sagte er, als ich ebenfalls ausstieg.

»Ich muss jedes Wochenende die Ferienhäuser überprüfen. Bevor die neuen Familien ankommen«, sagte ich.

»Wohnt hier nächste Woche jemand?«, fragte er und zeigte mit dem Daumen auf das Blue Robin.

»Ja.«

»Nein.« Er schüttelte den Kopf. »Verlegen Sie sie. Wir müssen uns drinnen umsehen.«

Mein Herz machte einen Satz, aber ich hielt mich an seinen Worten fest. »Rollen Sie den Fall wieder auf?«, fragte ich. Vielleicht glaubte er mir ja doch noch.

Detective Collins trat einen Schritt zurück und betrachtete das Haus – malerisch und bescheiden, wie ein Vogelhaus versteckt zwischen den Bäumen. »Ich wollte nachsehen, wie jemand unbemerkt verschwinden könnte. Es gibt einen Pfad hinter dem Haus, richtig?« Er beantwortete meine Frage nicht, verneinte sie aber auch nicht. Er hielt es also für möglich, dass etwas anderes in jener Nacht geschehen war.

»Richtig. Zur Pension.« Man konnte ihn in fünf bis zehn Minuten zurücklegen. Wenn man rannte noch viel schneller.

»Zeigen Sie mir das Haus von innen?«

Ich ließ ihn durch die Vordertür hinein, sah zu, wie er sich in dem leeren Raum umsah. Er war keiner der Beamten gewesen, die Parker in der Nacht abgeholt hatten. Aber er hatte den Anruf der Donaldsons wegen des Einbruchs Anfang der Woche entgegengenommen.

»Bitte zeigen Sie mir, wo Sie das Telefon gefunden haben«, sagte er.

Ich öffnete die Tür zum großen Schlafzimmer und zeigte auf die nun geschlossene Truhe am Ende des Bettes. Der Haufen Decken lag unberührt daneben. »Dadrin«, sagte ich. »Ich habe es in einer Ecke gefunden. Schien mir, als hätte es da schon eine ganze Weile gelegen.«

»Aha«, sagte er. Der Deckel knarrte, als er ihn öffnete und hineinsah. Er starrte in die Leere, schloss ihn dann wieder. »Die Sache ist die, Avery«, sagte er und drehte sich auf dem Absatz um. »Wir haben uns ihr Telefon genau angesehen und ehrlich gesagt nichts gefunden, was wir nicht schon wussten.«

»Außer wie es hierhergekommen ist?«

Er hielt inne, nickte dann. »Genau.« Er ging im Zimmer umher, schielte in das Bad, in dem ich einst neben Parker den Fußboden gewischt hatte.« Eine Sache ist mir allerdings aufgefallen. Auf keinem der Fotos auf ihrem Telefon waren Sie drauf.«

Ich erstarrte. Sadie und Luce; Sadie und Parker; Connor; die Landschaftsbilder. Alles außer mir.

»Ich dachte, Sie waren ihre beste Freundin«, sagte er. »Das haben Sie mir doch gesagt, oder?«

»Ja.«

»Aber Sie sind nicht auf ihren Fotos zu sehen. Sie hat nicht auf Ihre Nachricht geantwortet. Und während der Befragungen haben wir viele widersprüchliche Informationen erhalten.«

Ich fühlte etwas in meinen Venen brennen, ballte unbewusst die Fäuste. »Sie hat nicht geantwortet, weil *ihr etwas passiert ist*. Und ich bin nicht auf den Bildern, weil ich in dem Sommer viel zu tun hatte. Ich hab gearbeitet.« Aber ich konnte meinen Puls bis in die Fingerspitzen spüren, als ich mich fragte, ob es Gerüchte gegeben hatte – über das Zerwürfnis, über mich, über sie. Ich dachte, niemand hatte davon gewusst – dachte, Grant hätte es für sich behalten.

»Ihr Job …«, fuhr er fort, und mein Magen rutschte mir in die Kniekehlen. »Luciana Suarez hat uns ein paar interessante Details genannt. Das war ihr erster Sommer in Littleport, oder?«

»Ja. Sie war seit dem Herbst mit Parker zusammen.«

»Stimmt es, dass Sie Sadies Job übernommen haben?« Und da war es. Luce. Ich hätte es wissen müssen.

»Hat Luce das gesagt?«, fragte ich, aber er antwortete nicht. Hielt nur den Blickkontakt, wartete auf eine Antwort. Ich wedelte den Kommentar mit der Hand weg, wie Sadie es vielleicht getan hätte. »Es waren keine zwei Leute dafür nötig. Sie wurde anders eingesetzt.« Nicht gefeuert.

»Aber, um das klarzustellen, Sie haben nun Ihre Rolle.«

Ich presste die Lippen zusammen. »Im Prinzip.«

»Wissen Sie, was Luciana noch gesagt hat?« Er hielt inne, fuhr dann fort, als würde er keine Antwort von mir erwarten. »Sie sagte, dass sie vorher nie von Ihnen gehört hatte.« Sein Mundwinkel zuckte. »Sagte, dass sie nichts von Ihnen wusste, bevor sie hier ankam. Niemand schien es für nötig gehalten zu haben, Sie zu erwähnen. Nicht einmal Sadie.«

»Weil Luce Parkers Freundin war«, giftete ich. »Es gab keinen Grund, warum ich Thema hätte sein sollen.« Ich war schon wieder überrumpelt worden. Das war eine Befragung, und ich war direkt hineingestolpert.

»Sie sagte uns, dass sie zuerst eine Freundin der Familie war.«

»Na und? Das heißt nicht, dass sie und Sadie sich nahestanden.«

Er sah mich intensiv an, ohne Unterbrechung. »Es gibt Gerüchte, die besagen, dass Sie und Sadie schlecht aufeinander zu sprechen waren.«

»Die Gerüchte hier sind scheiße, und das wissen Sie.«

Er lächelte, als wolle er sagen, *Da bist du ja*. Das Mädchen, an das sich alle erinnern. »Ich finde es nur merkwürdig, dass Sadie Sie nie erwähnt hat, das ist alles.«

Luce. Sie hatte alles verkompliziert. Immer mit einem fragenden Blick in meine Richtung – etwas Gefährliches, das mich an mir selbst zweifeln ließ. Luce wurde in diesem Sommer zum ahnungslosen Keil, der alles aus dem Gleichgewicht brachte. Wenn irgendjemand verstand, was in diesem Haus vor sich ging, dann sie. Immer da, wenn ich dachte, wir seien allein. Ich hatte keine Ahnung, was sie der Polizei bei ihrer Befragung erzählt hatte. Es hatte keine Rolle gespielt, wegen der Nachricht.

Detective Collins lief wieder im Zimmer umher, die Dielen knarrten unter seinen Füßen. »Wenn ich eine professionelle Einschätzung abgeben müsste, würde ich sagen, dass die Freundschaft etwas einseitig war. Um ehrlich zu sein – es scheint mir ein bisschen, als wären Sie von ihr besessen.«

»Nein.« Ich sagte das lauter als gewollt und senkte die Stimme, bevor ich fortfuhr. »Wir wurden erwachsen. Wir hatten andere Pflichten.«

»Sie haben auf ihrem Grundstück gelebt, für ihre Familie gearbeitet, sind mit ihrer Clique herumgezogen.« Er hob die Hand, obwohl ich gar nichts gesagt hatte. »Sie haben sie als Familie betrachtet, ich weiß. Aber«, fuhr er leiser fort, »haben sie Sie auch so gesehen?«

»Ja«, sagte ich, weil ich es musste. Ich vertraute ihnen, weil sie mich gewählt hatten. Mich aufgenommen, in ihrem Haus willkommen geheißen hatten, in ihren Leben. Welche andere Wahl gab es? Ich war verlassen, und dann war ich geerdet …

»Ich weiß, wer Sie sind, Avery. Was Sie durchgemacht haben.« Seine Stimme versagte, seine Haltung veränderte sich. »Verdammt beschissene Karten haben Sie gezogen, das ist mir klar. Aber wollen Sie mir weismachen, Sie hätten nie daran gedacht, nicht ein einziges Mal, dass Sie lieber an ihrer Stelle wären?«

Ich schüttelte den Kopf, antwortete aber nicht. Denn das tat ich, es war wahr. Damals, als ich sie traf, wollte ich in den Kopf von jemand anderem kriechen. Dessen Glieder strecken. Dessen Finger beugen. Das Blut in dessen Venen pulsieren fühlen. Sehen, ob die Person es auch hören konnte, den Rhythmus des eigenen Herzschlags. Oder ob etwas anderes in seinen Knochen brannte.

Ich wollte etwas fühlen außer Trauer und Bedauern, und das tat ich. Das hatte ich.

»Dieses Handy wirft ein paar Fragen auf. Natürlich mussten Ihre Fingerabdrücke drauf sein, denn Sie haben es ja gefunden. Richtig?«

Ich wich zurück. Dachte er, ich log?

Ich wollte ihm sagen: *Die Nachricht war nicht von ihr, das Tagebuch war nicht von ihr.*

Doch ich wusste, was sie dann als Nächstes fragen mussten: *»Es tut mir leid. Ich wünschte, es müsste nicht so sein.« Wofür genau hast du dich entschuldigt, Avery?*

Ich gab besser nicht noch mehr von mir preis.

»Nun ja«, sagte er, »das war sehr erhellend. Wir bleiben in Kontakt.«

Er klopfte an die Schlafzimmertür, als er ging.

Kapitel 15

Ich zitterte, als ich den Detective wegfahren sah, er wendete zu schnell in der Sackgasse, fuhr auf dem Weg nach unten am Sunset Retreat vorbei.

Sie würden wiederkommen. Das war es, was er angedeutet hatte. Sie würden wiederkommen, und sie würden sich ansehen, auf welche Weise jemand die Party an dem Abend verlassen haben könnte.

Ich war die ganze Zeit dort gewesen – das hatte ich bewiesen. Aber das Handy hatte etwas zu bedeuten. Es bedeutete, auf der Party gewesen zu sein, sprach uns nicht frei. Wenn ihr Handy in der Nacht ihres Todes dort liegen geblieben war, hatte jemand sie möglicherweise *auf* der Party ermordet.

Diese Liste, die Detective Collins mir gereicht hatte, die Details, die ich ihm im Gegenzug gegeben hatte …

Ich – 18 Uhr 40

Luce – 20 Uhr

Connor – 20 Uhr 10

Parker – 20 Uhr 30

Die Liste, die einmal über unsere Alibis informieren sollte, wurde nun zu einer Liste von Verdächtigen.

Es sah nicht gut aus, dass ich so lange allein dort gewesen war. Es sah nicht gut aus, dass ich diejenige war, die das Handy gefunden hatte. Detective Collins hatte sich auf die Rolle fixiert, die ich in den Leben der Lomans spielte, als hätten auch ihn die Gerüchte erreicht.

Es hatte keinen öffentlichen Streit gegeben. Nichts, was Leute hätten bezeugen oder mit Sicherheit wissen können. Nur eine schleichende Kälte. Ein Gefühl, wenn man wusste, wonach man suchte. Ein kurzes Abschütteln in der Öffentlichkeit bei ihrem geplanten Geburtstagslunch, wo ich hinterher versucht hatte, sie zu erwischen – *ich kann jetzt nicht mit dir reden* –, sie hatte meine Hand an ihrem Arm angesehen, nicht mich. Und ein erniedrigender Moment am nächsten Abend, obwohl ich dachte, da wären wir allein gewesen.

Ich war auf dem Weg zum Fold – sie hatte nicht auf meine Anrufe, meine Nachricht reagiert –, als ich sie mit Luce aus dem Eingang schlüpfen sah. Sie standen nah beieinander, Sadie einen Kopf kleiner als Luce, die eine Geschichte erzählte mit einer Stimme, die zu leise und zu schnell war, um sie deutlich zu verstehen, zur Unterstreichung ihrer Thesen gestikulierte sie mit den Händen. Aber an der Ecke trennten sie sich, Luce ging auf den vollgestopften Parkplatz, Sadie in Richtung Ortszentrum.

Ich wartete, bis Luce außer Sichtweite war, um sie zu rufen, dann noch einmal: »Sadie!«, das Wort hallte die leere Straße entlang. Sie hielt an, genau unter einer schwachen Eckstraßenlaterne. Ihre Haut sah blass und wächsern aus, ihr Haar mehr gelb als blond im Lichtschein. Im Umdrehen fuhr sie sich mit den Fingern durch die Spitzen, sah flüchtig die Straße entlang und flüchtig über mich hinweg – tat so, als würde sie mich nicht da stehen und sie anschauen sehen. Die Art beiläufige Grausamkeit, die sie mit Parker perfektioniert hatte. Als wäre ich unsichtbar. Belanglos. Etwas, was sie sowohl erschaffen als auch auslöschen konnte, wie es ihr gefiel.

Ohne einen weiteren Gedanken zu verschwenden, drehte sie sich wieder um.

Jetzt fragte ich mich, ob Greg Randolph diese Worte schon mal geflüstert hatte – *Sadies Monster*. Ob andere das auch getan hatten.

Ob das den Detective allem anderen gegenüber blind werden ließ.

Ich musste meinen Zeitstrahl konkretisieren und auch die der anderen, bevor alles sich verwickelte.

Aber zuerst musste ich dieses Haus aufräumen. Ich dachte darüber nach, die Familie, die im Blue Robin untergebracht werden sollte, in das Sunset Retreat auf der anderen Seite der Straße zu verlegen – das war noch größer, und beschweren würden sie sich bestimmt nicht. Aber ich musste es erst überprüfen, besonders, weil ich sicher war, dass ich einen Schatten bemerkt hatte, der mich beobachtete, an dem Tag, als ich das Telefon gefunden hatte.

Der Schlüssel für das Haus war in meinem Auto. Sobald ich die Schwelle überschritten hatte, wusste ich, dass etwas nicht stimmte. Die Luft war schwer, von einer unklaren Qualität, die ich nicht richtig benennen konnte, bis ich einen langsamen Atemzug nahm.

Ich schlug die Hand vor den Mund, auch wenn ich instinktiv schon wieder zurückwich. Der Geruch von Gas, so intensiv, dass ich es fast schmecken konnte.

Der Raum war voll davon. Ich schloss die Tür hinter mir, rannte die Auffahrt zurück.

Ich wählte den Notruf aus dem vorderen Zimmer des Blue Robin auf der anderen Straßenseite, sicher hinter einer Schicht Holz und Beton.

Ich sah aus dem Fenster zu, als die Feuerwehr ankam – erwartete eine Explosion, dass alles zu Schutt und Asche zerfiel. Aber ein Strom von Menschen in Uniform betrat das Haus, einer nach dem anderen. Irgendwann kam ein weiterer Wagen an und brachte eine Gruppe von Wartungsarbeitern.

Nachdem sie wieder herausgekommen waren, ihr Werkzeug eingepackt und sich miteinander besprochen hatten, ging ich nach draußen und auf die Straße zwischen den Grundstücken. »Ist alles in Ordnung dadrin?«

»Haben Sie uns angerufen?«, fragte der mir am nächsten stehende Feuerwehrmann. Er hatte immer noch die untere Hälfte seiner Uniform an, den Rest aber ausgezogen, und trug ein T-Shirt und ein Baseballcap. Er sah zehn Jahre älter aus als die anderen, und ich nahm an, dass er das Sagen hatte.

»Ja, ich bin Avery Greer. Ich verwalte das Grundstück.«

Er nickte. »Eine Verbindung hinten am Ofen hatte sich gelöst. Wahrscheinlich ein langsames Leck. Muss aber schon eine Weile laufen, ohne dass es jemand bemerkt hat.«

»Oh«, sagte ich. Mir war schwindelig, übel. Der Schatten im Haus – hatte er darauf gewartet, dass ich als Nächstes dort hineinging?

Er schüttelte den Kopf. »Zum Glück hat nichts einen Funken verursacht.« Dann machte er der Wartungsgruppe ein Zeichen, dass es sicher war hineinzugehen. »Ich würde es trotzdem eine Zeit lang auslüften lassen«, sagte er. Dann, als könne er etwas in mir brodeln sehen, eine offensichtliche Furcht, legte er mir eine Hand auf die Schulter. »Hey, alles okay. Sie haben das Richtige getan, und wir haben es rechtzeitig geschafft. Alles ist in Ordnung.«

Während ich nach Hause fuhr, überlegte ich hin und her, ob ich Grant anrufen sollte. Ich tat das nur ungern, außer es war dringend, wollte nicht, dass er dachte, ich könnte die Dinge nicht allein regeln.

Als ich am Breaker Beach vorbeikam, beschloss ich, es zu machen.

Er würde wissen, wen man kontaktieren konnte, und sein Name würde mehr Gewicht haben als meiner. Es war uns beigebracht worden, immer erst mit dem Firmenanwalt Verbindung aufzunehmen, bevor wir uns auf etwas einließen. Ich hatte schon versagt, indem ich Detective Collins hineinließ. Wenn das Gasleck ein Verbrechen war, brauchte ich Grants Anweisungen, wie ich vorgehen sollte, bevor ich die Polizei weiter beteiligte.

Sein Handy klingelte, bis die Mailbox ansprang. Ich bog mit dem Auto in die Landing Lane ein und hinterließ ihm eine Nachricht. »Grant, hallo, hier spricht Avery. Es tut mir leid, wenn ich dich belästigen muss, aber es gibt ein Problem. Mit den Ferienhäusern. Ich glaube, ich muss mit der Polizei reden. Bitte ruf mich zurück.« Als ich den von Steinen gesäumten Weg hochfuhr, trat ich auf die Bremse. Da stand noch ein Auto in der Auffahrt – dunkel, teuer aussehend, vertraut.

Ich fuhr um die Garage herum, parkte auf meinem Platz außer Sichtweite. Ich konnte Stimmen hören, die hinten aus dem Garten kamen – die von Parker und von jemand anderem, tief und streng.

Ich bewegte mich so leise ich konnte, hoffte, niemand hatte meine Ankunft bemerkt. Und so war ich nicht aufmerksam, als ich die Tür des Gästehauses erreichte.

Sie war unverschlossen, ein Lichtschimmer entwich von drinnen. Ich hielt die Luft an, drückte langsam die Tür auf.

Das Wohnzimmer war ein Chaos. Mein Karton mit Sachen

mitten im Raum. Meine Kleider aus dem Schrank gerissen und auf dem Sofa angehäuft. Und mitten im Zimmer wartend stand Bianca.

»Hallo«, sagte sie. Ihr blondes Haar war so streng zurückgekämmt, dass es in ihren Skalp überzugehen schien. Sie war imposant, obwohl sie nicht größer war als Sadie und mindestens zehn Zentimeter kleiner als ich.

»Hallo, Bianca«, sagte ich. Ich hatte seit Beginn der Saison darauf gewartet, dass Bianca und Grant zurückkommen.

Niemand hatte irgendetwas über meinen Job erwähnt in der ganzen Zeit seit Sadies Tod. Das Geld kam weiter. Ich dachte, das damals sei vielleicht nur ein Moment gewesen, in dem wir Dinge gesagt hatten, die wir am liebsten zurücknehmen würden, und wir könnten es der Trauer zuschreiben, auf beiden Seiten.

Der Status meines Wohnzimmers ließ etwas anderes vermuten.

Biancas Gesicht blieb ausdruckslos, und ich wusste, ich hatte alles falsch verstanden. »Ich dachte, ich hätte dir gesagt, dass du gehen sollst«, sagte sie.

Sommer 2017

Die Plus-One-Party

22 Uhr

Die Polizei war im Anmarsch. Alle flüsterten das, als ich aus dem großen Schlafzimmer kam und mich unter die Partygäste am anderen Ende des dunklen Flurs gesellte.

Der Stromausfall. Ellies Schrei, als sie in den Pool fiel. Jemand hatte ihn gehört und die Polizei gerufen. Drei Leute erzählten mir das innerhalb von zwei Minuten. Ich kannte sie alle nicht mit Namen, aber ich nahm an, dass darunter die Person war, von der Parker gesagt hatte, sie suche nach mir. Es war ein bisschen erregend, als mir klar wurde, dass sie wussten, wer ich war, dass ich diejenige war, an die man sich wenden musste. Dass ich hier die Zuständige war.

Je nach Quelle war entweder ein Streifenwagen draußen oder ein Beamter vor der Tür oder einer der Gäste hatte einen Anruf als Warnung erhalten. Aber die Botschaft war klar: Jemand kam.

Okay, okay. Ich schloss die Augen, versuchte mich zu konzentrieren, versuchte nachzudenken. Parkers Familie gehörte das Haus; Ellie Arnold ging es gut. Ich betrachtete das Meer von Gesichtern, bis ich sie sah – dort – am anderen Ende des Zimmers, zwischen Küche und Wohnzimmer. Das Haar nass und nun geflochten über einer Schulter, das Gesicht frei von Make-up, in einer lockeren Bluse und einer zerrissenen Jeans, die etwas tief über ihrer Hüfte hing. Genug, um zu verraten, dass es nicht ihre war. Aber sie war da, und es ging ihr gut. Im Moment lachte sie über etwas, was Greg Randolph sagte.

Ich ging vorne raus, die Scharniere der Tür quietschten, als ich sie hinter mir zuzog, in der Hoffnung, dass ich eingreifen konnte, falls die Polizei schon angekommen war. Ich würde erklären, was passiert war, eine sichere und unverletzte Ellie Arnold und einen oder zwei Zeugen vorzeigen und alles draußen abwickeln.

Aber die Nacht war leer. In der letzten Stunde war es mindestens fünf Grad kälter geworden, wenn nicht mehr, und die Blätter rauschten über mir im Wind. Ich konnte keinen Streifenwagen entdecken – zumindest keinen mit Licht an –, und es stand auch kein Beamter vor der Tür. Nur die Grillen in der Nacht, das sanfte Leuchten des Verandalichts und nichts als Dunkelheit, als ich zu den Bäumen schaute.

Ich ging die Verandatreppe hinunter, wartete, dass sich meine Augen an die Nacht gewöhnten, damit ich die Straße noch etwas weiter hinuntersehen konnte. Die Sterne schienen hell durch die ziehenden Wolken über mir. Es war Teil der Ortsgesetze, die Lichter gedämpft zu halten, für weniger statt für mehr Straßenlaternen zu stimmen, den Ort unberührt zu lassen, poetisch, eins mit seiner Umgebung, sowohl darüber als auch darunter. Deshalb hatten wir die dunklen, gewundenen Straßen in den Bergen. Den Strand, nur von Lagerfeuern erleuchtet. Den Leuchtturm als einziges Licht in der Nacht.

Von einem Winkel des Rasens aus sah ich einen schnellen roten Blitz am Ende der Straße. Bremslichter, die sich entfernten und dann verschwanden. Ich hielt den Blick in die Ferne gerichtet, nur um sicherzugehen, dass das Auto nicht zurückkam. Dass es nicht umdrehte und parkte. Ich starrte für einige lange Momente in die Nacht, aber niemand tauchte wieder auf.

Meine Hoffnung: Vielleicht war die Polizei gekommen. Vielleicht hatten sie den Anruf erhalten, waren die Straße hochgefahren und hatten verstanden, dass dies nur eine Party war, nur ein Haus. Die Plus-One-Party, müssen sie gedacht haben. Und als sie die Straße sahen und erkannt hatten, dass das Haus den Lomans gehörte, hatten sie es einfach gut sein lassen.

Schlimmstenfalls hätte ich auch noch den Schlüssel für das Sunset Retreat. Ich könnte alle dahin verlagern, wenn es nötig wäre.

Wieder drinnen sah ich, was zu tun war, konnte sehen, wie sich alles abspielte, drei Schritte im Voraus. Der Alkohol, der durch meine Adern floss, verstärkte mein Gefühl von Kontrolle nur noch. Ich *hatte* alles im Griff. Alles war okay.

»Hey, kann ich mit dir reden?« Connor machte einen Schritt zur Seite, sodass er mir den Weg versperrte. Sein Atem war so nah, dass ich zitterte. Seine Hände schwebten nur ein Stück neben meinen Oberarmen, als hätte er mich anfassen wollen, bevor er sich eines Besseren besann.

Wenn Connor vor mir stand, konnte das nur auf zwei Arten enden. Es konnte in Nostalgie entgleiten, wobei er seinen Kopf zur Seite drehen und ich einen Funken von seinem früheren Ich, dem früheren Uns erhaschen würde; oder es konnte in Irritation abrutschen – dieses Gefühl, dass er Geheimnisse hatte, die ich nicht mehr verstand, ein Äußeres, das ich nicht entziffern konnte. Ein komplettes zweites Leben, das er im Zwischenraum führte.

Er hielt meinen Blick fest, als könne er meine Gedanken lesen.

Ich sah noch einmal hin, und nun konnte ich mir Connor nicht mehr vorstellen ohne Sadie. Den Bogen ihrer Wirbelsäule, ihr Lächeln, das sie ihm schenkte, den Geruch ihres Conditioners, als ihr Haar über sein Gesicht fiel. Und ihn – die Art, wie er sie ansah. Das schiefe Grinsen, als er versuchte zu verstecken, was er dachte, nachgebend, als sie sich näher zu ihm beugte.

Ich drehte mich um, fühlte aber seine Hand auf meine Schulter fallen. Ich schüttelte sie ab, heftiger als nötig. »Nicht«, sagte ich. Das war das erste Mal, das wir uns berührten, seit über sechs Jahren, aber etwas daran war so vertraut – das Gefühl zwischen uns rastete wieder ein.

Er stand da, Augen aufgerissen und Arme erhoben.

Sechs Jahre zuvor hatte Connor mich am Breaker Beach überrascht, wie ich einen anderen Typen küsste. Ich war ihm hinterhergestolpert, Kleider und Haut von nassem Sand bedeckt, meine Fußsohlen taub von der Nacht. Ich griff nach seiner Schulter, wollte ihn aufhalten, wollte, dass er wartete. Aber als er sich umdrehte, erkannte ich seinen Gesichtsausdruck nicht. Seine Stimme wurde leiser, und ein Schauer lief mir über den Rücken. »Wenn du wolltest, dass ich das hier sehe«, sagte er, »Mission erfolgreich. Aber du hättest auch einfach sagen können, *Hey, Connor, ich glaube nicht, dass es funktioniert.*«

Ich leckte mir über die Lippen, Salzwasser und Scham mischten sich, und mit immer noch wirrem Kopf sagte ich: »Hey, Connor, ich glaube nicht, dass es funktioniert.« Ich versuchte, ihn zum Lachen zu bringen, ein Lächeln hervorzurufen, ihn sehen zu lassen, wie albern diese ganze Sache war.

Aber alles, was er hörte, war die Grausamkeit, er nickte einmal und ließ mich dort stehen.

Das erste Mal, das ich ihn nach dieser Nacht sah, war bei Faith, als sie ihren Arm brach. Das zweite Mal bei dem Lagerfeuer am Breaker Beach, wo Sadie zu uns stieß und unsere Freundschaft begann. Danach war es dafür, dass wir in einem kleinen Ort lebten, erstaunlich einfach, sich aus dem Weg zu gehen. Ich hielt mich fern vom Hafen und der Inlandseite, wo er lebte. Er blieb weg vom Haus meiner Großeltern in Stone Hollow und von der Welt, die die Lomans besetzten – dem Dunstkreis, in dem ich mich bald selbst wiederfand.

Nach einer Weile war es weniger ein aktiver Prozess als ein passiver. Wir riefen uns nicht an, suchten uns nicht, sodass wir uns irgendwann nicht einmal mehr zunickten, wenn wir uns auf der Straße begegneten. Wie eine Wunde, die dicker geworden war während des Heilens. Nichts als feste Haut, wo einmal Nervenenden waren.

Aber in dieser Nacht, bei der Plus-One-Party, als ich gerade erfahren hatte, dass er ein paar Tage zuvor mit Sadie gesehen worden war, fiel es mir schwerer, nichts zu fühlen, als seine Hand sich auf meine Schulter legte. Plötzlich fühlte sich sein Interesse an Sadie wie eine persönliche Kränkung an, dazu gedacht, mich zu verletzen.

Und vielleicht war es das auch. Aber es funktionierte in beide Richtungen; Sadie wusste genau, wer Connor war. Wir waren uns ein paarmal über den Weg gelaufen über die Jahre. Ich hatte in seine Richtung gesehen, dann wieder weg, und sie hatte dasselbe getan; als ich still geworden war, war sie das auch geworden zum Zeichen, dass sie verstand. Obwohl ich seine Wichtigkeit vielleicht untertrieben hatte. Sie hätte es an meinem Gesicht ablesen sollen, mich so sehen, wie ich sie gesehen hatte. Ich knirschte mit den Zähnen, weil sie es musste. Sie *muss* es gewusst haben. Und sie hatte es trotzdem getan. Sie nahm alles, sogar das – wollte alles besitzen.

Connor sah sich auf der Party um und schüttelte den Kopf. »Ich sollte gehen. Ich gehöre hier nicht her«, sagte er, aber ich musste mich vorbeugen, um ihn zu verstehen. Konnte fühlen wie die Klinge stärker gegen meine Rippen drückte je näher ich kam.

Dann geh doch, wollte ich sagen. *Bevor Sadie kommt. Bevor ich es auch sehen muss.*

»Es tut mir leid«, sagte ich. Was ich beim ersten Mal hätte sagen sollen, aber nie getan hatte.

Connor runzelte die Stirn, antwortete aber nicht.

Ich hörte Stimmen aus dem zweiten Stock, das Geräusch von etwas Herunterfallendem. »Ich muss …« Ich zeigte auf die Treppe, drehte mich um. »Nur …« Aber das Wort ging im Chaos unter, und als ich mich umdrehte, um es noch einmal zu versuchen, war er bereits gegangen.

Oben gingen drei Türen von der Empore ab. Die Tür zum Schlafzimmer links war offen, aber das Licht aus. Drinnen lag ein Haufen Jacken und Taschen auf dem Bett. Der zweite Raum war verschlossen, doch ein Lichtstreifen drang heraus. Zwischen den beiden Zimmern war die Tür zum Bad ein Stück auf, und ich hörte ein geflüstertes »Kacke«.

Ich stieß die Tür ein Stück weiter auf, und eine junge Frau drinnen sprang vom Spiegel weg. »Oh«, sagte sie.

»Tut mir leid. Alles in Ordnung?«

Sie hatte ihre Hand am Auge und beugte sich wieder über das Waschbecken, ließ sich nicht von meiner Anwesenheit stören. Ich brauchte einen Moment, bis mir klar wurde, dass sie versuchte, eine Kontaktlinse zu entfernen. »Sie klebt fest, ich fühle es.« Sie sprach mit mir, als würde sie mich kennen. Vielleicht erwartete sie jemanden.

»Okay, okay«, sagte ich und nahm ihre Handgelenke. »Lass mich mal gucken.« Ich hatte das schon mal getan, für Faith. Als sie in unserem ersten Jahr in der Highschool Kontaktlinsen bekam. Damals, als wir uns die zerbrechlichsten Teile von uns selbst anvertrauten. *Du hast mir ins Auge gestochen. Nein, du hast dich bewegt. Versuch es noch mal.* Und noch einmal und noch einmal.

Dieses Mädchen hielt absolut still, bis es vorbei war, blinzelte dann schnell und umarmte mich urplötzlich, womit sie gleichzeitig ihren Alkoholspiegel im Blut offenbarte.

»Danke, Avery«, sagte sie, doch ich hatte immer noch keine Ahnung, wer sie war. Ich blinzelte, und sie war wieder Faith, die mir entglitt. Aber dann wurde sie scharf – dunkelbraunes Haar, große braune Augen, in den Zwanzigern wahrscheinlich, was ich aber nicht sicher sagen konnte. Ich wusste nicht, ob sie eine Einwohnerin oder eine Touristin war. In welchem Zusammenhang sie meinen Namen gehört hatte. Ich konnte mich hier nicht orientieren. Nicht heute Nacht, wo jeder jemanden spielte, der nicht existierte.

Vielleicht lag es daran, dass ich Connor gesehen hatte. Meine Vergangenheit und meine Gegenwart verschwammen. Das alte und das neue Ich, beide kämpften sich an die Oberfläche.

»Bist du …«, fing ich an, als genau in dem Moment etwas gegen die Wand donnerte, so stark, dass der Spiegel klirrte.

Ihr Kopf schoss zur Seite. »Das ist schon das zweite Mal, dass das passiert«, sagte sie. Wir hielten ganz still, lauschten. Leise Stimmen, die lauter wurden.

Mir wurde klar, dass es das war, was ich von unten gehört hatte – nicht das Geräusch von einem Gegenstand, der auf den Boden fiel, sondern etwas anderes. Eine zuknallende Tür; eine Faust, die gegen die Wand schlug.

Ich trat hinaus auf die Empore, lauschte, und das Mädchen ging weiter, die Treppe hinunter. Mit federnden Schritten. Nicht interessiert an den Geheimnissen, die hinter verschlossenen Türen verborgen waren.

Etwas kratzte am Emporenfenster, und ich machte einen Satz, starrte in die Dunkelheit. Aber es war nur ein Zweig, der gegen die Verkleidung strich.

Ich ging auf die verschlossene Schlafzimmertür zu und versuchte, mich dazu durchzuringen zu klopfen. In was würde ich da hineingeraten?

Als ich näher kam, schwang die Tür auf, und eine Frau stampfte aus dem Zimmer.

Ich brauchte einen Moment, bis ich sah, dass es Luce war, wild und gar nicht sie selbst. Von Nahem wirkten ihre Augen dunkel und unvollkommen, das Make-up verlief, ihr Lippenstift war verschmiert, und ein Träger ihres Tops war halb über ihre Schulter gerutscht.

Sie knallte die Tür hinter sich zu, richtete ihr Top, und als sie mich sah, trat sie einen Schritt zurück. Dann verzog sich ihr Gesicht, und sie lachte, während sie sich näher heranbeugte. »Was ist los mit diesem Ort?«, fragte sie, und ich war sicher, dass ich etwas Fremdes an ihr roch, etwas Seltsames und Unbekanntes, was sie überfallen hatte. Was die Fassade abgerissen und sie zu einer von uns gemacht hatte. Ihre Augen waren fest auf meine gerichtet.

In diesem Moment dachte ich, sie konnte alles sehen: mich und Parker im Bad; mich und Connor an der Treppe; jeden Gedanken, den ich hatte, den ganzen Sommer über. Ich wusste nicht, ob sie die Party meinte oder ganz Littleport, aber in dem Augenblick fühlte es sich an, als gäbe es keinen Unterschied zwischen beidem.

»Geht es dir gut?«, fragte ich, und sie lachte, tief und scharf, und es war, als wäre die letzte Minute gar nicht passiert. Sie war Luciana Suarez, unerschütterlich.

»Das weißt du besser als ich, Avery.«

Ich schloss die Augen, konnte fühlen, wie Parker im Bad über mir stand und mich ansah. »Lass mich erklären …«

Ihre Augen verengten sich, als hätte sich etwas gerade befreit und war sichtbar geworden. »Du auch?«, fragte sie. »Mein Gott.« Sie beugte sich weiter zu mir herüber, verzog ihren Mund zu einem Grinsen, einer Grimasse. »Ich hab noch nie so viele Lügner auf einem Fleck gesehen.«

Sommer 2018

Kapitel 16

Ich fuhr rückwärts aus der Auffahrt von Nummer eins, Landing Lane, mit nicht mehr als den Dingen, mit denen ich vor sechs Jahren angekommen war: einem Laptop auf dem Sitz neben mir; den Karton der Verlorenen und mein Gepäck auf den Rücksitz geworfen; die übrigen Sachen aus der Küche, dem Bad, dem Schreibtisch hastig in ein paar Plastikmülltüten geschmissen, die in den Fußraum passten. Ich musste nicht einmal meinen Kofferraum öffnen.

Sadies Trauerfeier ein Jahr zuvor hatte in Connecticut stattgefunden, an einem für die Jahreszeit ungewöhnlich warmen Tag mit einem trügerisch blauen Himmel.

Ich hatte dieses Outfit gewählt, weil es ihr vor mir gehört hatte, weil ich sie neben mir fühlen konnte, als ich meine Arme in die kurzen Glockenärmel des Kleides steckte, konnte mir vorstellen, wie der dunkelgraue Stoff gegen ihre Beine strich. Ich dachte, es würde mir helfen, nicht aufzufallen. Aber ich fühlte mich zu groß in ihren Kleidern, der Reißverschluss kniff an meiner Taille, die Saumhöhe sah an mir eher frivol aus und nicht seriös wie bei ihr. Ich spürte die Seitenblicke des Paares neben mir, und der Stoff kribbelte auf meiner Haut.

Ich hatte mal gehört, dass man nicht von einem Gesicht träumen konnte, bevor man es nicht im wahren Leben gesehen hatte. Dass Personen im Traum entweder real waren oder verschwommene Figuren, an die man sich nicht erinnern kann nach dem Aufwachen.

Aber an diesem Tag fühlte es sich an, als hätte ich die ganze Stadt geträumt. Reihe um Reihe flache, verkniffene Gesichtsausdrücke. Wohin ich auch sah das Gefühl von Déjà-vus. Namen, die mir auf der Zunge lagen. Gesichter, die ich aus Sadies Geschichten von ihrem Zuhause heraufbeschwört haben musste.

Als nach dem Gottesdienst alle in dem imposanten Haus der Lomans mit Klinkerfront versammelt waren, war es mir seltsam vertraut, wie etwas, was ich fast kannte. Vielleicht lag es an der Art, wie Bianca es eingerichtet hatte, beide Häuser ähnlich. Oder ein vertrauter Geruch. Der Hintergrund vieler Fotos, die ich in den letzten Jahren gesehen hatte und die ein Bild ergaben. Sodass ich eine Tür öffnen konnte und schon Sekunden vorher wusste, was sich dahinter befand. Zu meiner Rechten der Mantelschrank. Die dritte Tür links den Flur hinunter würde das Bad sein, und es würde in einer Schattierung von Fast-Blau gehalten sein.

Ich glaube, dass ein Mensch von jemand anderem besessen sein kann – zumindest teilweise. Dass ein Leben in ein anderes hineinschlüpfen, ihm Form geben kann. Dadurch konnte ich Sadies Reaktion beurteilen, bevor sie passierte, einen Ausdruck vor mir sehen in der Sekunde, bevor sie ihn zeigte. So konnte ich erkennen, was sie tun würde, bevor sie es tat, weil ich zu wissen glaubte, wie sie dachte und was an ihr zog und zerrte, um sie bis zu egal welchem Moment zu bringen – außer zu ihrem letzten.

Während ich nun hier war, vermutete ich, dass die einzige Person, die diese Besessenheit in mir sehen konnte, Luce war, die neben Parker am anderen Ende des Wohnzimmers stand, ein Glas in der Hand, und mich genau im Auge behielt. Seit dem Tag, an dem Parker uns einander vorgestellt hatte, als sie in jenem Sommer in die Auffahrt einbogen, hatte sie mich beobachtet. Zuerst dachte ich, es wäre, weil sie meine Geschichte mit den Lomans nicht verstand und dadurch auch nicht mit Parker. Aber später spürte ich noch etwas anderes: dass sie Dinge aus der Distanz wahrnehmen konnte. Als wäre da etwas, von dem ich dachte, es sei unsichtbar, das nur sie klar sehen konnte.

Parker beugte sich hinunter, um ihr etwas ins Ohr zu flüstern, und sie zuckte zusammen, abgelenkt. Ihr Gesicht war stoisch, als sie sich zu ihm umdrehte, und ich nutzte den Moment, um mich aus dem Staub zu machen, nahm die Treppe in den zweiten Stock. Der Flur war hell und luftig, trotz des dunkleren Holzfußbodens und der geschlossenen Türen. Sobald ich meine Hand auf den Türgriff gelegt hatte, zweite Tür den Flur hinunter, wusste ich, dieses Zimmer war ihres.

Aber drinnen sah es so anders aus, als ich es mir vorgestellt hatte. Relikte aus der Kindheit waren hier zurückgeblieben, wie die Pferdefiguren auf einem Regal. Fotos steckten in den Ecken ihres Kommodenspiegels – eine Gruppe Mädchen, die ich vielleicht unten gesehen hatte. Sadie hatte ihre Highschooljahre in einem Internat und die Sommer in Littleport verbracht. Ihr Zimmer war ein so vergänglicher Ort wie jeder andere, gefüllt mit zurückgelassenen Dingen, die nie ganz mitwuchsen mit dem Menschen, der immer wieder dorthin zurückkehrte.

Ihr Bettüberwurf war knallbunt- pink, blau, grün – das Gegenteil von ihrem Bett in Littleport, wo alles in Schattierungen von Elfenbein gehalten war. Sie war seit Beginn der Sommersaison nicht mehr hier gewesen, aber ich suchte weiter nach einem Zeichen von ihr, etwas Zurückgelassenem, das die Leere, die sie einst besetzt hatte, ausfüllen konnte.

Ich fuhr mit den Fingern über die Maserung der hölzernen Oberfläche ihrer Kommode. Dann über ihre Schmuckschatulle, mit ihren Initialen graviert, Pfirsich auf Weiß lackiert. Daneben stand ein Zinnbäumchen vor dem Spiegel, seine Zweige kahl und schroff, dafür gedacht, Schmuck in einem Kinderzimmer auszustellen. Eine einzelne Kette hing am hintersten Zweig. Der Anhänger war rotgold, ein gedrehtes, zartes S, gesäumt von einem hübschen Band aus Diamanten. Ich schloss meine Faust darum, spürte wie die Kanten sich in das Fleisch meiner Handfläche bohrten.

»Ich wusste schon immer, dass du eine Diebin bist.«

Erst sah ich sie nur im Spiegel, blass und unbeweglich, wie ein Geist. Ich drehte mich um, ließ die Kette los, und befand mich Bianca von Angesicht zu Angesicht gegenüber. Sie stand im Türrahmen; ihr schwarzes Mantelkleid reichte bis gerade unter ihre Knie, aber sie war barfuß.

»Ich hab nur geguckt«, sagte ich, panisch. Ich versuchte verzweifelt, an etwas festzuhalten, von dem ich fühlte, dass es mir entglitt.

Sie schwankte leicht im Türrahmen, ihr Gesicht verzog sich, als wäre sie überwältigt – sie hatte sich Sadie hier vorgestellt und stattdessen mich gesehen, im Zimmer ihrer Tochter, im Kleid ihrer Tochter. Aber dann war ich nicht mehr sicher – war sie diejenige, die sich bewegte, oder war ich es? Sie sah so blass aus.

»Wohin verschwindet eigentlich dein Geld, frage ich mich«, sagte sie und trat von einem Bein auf das andere, das Dielenholz knackte unter ihren Sohlen. Ich fühlte, wie die Stimmung sich veränderte, das Zimmer – eine neue Art, ihre Trauer auszuleben. »Du bekommst einen kompletten Lebensunterhalt direkt von uns. Du kriegst keine Rechnungen, hast keine Ausgaben, und ich weiß genau, was wir für das Haus deiner Großmutter bezahlt haben.« Sie trat einen Schritt in den Raum, dann noch einen, die Kante der Kommode presste sich in meinen Rücken. »Du hast meinen Mann vielleicht zum Narren gehalten, aber mich nicht. Ich habe von Anfang an gesehen, was du bist.«

»Bianca, es tut mir leid, aber …«

Sie hob eine Hand, unterbrach mich. »Nein. Du wirst nicht mehr sprechen. Du wirst nicht in meinem Haus – *meinem* Haus – herumwandern, als wäre es dein eigenes.« Ihre Augen blieben auf einem Foto von Sadie hängen, in die Ecke des Spiegels geschoben. Sie ließ ihren Finger direkt über dem Lächeln ihrer Tochter schweben. »Sie hat dich gerettet, weißt du das. Sie hat Grant erzählt, dass es ihre Idee war, das Geld zu stehlen, dass sie die einzige Verantwortliche dafür ist. Aber ich weiß es besser.« Sie bewegte ihre Hand zur Kette, zu dem zarten *S*, umschloss es mit der Handfläche.

Ich war sprachlos. Bianca lag falsch. Sie glaubte, ich hätte ihre Firma bestohlen, Sadies Job übernommen, sie dafür hinhalten lassen, aber das stimmte nicht.

Mitte Juli, über einen Monat vor Sadies Tod, war ich dabei gewesen, die Konten der Ferienhausfinanzen abzugleichen, als ich feststellte, dass die Zahlen nicht stimmten. Geld fehlte, war systematisch, heimlich und ohne Kennzeichnung abgehoben worden.

Einen kurzen Moment lang hatte ich erwogen, Sadie zuerst deswegen zu fragen. Aber ich machte mir Sorgen, dass mir eine Falle gestellt worden war – den ganzen Sommer hatte ich schon das Gefühl, sie hielt mich auf Distanz. Es erinnerte mich daran, dass alles in meinem Leben so flüchtig war, so zerbrechlich. Dass etwas so Gutes nicht andauern konnte.

Ich fasste die Details zusammen und gab sie an Grant weiter, erzählte ihm aber nicht die offensichtliche Wahrheit: Wenn ich es nicht war, dann war es Sadie – die offiziell zuständige Person. Ich war vieles, aber eine Diebin war ich nicht. Ich würde nicht alles verlieren, was ich mir erarbeitet hatte, wegen ihrer fehlgeleiteten Rebellion.

Die Konsequenzen wurden hinter verschlossenen Türen besprochen, und ich fragte Sadie nie danach. Sie blockte ab, als ich versuchte, es zu erwähnen. Damals dachte ich, es wäre bloß ihre Rastlosigkeit. Wie ihre Fixierung auf den Tod – etwas, womit sie Aufmerksamkeit erregte. Sie suchte immer nach einer Grenze, probierte aus, womit sie durchkommen konnte, hielt nie inne, um sich über die Begleitschäden Gedanken zu machen.

Einen Monat lang mied sie mich danach, antwortete nicht auf meine Nachrichten oder Anrufe. Band sich fest an eine Freundschaft mit Luce. Zusammen mit Parker wurden sie ein unzertrennliches Trio. Ein Monat, und ich war aus allem ausgeschlossen, was ich kannte, genau wie schon einmal zuvor. Aber diesmal war ich älter. Ich konnte Dinge drei Schritte voraus- und zurücksehen, und ich wusste bei jedem Schritt genau, was Sadie tun würde.

Ich hinterließ ihr eine Nachricht, eine Entschuldigung, zusammen mit einer Schachtel ihres Lieblingsfudge. Stellte sie mitten auf ihren Schreibtisch, um sicherzugehen, dass sie sie fand.

Es tut mir leid. Ich wünschte, es müsste nicht so sein.

Damit sie wusste, dass ich nicht sauer war und nicht schlecht von ihr dachte. Ich verstand sie, natürlich tat ich das. Ein Bedauern würde von mir kommen müssen. Ich war nicht einmal sicher, ob sie wusste, wie man sich entschuldigte, wie man es fühlte. Aber so war das, wenn man jemanden liebte – es zählte nur, wenn man seine Schwächen kannte und es trotzdem tat.

Direkt am nächsten Abend schickte sie mir eine Nachricht – *Avie, wir gehen aus, komm mit!* –, sie erwähnte nie, was passiert war, und so war ich zurück; alles war gut.

Sie hatte an mein Wohnzimmerfenster geklopft – ihr Gesicht an die Scheibe gepresst, ihre Wange und ein hellbraunes Auge, gerunzelt vom Lachen. Sie erinnerte mich an Sadie mit achtzehn, und vielleicht war das so gewollt. Ich konnte Luce und Parker in der Auffahrt hören.

Sadie hatte eine Flasche Wodka in der Hand, als ich ihr die Tür öffnete, und sie nahm selbst ein paar Gläser aus dem Schrank, schenkte mindestens zwei Kurze in jedes Glas. »Ich dachte wir gehen aus«, sagte Parker, der in der offenen Tür stand.

»Das tun wir. In einer Minute. Steh nicht einfach da rum«, sagte sie und rollte mit den Augen, sodass nur ich es sehen konnte. Luce durchquerte das Zimmer, folgte dem Befehl, hob das Glas an die Lippen.

»Warte!«, sagte Sadie und streckte die Hand aus, Luce erstarrte. »Warte auf die anderen.« Wir nahmen alle ein Glas in die Hand. »Hört, hört«, sagte Sadie. Sie stieß ihr Glas gegen meins. Ihre Augen waren groß, und sie blinzelte nicht, und ich glaubte, ich konnte alles sich darin widerspiegeln sehen, alles, was sie nie gesagt hatte.

»Auf uns«, sagte Luce, und Parker wiederholte es wie ein Echo. Ich konnte meinen Herzschlag in den Zehen spüren, meinen Fingern, meinem Kopf. Sadie starrte mich an, wartete. Die Stille dehnte sich aus, der Moment war berauschend.

»Ruhig, ruhig«, sagte ich, und ihr Lächeln wurde breit.

In der Nacht, in der sie starb, war sie gedankenlos in mein Zimmer geschlendert, oder zumindest schien es mir so zu der Zeit. Seit zwei Wochen war alles wieder normal, und ich wollte das Fundament nicht erschüttern. Wenn etwas anders gewesen war, war ich zu konzentriert auf meine Arbeit, um es zu bemerken.

Aber laut Bianca hatte ich alles ins Rollen gebracht. Ich hatte dafür gesorgt, dass Sadie entlassen wurde. Hatte sie ruiniert.

Ihren Job übernommen. Sie vor ihren Eltern verraten. Sie zu diesem unvermeidlichen Ausgang getrieben.

Als ich Bianca gegenüberstand dachte ich, dass ich nun endlich den wahren Grund kannte, warum Sadie das Geld genommen hatte – ganz und gar nicht als rastlosen Akt der Rebellion. Sie hatte etwas gesagt, nachdem ich wieder in ihrem Leben willkommen war, als wir alle aus waren, im Fold. In einer Ecke der Bar saß Parker und nahm per Skype an einer Vorstandssitzung teil, die er vergessen hatte, mit einem Drink in der Hand, verlegen lachend.

Parker kommt buchstäblich mit allem davon. Ich komm noch nicht einmal weg, hatte Sadie gesagt. Mehr erwähnte sie nie über den Ausgang ihres Fehltritts.

Rückblickend war es das, was ich verpasst hatte. Sie wollte weg. Raus aus dem Griff der Lomans, aus ihrem Leben, egal mit welchen Mitteln. Raus – in die Wildnis ohne Richtung und Grenze. Deshalb zweigte sie Geld ab. Und das war ganz und gar nicht meine Schuld. Nein, die Schuld konnte noch ein paar Schritte weiter zurückverfolgt werden.

»*Du* hast das getan«, sagte ich, trat einen Schritt auf Bianca zu, meine Stimme wurde lauter. »Ich kann mir gar nicht vorstellen, wie es für sie gewesen sein muss, in diesem Haus aufzuwachsen.« Es war das Gefühl der Trauer, das Jahre zuvor von mir Besitz ergriffen hatte. Nur dass ich diesmal nicht darin versank, sondern sich meine Sinne schärften. Nichts auf dem Grund jagte, sondern stattdessen etwas freiließ.

Ich war gegen den Angriff gewappnet mit all den Dingen, die Sadie mir je erzählt hatte. Ihr Flüstern in meinem Ohr, eins der ersten Dinge, die sie über ihre Mutter gesagt hatte: *Alle müssen dem Schrein der Bianca Loman huldigen.* »Was glaubst du, warum sie es dort getan hat?«, fragte ich. »An dem Ort, an dem du so verzweifelt unbedingt leben wolltest? Es war nicht sicher, war es nicht das, was Grant fand? So nah an den Klippen zu wohnen? Aber du hast darauf bestanden.« Drängen und drängen, bis etwas zerbricht.

»Und nun schau«, fuhr ich fort. Ich zitterte, mein Gesichtsausdruck wild im Spiegel. Haben Sadies Eltern sie je als die Person gesehen, die sie war, statt der, die sie von ihr erwartet hatten zu sein?

Biancas Gesicht veränderte sich nicht. Eine Maske der Wut. »Raus«, sagte sie. »Ich will, dass du verschwindest.«

»Ja, ich gehe.« Ich zwängte mich an ihr vorbei, aber sie griff nach mir, ihre kalten Finger schlossen sich um mein Handgelenk, ihre Nägel kratzten über meine Haut, wie um mich wissen zu lassen, dass sie mir eine blutende Wunde zufügen könnte, wenn sie nur wollte.

»Nein«, sagte sie, »ich meine aus dieser Familie. Aus unserem Haus. Du bist nicht länger willkommen in der Landing Lane Nummer eins.«

Ihr Worte hatten gesessen. Aber als ich in der Nacht nach Littleport zurückgekommen war, war niemand da, der mir sagte, ich solle gehen. Die Entfernung ließ alles verschwimmen.

Niemand rief an, niemand prüfte nach. Und die Zeit, genau wie die Entfernung, machte die Dinge dehnbar.

Ich fuhr fort, mich um die Grundstücke zu kümmern und das Geld ging weiter auf meinem Konto ein.

Es war ein Fehler. Ein Streit, damals, wie in einer Familie. Die Worte würden keinen Bestand haben, die Emotionen sich beruhigen.

Fast ein Jahr lang hatte ich mich gefragt, ob Bianca es wirklich ernst gemeint hatte. Und nun wusste ich es.

Ich fuhr vorsichtig den Hügel hinunter, passierte Breaker Beach, fuhr auf das Ortszentrum zu. Wie meine Mutter fuhr ich durch den Ort und suchte nach einem Grund anzuhalten. All mein Besitz im Auto neben mir.

Als ich vor dem Zebrastreifen auf die Bremse trat, hörte ich das Klappern von Metall unter dem Beifahrersitz. Ich griff nach unten und fühlte die Kanten der Kassette – die Schlüssel, die ich nicht wieder mit nach drinnen genommen hatte, als ich vorhin nach Hause gekommen war.

Wie ein Zeichen. Als würde Sadie nach mir rufen. All die Geister, die mich daran erinnerten, dass dies mein Zuhause war. Mir all die Gründe ins Gedächtnis riefen, warum ich immer noch bleiben musste.

Das Sea Rose lag drei Blocks vom Wasser entfernt, in einer Reihe eng gebauter einstöckiger Häuser mit Gärten aus Kieselsteinen statt Rasen. Irgendwann einmal hatte diese Ansammlung von Häusern eine Künstlerkolonie gebildet, aber nun waren es zumeist skurrile, wenn auch exklusive Zweithäuser, nur im Sommer oder an langen Wochenenden im Frühling und Herbst bewohnt – und sie kamen selten auf den Markt.

Das war ein Ort, von dem ich mir vorstellen konnte, dass meine Mutter ihn in einem anderen Leben gewählt hätte. Von wo aus sie ihre Materialien zum Breaker Beach bringen und ununterbrochen in ihrem Haus arbeiten konnte – das Leben, das sie sich vorgestellt haben musste, als sie sich in ihrem Auto auf den Weg gemacht hatte. Statt des disharmonischen, das sie gelebt hatte – in der Galerie arbeiten, mich großziehen und nur nachts malen in der heiligen Stille. Zerrissen zwischen zwei Welten – der vor ihren Augen und der in ihrem Kopf, welche sie beständig weiter zu enthüllen versuchte.

Dennoch, einen Ort wie diesen hier hätte sie sich nie leisten können.

Die Firma Loman hatte das höchste Angebot für das Grundstück um fast ein Drittel überboten, um die Tatsache zu kompensieren, dass es als Saisonferienhaus genutzt werden würde, aber bis jetzt hatte es sich bezahlt gemacht. So nah am Zentrum zu sein, auf einer historischen Straße, dort, wo andere früher einmal berühmte Gedichte und Kunst geschaffen hatten, wog die beengten Platzverhältnisse und die fehlende Aussicht auf.

Hier gab es keine Auffahrten, nur Häuser, die vom Gehweg zurückgesetzt in einem Halbkreis lagen mit Parkmöglichkeiten an der Straße: Wer zuerst kommt, malt zuerst. Wir nannten sie Bungalows, aber nur, weil niemand so viel für eine Hütte bezahlen wollte.

Anders als die Donaldsons hatten Katherine Appleton und ihre Freunde das Protokoll nicht befolgt. Es war kein Schlüssel im Briefkasten, und die Vordertür war nicht abgeschlossen. Kein Wunder, dass sich am Abend zuvor jemand Zutritt hatte verschaffen können. Ich fing an zu glauben, dass, wer auch immer sein Unwesen auf den Grundstücken trieb, sich nur die leichten Ziele aussuchte: der kaputte Fensterhebel am Blue Robin; der Stromkasten draußen bei den Breakers; und Katherine Appleton, die versäumt hatte abzuschließen. Das einzige Haus, bei dem ich mir nicht erklären konnte, wie da jemand hereingekommen war, war das Sunset Retreat.

Die Putzleute waren erst am späten Nachmittag hier eingeplant – für die nächste Woche hatte ich keine Gäste eingetragen –, aber drinnen war es sogar noch schlimmer, als ich erwartet hatte.

Obwohl es Mittag war, gab es drinnen nur Dämmerlicht – die Vorhänge waren zugezogen, die Müllsäcke standen in den Ecken. Und der Zustand, in dem das Wohnzimmer zurückgelassen worden war, erinnerte an eine Séance. »Mein Gott«, sagte ich, fuhr mit den Fingern über den Tresen, zog die Hand aber wieder zurück und rieb die Rückstände an meiner Jeans ab. Der Schlüssel lag mitten auf dem Tresen neben dem laminierten Hefter, in dem sie am Abend zuvor meine Nummer gefunden haben mussten. Ein Mysterium, wie sie die gefunden, aber das Checkout-Prozedere überlesen hatten.

Mein Blick fiel auf die im Anruf erwähnten Kerzen, eine brannte immer noch auf der Küchenfensterbank. Ich beugte mich vor und blies sie aus. Die restlichen waren im Wohnzimmer verstreut aufgestellt, auf den Tischen und dem Kaminsims zusammengeklumpt wie in einer Art okkultem Ritual. Auf keinen Fall würden sie die Kaution wiederbekommen.

Ich scrollte durch die Kontakte auf meinem Handy, um dem Mann, der das Haus gemietet hatte, eine E-Mail zu schreiben – in der ich darüber berichten würde, wie seine Tochter es hinterlassen hatte –, als ich einen Stapel Zwanzig-Dollar-Scheine auf dem Couchtisch bemerkte. Ich sah vor mir, wie die Gäste ihre Portemonnaies öffneten, den Inhalt herauszogen, sich selbst dadurch Absolution erteilend. Als ob Geld jeden Ausrutscher ungeschehen machen konnte.

Ich blätterte die Scheine durch und registrierte, dass es mehr Geld war, als ich selbst verlangt hätte. Ich verwarf die E-Mail und rief stattdessen die Reinigungsfirma an. »Bitte streichen Sie den Termin für das Sea Rose heute«, sagte ich.

Dann ging ich zum Schrank neben dem Waschraum und holte die Putzmittel. Ich zog die Betten ab, warf die Wäsche in die Maschine und fing an, die Oberflächen zu schrubben, während sie lief.

Es dauerte nicht besonders lange, bis ich fertig war.

Eine Garage gab es nicht, aber von hier bis ins Ortszentrum säumten Autos das Raster der Straßen. Niemandem würde ein zusätzlicher Wagen auffallen. Ich nickte mir selbst zu und holte den Rest meiner Sachen rein.

Das würde reichen.

Am Küchentisch klappte ich meinen Laptop auf, loggte mich ins WLAN ein und schickte Grant eine E-Mail, in der ich mich auf die Nachricht berief, die ich ihm vorhin hinterlassen hatte. Ich hielt die Dinge professionell und auf den Punkt, nur Zahlen und Fakten, listete alles auf, was mit den Häusern zu tun hatte. Ich berichtete von dem Fenster im Blue Robin, das nicht einrastete, dem Gasleck im Sunset Retreat, dem Schaden im Trail's End in der Woche zuvor und von der Aussage der Donaldsons, jemand sei in ihrem Haus gewesen. Ich fragte, ob ich mich um Ersatz kümmern – ob ich Anzeige erstatten solle.

Sogar von den Stromausfällen oben auf seinem Grundstück schrieb ich. Sagte, er wolle das vielleicht von jemandem ansehen lassen, ließ ihn entscheiden, wie mit allem umzugehen sei.

Dann ließ ich die Jalousien herunter und öffnete auf meinem Bildschirm den Ordner, in den ich Sadies Fotos kopiert hatte. Ich begann, sie eins nach dem anderen durchzugehen. Suchte nach etwas, was ich beim ersten Mal übersehen hatte. Glaubte nun ohne Zweifel, dass ihr etwas Schreckliches angetan worden war. Ich klickte die Fotos eins nach dem anderen an, versuchte die Schritte nachzuvollziehen, die sie in den Wochen bis zu ihrem Tod unternommen hatte.

Die Polizei hatte jetzt auch Zugang dazu, aber Detective Collins schien sich nur auf das, was nicht da war, zu konzentrieren. Dabei zeigte Sadie uns doch *genau hier* etwas – die Welt, durch ihre Augen.

Da war sie mit Luce, lachend. Da war Parker, am Pool. Der Blick von den Klippen aus, wo sie zuvor mindestens einmal gestanden hatte. Die beschattete Bergstraße, mit dem Licht, das von oben durch die Blätter fiel. Breaker Beach in der Dämmerung, der Himmel ein kühles Pink.

Als Nächstes ein Foto von Grant und Bianca nebeneinander in der Küche, die Gläser erhoben. Bianca, die Grant ansah, ihr Gesicht offen und glücklich. Die Lachfalten um Grants Augen, während er zu den Gästen außerhalb des Bildes hinüberguckte.

Und dann Connor. Connor auf dem Boot, ohne Hemd, braun gebrannt. Das Teil, das nicht passte. Ich kam immer wieder auf diese Aufnahme zurück. Ihr Schatten, der auf seine Brust fiel. Eine blonde Haarsträhne, die über die Linse wehte, als sie sich über ihn beugte.

Ich vergrößerte Connors Sonnenbrille, bis ich Sadie selbst in der Reflektion erkennen konnte. Ihre nackten Schultern, ein schwarzer Träger ihres Badeanzugs, ihr nach vorn fallendes Haar und ihr Telefon, das sie vor sich hielt, als sie ihn einfing, überraschend.

Kapitel 17

Ich wusste, ich würde Connor am Hafen finden, auch wenn der größte Teil der Tagesarbeit erledigt war – die Kisten gewogen und verschifft, die Boote am Anleger festgemacht. Aber Connor war der Typ, der jedem helfen würde, der zufällig noch da unten zu tun hatte.

Er reinigte sein Boot, das gerade am hintersten Poller festgemacht war. Obwohl er abgewandt stand, konnte man ihn schwer verpassen. Die Sehnen an seinem Rücken waren beim Arbeiten angespannt, die spätnachmittägliche Sonne schien auf seine tiefbraunen Schultern.

Meine Schritte hallten auf dem Anleger, und Connor drehte sich um, als ich näher kam, strich sich das Haar aus der Stirn.

»Bist du beschäftigt?«, fragte ich.

»Ein bisschen«, sagte er, Lappen in der Hand.

»Ich muss mit dir über Sadie reden«, sagte ich, und meine Worte vibrierten in der Luft.

Er runzelte die Stirn und fixierte einen Punkt irgendwo hinter mir. Dann ließ er den Lappen fallen, fing an, die Leine abzuwickeln, die sein Boot am Anleger festhielt. »Komm aufs Boot, Avery«, sagte er, die Stimme leise und beunruhigend. Als würde er wütend werden. Ich zitterte.

Ich blieb fest auf der letzten Planke stehen. »Nein, beantworte nur meine Fragen. Es dauert nicht lange.«

Da startete er den Motor, sah mich nicht einmal an. »Frag

mich auf dem Boot, oder willst du dieses Gespräch lieber mit Detective Collins führen?«

Ich spannte die Schultern an, wollte mich umdrehen.

»Sieh nicht hin«, sagte er. »Er kommt hierher.«

Am Vibrieren der hölzernen Planken unter meinen Füßen fühlte ich ihn näher kommen. Letztes Jahr, als ich befragt worden war, hatte ich Detective Collins erzählt, dass Connor und ich keinen Kontakt hatten, und es war die Wahrheit gewesen. Aber hier war ich nun, von Angesicht zu Angesicht mit ihm, hatte ihn sogar gesucht – und der Detective hatte uns wahrscheinlich gesehen. Ich war nicht sicher, ob er wegen mir oder wegen Connor hier war, aber nach unserem letzten Gespräch wollte ich lieber nicht abwarten, um das herauszufinden. Er sah sich den Fall an, ja, doch er schien eher interessiert daran, wie ich das Handy gefunden hatte – als ob ich schon wieder etwas vor ihm verbarg.

Aber diese Namensliste, sie musste etwas bedeuten. Und Connor war auch darauf. Er hatte mir zwar gesagt, wann er zur Party gekommen war, doch ich konnte mich nur auf sein Wort verlassen – und er hatte mich schon einmal angelogen.

Ich schluckte und stieg in das Boot. Connor reichte mir ohne hinzusehen eine Hand, aber ich hielt mich an der Reling fest und setzte mich auf den Sitz neben ihm hinter dem Steuer, gerade als er die Leine einholte. Er steuerte das Boot vom Anleger weg, ohne Eile, als hätten wir alle Zeit der Welt. Aber sein Kiefer war angespannt, und er hielt den Blick auf die Hafenausfahrt gerichtet.

Ich sah nicht zurück, bis wir auf Höhe der Felsen beim Point, das rechts von uns lag, waren. Und als ich es tat, stand Detective Collins da, nur ein dunkler Schatten am Ende des Piers, Hände in die Hüften gestemmt, und sah uns nach.

Es war lange her, seit ich auf einem Boot unterwegs war, das einen Zweck erfüllte, anstatt der Annehmlichkeit zu dienen. Was Connor mit seinen Charterbooten und Touren versprach, war Authentizität. Nichts wurde geändert, damit die Kunden es bequemer hatten, aber das war gerade das Aufregende. Das hier war nicht das gleiche Boot, mit dem wir rausgefahren waren, als wir jünger waren – damals hatte es seinem Vater gehört –, dieses war neuer, etwas größer und sehr gewissenhaft gepflegt.

Er machte den Motor aus, als wir noch im Schutz des Hafens waren, das beständige Auf und Ab des Meeres unter uns und das sanfte Schwappen des Wassers gegen den Bootsrumpf waren das Einzige, was zu hören war. »Es ist schön«, sagte ich und meinte das Boot.

»Das wird sich bald ändern«, sagte er und blickte zum Himmel, dann zurück aufs Wasser. Beide hatten eine Schattierung von dunklem Blau, aber der Wind blies vom Ufer her erstaunlich kühl. Herbststürme kündigten sich so an, mit einem kälteren Strom sowohl vom Himmel als auch aus dem Meer. »Was wolltest du mich fragen, Avery?« Er saß mir gegenüber, barfuß und in Khakishorts, einen Arm hinten um seine Stuhllehne geschwungen, jedes Wort und jede Geste mit Sorgfalt gewählt. Als würde er vorgeben, die Person zu sein, von der ich dachte, dass ich sie kenne.

Ich kannte die Gefahren des Meeres, hatte sie mein halbes Leben gekannt, denn ich war hier aufgewachsen. Von den Gefahren jedoch, die in anderen Menschen lauerten, hatte ich keine Ahnung. Das hielt mich davon ab, mir selbst zu vertrauen. Mich zu fragen, was ich noch missverstanden hatte.

»Es war ein Foto von dir auf ihrem Telefon«, sagte ich vorsichtig, statt geradeheraus zu fragen.

Seine Augen verengten sich, aber er bewegte sich nicht. »Welchem Telefon?«

»Sadies. Sie haben es gefunden. *Ich* habe es gefunden. Im Blue Robin.« Ich betrachtete ihn genau, als ich sprach, suchte nach etwas Verräterischem in seiner Miene.

Sein Gesicht blieb unbewegt, aber das Heben und Senken seiner Brust hörte auf – er hielt die Luft an. »Wann?«

»Als ich das Haus durchgecheckt habe, nach dem Einbruch.«

Seine Augenbrauen schossen in die Höhe. »Du meinst, als ich mit dir da war?« Seine Stimme wurde leiser, und ich wusste, ich hatte einen Nerv getroffen. Ich antwortete nicht, und er schloss die Augen, schüttelte den Kopf. »Ich weiß nicht, was du erwartest, was ich sagen soll.«

»Du sollst … ich will, dass du mir die Wahrheit erzählst«, sagte ich, und meine Stimme überschlug sich fast. Jemandem in der Nähe würde das hier wie ein einseitiges Gespräch vorkommen: Ich wurde immer lauter; Connor immer leiser. Beide waren wir zunehmend gereizt. »Im Haus hast du mir erzählt, dass du dich nicht mit ihr triffst. Aber ein Foto von dir ist auf ihrem Handy. *Und* ihr wart zusammen auf diesem Boot. Jemand hat euch letztes Jahr gesehen, was du vielleicht versuchen könntest zu leugnen, aber Sadie hatte ein Bild von dir. Warum sollte sie dich fotografieren, wenn sie nicht …« Ich holte tief Luft, um endlich zu sagen, weswegen ich gekommen war. »Du hast *gelogen*, Connor. Du hast die Polizei belogen, und du hast mich belogen.«

»Tu nicht so scheinheilig, Avery. Nicht du.« Er verzog den Mund und stand abrupt auf, rannte auf dem kleinen offenen Deck herum. Wir waren allein auf einem Boot mitten im Hafen. Ich sah mich nach anderen Schiffen um, aber Connor hatte ein abgeschiedenes Gebiet ausgesucht. Für alle anderen waren wir nur ein verschwommener Punkt in der Ferne, so wie sie für uns. »Ich habe der Polizei Folgendes erzählt«, sagte er. »Sie hat mich einmal bezahlt, damit ich mit ihr rausfahre, auf eine Tour. Das ist alles.«

»Deine Nummer ist in ihrem Handy gespeichert. Mit Sternchen. Netter Versuch.«

Er hörte auf herumzurennen, fixierte mich. »Einmal«, sagte er. »Nur einmal«, wiederholte er, als würde er mich anbetteln zu verstehen. Aber ich begriff es nicht. Er fuhr sich mit einer Hand durchs Haar, kniff die Augen zusammen, geblendet von der sich im Wasser spiegelnden Sonne. »Sie ist am Anleger auf mich zugekommen. Hat mich gerufen, als wüsste sie bereits, wer ich bin.«

»Das wusste sie auch«, sagte ich leise.

Er nickte. »Sie fragte, wie teuer eine private Tour sei.« Er runzelte die Stirn. »Ich nehme nicht so gern private Touren an, um ehrlich zu sein. Nicht mit nur einer Person und schon gar nicht mit jemandem wie ihr.«

»Wie wer?«

Er riss die Augen auf, als müsste ich wissen, was er meinte, und das tat ich auch. »Aber«, fuhr er fort, »sie erzählte mir, eine Freundin hätte ihr meinen Namen gegeben. Ich nahm an, dass du das warst.« Er sah mir in die Augen, wartete, und ich schüttelte nur leicht den Kopf. »Du hast ihr nicht meine Nummer gegeben?«, fragte er.

»Hab ich nicht.« Er sah wieder hinaus aufs Meer, als würde er etwas durchdenken. »Du hast die Tour mit ihr gemacht?«, fragte ich, lenkte seine Aufmerksamkeit zurück.

»Ja. Direkt. Sie hatte Bargeld dabei, mehr als ich normalerweise berechnet hätte, aber darüber beschwerte ich mich nicht. Sie bat mich, ihr von den Inseln zu erzählen, die ganzen Geschichten von den Chartertouren, weißt du?« Er zuckte die Schultern. »Ich glaube, deshalb ist sie zu mir gekommen.«

Er meinte die Inseln, auf die die Einheimischen flohen, wenn sie wegwollten. Man ankerte mit dem Boot vor der Küste und schwamm die letzten paar Meter mit der Strömung. Auf einer befand sich eine alte verfallene Hütte, nur die Wände standen noch, als ich sie das letzte Mal gesehen hatte. Aber irgendwann einmal hatte jemand die Steine und das Holz dorthin getragen und sich ein heimliches Zuhause gebaut. Connor, Faith und ich haben mal einen Abend da verbracht, um einen Sturm abzuwarten.

»Wo hast du sie hingebracht?«, fragte ich.

»Ich hab sie zu drei verschiedenen gebracht. Erst zu den beiden in der Ship-Bottom-Bucht, denn die wollen die Touristen normalerweise sehen. Aber sie wollte eine, wo sie aussteigen und die Gegend selbst erkunden konnte, sagte, sie habe gehört, es gebe so viele versteckte Plätze. Also sind wir zu den Horseshoe-Inseln gefahren.« Mein Kiefer spannte sich an, während er sprach. »Ich bin auf dem Boot geblieben«, sagte er, als müsse er sich gegen die naheliegende Schlussfolgerung wehren.

Horseshoe-Inseln nannten die Einheimischen das hufeisenförmige Band von Felsen und Bäumen, das irgendwann einmal durch einen Streifen mit dem Land verbunden war, bei Ebbe – so hieß es in den Geschichten. Die Wellen brachen sich an der Sandbank, die man nicht sehen konnte, und erschufen eine überdachte Bucht, die zu einem Lieblingsplatz für Kajakfahrer und Einheimische wurde. Der verbindende Streifen Land war schon lange verschwunden, aber wir hatten uns früher Geschichten von Wanderern erzählt, die dort festsaßen, als die Flut kam.

»Aber sie ist dorthin geschwommen?«, fragte ich verwirrt. Sadie mochte kaltes Wasser nicht. Oder stechende Sonne. Oder unsichere Strömung. Sie war auch nicht gern allein.

»Ja, na ja, sie ist eher gewatet, hatte nur einen kleinen Rucksack dabei, wahrscheinlich mit ihrem Telefon, vielleicht einem Handtuch. Es war Ebbe, und ich hab dort geankert, alles problemlos. Aber sie war so lange weg, dass ich ein Schläfchen gehalten habe. Wenn ich nicht geschlafen hätte, hätte ich mir wahrscheinlich Sorgen gemacht. Ich wachte vom Geräusch einer Kamera auf. Sie stand über mir im Badeanzug und zitterte vor Kälte.« Er fuhr mit der Hand durch die Luft, als würde er ihre Umrisse kennen. Als hätte er sie im Gedächtnis behalten.

Doch das ergab alles keinen Sinn. Warum sollte Sadie hier herauskommen, mit Connor? Ich hätte ihr alles, was sie wissen wollte, über diese Orte erzählen können. Ich wäre auch mit ihr hierhergefahren. Hätte ihr die Geschichten erzählt, nicht nur über die Vergangenheit des Ortes, sondern auch meine eigene. Hätte sie über meine Geschichte darüber, wie wir hier gestrandet sind, lachen hören; ihre Augen hätten sich geweitet an der Stelle, wo wir in der Dämmerung versucht hatten, uns auf ein Boot zurück zum Anleger zu schleichen, es aber nicht geschafft hatten. Die Teile von Littleport, die nur ich ihr zeigen, meinen Wert damit beweisen konnte. *Seid ihr in Schwierigkeiten geraten?*, konnte ich sie in meiner Vorstellung fragen hören. Spürte mein Lächeln, als ich ihr sagte, das seien wir nicht. Wir waren Jugendliche aus Littleport, und man beschützte die Seinen.

Sadie hatte mir vielleicht vergeben, dass ich sie ihrem Vater verraten hatte, aber sie hatte mir immer noch nicht vertraut – nicht, was dies anging. Sie war allein hierhergekommen. Ohne es irgendjemandem zu sagen – es gab etwas, was sie geheim hielt. Und das wäre ihr auch gelungen, wenn Greg Randolph sie und Connor nicht zusammen gesehen hätte.

»Das ist alles?«

»Das ist alles«, sagte er, das Gesicht starr. Aber ich erwartete nicht, dass er mir die Wahrheit sagte, nicht nach all der Zeit. »Ich weiß nicht, warum sie mich fotografiert hat.« Er presste die Lippen zusammen. »Ich werde mich hüten, mich mit einer Familie wie der einzulassen.« Er sah mich auf eine Art an, als müsste ich auch das verstehen. »Deshalb hab ich der Polizei nichts gesagt. Weil es nur diese eine Sache gab – eine private Tour – und plötzlich werde ich in den ganzen Mist mit hineingezogen.«

»Den ganzen Mist? Sie ist *tot*, Connor.« Meine Stimme brach mitten im Satz.

Er zuckte zusammen. »Es tut mir leid, Avery.«

»Sie hatte deine *Nummer*.«

»Sie hat mich danach angerufen. Ich bin nicht rangegangen. Ich mochte nicht ... es war merkwürdig, okay? Warum sie da war, was sie mit mir vorhatte. Warum sie mich fotografiert hat. Ich konnte mir keinen Reim darauf machen. Zuerst dachte ich, du hättest sie geschickt, aber ...«

Er hatte auf alles eine Antwort. War schnell mit einer Erklärung – und doch. Sadie war in der Woche vor ihrem Tod da draußen gewesen. Wenn Connor die Wahrheit sagte, wonach hatte sie bloß gesucht?

»Kannst du mich hinfahren?«

Er verengte die Augen, verstand nicht.

»Zu der Insel. Bitte. Kannst du mich auch dorthin bringen?«

Außerhalb des Schutzes des Hafens wurden die Wellen höher, und das Spritzwasser bedeckte meine Arme, meinen Nacken, während Connor auf das gebogene Landstück in der Ferne zuhielt.

Es gab keine Chance, der Vergangenheit zu entrinnen, wir kamen immer näher. Die Zeit holte uns ein, als die Landmasse größer wurde. Das war der Ort, an den wir sieben Jahre zuvor gekommen waren, kurz bevor die Sommersaison anfing.

Connor war zum Haus meiner Großmutter gekommen. »Komm schon«, hatte er gesagt. Ich hatte das Haus zwei Tage lang nicht verlassen. Ich hatte nicht geschlafen, meine Hände zitterten, das Haus war ein einziges Chaos.

Als wir vom Anleger auf das Boot seines Vaters stiegen, fragte ich: »Kommt Faith mit?«

»Nee«, sagte er, »nur wir zwei.« Und sein Lächeln, die Art wie er die Augen gesenkt hielt, sagten alles.

Bevor meine Großmutter starb, war das die Richtung, in die sich die Dinge bewegten. Connor und ich. Eine Unvermeidlichkeit, die alle außer uns kommen sahen. Die wissenden Blicke, gegen die wir unser ganzes Leben gewettert haben. Als wir älter wurden ein spielerischer Stoß mit einer Schulter oder Hüfte, ein trockener Witz, ein falsches Lachen und ein Augenrollen. Und dann eines Tages blinzelte er zweimal, stellte wieder scharf, und es war, als würde er etwas Neues sehen. Und in seinen Augen spiegelte sich etwas – eine andere Möglichkeit.

Seine Berührungen wurden absichtsvoller. Ein spielerischer Kuss vor allen anderen in jenem letzten Herbst, als wir unten am Breaker Beach tranken, bei dem er mich nach hinten bog, seine Augen im Schein des Lagerfeuers funkelten, und er lachte. Und ich sagte: *Das war's? Das ist alles? Darauf hab ich all die Jahre gewartet?* Und rannte den Strand hinunter, bevor er mich festhalten konnte, mit pochendem Herzen.

Stunden später sagte er: *Du hast gewartet?*

Und so waren wir hierhergekommen mit einer Kühlbox voll Bier und Essen vom Imbiss und einer Decke, wateten zusammen zur Insel, die Sachen über unseren Köpfen haltend, damit sie trocken blieben. Zum Essen und Trinken sind wir gar nicht gekommen, denn ich wusste genau, was das hier werden sollte, und im Vorfeld war zu viel passiert. Aber damals war ich nicht fähig, irgendetwas zu fühlen, nur meine eigene Bitterkeit. Ich war enttäuscht, dass er, auch da, etwas von mir wollte. Wie konnte er nicht sehen, dass ich so weit abgestürzt war, dass er ebenso gut jeder andere hätte sein können?

So war ich voller Ablehnung, als er zwei Tage später mit einem schiefen Lächeln vor meiner Tür stand und anscheinend dachte, dass das alles reparieren würde: nicht nur mich, sondern uns. Noch schlimmer war die Angst, die ich gerade erst entdeckt hatte, dass ich ihm vielleicht auf diese Art gefiel – er mir gern dabei zusah, wie ich Richtung Abgrund rutschte und mich auflöste, sodass er mich wieder zu der Person machen konnte, die er begehrte. Es war der Anfang, aber auch das Ende.

Connor ankerte mit dem Boot vor der Küste, stellte den Motor aus. Beide betrachteten wir die Mischung aus Bäumen und Felsen und Kiesstrand vor uns anstatt einander.

Ich stellte mir vor, wie Sadie hier stand mit ihrem Hut mit breiter Krempe, wie sie beschloss, sich auszuziehen und zur Insel hinauszuwaten. Ihre prickelnde Gänsehaut. Die rötlichpinke Färbung ihrer Haut, wo die Kälte sie traf. Ihre weichen Füße auf dem rauen Strand. Die Entschlossenheit, die sie zu diesem Moment gebracht hatte.

Ich zog mir das T-Shirt über den Kopf, und Connor verengte die Augen.

»Ich komme gleich wieder«, sagte ich.

»Es ist Flut. Du müsstest schwimmen«, sagte er.

Aber ich zog mich weiter aus, und er sah weg, öffnete die Sitzbank und zog eine der Schwimmwesten heraus. Wir hatten uns bestimmt hundertmal voreinander bis auf die Unterwäsche ausgezogen, seit wir Kinder waren, immer wenn wir auf dem Wasser waren. Ich hatte mich nie dafür geschämt, bis er wegsah. Hatte mich nie mit Sadie verglichen, bis ich uns beide durch Connors Augen sah.

Ich griff mir schnell die Schwimmweste und sprang ins Wasser, der Kälteschock durchfuhr mich bis in den Brustkorb, meine Zehen strichen über den felsigen Boden.

»Alles okay?«, fragte Connor von oben. Ich hatte wohl gekeucht.

Ich musste meinen Atem beruhigen, die Muskeln um meine Lunge entspannen. »Alles gut«, sagte ich, benutzte die Schwimmweste als Brett und ließ mich von der Strömung ans Ufer treiben.

Es war sieben Jahre her, seit ich einen Fuß auf diese Insel gesetzt hatte, obwohl ich sie an klaren Tagen immer in der Ferne sehen konnte: ein Hain von dunklen Bäumen. Das Gelände war rau, der Strand felsig. Die Hufeisenform bildete eine kleine geschützte Bucht, sodass Kajaks oft hier rasteten. Aber jetzt waren keine Boote hier.

Doch es gab Spuren von anderen Leuten – Glasflaschen halb begraben zwischen den Felsen, die an die Erde und das Geäst angrenzten. Ein Baumstamm, der herübergezogen und zu einer Bank vor dem Unterholz umfunktioniert worden war. Ein überwucherter Pfad stammte noch aus der Zeit, als die Insel einen Anleger hatte.

Ich zitterte, als ich den Weg nahm, von dem ich annahm, dass Sadie ihn gegangen war. Meine Fußspuren in ihren. Die dornigen Wurzeln, die scharfkantigen Felsen, die Zweige, die nach ihren Beinen griffen.

Ich fühlte einen Stich auf meiner Haut, sah einen Blutstropfen in Richtung Knöchel laufen, von einer losen Rebe stibitzt. Connor sagte, Sadie sei im Badeanzug gewesen. Wäre sie weitergegangen, ohne Schuhe und mit nackten Beinen? Mit ihren zarten Füßen … sie konnte es nicht einmal aushalten, barfuß auf heißem Pflaster zu gehen – ich konnte es mir nicht vorstellen. Konnte mir nicht vorstellen, was sie überhaupt hierhergetrieben haben könnte.

Sie hatte einen Rucksack, eine Kamera – dachte sie, hier gab es etwas, was es sich lohnte zu finden? Ein Geheimnis, das zu bewahren wert war? Hatte sie etwas gesehen, was sie nicht hätte sehen sollen, während sie hier war?

Die Umgebung war zu unnachgiebig. Sie wäre nicht weitergegangen, nicht, wenn sie nicht musste – aber Connor hatte gesagt, sie sei eine Weile weg gewesen. Im Badeanzug, mit einem Rucksack.

Ich blieb stehen. Oder ging es um etwas, was sie mitbrachte? *Viele versteckte Orte*, hatte sie zu Connor gesagt. Danach hatte sie gesucht.

Einen sicheren Ort, um selbst etwas zu verstecken.

Ich folgte meinen Schritten zurück zu der Lichtung, drehte mich um, und mein Blick fiel erneut auf die selbst gemachte Bank.

Der Stamm war teilweise ausgehöhlt worden, und ich ließ mich auf Hände und Knie danebenfallen, schielte hinein. Die Unterseite war voller Moos, Insekten und Zeug, über das ich nicht so genau nachdenken wollte. Aber ich steckte eine Hand in die Dunkelheit und fühlte Glätte und das Knistern von Plastik. Ich zitterte bei dem Gedanken, was vielleicht darin war.

Es kratzte am Boden entlang, als ich es herauszog. Eine Schicht von Schlamm und Dreck bedeckte die Oberfläche, aber es war ein Plastikgefrierbeutel, luft- und wasserdicht. Vielleicht der Müll von irgendwem, vielleicht aber auch nicht.

Ich wischte den Matsch mit meinen bloßen Händen ab, öffnete den Beutel und fand ein braunes Holzkästchen darin, wie für eine Kette bestimmt. Es war trocken geblieben. Im Versuch, meine Hände etwas zu säubern, wischte ich sie an dem Baumstamm ab. Dann öffnete ich den Deckel des Kästchens. In dem braunen Futter lag ein silberner USB-Stick, er fühlte sich kalt an.

Die Bäume rauschten im Wind, und ich sah über meine Schulter, die Kälte stieg mir bis zum Nacken hinauf.

Sadie war hier gewesen. Ich konnte sie fühlen, an genau diesem Platz, wie sie ihren Rucksack öffnete und diesen Beutel herausnahm. Ich konnte sehen, wie sie einen Arm in den hohlen Stamm steckte, die Nase gerunzelt, die Augen zugekniffen, den Atem anhaltend.

Warum, Sadie?

Warum hier? Warum auf der anderen Seite des Meeres, in einem Baumstamm? Welche Angst konnte sie hierhergetrieben haben – zu diesem Grad der Geheimhaltung? Für den die

Wände ihres Zuhauses nicht ausreichten? Einem Ort, von dem ich einst gedacht hatte, dort gäbe es keine Schlösser, keine Geheimnisse.

Ich wünschte, ich hätte jetzt etwas, worin ich das hier verstecken konnte. Taschen, Kleider, einen Weg, das für mich zu behalten. Aber es gab keine Möglichkeit, zum Boot zurückzuschwimmen, keine Möglichkeit, es so zu verstecken, dass Connor es nicht sah. Immerhin hatte er mir die Wahrheit gesagt – vielleicht nicht die ganze Wahrheit, aber genug, um mich hierherzubringen. Zu ihr.

Er hätte mich nicht hierhergebracht, wenn er wirklich etwas zu verbergen hätte, oder?

Connor sah mir entgegen, als ich auf ihn zuwatete und den Gefrierbeutel auf der Schwimmweste vor mir festhielt.

»Was ist das?«, fragte er und reichte mir eine Hand.

»Weiß nicht.« Ich tropfte das Boot voll Wasser, zitternd sah ich mich nach einem Handtuch um. Connor hatte schon eins für mich auf die Bank gelegt.

»Ist das von ihr?«

»Weiß nicht«, wiederholte ich und beugte mich über ihn, um an das Handtuch zu kommen. »Darin ist allerdings ein USB-Stick, und ich kann mir nicht erklären, warum der sonst hier draußen sein sollte.«

Er berührte meinen Bauch, und ich zuckte zusammen. Aber seine Finger bewegten sich nicht. Sein Blick war fixiert auf den Punkt direkt über meiner Unterhose, innen auf meiner linken Hüfte. Ich trat zurück und schüttelte ihn ab, er runzelte die Stirn. »Warum hast du das?«

Ich sah nach unten, dorthin, wo er hinstarrte. »Es ist ein Tattoo, Connor.«

»Es ist das gleiche wie Sadies.«

Mein Magen drehte sich um, und wieder fragte ich mich, ob er ein Spiel mit mir spielte. Wie er das so deutlich bemerkt haben kann, wenn er sie nur einmal gesehen hatte.

Einmal, nur einmal, hatte er gesagt. Als sie über ihm stand in ihrem Badeanzug. »Ich weiß. Wir haben sie zusammen stechen lassen.«

Sadies Haut war blass und zart, mit Sommersprossen im Sommer. Sie trug breitkrempige Sonnenhüte und überdimensionale Sonnenbrillen und Lichtschutzfaktor fünfzig in jeder Lotion, die sie benutzte; auf ihrem Unterarm war eine Ansammlung von Sommersprossen, die aus der Ferne fast wie Sonnenbräune aussah. Es war eine Farbe, die an Oliv grenzte, sogar im Winter, wie bei meiner Mutter. Ich musste mir um die Sommersonne nie Gedanken machen, so weit im Norden. Die einzige Ähnlichkeit zwischen mir und Sadie war unsere Augenfarbe, eine Schattierung von Hellbraun. Und diese Tinte, die uns aneinanderband.

Doch Connor schüttelte den Kopf. »Aber warum *das.*«

Sadie hatte es ausgesucht. Wir waren zu dem Laden gefahren am Tag, an dem sie zurückkam, in unserem zweiten Sommer. »Unvollständige Unendlichkeit«, erklärte ich ihm. Weil es nichts gab, was ewig währte. Die Enden des Symbols reckten sich einander entgegen, trafen sich aber nie. Die gebogene Linie, sich vielversprechend windend, dann an einem Punkt abbrechend – sodass ich es nicht angucken konnte, ohne ein Gefühl des Verlangens.

Connor neigte den Kopf zur Seite und beugte sich noch näher heran. »Alles, was ich sehe, ist der Buchstabe *S.*«

Kapitel 18

Auf dem Rückweg dämmerte es langsam. Alles, woran ich denken konnte, während ich in das dünne Handtuch gewickelt dort stand, war die Form des Tattoos. Die Form des *S* an Sadies Kette, die sie in ihrem Zimmer in Connecticut zurückgelassen hatte. Die mit Diamanten gesäumten Goldkanten in meiner Handfläche.

Vertraust du mir?, hatte sie gefragt, als ich damals am Steilufer auf sie gewartet hatte. Und das tat ich. Welche andere Wahl hatte ich? Ich war haltlos und allein. Ich wählte sie. An diesem Tag fuhr sie uns die Küste hoch direkt zum Tattoo-Studio. Sie hatte ein Design fertig, über das sie den ganzen Winter nachgedacht hatte, so hatte ich geglaubt. Ein Tattoo, das uns verbinden würde – für die Ewigkeit oder solange unsere Körper überdauerten.

Wie viele Male hatte ich eine andere Person diese Linien nachziehen spüren und selbstbewusst gesagt: *Nichts hält ewig.* Und gemeint: Nicht du, nicht ich, nicht das hier.

Ich hatte daran geglaubt, dass es mich nicht nur mit Sadie, sondern auch mit meinem Platz in der Welt verbunden hatte. Mir einen Sinn gegeben hatte, ein Andenken.

Aber die Kette. Die ich gefunden hatte, als Bianca mich in Sadies Zimmer erwischt hatte – ich strengte mich an, um sie deutlich in meiner Erinnerung zu sehen –, das geschwungene *S*, die Enden, die sich zueinanderbogen …

Connor fuhr eine scharfe Wende nach rechts, sodass ich

mich an der Reling festhalten musste. Er hatte mich darauf gebracht, und in mir kroch die Erkenntnis hoch, dass ich mich vielleicht nicht mit einem Versprechen gebrandmarkt hatte, wer ich sein würde, sondern wer *sie* schon immer gewesen war.

Ich hielt das Schmuckkästchen fest in den Händen, als wir von der Einfahrt des Hafens wegsteuerten, wo das Wasser sich beruhigte. Wir fuhren nach Norden, aufs offene Meer hinaus.

»Was machst du?«, rief ich seinem Rücken zu, aber meine Worte wurden vom Wind geschluckt.

Connor steuerte das Boot weiter, und als die Sonne hinter dem Steilufer in der Ferne verschwand, wusste ich genau, was er tat. Er stellte abrupt den Motor aus, durch die plötzliche Tempoänderung wurde ich nach vorn geworfen. Connor allerdings nicht. Er geriet nicht einmal aus dem Tritt, als er das Boot überquerte und sich auf den Sitz neben mir fallen ließ.

Meine Ohren sausten von der Gleichgewichtsänderung – die plötzliche Ruhe, ohne den tosenden Wind. Wir ließen uns in der Strömung treiben, der Rumpf knarrte unter uns, während wir haltlos in den Wellen schaukelten. In der Ferne, oben auf dem Steilufer, leuchtete ein Haus heller und heller, während der Himmel einen pudrigen Blauton annahm und sich langsam die Nacht darüber senkte.

»Ich weiß noch, wie ich hier nachts mit dir gesessen habe«, sagte Connor, der die Beine angezogen und die Füße übereinandergeschlagen hatte. »Wenn also irgendjemand hier Fragen stellen sollte, dann bin ich das.«

Ich gestikulierte mit der freien Hand in seine Richtung, versuchte zu verhindern, dass sie zitterte. »Das ist lange her, Connor.«

»Also«, sagte er, »war es so, wie du es dir vorgestellt hattest?«

Ich schüttelte den Kopf. »So ist das nicht.«

»Nein? Es ist nicht alles, was du dir erhofft hast?«

»Nein, ich meine, *es ist nicht das, was du glaubst.*«

Diese Sommer, als wir fünfzehn, sechzehn, siebzehn waren, hatten wir manchmal nachts das Boot seines Vaters aus dem Hafen genommen und waren direkt hinter das Steilufer gefahren. Hatten hier geankert, weit genug von der Küste entfernt, wir konnten sie im Dunkeln beobachten, und niemand sah uns dabei.

Sie waren nicht nah genug, um sie deutlich zu erkennen, aber es reichte: Das Mädchen im oberen rechten Fenster starrte hinaus. Wie ein Schatten hinter der Leinwand. Körper bewegten sich im Takt zu einem Rhythmus, den wir nicht hören konnten. Jedes Licht, das angeschaltet, jede Jalousie, die hochgezogen wurde – sie waren Leuchtfeuer in der Nacht, die uns näher heranlockten.

Sie sieht uns, hatte ich gesagt, so sicher wegen der Art, wie sie dastand und hinaussah.

Unmöglich, hatte Connor versprochen. Das Licht am Boot war aus. Wir waren unsichtbar, so wie man es uns beigebracht hatte.

Wenn ich da leben würde, würde ich *nicht den ganzen Tag hinausstarren.*

Wenn ich da leben würde, hätte ich längst ein paar Vorhänge aufgehängt, sagte er lachend.

Wir sahen ihren Leben aus der Ferne zu. Stellten uns vor, was sie taten, was sie dachten. Wir waren gefesselt von ihnen.

Als Connor also fragte, ob es das war, was ich mir erhofft hatte, wusste ich, was er dachte – dass ich mich in ihre Leben gegraben hatte, das geworden war, was ich mir früher nur vorgestellt hatte.

Ich konnte ihm die Schlussfolgerung fast verzeihen. Das Tattoo auf meinem Körper, die Art, wie ich da oben gelebt hatte. Wie ich in ihr Leben zu schlittern schien. Sogar jetzt noch folgte ich dem Geist ihrer Schritte. »Es war Zufall, dass wir uns kennengelernt haben«, sagte ich. »Sie hat mich im Bad überrumpelt, als ich bei ihnen gearbeitet habe. Evelyn hatte mich eingestellt.« Das war es, was ich immer geglaubt hatte, bis Erica mir erzählt hatte, jemand aus dem Loman-Haus habe verlangt, dass ich auf der Party arbeiten solle. Aber das ergab keinen Sinn.

»Und doch«, sagte er.

Und doch waren wir wieder hier, an einem Ort, an dem wir seit Jahren nicht zusammen gewesen waren. »Hast du je auch mich dort drin gesehen?« Ich fragte mich, ob er ohne mich weitergemacht hatte.

Er warf mir einen kurzen Blick zu, bewegte aber seinen Kopf nicht. »Ich beobachte keine Leute, Avery. Ich hab Besseres zu tun.«

»Was zum Teufel machen wir denn jetzt hier?«

»Wir sind hier, weil ich ein Verdächtiger war, und ich fast ein Jahr lang in Misskredit gelebt habe. Ich bin es leid. Ich weiß nicht mehr, was die Wahrheit ist.«

Ich blinzelte langsam und atmete tief durch. »Ich weiß auch nicht mehr als du. Ich bin diejenige, die dir von dem Telefon erzählt hat.«

Er rutschte auf seinem Sitz herum, um mich anzusehen, und zog ein Bein auf die Bank hinauf. »Weißt du, nur weil du nicht mehr mit uns sprichst, heißt das nicht, dass die Leute nicht über dich reden.«

»Ich weiß. Ich hab alles gehört.«

Er neigte seinen Kopf vor und zurück, als sei auch das fraglich. »Die meisten Leute scheinen zu denken, dass du mit dem Bruder vögelst. Oder dem Vater.« Er sagte es scharf und grausam, wie um mich zu verletzen. »Ich sage, dass du schlauer bist als das, aber was weiß ich.«

»Hab ich nicht. Tue ich nicht.«

Er hob seine Hände. »Faith dachte immer, es ist die Schwester«, fuhr er fort. »Aber ich hab ihr gesagt, dass du nur ihr Leben wolltest. Nicht sie.« Er ließ abrupt seine Hände fallen. »Wie auch immer, sie war meistens einfach angepisst von dir, es hat also niemand so richtig zugehört.«

Mein Magen zog sich bei seinen Worten zusammen. Auch wenn ich sie mir vorgestellt, das Tuscheln gehört, die Andeutungen in den abfälligen Bemerkungen wahrgenommen hatte – wie von Greg Randolph. Es war anders, das von jemandem zu hören, der mich kannte, von den Menschen, die mal meine engsten Freunde waren. »Es ist nicht wahr. Nichts davon.«

Er verengte die Augen. »Ich hab dich schon einmal gedeckt, weißt du. Hab der Polizei gesagt, dass es ein Unfall war, als du Faith geschubst hast.«

Ich zuckte zusammen, obwohl er sich nicht geregt hatte. »Es *war* ein Unfall. Ich wollte ihr nicht wehtun.«

»Ich war da, Avery. Ich hab's gesehen.« In der Dämmerung konnte ich seinen Gesichtsausdruck nicht deuten. Alles fiel noch tiefer in Schatten.

Ich schloss die Augen, sah sie in meiner Erinnerung fallen. Fühlte das Brennen in meinen Knochen, so wie ich es damals gefühlt hatte. Wie die Wut sich an die Oberfläche gekämpft hatte. »Es war nur … ich wusste ja nicht, dass sie stolpern würde.«

Seine Augen wurden größer. »Herrgott. Sie musste *operiert* werden. Zwei Nägel in ihrem Ellbogen, und ich hab dich gedeckt, sogar nach alldem.«

»Es tut mir leid«, sagte ich und erstickte fast an dem Wort. Es musste gesagt werden, jetzt und damals. »Damals, das musst du wissen, hab ich ans Sterben gedacht. Die ganze Zeit.« Ich dachte an das Tagebuch, die Dinge, die ich geschrieben hatte; der Albtraum meines Lebens. »Ich hab davon geträumt. Es mir vorgestellt. Es war kein Platz für irgendetwas anderes.«

»Du wolltest sterben?«, sagte er, als wäre ihm das nie in den Sinn gekommen.

»Nein. Ich weiß es nicht.« Aber die Klinge. Die Liste der Dinge, die ich getan hatte – mich auf dem Leuchtturm nach vorn beugen, am Strand an der Wasserlinie einschlafen –, die Zeit, als er mich am Breaker Beach gefunden hatte, trinkend, damit ich keine Entscheidung dafür oder dagegen treffen musste.

Salzwasser in meiner Lunge, in meinem Blut. Ein schöner Tod, hatte ich geglaubt.

Aber stattdessen war es Sadies Tod gewesen, und in der Realität war er furchtbar. Alles, was ich ihm bieten konnte, war die Wahrheit. »Es war eine schlimme Zeit.«

Er seufzte, fuhr sich mit der Hand durchs Haar. »Ich weiß. Ich wusste, dass es schlechtes Timing war.« Er sah es andersherum – dass es seine Schuld war. *Timing,* nicht Zeit. »Du warst nicht du selbst.« Nur dass ich es doch war. Auf die eine oder andere Art war ich nie mehr ich selbst gewesen als damals. Verzweifelt, beängstigend, unentschuldbar ich selbst. Und ich hatte gerade die Macht darin entdeckt, die Zerstörung, die sie anrichten konnte, nicht nur bei mir selbst, sondern auch bei anderen.

»Als ich dich am Strand gesehen hab«, fuhr er fort, »wollte ich auch sterben.« Ein schiefes Lächeln, um die Wahrheit zu mildern.

»Ich war nicht da, um dich zu verletzen. Manche Nächte hab ich dort geschlafen.«

»Ich weiß. Deshalb bin ich dorthin gekommen. Du warst nicht zu Hause, und ich hab mir Sorgen gemacht.«

Sie waren gerade erst aufgetaucht. Zwei Typen, ein Lagerfeuer. Ich kannte sie, sie waren ein Jahr älter, aber ich kannte sie über Connor. »Alles ist einfach zum Teufel gegangen.«

Ich dachte an dieses Tagebuch, wie schnell ich gesunken

war, der Laune einer Strömung ausgeliefert, die ich nicht sehen konnte.

Er seufzte, dann sprach er leise, als würde noch jemand mithören. Vielleicht dieser Detective, der uns irgendwo in der Ferne am dunklen Strand beobachtete. »Ich muss es wissen, Avery. Welche Rolle du hier spielst. Es ist nicht nur *dein* Leben, verstehst du das? Es ist auch meins.«

Ich verstand nicht, was er andeuten wollte. »Ich bin nicht …«

»Stopp.« Seine Haltung veränderte sich, er täuschte nicht länger Gelassenheit vor. Sein ganzer Körper war in großer Aufruhr. »Die Polizei hat immer wieder gefragt, warum ich in der Nacht dort war, auf der Party. Und ich wusste nicht, was ich sagen sollte.«

»Warum *warst* du denn da?«

»Willst du mich verarschen?« Seine Augen weiteten sich. »Du hast mir doch die Adresse geschrieben. Warum wolltest *du* mich dahaben?«

»Das hab ich nicht.« Ich nahm mein Handy heraus, verwirrt, auch wenn das ein Jahr her war.

»Doch. Du hast mir die Adresse geschickt. Hör zu«, sagte er. Er beugte sich vor, nah genug, um mich zu berühren. »Es sind nur du und ich hier. Niemand ist Zeuge von dem, was du jetzt zu mir sagst. Aber ich muss es wissen.«

Ich schüttelte den Kopf, versuchte zu verstehen. »Das muss Sadie gewesen sein«, sagte ich.

Auf die gleiche Art, wie ich mir vor Kurzem Zugang zu ihrem Handy verschafft hatte. Ich überprüfte jetzt die Passworteinstellungen auf meinem eigenen. Ihr Daumenabdruck war einprogrammiert, so wie meiner auf ihrem Handy – wir hatten es zusammen gemacht, vor Jahren. Weil wir alles geteilt hatten, jahrelang. Und als sich das geändert hatte, hatten wir vergessen, die Grenzen neu zu definieren.

Nun sah ich Sadie vor mir, wie sie Connors Nummer auf meinem Handy nachsah. Und ihm dann eine SMS wegen der Plus-One-Party von mir schickte.

Sie wollte, dass er in der Nacht zu der Party kam. Was hieß, dass sie geplant hatte, auch zu kommen.

»Sie kam von deiner Nummer«, sagte er, die Hand auf der Bank zwischen uns.

»Ich hab dir diese Nachricht nicht geschickt, Connor. Das schwöre ich.« Und doch war er gekommen, in der Annahme, sie war von mir. Das war ein verwirrendes Geständnis. Aber Connor sah immer das Beste in den Menschen.

»Es ist noch nicht vorbei, Avery.«

»Das weiß ich.«

»Weißt du das? Collins hat mich befragt, sicher. Aber ich bin nicht der Einzige, von dem sie etwas wissen wollen. Damals nicht und jetzt nicht.« Auch im Dunkeln spürte ich von der Seite seinen Blick auf meinem Gesicht. Ich sah diese Liste vor mir. Die ich ausgefüllt hatte, um Ordnung in die Dinge zu bringen. Aber auch: die Detective Collins mir hingeschoben hatte, an dem allerersten Tag. Er hatte jeden Namen aufgeschrieben. *Avery. Luciana. Parker. Connor.* Eine Liste mit Verdächtigen.

Meiner stand oben auf der Liste. Er hatte es mir praktisch von Anfang an gesagt: *Du*.

Und ich war mit dem Handy direkt zu ihm gegangen, in der Hoffnung, er würde den Fall wieder aufrollen.

»Hast du der Polizei erzählt, dass ich dir eine Nachricht geschickt habe?«, fragte ich.

»Nein.« Sein Blick wich mir aus. »Ich hab dich überhaupt nicht erwähnt. Also, keine Sorge.«

»Warum nicht?«

»Vielleicht bin ich ein besserer Mensch als du.« Er schüttelte den Kopf. »Ich hab dich mal geliebt.« Er änderte seinen Tonfall, bewies damit aber die Wahrheit seines ersten Satzes.

»Du hast mich auch gehasst«, sagte ich.

Er grinste verkniffen. »Ich weiß nicht einmal mehr, mit wem ich rede. Wie du bist.«

Ein Echo von Gregs Gedanken, der behauptete, ich sei Sadies Monster und keine eigenständige Person. In jedem Menschen gab es Teile von anderen, die ihm Form verliehen, natürlich war das so. Bei mir: meine Mutter, mein Vater, meine Großmutter, sogar Connor und Faith. Und ja, Sadie. Sadie und Grant und Bianca und Parker. Wie bizarr anzunehmen, ein Mensch könne in einem Vakuum existieren. Aber mehr noch als sie alle, war ich ein Produkt von hier. Von Littleport. Genau wie Connor neben mir.

»Ich wohne nicht mehr da oben«, sagte ich. Er drehte seinen Kopf schnell, überrascht. »Lange Geschichte.«

Er lehnte sich zurück. »Ich hab Zeit.«

Ich versuchte, mir etwas einfallen zu lassen, was ich ihm sagen konnte. Ein Stück Wahrheit, die ihm etwas bedeuten würde. Ich sah Sadie vor mir, wie sie vor ihrem Schlafzimmerfenster hinter mir stand – und wie wir sie damals haben stehen sehen, nach draußen schauend. »Nachts«, erzählte ich ihm, »kann man von drinnen nur sein eigenes Spiegelbild sehen.«

Während wir das Haus betrachteten, gingen ganz plötzlich die Lichter aus, alle auf einmal. Nicht, als würde jemand nacheinander alle Schalter umlegen. Eher wie ein Stromausfall. Egal, wo ich hinsah, Dunkelheit.

»Und ich werde nachts immer noch seekrank.« Als gäbe es etwas, was die Zeit überbrücken könnte. Einen Startpunkt.

»Fixiere etwas«, sagte er.

»Ich erinnere mich.« Das Gleiche hatte er mir gesagt, als ich mich über die Bordwand übergeben hatte. Aber es gab nur den Leuchtturm in der Ferne, und sein Feuer drehte sich die ganze Zeit, erschien und verschwand dann wieder mit jeder Bewegung.

Ich suchte die Ferne nach einem unbeweglichen Objekt ab, während Connor den Motor wieder anwarf.

Da. Auf dem Steilufer. Ein Lichtschein in der Dunkelheit. Nah an der Kante entfernte er sich vom Loman-Haus, leuchtete den Klippenpfad hinunter.

Eine weitere Person, die beobachtete, in Bewegung. Jemand war da.

»Connor. Da oben ist jemand. Und guckt. Du siehst es auch, oder?«

»Ich sehe es«, sagte er.

Kapitel 19

Der blinkende Lichterglanz entlang des Harbor Drive wurde sichtbar, als wir uns dem Ufer näherten. Die Lichter von Littleport, die mich beruhigten – mich zurückgeleiteten. Der Anleger war um diese Zeit leer, keine Arbeiter mehr, die herumliefen. Nur ein paar Touristen auf einem Spaziergang nach dem Essen.

Wie viele Male waren Sadie und ich zusammen hier draußen gewesen, in der Annahme, wir seien allein? Auf dem Rückweg in Richtung Landing Lane, begleitet vom Geräusch der Wellen, als wir am Breaker Beach vorbeikamen. Ohne Menschen um uns herum wahrzunehmen, die uns vielleicht beobachteten. Gelächter in der Nacht, mitten auf der Straße entlangstolpernd – nicht ahnend, dass jemand an ihrem Haus lauern könnte. Blind gegenüber den wahren Gefahren, die uns umgaben.

Nicht Tetanus, keine Blutvergiftung oder ein falscher Schritt an der Klippenkante. Keine Warnung, vorsichtig zu sein – *Tu dir nicht weh* – oder eine Hand an meinem Ellbogen, die mich zurückführte.

Sondern *dies*. Jemand da draußen. Schauend und wartend, bis sie ganz allein war.

Ich sprang aus dem Boot, während Connor uns am Anleger festmachte, schaute mich prüfend um, wollte sichergehen, dass der Detective nicht irgendwo zu sehen war. »Avery«, rief Connor, »erzählst du mir, was da drauf ist?« Er nickte zu dem Kästchen unter meinem Arm.

Ich zitterte vor Kälte, das getrocknete Salzwasser rau auf meiner Haut, meine Haarspitzen ganz steif. Der Boden schwankte unter meinen Füßen, als wären wir immer noch auf dem Wasser. In der Ferne warf der Leuchtturm seinen Strahl über das dunkle Meer. Ich wollte nur nach Hause, mich aufwärmen. »Das mach ich«, sagte ich – aber in Wahrheit hing das davon ab, was ich finden würde.

Als ich zurück zu meinem Auto kam, sah ich einen verpassten Anruf und eine Nachricht auf meiner Mailbox. Ein Räuspern und dann eine Männerstimme, professionell und ernst. »Avery, hier spricht Ben Collins. Ich hatte gehofft, Sie heute zu erwischen, wollte ein paar Dinge überprüfen. Rufen Sie mich bitte an, sobald Sie können.«

Ich drückte auf Löschen, speicherte seine Nummer in meinem Handy ab und fuhr in Richtung des Wohngebiets hinter dem Breaker Beach. Ich beschloss, ein paar Straßen vom Sea Rose weg zu parken und dann zu Fuß zu gehen, nur falls der Detective immer noch herumlief und mich suchte.

Während ich die zwei Straßen in Richtung der Bungalows entlangging, erhellten die Außenlichter der Häuser meinen Weg, sorgten dafür, dass ich mich sicher fühlte, die Grillen zirpten im Vorbeigehen. Ich bog gerade in den Weg vor dem Sea Rose ein, als ich das Geräusch von Schritten auf Kies hörte – es kam aus der dunklen Gasse zwischen den Häusern. Ich erstarrte, unsicher, ob ich wegrennen oder näher herangehen sollte.

Plötzlich erschien ein Schatten – eine Frau, die sich an der Hauswand abstützte, um ihr Gleichgewicht zu halten. Sie hatte Plateauschuhe an, einen Rock, der ihr bis knapp über die Knie reichte, ein tief ausgeschnittenes Top. Kam mir alles nicht bekannt vor – außer der roten Brille. »Erica?«, fragte ich.

Sie hielt an, verengte die Augen, machte dann noch einen Schritt. »Avery? Bist du das?«

In ihrer anderen Hand hatte sie irgendetwas, was sie außer Sichtweite hielt, sie sah über ihre Schulter in die Dunkelheit, dann zurück zu mir. Ihr Gesicht nervös und unsicher, als hätte sie etwas zu verbergen.

»Was tust du hier?«, fragte ich und kam näher. Ich musste sehen, was sie in der Hand hielt. Was sie versteckte.

»Ich gehe nur hier lang. Zu meinem Auto.« Sie trat zurück, als ich näher kam, als hätte sie Angst vor mir.

Und dann eine Stimme von weiter hinten. »Was ist los?«

Da sah ich es – sie hielt ihr Telefon in der Hand. Wie ich es vielleicht auch tun würde, wenn ich in einer dunklen Gasse unterwegs wäre, damit ich mir den Weg beleuchten könnte. Ein Mann lief auf uns zu und rief: »Erica? Alles in Ordnung?«

Er legte einen Arm um sie. Sie sah erschüttert aus, verwirrt von meiner Anwesenheit hier. Als würde sie sich an die Geschichten erinnern, die ihre Tante ihr erzählt haben musste. Die Dinge, die ich getan hatte und deshalb immer noch fähig war zu tun. »Ihr habt mich erschreckt«, sagte ich. »Jemand hat auf den Grundstücken hier in der Gegend sein Unwesen getrieben.«

Sie blinzelte zweimal, langsam, als wäre sie unsicher, was gerade passierte. Ob sie ihren Instinkten trauen sollte. Sie lächelte mich vorsichtig an, ihr Blick wich zur Seite aus. »Ich laufe nur hier lang. Ich war bei Nick.«

»Nick?« Vielleicht der Typ, der bei ihr war. Aber er reagierte nicht.

»Die Bar hinter dem Breaker Beach«, sagte sie. »Das hier ist eine Abkürzung.«

»Wir wollten nur … mein Auto holen.« Sie räusperte sich. Sie war betrunken.

»Oh. *Oh.*«

Der Einbruch letzte Nacht konnte also auch ein Gelegenheitsverbrechen gewesen sein. Ein Haus, das auf dem Weg von den Bars lag. Unverschlossen.

Der Mann neben ihr sah mich aufmerksam an. Er hatte blondes Haar, einen passenden Bartschatten; etwas größer als Erica, aber nicht viel – ich kannte ihn nicht. Ich musste an die Person auf den Klippen mit der Taschenlampe denken. Daran, dass ich beobachtet hatte, wie der Strom ausfiel, und nun war Erica mit einem fremden Mann hier, huschte an diesem Haus vorbei, wo jemand in der Nacht zuvor Kerzen angezündet hatte.

»Was machst *du* hier?«, fragte sie.

»Ich hab eine Freundin besucht. Bin auf dem Weg nach Hause.«

Sie nickte einmal und trat von einem Fuß auf den anderen, lehnte sich an den Mann neben sich. Sie sah immer wieder nach unten, und mir wurde klar, dass das nicht Nervosität war – es war ihr peinlich, dass ich diese andere Seite von ihr gesehen hatte.

Ich wollte ihnen sagen, dass sie das Auto lieber stehen lassen sollten. Aber Erica war vielleicht ein Jahr jünger als ich, und in Littleport gab es viele Gefahren. Man lernte sie kennen, wenn man sie durchlebte.

Trotzdem. »Ich kann euch fahren«, sagte ich.

»Nein, nein …«, sagte sie, und winkte ab.

»Es geht ihr gut«, antwortete der Typ. »Na ja«, korrigierte er dann, »mir geht es gut. Und ich kann das machen.«

Ich wartete, bis sie außer Sichtweite waren, bis das Geräusch ihres Lachens sich weiter entfernte, bevor ich das Sea Rose aufschloss. Das Haus war genau, wie ich es verlassen hatte – dunkel, aber warm. So schnell ich konnte, leerte ich meine Taschen, öffnete den Gefrierbeutel, holte das Kästchen heraus und entnahm den USB-Stick.

Als ich ihn ins Licht hielt, entdeckte ich einen kleinen Kreis mit dem Logo von Loman-Immobilien vorn eingraviert. Ich hatte eine Sammlung davon in der Schreibtischschublade im Büro oben gesehen.

Meine Güte, das war ihrer. Das war definitiv ihrer.

Meine Hände zitterten, als ich ihn in den USB-Anschluss meines Laptops steckte und wartete, bis der Ordner sich öffnete. Es gab nur eine Datei darin, ein JPG, und ich beugte mich näher heran, als ich es öffnete.

Es war ein Bildschirmfoto, ein langer horizontaler Balken mit zwei Zeilen in einer Tabelle, alles vergrößert auf meinem Monitor.

Sadie hatte einen Abschluss in Finanzen und während des Studiums ein Praktikum bei ihrem Vater gemacht. Bevor sie starb, hatte sie sich mit dem Geldfluss seiner Firma beschäftigt.

Es gab drei Spalten, jede enthielt eine Reihe von Zahlen, aber nur eine ergab einen Sinn: die mit einer Dollarsumme – $ 100 000.

Die anderen identifizierte ich als Kontonummer und Bankleitzahl. Ich zog mein Scheckbuch aus meinem Portemonnaie, um das zu bestätigen. Und ja, es ergab alles Sinn.

Kontonummern. Zahlungen. Etwas, von dem sie das Bedürfnis hatte, es zu verstecken, außerhalb der Reichweite von Littleport. Aber es gab keine weiteren Informationen. Keine Namen, keine Daten. Ohne einen Zusammenhang bedeutete das alles nichts.

Vielleicht landete dort das gestohlene Geld? Vielleicht war das, was ich letztes Jahr aufgedeckt hatte, nur ein kleiner Teil davon …

Mein Handy klingelte, schreckte mich auf. Ein Name, von dem ich dachte, dass er nie wieder auf meinem Display aufleuchten würde.

»Hey«, antwortete ich.

»Hi. Tut mir leid, ich bin ein bisschen ungeduldig.« In all den Jahren hatte ich Connor nie aus meinen Kontakten gelöscht. Und Sadie hatte ihn hier gefunden.

»Er ist von ihr, Connor. Es ist Bankzeugs. Zwei Zahlungen. Ich habe keine Ahnung, was das zu bedeuten und warum sie es versteckt hat.« Die Worte kamen ohne nachzudenken heraus, ein gewohntes Vertrauen. Er hatte mich schon einmal gedeckt, hatte er behauptet. Wie ein Versprechen, dass er auf meiner Seite war. Aber ich wollte die Worte sofort wieder zurücknehmen, auf einmal war ich mir nicht mehr sicher, was er für Absichten hatte – oder alle anderen. Alles ging zu schnell, und ich machte immer wieder Fehler.

Als durch das Fenster über der Spüle Gelächter und Schritte erschallten, fuhr ich hoch und erstarrte. Aber die Leute gingen vorbei. Auch sie hatten die Abkürzung von der Bar genommen, nachdem sie in der Nähe des Breaker Beach feiern waren.

»Avery? Bist du noch dran?«

Ich hielt die Augen auf das dunkle Fenster gerichtet. »Ich bin hier. Vielleicht kann ich herausfinden, warum es wichtig ist?«

Pause. »Ich finde, du solltest aufhören«, sagte er.

»Was?« Sie hatte das auf einer Insel versteckt, Connor dafür bezahlt, sie dahin zu bringen, und nun war sie tot. Und Connor fand, *jetzt* wäre der richtige Zeitpunkt, um aufzuhören?

»Zahlungen? Ach komm, Avery. Jede Familie hat Geheimnisse. Und diese Familie sollte man lieber nicht anrühren. Sadie ist tot, und das können wir nicht ändern.«

Aber es war nicht nur die Tatsache, dass sie tot war. Wenn sie gefallen war, okay. Sogar wenn sie gesprungen war, okay. Aber es gab noch eine dritte Möglichkeit, und das war die einzige, an die ich noch glauben konnte. »Jemand hat sie *umgebracht*, Connor. Und ich glaube, die Polizei verdächtigt jemanden von *uns*. Willst du einfach dasitzen und auf das Beste hoffen?« Stille, aber er protestierte nicht. »Diese Person ist immer noch hier. Diese Person war mit uns auf der Party.« Mir stockte der Atem – verstand er nicht? Wir lebten mit dem Bösen. Mit jemandem, der noch da draußen war.

Auch heute Nacht, gerade so außerhalb unserer Reichweite. Die Taschenlampe am Steilufer. Der Stromausfall nachts. Er war ein Schatten hinter dem Fenster. Beobachtete mich, um zu sehen, was ich tat. Oder vielleicht: um zu sehen, was ich wusste.

Ich prüfte noch einmal die Schlösser am Haus, presste das Telefon an mein Ohr, war froh, dass ich ein paar Straßen weiter weg geparkt hatte.

»Wo bist du?«, fragte er nüchtern.

Ich hielt inne. Es schien nicht, als wolle er helfen. Eher als wolle er mir etwas ausreden. »Ich ruf dich an, wenn ich mehr weiß.«

Ich speicherte die Datei auf meinem Laptop, suchte dann in meiner Tasche nach einem bestimmten Stück Papier – der Liste mit unseren Namen und den Zeiten, wann wir zur Party gekommen waren. Ich drehte sie um und schrieb die Kontodaten darauf. Die nächsten Stunden verbrachte ich damit, auf diese Nummern zu starren. Versuchte sie zu zwingen, etwas zu bedeuten. Ich wusste nur, dass die Informationen irgendwo aus dem Loman-Haus gekommen sein mussten, und Sadie sich nicht sicher dabei gefühlt hatte, sie dazulassen.

Ich schlief auf dem Sofa ein, in regelmäßigen Abständen erklangen Schritte durch die Nacht. Eine Seite von Littleport, die ich nie gekannt hatte. Auch eine Seite von Sadie.

Ich hatte gerade etwas Neues entdeckt, sogar noch nach all der Zeit.

Kapitel 20

Ich wachte wieder vom Geräusch von Schritten auf dem Schotter draußen auf und brauchte einen Moment, um mich zu erinnern, wo ich war. Um die Möbel im Raum zuordnen zu können, das Fenster, die Vorhänge, durch die ein schräger Lichtstreifen fiel.

Die Schritte entfernten sich – jemand, der zum Strand ging vielleicht. In die andere Richtung als letzte Nacht.

Ich war auf dem Sofa eingeschlafen, der offene Laptop, ohnehin schon mit fast leerem Akku, war ausgegangen, während ich schlief. Ich kramte im dämmerigen Zimmer herum, fand meine Tasche mit dem Ladekabel. Während der Laptop auf dem Küchentisch auflud, öffnete ich ein Fenster einen Spalt und roch das Meer in einer Windbrise. Das Telefon brummte irgendwo unter den Sofakissen, ich ließ mir Zeit mit dem Suchen, nahm an, es war wieder Connor.

Aber es stand Grants Name auf dem Display. Als hätte er gespürt, dass ich letzte Nacht diese Datei geöffnet hatte.

»Grant, hi«, sagte ich zur Begrüßung.

»Guten Morgen, Avery«, sagte er, seine Stimme so monoton wie immer, geschäftsmäßig und nicht zu deuten. Sodass ich immer versuchte, ihm zu gefallen, meinen Wert in seinem Gesichtsausdruck zu lesen. »Nicht zu früh für einen Anruf, hoffe ich?«

»Ganz und gar nicht«, sagte ich und blickte auf die nächste Uhr. Da, über der Spüle – um zwölf Uhr stehen geblieben.

»Erzähl mir, was passiert ist.«

»Nun ja«, fing ich an, »wie schon in der E-Mail erwähnt gab es ein paar kleine Einbrüche, nichts Schwerwiegendes. Der Fernseher im Trail's End muss ersetzt werden, und das Blue Robin braucht ein neues Fenster. Aber es gab auch ein Gasleck im Sunset Retreat, und ich mache mir Sorgen, dass alles miteinander zusammenhängt.«

Er antwortete nicht, und ich räusperte mich, wartete.

»Hast du die Polizei gerufen?«, fragte er.

»Ich habe den Notruf gewählt, als ich Gas gerochen habe, die Feuerwehr kam sofort.« Ich hielt inne. »Es war nicht sicher.«

»Verstehe. Und was haben sie gesagt?«

»Eine lose Verbindung hinter dem Herd. Die sollten wir natürlich austauschen.«

»Natürlich«, wiederholte er.

Er wartete, ob ich noch mehr sagte, aber ich wusste, dass das Taktik war – Stille und Warten darauf, dass jemand anderes etwas preisgab, etwas enthüllte, was er verbergen wollte. Ich hatte viel von Grant gelernt über die Jahre, fast alles, was ich über das Geschäft wusste und wie ich mich in seinen Grenzen bewegen musste – sowohl die ausgesprochenen als auch die unausgesprochenen Regeln.

Er hatte mir einmal gesagt, ich hätte etwas, was seinen Kindern fehlte. Das Geheimnis des Erfolges, das sogar Parker verborgen blieb: dass man für großen Lohn große Risiken eingehen musste. Dass man, um sein Leben wirklich zu ändern, bereit sein musste zu verlieren.

Parker wird gut in dem Job sein, erklärte er. *Er wird die Firma solide erhalten. Er ist gut darin, mit dem zu arbeiten, was wir haben. Er versteht das Spiel, all die Besonderheiten. Aber das, womit der spielt, hat er sich nicht selbst aufgebaut. Dein Risiko muss ein Gegengewicht haben. Keins meiner Kinder ist wirklich bereit, diese Risiken einzugehen.*

Weil, so dachte ich damals, sie schon alles hatten.

»Du hast das Haupthaus erwähnt«, sagte er nun. »Etwas wegen der Elektrik?«

Und plötzlich war mir klar, warum er mich zurückrief. Es war nicht wegen der E-Mail, die ich ihm geschrieben hatte, oder der Sorge um seine Häuser. Es ging um die Lichter, die nachts ausgegangen waren; die Taschenlampe, die ich auf den Klippen gesehen hatte. Er vermutete ebenfalls, dass da oben etwas geschah.

»Ja«, sagte ich, »es ist ein paarmal passiert. Das Netz ist zusammengebrochen, alle Sicherungen rausgesprungen. Du solltest das wahrscheinlich jemanden ansehen lassen.«

»Okay, also, danke. Gibt es noch etwas?«

Was hast du riskiert, Avery? Er hatte mich das auch gefragt, als er mich in sein Büro gerufen hatte, um mir Sadies Job anzubieten. Weil ich wusste, er verstand. Ich hatte meinen Platz in ihrer Welt riskiert. Ich hatte um meine Freundschaft mit Sadie gespielt. Den Platz, an dem ich war, gegen den, an dem ich sein könnte.

Es gab keinen Gewinn ohne ein großes Risiko für dich selbst. Und nun wollte ich verzweifelt an dem festhalten, was ich gerade verlor.

»Ich wollte das mit Bianca erklären. Das …«

»Das ist wirklich nicht nötig, Avery.« Seine Stimme blieb ruhig und kontrolliert, und ich spürte, wie mein Puls langsamer wurde, meine Finger sich entspannten. »Hör zu«, fuhr er fort, »wir wissen deine Hilfe in diesem sehr schwierigen Jahr zu schätzen. Die Wahrheit ist, dass ich nicht glaube, wir hätten es ohne dich geschafft, die Dinge am Laufen zu halten. Nicht so, wie du es für uns getan hast. Aber wir werden die Verantwortung in der nächsten Saison an eine der Management-Firmen geben.«

Ich wartete für einen Herzschlag, zwei, ob er fortfahren

würde, ob seine Worte noch woandershin führten – eine neue Stelle, eine neue Möglichkeit. Aber die Stille erstreckte sich so lang, dass er meinen Namen noch einmal sagen musste, um sicher zu sein, dass ich noch dran war.

»Verstehe«, sagte ich. Ich wurde gerade gefeuert. Ein schneller Doppelschlag. Mein Zuhause und mein Job, beides weg.

Und dann veränderte sich seine Stimme doch. Etwas leiser, persönlicher, machtvoller. »Ich hab dir eine Chance gegeben. Dachte, du wärst anders, die Zeit und die Energie wert. Aber anscheinend habe ich dich überschätzt – selbst schuld. Ist wohl eine meiner Schwächen.«

Der Stich war scharf und tief – ich konnte mir vorstellen, wie er die gleichen Worte zu Sadie gesagt hatte, als sie auf der anderen Seite seines Schreibtisches oben im Büro stand, als er ihr den Job wegnahm und mir gab. Ich antwortete nicht, denn es gab eine Grenze zwischen Antrieb und Verzweiflung, und er respektierte nur die erste.

Alles, was ich tun konnte, war meinen Atem ruhig zu halten, mir auf die Zunge zu beißen – wie ich es gelernt hatte. Und dann war er wieder da, der gleichmäßige Tonfall, professionell, der bedeutete, dass es weiterging. »Ich hab einen Blick auf den Plan geworfen; diese Woche ist so ziemlich die letzte der Saison, richtig?«

»So ist es«, sagte ich. Nächste Woche war Labor-Day-Wochenende, und Littleport würde sich danach ziemlich schnell leeren.

»Gut. Dann lass uns das Jahr abschließen. Am Ende der Saison werden wir dir deine Zeit bezahlen.« Und dann legte er auf. Ich hörte der Stille zu, obwohl die Verbindung schon abgebrochen war.

Wie hatte ich das nicht kommen sehen können? Drei Schritte entfernt, als Parker ankam. Zwei, als Bianca mich rauswarf. Einer, die USB-Stick-Datei auf meinem Computer. Sadie, die versucht hatte, mir etwas zu zeigen. Darauf wartend, dass ich sie bemerkte. Im Eingang meines Zimmers, in ihrem blauen Kleid und braunen Pulli, und in diesen goldenen Sandalen, abgetragen und zurückgelassen.

In meinen Knochen brannte etwas. Das Gleiche hatte ich gefühlt, als ich Faith schubste, als Connor mich mit jemand anderem fand – ein Vorbote der Zerstörung. Ich hatte es wieder gespürt, als Greg mich Sadies Monster nannte. Aber war ich das nicht? Wer konnte besser als ich das Ziehen und Schieben verstehen, das ihr Leben begleitet hatte? Den Pfad zu ihrem Tod bestimmt hatte?

Das Laptop-Licht wurde grün, der Bildschirm flackerte, als er wieder hochfuhr. Ich zitterte, hörte das Echo von Connors Warnung, ich solle *aufhören*. Denn er hatte die Gefahr sofort verstanden. Eine versteckte Datei und Sadie tot. Etwas, für das es sich vielleicht zu töten lohnte.

Ich saß am Küchentisch und versuchte, mir die Dinge zu erklären.

Möglicherweise hatte das noch nicht einmal etwas mit Littleport zu tun. Zuerst könnte ich herausfinden, ob die Bankleitzahl zu einer unserer lokalen Banken gehörte. Auch wenn das nicht der Fall wäre, müsste das nicht unbedingt etwas heißen – es gab viele nationale Ketten und Onlinebanken. Aber es war ein Ausgangspunkt. Es gab zwei Banken im Ort, und bei einer war ich Kundin. Ich hatte das letzte Nacht schon überprüft – die Nummer entsprach nicht der in meinem Scheckheft.

Ich trommelte mit meinen Fingern auf der Tischplatte. Dachte daran, Connor anzurufen, *Hey, bei welcher Bank bist du? Kannst du mir deine Bankleitzahl nennen?* Ich fragte mich, ob ich die Bank anrufen könnte, aber es war Sonntag.

Ich rückte von meinem Platz am Küchentisch weg. Meine Großmutter war bei der anderen Bank gewesen. Sie hatte meinen Namen direkt ihrem Konto hinzugefügt, sodass ich, als sie starb, nicht darauf warten musste, bis ihr Letzter Wille sortiert worden war – ich hatte sofort Zugang zu dem Geld, nicht dass viel da gewesen wäre. Aber ich wusste, dass ich irgendwo diese Information hatte. In diesem Karton, in dem ich den ganzen Papierkram aufbewahrte, in dem die Erbschaftssachen geregelt wurden. Alles, was ihr gehört hatte und vorher meinen Eltern, und nun meins geworden war.

Die Papiere existierten noch. Ich grub in dem Karton, bis ich die alte Akte fand.

Darin fand ich einen stornierten Scheck – den hatte ich benutzt, um das Geld vom Konto meiner Großmutter auf meins zu überweisen.

Ich nahm den Scheck mit zum Computer, las die Ziffern ab, überprüfte sie noch einmal.

Das Blatt zitterte in meiner Hand. Ja, ja, sie passten zusammen. Das war die Bank. Eine Zweigstelle in Littleport.

Aber ich musste weiter hinsehen. Hin und her. Der Bildschirm. Das Scheckbuch. Zurück zum Bildschirm.

Ich beugte mich näher heran, hielt den Atem an. Las zweimal.

Es war nicht nur die Bankleitzahl, die übereinstimmte. Es war auch das Konto. Eine der Kontonummern, eine der Empfängerinnen dieses Geldes – war meine Großmutter.

Das Zimmer drehte sich.

»Warte.« Ich sagte das laut, auch wenn ich nicht wusste, mit wem ich sprach. *Warte.* Einfach.

Jede Familie hat Geheimnisse, Avery. Genau die Worte hatte Connor letzte Nacht gesagt, aber ich hatte nie an meine eigene gedacht.

Ericas Worte in meinem Wohnzimmer – dass Sadie mich namentlich verlangt hatte. Mir wäre nie in den Sinn gekommen, dass das stimmen könnte. Hatte nie darüber nachgedacht, was sie überhaupt an mir interessiert haben könnte.

Doch da war es.

Ich stieß mich vom Tisch ab, stellte mir die Szene noch einmal vor. Das Badezimmer. Sadie, die sich umdrehte und mich dort fand. Die Röte, die ihr den Hals hinaufstieg.

Hatte sie die ganze Zeit gewusst, dass ich da drin war?

Das Abrutschen des Messers. Das Klopapier, auf das Blut gepresst.

Tu dir nicht weh. Sie hatte das so deutlich gesagt, so ernst, als ich zu nah am Abgrund stand.

Als hätte sie es von Anfang an gewusst.

Sie hatte mich in der Küche ihres Hauses gesehen. War mir gefolgt. Hatte gesehen, was ich getan hatte.

Später hatte sie das Tagebuch gefunden, und danach kannte sie die Dinge, von denen ich träumte und die ich fürchtete. Hatte es alles selbst geheim gehalten.

Was *wollte* sie mit mir? Wusste sie, dass ich einmal in ihr Haus geschlichen war, damals mit Faith und Connor?

Oder dass ich von Connors Boot aus geschaut, in diese großen Porträtfenster gestarrt hatte – dass ich ihr Leben, ihren Körper bewohnen wollte?

Danach hatte sie mich am Strand aufgespürt, mich eingeladen. In ihr Haus, in ihr Leben. Mich willkommen geheißen …

Oder. *Oder.*

Etwas, was ihr gehörte. Oh. Oh, nein. Nein, Sadie.

Mich zum Essen mitgebracht, die Gesichter ihrer Eltern beobachtet, die steifen Gesichtsausdrücke. Ihr argloses Lächeln. *Seht ihr mich jetzt?*

Eine traurige Geschichte, die man teilen konnte: Sieh nur, was aus diesem Mädchen geworden ist. Keine Familie, keinen

Ort zum Leben. Wollt ihr nicht helfen? Grants Stimme, als sie mir das Gästehaus anboten: *Es ist richtig, das zu tun.*

Das Tattoo auf meinem Körper, das gleiche wie ihres, die Form eines *S* – ich habe dich gefunden, und du gehörst hierher, zu mir.

Tu's nicht, sagte sie, als ihr Bruder vorbeiging.

Sie glaubte, ich war das Geheimnis. Und, wie es die Einheimischen tratschten, pflanzte sie mich geradewegs in die Öffentlichkeit. *Guckt, was ich gefunden habe. Guckt, was ich getan habe.*

Sie hatte geglaubt, ich sei eine Loman.

Sommer 2017

Die Plus-One-Party

22 Uhr 30

Die Bedrohung durch die Polizei war inzwischen eine ferne, vom Alkohol getrübte Erinnerung. So unwichtig wie der Stromausfall oder der Sturz in den Pool oder deine bei einem Spiel an der Kücheninsel vor allen enthüllten Geheimnisse. Die zweite Runde hatte begonnen.

Ich war gespannt, was Parker nach der Szene oben wohl tun würde – als Luce überschäumend vor Wut aus dem Zimmer gestürzt war.

Parker spielte das Spiel nie mit, wurde mir bewusst. Ließ nie zu, dass seine Geheimnisse offenbart wurden, sodass alle sie hören konnten. In all den Jahren, die ich ihn kannte, nicht. Immer zu beschäftigt damit, von einer Person zur nächsten zu springen.

Oder vielleicht hatten wir anderen alle Angst vor ihm. Davor, was er tun würde. Es gab genug Gerüchte über seine Vergangenheit, seine rastlosen Teenagerjahre. Wie er in Schlägereien geraten war – jedenfalls hatte Sadie das behauptet. Er hatte diese Narbe und so ein Feuer in den Augen, das, anders als bei mir, seine Anziehungskraft nur noch steigerte. Es loderte immer noch, irgendwo in seinem Kern.

Parker kam schließlich um die Ecke aus der Eingangshalle, allein. Er sah mich, wie ich ihn beobachtete, und blieb stehen. Dann änderte er seine Richtung und stellte sich neben mich in den Eingang zur Küche, seine Hände rastlos ohne einen Drink, den sie hätten halten können. Er ließ seine Knöchel einen nach dem anderen knacken. Ich stellte sie mir als Faust vor.

»Was ist da oben passiert?«, fragte ich und nickte in Richtung Eingangshalle, wo die Treppe gerade außerhalb unserer Sichtweite nach oben führte.

Er suchte mit den Augen den Raum ab und ignorierte die Frage. »Wo ist sie?« Das hier war nicht die Art von Ort, wo man ein Taxi oder eine Uber-Mitfahrgelegenheit anrufen und nach Hause fahren konnte. Luce steckte hier fest.

Parker ging weg von mir, mischte sich unters Volk.

»Parker«, sagte ich, laut genug, um seine Aufmerksamkeit zu erregen – kurz davor, eine Szene zu machen. »Was zum Teufel ist passiert? Da war doch was. Ich hab euch beide gehört.«

Er sah mich erstaunt an, seine Augen blitzten, die Narbe durch seine Augenbraue reflektierte das Licht von oben. »Sie ist betrunken. Sie wird sich schon wieder abregen.«

Als würde eine heiße, kochende Wut in uns allen brodeln. Ich lachte. »Ich soll also glauben, dass Luce – *Luce* – Schuld hat?«

Ich versuchte, es vor mir zu sehen. Luce in hochhackigen Schuhen, die etwas an die Wand warf. Oder auf ihn zustürmte, ihn schubste. Luce, außer Kontrolle.

Er atmete langsam ein. »Glaub, was du willst. Mir egal.« Als hätten meine Gedanken keine Bedeutung. Weil seine Geschichte die entscheidende war.

Ich entdeckte sie durch die Glastüren auf der Terrasse, sie saß auf einem Stuhl neben dem Pool, das Licht der Unterwasserlampen ließ ihre Haut krankhaft bleich wirken. Die Schuhe hatte sie weggekickt, die Füße zu sich rangezogen. Parker schien sie gleichzeitig zu bemerken. Er ging los, aber ich griff nach seinem Ellbogen. »Hat sie es gesehen?«, fragte ich. Und meinte uns. Im Bad.

Parker verzog das Gesicht. »*Was* soll sie gesehen haben?«, fragte er, als sei es mir nicht erlaubt, Dinge zu erwähnen, die in der Vergangenheit passiert waren. Als sei es an ihm zu entscheiden, ob etwas existierte oder nicht; als ginge die Geschichte seines Lebens niemanden etwas an außer ihn selbst, und er konnte sie löschen, wie er wollte.

»Nichts.« Denn es *war* nichts. Mit Luce in Littleport, mit Sadie hier könnte so ein Moment mit Parker nie geschehen.

Vielleicht war das mein Fehler gewesen. Vielleicht war alles, was ich Sadie wegen Connor hätte sagen müssen *Tu's nicht*. Aber wer könnte ihr so etwas sagen?

Sadie Loman zu sein hieß, genau das zu tun, was man wollte. Wenn es Sadie gewesen wäre, die Faith geschubst hätte, zugesehen hätte, wie sie zu Boden fiel, den Arm ungeschickt vorgestreckt, um den Aufprall zu stoppen – würde alles vergeben werden. Wenn ich diejenige gewesen wäre, die Geld von der Firma der Lomans gestohlen hätte, wäre ich sofort aus ihrer Welt verstoßen worden. Aber sie nicht. Ihr wurde nur ein neuer Job gegeben. Ein besserer. Und was war mit dem Geld passiert? Wer weiß. Sie hatte es vermutlich ausgegeben.

Sie nahm sich, was sie wollte, und tat, was sie wollte – das taten sie alle. Parker, Grant, Bianca, Sadie. Leben wie die Breakers, über alles hinwegblicken.

Die Menge um mich bewegte sich weiter, verschwommene Gesichter, Schweiß und Hitze, das Prickeln in meinem Nacken – dieses Gefühl, hier rauszumüssen. Aber ich hatte keine Ahnung, wo ich hinsollte.

Wie lange hatte ich vollkommen stillgehalten, zugesehen, wie sich das Leben der anderen um mich herum abspielte? Mich an eine Wand gelehnt, getrunken, was vom Whiskey der Lomans übrig war?

Das Haus der Lomans, die Regeln der Lomans, die Welt der Lomans.

Wie in Connors Boot zu sitzen und von draußen reinzusehen. Egal, wie nah ich kam, ich blieb doch immer die, die zusah.

Da war Parker, der Luce etwas ins Ohr flüsterte, neben sie gekauert, während sie in einem Liegestuhl am Poolrand saß. Den Blick irgendwo in die Ferne gerichtet.

Da waren Ellie Arnold und ihre Freundinnen in einer Ecke des Arbeitszimmers auf dem Boden, im Schneidersitz, wie eine Erinnerung an längst vergangene Zeiten – Mädchen auf einer Übernachtungsparty wie Faith und ich sie früher gefeiert haben, der Rest der Welt ohne Bedeutung.

Ich brauchte einen Moment, bis ich merkte, dass eins der Mädchen in der Gruppe ohnmächtig war, ihr Kopf fiel nach hinten gegen die Wand, und ihre Freundinnen waren hier bei ihr geblieben. Eine große Salatschüssel stand neben ihr – für den Fall, dass sie sich übergeben musste wahrscheinlich. Ellie legte dem Mädchen einen nassen Waschlappen auf die Stirn, und ich sah weg.

Da war Greg Randolph auf dem Sofa, den Arm um ein Mädchen gelegt, das aussah wie gerade erst achtzehn, ihr Blick war ihm zugewandt, als wäre er alles, was man kennen musste.

Und dann war da Connor, der gerade den Raum durchquerte, auf dem Weg zur Tür, sein Telefon in der Hand.

»Connor«, rief ich, bevor ich mich eines Besseren besinnen konnte. Als er sich umdrehte, sah ich ihn, wie Sadie ihn vielleicht gesehen hatte, ohne die Schichten und Jahre, die zwischen uns geraten waren. Ich sah ihn wie ein Mädchen, das vom Balkon des Harbour Club schaute, einem Mann zusah, der von seinem Boot stieg, souverän und ganz er selbst. Ein Mann, der sich genau gleich verhielt, ob ihm nun jemand zusah oder nicht. Etwas sehr Seltenes.

Es war ihm egal, wer Sadie war, wer sie alle waren. Aber er war jemand, den sie kannte, der einmal mir gehört hatte. Das

Einzige, was hier noch übrig war, das immer noch mir gehörte, nur mir allein. Und da wusste ich, sie musste ihn haben.

Ich stieß mich von der Wand ab, erwischte ihn an der Eingangstür. »Geh noch nicht«, sagte ich.

Er neigte den Kopf zur Seite, sagte aber nicht Nein. Wir hatten eine gemeinsame Geschichte, ich kannte seine Schwächen, genau wie er meine. Connor glaubte an ein lineares Leben. Er wusste schon, was er tun würde, als er noch ein Kind war: Er würde die Schule beenden, er würde in den Sommern für seinen Vater arbeiten und für jeden Fischer, der noch einen zweiten Deckarbeiter suchte. Er würde sich in ein Mädchen verlieben, das er schon sein ganzes Leben kannte und sie sich in ihn, so wie es auch seine Eltern getan hatten.

Als sein Leben vom Kurs abkam, war er nicht darauf vorbereitet gewesen.

Ich lächelte, wie ich es schon einmal getan hatte, als er mich nach hinten gebogen und am Lagerfeuer geküsst hatte, vor unseren Freunden – sein Mund, ein Grinsen.

Ich wusste, genau wie er das damals gewusst hatte: Solche Dinge erforderten ein forsches Herangehen. Ich in dieser Menschenmenge – vor Parker Loman und seiner ganzen Welt – flüsterte Connor etwas ins Ohr, bat ihn, mir den Flur entlang zu folgen.

Meine Hand wanderte seinen Arm hinunter, bis meine Finger sich mit seinen verschränkten, er widerstand nicht. Ich ging langsam, falls jemand zusehen wollte. Falls Greg Randolph sich auf dem Sofa umdrehen, eine Augenbraue heben und sagen würde, *Das ist der Typ, mit dem ich Sadie gesehen habe.* Aber niemand tat das, und es war mir auch egal. Ich war high von dem Wissen, dass er mich noch immer wollte, auch nach all der Zeit.

Im unteren Schlafzimmer war es dunkel, und ich schloss ab. Sagte nichts aus Angst, dass es die Trance durchbrechen würde.

Ich zog sein Gesicht zu mir, doch der Kuss überraschte mich doch. Ich schmeckte den Alkohol an ihm. Er folgte mir geschmeidig, als ich ihm das Shirt über den Kopf zog. Wie mühelos ich mich wieder in sein Leben gleiten lassen konnte. Die Macht, die ich hatte – dass ich den Kurs von allem, was folgte, ändern konnte.

Aber er war derjenige, der mich zum Bett führte. Der mir ins Ohr flüsterte – *Hi* –, als hätte er die ganze Zeit gewartet, das zu sagen.

In der Dunkelheit war ich mir nicht sicher, ob er sich mich oder Sadie vorstellte, doch es spielte keine Rolle. Seine Finger direkt über meiner Hüfte strichen über ein Tattoo, das er nicht sehen konnte.

Nichts hält ewig. Alles ist vorrübergehend. Du und ich und das hier.

Connor war nicht mehr der Connor, den ich kannte – und ich war auch nicht mehr dieselbe. Sechs Jahre waren vergangen, und wir waren etwas Neues geworden. Sechs Jahre mit neuen Erfahrungen, gelebtem Leben und Lernen. Sechs Jahre, um die Person, die man werden würde, zu schärfen. Aber da waren Schatten der Person, die ich kannte: In dem Arm um meine Taille, mit dem er mich an sich drückte. Und in seinen Fingern, mit denen er hinterher sachte auf meine Haut klopfte, bevor seine Hand ruhig wurde.

Keiner von uns sprach. Wir lagen da, Seite an Seite, bis ein Geräusch von draußen im Flur uns beide hochschrecken ließ. Eine Hand am verschlossenen Türgriff. Ich saß senkrecht.

»Avery …«, sagte er, aber ich stand auf, sammelte meine Kleider ein, um die Entschuldigung nicht zu hören. Ich ging geradewegs in das angrenzende Bad, damit ich das Bedauern auf seinem Gesicht nicht sehen musste. Stand im Bad, das immer noch feucht war von vorhin, als ich das Handtuchchaos und das Wasser zusammen mit Parker beseitigt hatte.

Ich wartete, bis Connor genug Zeit gehabt hatte, sich umzuziehen und zu gehen. Er klopfte einmal an die Badezimmertür, aber ich antwortete nicht. Ich stellte die Dusche an, tat so, als hörte ich nichts. Starrte weiter in den Spiegel, versuchte durch den Nebel die Person zu sehen, die aus mir geworden war.

Als ich schließlich rauskam, war er weg. Ich wusste nicht, wohin er danach verschwunden war. Konnte ihn im Meer der Gesichter im Wohnzimmer, die alle vor meinen Augen verschwammen, nicht finden.

Ich stellte mir vor, wie er zurückfuhr, um Sadie zu treffen, es ihr sagte, ich stellte mir vor, wie sie herausfand, was ich getan hatte. Was ich sagen würde: *Du hast mir nie gesagt, dass du mit ihm zusammen bist. Tut mir leid*, ein Schulterzucken, *wusste ich nicht*. Oder: *Ich war betrunken* – mich freisprechend. *Er hat sich nicht beschwert* – um ihr wehzutun. Oder die Wahrheit: *Connor Harlow ist nicht für dich*. Was ich schon vor Langem hätte sagen sollen: *Tu's nicht*.

Vergiss nicht, dass ich einst mein eigenes Leben Stück für Stück und bis auf den Grund niedergebrannt habe. Glaub nicht, ich würde es nicht wieder tun.

Beim zweiten Mal ist alles leichter.

Da, als ich gerade in meinem Kopf dieses Gespräch führte – all die Dinge, die ich ihr sagen würde, fest entschlossen –, fing Parker meinen Blick auf und neigte den Kopf in Richtung Vordertür. Warnte mich.

Zwei Männer in der offenen Tür, Mützen in den Händen.

Die Polizei war doch noch gekommen.

Sommer 2018

Kapitel 21

Ich rannte im Wohnzimmer des Sea Rose im Kreis, mein Handy am Ohr. All die Informationen wollten sich ihren Platz erkämpfen. Das Konto meiner Großmutter. Sogar wie Sadie und ich uns kennengelernt hatten. Alles verschob sich.

Bei Connor klingelte es immer wieder, ich legte auf, kurz bevor die Mailbox ansprang. Er würde jetzt arbeiten, auch wenn Sonntag war. *Die Leute müssen essen.* Das hatte er immer gesagt, als wir jünger waren, wenn mich seine Arbeitszeiten nervten, und dass er sich stets daran hielt.

Das Meer war eine Sucht für ihn – ein Zittern, das durch ihn hindurchrollte wie der erste Schluck Alkohol in der Blutbahn.

Ich schloss die Tür zum Sea Rose ab, als ich ging, aber den USB-Stick nahm ich mit, ich hatte Angst, ihn aus der Hand zu legen. So nah hatte ich mich Sadie seit ihrem Tod nicht gefühlt. Meine Schritte verfolgten ihre Wege zurück, meine Hände da, wo ihre gewesen waren. Meine Gedanken versuchten mitzuhalten.

Die Geheimnisse, die sie nie mit mir geteilt hatte – bei diesem hier hatte sie jedoch falschgelegen. Wenn sie gefragt hätte, ich hätte es ihr gesagt: Ich war keine Loman.

Ich hätte erklärt, dass ich aussah wie meine Mutter, ja, das dunkle Haar und die olivfarbene Haut, aber die Augen hatte ich von meinem Vater. Dass meine Mutter hier angehalten und Wurzeln geschlagen hatte, nicht wegen der Dinge, denen sie nachgejagt war, wie sie behauptete, sondern weil sie einen

Typen getroffen hatte, einen Lehrer, der es so *ernst* meinte mit seinen Ansichten, sich so sicher war, dass dies der Ort war, wo er hingehörte, und er tat, was ihm zu tun bestimmt war. Und seine Ernsthaftigkeit hatte bewirkt, dass sie ihre Deckung fallen ließ, die Welt durch seine Augen sah: Nichts passierte, was nicht geplant war – und dann war sie schwanger mit mir.

Es war keine perfekte Ehe, kein perfektes Leben. Es war immer da, in den unausgesprochenen Teilen jedes Streits – der Grund, warum sie geblieben war. Das Leben, das sie führte, und das, wonach sie immer noch zu suchen schien.

Die letzten vierzehn Jahre ihres Lebens hatte sie meinem Vater und Littleport und mir geschenkt. Sie hatten kein Geld, das wusste ich, denn es kam in ihren Streits vor, laut ausgesprochen. Die Grenze zwischen Kunst und Kommerz. Die Nebengeschäfte. Meine Mom arbeitete in der Galerie, in der ihre Bilder hingen, verdiente mehr hinter der Kasse als hinter der Staffelei.

Ich erinnerte mich, wie mein Dad mich einmal im Sommer, als ich noch klein war, auf seinem Weg zum Unterricht in der Galerie abgesetzt hatte. Meine Mom stand hinter dem Tresen, und sie schien überrascht, uns da zu sehen. *Du hättest doch längst zu Hause sein sollen*, sagte er. Ihr Gesicht war verkniffen, verwirrt. *Wir könnten die Überstunden gebrauchen*, antwortete sie. Dann als sie zu mir hinuntersah, entglitten ihr die Gesichtszüge, *Tut mir leid, ich hab's vergessen.*

Es kam kein Schweigegeld rein. Es gab keinen Schattenmann, der Druck ausübte.

Es gab nur mich, ich lief frei herum im Wald hinter unserem Haus, lernte schwimmen gegen einen kalten Strom, mit der Salzwasserboje. Mit dem Schlitten raste ich kopfüber den Harbour Drive entlang, bevor der Schneeflug kam, in dem Glauben, dass diese Welt meine war, meine, meine.

Meine Art, die Welt zu sehen, war zur Enttäuschung meiner

Mutter immer mehr wie die meines Vaters gewesen – pragmatisch und unerschütterlich. Deshalb war ich auch so sicher, dass Sadie ihr gefallen hätte. Da war jemand, der mich ansehen und etwas anderes, etwas Neues sehen konnte.

Erst jetzt verstand ich, was Sadie zu sehen geglaubt hatte bei diesem allerersten Mal.

Sechs Jahre lang glaubte sie zu wissen, wer ich war. Führte mich im Haus vor, ärgerte ihre Eltern damit, betrachtete mich als ihr Eigentum. Ein Schlag gegen ihre Mutter; ein Machtbeweis gegenüber ihrem Vater. Sechs Jahre, und schließlich fand sie die Wahrheit heraus.

Zu Beginn ihres letzten Sommers hatte sie zwei von diesen frei verkäuflichen DNA-Test-Kits gekauft, mit denen du deine Abstammung testen und außerdem nach ein paar vorbestehenden Krankheiten suchen konntest. *Nur um sicher zu sein*, hatte sie gesagt. *Danach wird es uns so viel besser gehen. Wer weiß, vielleicht haben wir lange verlorene gemeinsame Verwandte.*

Ich zögerte. Sosehr es mir auch gefiel, die Dinge Schritt für Schritt vorwärts und rückwärts zu durchdringen, ich wusste nicht, ob ich so etwas kommen sehen wollte. Etwas nicht zu Behandelndes, eine Unvermeidlichkeit, die zu stoppen ich keine Chance hatte. Aber wie sollte ich Nein sagen zu Sadie, die mir gegenüber auf dem Bett in meinem Haus saß, das eigentlich ihr Haus war, eigentlich ihr Bett? Ich spuckte in ein Teströhrchen, bis mein Mund trocken war und mein Hals brannte. Übergab ihr den innersten Kern meines Selbst.

Es dauerte mehr als einen Monat, bis die Ergebnisse kamen, und da hatte ich das Ganze schon fast vergessen. Bis sie hereinplatzte und mir sagte, ich solle meine E-Mails lesen. *Gute Neuigkeiten, ich werde nicht sterben. Zumindest nicht an einer dieser achtzehn Krankheiten*, sagte sie. *Und welche* Überraschung, ich bin sehr, sehr *Irisch. Falls mein Sonnenbrand dich etwas anderes hat glauben lassen.*

Sie sah mir über die Schulter, als ich nachguckte, zeigte mir dann, wie sie ihre Infos in die Abstammungsdatenbank eingegeben hatte. *Vielleicht sind wir ja entfernte Cousinen*, sagte sie. Wartete, hielt den Atem an, während ich das Gleiche tat.

Wir waren es nicht.

Ich sah die Spiegelung ihres Gesichts auf meinem Laptopbildschirm, ihre Augenbrauen, die sich zusammenzogen, die nach unten sinkenden Mundwinkel. Aber ich war zu beschäftigt mit der Tatsache, dass mein Familienstammbaum sich plötzlich verzweigte. Von den Verwandten, die ich kannte, war ich die einzige Verbliebene. Meine Mutter hatte den Kontakt zu ihrer Familie abgebrochen, bevor ich geboren worden war, und sie waren nicht einmal zu ihrer Beerdigung gekommen. Aber hier sah ich etwas Neues ausgebreitet vor mir – das Band des Blutes, das mich mit einer Welt von Leuten da draußen verband, von denen ich nie gewusst hatte, dass sie existierten.

Damals hatte ich nicht gemerkt, dass Sadie etwas anderes erwartet hatte. Sie wollte, dass ich die Wahrheit erfahre, und dies war ihr Weg gewesen, sie mir zu zeigen. Danach würde es kein Zurück geben. Keine Geheimnisse mehr. Alles und alle entlarvt.

Aber sie hatte falschgelegen.

Ich konnte die Zahlung an meine Großmutter mit nichts in Verbindung bringen, das Sinn ergab. Und es gab eine zweite Zahlung an jemanden, der die gleiche Bank benutzte.

Im Sommer nach ihrem ersten Collegejahr hatte Sadie ein Praktikum bei ihrem Vater gemacht – da hatte ich sie kennengelernt. Sie hatte in seinem Büro gearbeitet, mit seinen Konten. War sie darüber gestolpert und hatte mich deshalb gefunden?

Was hatte sie verstanden, als ihr klar wurde, dass sie doch unrecht gehabt hatte?

Der Harbor Drive brummte vor morgendlicher Aktivität. Es war der letzte Sonntag vor dem Labor-Day-Wochenende – und so lange, wie ich brauchte, um einen Parkplatz zu finden, hätte ich vom Sea Rose aus auch zu Fuß gehen können.

Die Straßen waren voll, und es fühlte sich alles vage unbekannt an. Immer wieder andere Gesichter, Woche für Woche. Ich schlängelte mich durch die Menschenmassen auf den Gehwegen, lief Richtung Hafen, sah aber plötzlich eine vertraute Gestalt, die auf der anderen Seite mitten in all der Geschäftigkeit still stand. Dunkle Hose und Hemd, Sonnenbrille, die Füße hüftbreit auseinander, den Kopf langsam vor und zurückbewegend – Detective Collins war da.

Ich holte tief Luft und tauchte im ersten Laden zu meiner Rechten unter. Die Glocke über mir klingelte, und ich fand mich am Ende der langen geschwungenen Schlange in der Hafenbohne wieder – dem Lieblingscafé sowohl der Einheimischen als auch der Touristen. Im Herbst veränderten sich die Öffnungszeiten und die Preise. Im Moment war es mehr ein Ort für die Besucher. Niemand von uns wollte mehr für etwas bezahlen, als es wert war.

Ich sah unauffällig über meine Schulter, während die Schlange sich weiterbewegte, doch ich hatte den Detective durch das Ladenfenster aus den Augen verloren. Zu viele Leute gingen vorbei, zu viele Stimmen, zu viel Bewegung. »Die Nächste?«

»Kaffee«, antwortete ich, und der Teenager hinter dem Tresen hob eine Augenbraue. Er zeigte mit dem Kopf auf die Karte an der Tafel hinter ihm, aber die Schrift verschwamm vor meinen Augen. »Mir egal«, sagte ich. »Einfach irgendwas mit Koffein.«

»Name?«, fragte er, den Stift über einem Styroporbecher gezückt.

»Avery.«

Seine Hand schwebte eine Sekunde, bevor er weiterschrieb, und ich fragte mich, ob er etwas gehört hatte. Etwas wusste.

»Ach, hey, hallo!«, sagte eine Frauenstimme von einem Tisch neben der Backsteinwand. Es war Ellie Arnold, lächelnd, als seien wir Freundinnen. Ihr gegenüber Greg Randolph, grinsend wie über einen Witz. Mit dem Rücken zu mir saß ein dritter Mann.

Der Teenager gab mir meine Kreditkarte, und der dritte Mann stand auf, als ich näher kam. Und dann verstand ich: Es war Parker Loman mit einem leeren Becher in der Hand.

»Avery«, sagte er und ging an mir vorbei. Als wäre ich abgehakt. Als wäre ich nur jemand, der auf seinem Besitz erwischt worden war und dort nichts zu suchen hatte; als wäre ich nicht die beste Freundin seiner Schwester gewesen, hätte nicht jahrelang mit ihm zusammengearbeitet; als hätte er mich nicht vor zwei Nächten geküsst.

Das war eine Gabe der ganzen Familie, die Geschichte zu erschaffen und dann zu besitzen. Sadie selbst, die mich bei den Breakers willkommen geheißen hatte. Und nun Parker, der wahrscheinlich diese neue Geschichte über mich verbreitete. Ich fragte mich, ob jeder an dem Tisch, hinter dem Tresen, draußen am Hafen, wusste, dass ich gerade, vor einer Stunde, gefeuert worden war.

Und dennoch tat er mir fast leid, wenn ich daran dachte, was sein eigener Vater über ihn sagte. Parker wurde der Chance beraubt, etwas wirklich unbedingt zu wollen.

Ehrgeiz hatte nicht nur mit der Arbeit zu tun. Ehrgeiz, so glaubte ich, war eine Art Verzweiflung, etwas, was Panik näherkam. Wie ein schlummernder Schalter tief innen, der nur in der Not gewaltsam geweckt wurde. Etwas, gegen das man sich wehrte, bis es einen schließlich gefangen nahm.

»Hier, setz dich doch.« Greg Randolph schob Parkers jetzt leeren Stuhl mit dem Fuß zu mir herüber, das Metall kratzte über den Beton. Ich setzte mich auf die Kante und wartete auf meinen Kaffee. »Wie ist es dir ergangen?«, fragte er, das Grinsen immer noch wie festgetackert. »Ich meine, seit Freitag.«

Der Teenager hinter dem Tresen rief meinen Namen, und ich entschuldigte mich, um mein Getränk zu holen. Es war etwas mit Karamell Vermischtes, dampfend heiß, und ein Gewürz, das ich nicht einordnen konnte. Als ich mich wieder setzte, ignorierte ich seine letzte Frage.

Greg nickte Ellie zu. »Wir sprachen gerade über die Party übernächste Woche. Kommst du auch nach Hawks Ridge?« Er neigte den Kopf zur Seite, und ich nahm einen Schluck. Die Plus-One-Party fand also wohl dieses Jahr bei ihm statt. Hawks Ridge. Eine Gruppe exklusiver Anwesen auf einer Anhöhe in den Bergen mit entferntem Blick aufs Meer.

»Wahrscheinlich nicht«, sagte ich.

»Oh, komm schon«, sagte er und seufzte falsch. Ich wusste, warum ich erwünscht war. Wegen des Dramas, wegen der Szene, damit jemand sagen könnte: *Guck mal, Avery Greer, kannst du es fassen, dass sie sich hier blicken lässt?* Damit irgendwer mich mit einem Schnaps in die Ecke drängen und behaupten könnte: *Ich kenne ein Geheimnis über dich.*

»Es wird nicht dasselbe sein«, fuhr Greg fort und stopfte sich das letzte Stück schmierigen Muffin in den Mund. »Erst Ellie und jetzt du«, fügte er hinzu, während er noch kaute.

»Du gehst auch nicht?« Ich wandte mich überrascht an Ellie.

Sie schüttelte den Kopf, sah auf den Tisch hinunter, drückte ihren Zeigefinger auf einen Krümel und ließ ihn auf ihren Teller fallen. »Nicht nach dem letzten Jahr.«

Sadie, dachte ich. Endlich jemand, der ein Gespür dafür hatte, wie geschmacklos das war. Ein weiteres Jahr, eine weitere Party, als hätte sich rein gar nichts geändert.

Niemand sonst schien die Wahrheit zu erkennen: dass einer von ihnen Sadie etwas angetan hatte.

»Es war ein Unfall, meine Liebe«, sagte Greg leise zu Ellie. »Und ich habe einen Notstromgenerator. Der Strom wird da oben nicht ausfallen.«

»Warte mal. Du willst dieses Jahr nicht gehen, weil du in den Pool gefallen bist?«, fragte ich sie.

Sie warf mir einen Blick zu, hart und böse. »Ich bin nicht *gefallen*. Jemand hat *mich gestoßen*.« Sie war wütend darüber, dass ich anscheinend ihre Version der Geschichte vergessen hatte, und das hatte ich auch. Letztes Jahr hatte ich gedacht, sie hätte überreagiert, wollte Aufmerksamkeit wie Sadie schon angedeutet hatte. Aber nichts an dieser Nacht war, wie es schien.

»Tut mir leid«, sagte ich.

Aber noch nicht einmal Greg Randolph ging darauf ein. Er grinste, als er den Becher an die Lippen hob. »Hat dich wahrscheinlich im Dunkeln aus Versehen angestoßen.« Und dann mit einem Pseudoflüstern zu mir: »Sie hatte ganz schön was getrunken, wenn ich mich recht erinnere.«

»Fick dich, Greg«, sagte sie. »Ich weiß das ja wohl noch.«

Da veränderte sich alles. Meine Erinnerung an diese Nacht: Die Lichter, die ausgingen, der Stromausfall. Unruhe. Ein Schrei.

Ist in dem Chaos jemand gegangen? Ist jemand zurückgekommen?

Abrupt stieß ich mich vom Tisch ab. »Ich muss los.« Ich musste mit jemand anderem reden, der dort gewesen war, alle gesehen hatte. Vielleicht Connor. Obwohl er diese ganzen Feinheiten nicht verstand. Die Besonderheiten der Loman-Welt.

Doch da war noch jemand. Eine Person, die dort gewesen war und alles gesehen hatte. Sie war gefährlich, dachte ich, weil sie etwas bemerkt hatte.

Und sie war nach alldem nicht zurückgekommen.

Kapitel 22

Sadie hatte mal gesagt, sie wisse nie, wem sie trauen könne. Ob die Leute nur wegen ihrer Stellung mit ihr befreundet sein wollten. Ob sie sich zu dem Mädchen oder dem Namen hingezogen fühlten. Dieses Leben, das ich von außerhalb Littleports beobachtet hatte. Wie ein Versprechen.

Sie hatte mal einen Jungen geliebt, auf dem Internat. In diesem ersten Sommer erzählte sie mir von ihm. Aber er lebte im Ausland, und nach dem Abschluss hatten sie sich getrennt; er ist nicht zu ihr zurückgekommen. Ich hörte andere Namen über die Jahre, während des Colleges. Aber nie mehr hatte sie diesen Glanz in ihren Augen, den Glauben daran, dass sie liebte und geliebt wurde.

Ich habe Glück, dass ich dich gefunden habe, hatte sie am Ende dieses ersten Sommers gesagt.

Ich fand, dass ich diejenige war, die Glück hatte. Eine Münze in die Luft geworfen, eine von Hunderten, von Tausenden, und ich war am nächsten dran an ihrem Zuhause gelandet. Ich war die, die sie aufgesammelt hatte, als sie eine brauchte.

Wie viel Glück ich doch hatte, dieses Mädchen zu finden, das mich ansah, als sei ich eine andere als die, die ich immer gewesen war. Die mir am Geburtstag ein Geschenk schickte oder einfach so. Die anrief, sogar wenn noch andere Leute bei ihr waren oder auch spät in der Nacht, wenn ich nur die Stille und ihre Stimme hörte. Die sich mir anvertraute und meine Meinung wissen wollte – *Was halten wir davon?*

Sie war meine Familie geworden. Eine stetige Erinnerung, dass ich nicht mehr länger allein war und sie auch nicht. Ich wusste es besser, als darauf zu vertrauen, dass etwas so Gutes dauerhaft sein könnte, aber mit ihr war es so leicht gewesen, das zu vergessen.

Jeden Sommer, Jahr für Jahr, war sie alles, was ich brauchte. Und dann kam Luciana Suarez.

Als ich mich zu der Familie draußen am Pool gesellte, die in dieser ersten Nacht auf den Sommer anstieß, bemerkte ich jedes Mal, wenn ich aufschaute, dass Luce mich ansah.

Sie erzählte mir, sie kenne Sadie und Parker schon seit Jahren, ihre Familien seien miteinander befreundet, seit sie Teenager waren, obwohl sie alle nicht zusammen zur Schule gegangen seien. Als wolle sie mich wissen lassen, dass ihre Beziehung mit den Lomans meine eigene überragte, schlicht wegen des Zeitfaktors.

Luce hatte gerade ihren Master gemacht, als sie am Anfang des Sommers zusammen mit den Lomans ankam. Sie hatte den Beginn ihres neuen Jobs bis Mitte September hinausgezögert. Sie würde sowieso umziehen, hatte sie gesagt. Aus dem Studentenwohnheim näher ans Krankenhaus heran, wo sie als Ergotherapeutin arbeiten würde.

Sie hatte mir alles erzählt, was ich wissen musste. Ich brauchte nur zehn Minuten, um die Mitarbeiterlisten verschiedener Krankenhäuser in Connecticut zu durchsuchen und auf ihren Namen zu stoßen – Luciana Suarez, Behandlungszeiten, Montag bis Freitag, 8 Uhr 30 bis 16 Uhr 30.

Ich suchte die Adresse des Krankenhauses heraus, fand ein Hotel in der Nähe, buchte mir das billigste Zimmer, das ich in einer Hotelkette, die ich kannte, bekommen konnte – alles von dem Fahrersitz meines Autos aus, das sich so beständig anfühlte wie jeder andere Ort.

Ich hielt noch nicht einmal am Sea Rose an, bevor ich Littleport verließ. Alles, was ich bei mir hatte, waren die Dinge in meiner Handtasche – der Zettel mit der Namensliste und den Kontonummern sowie Sadies USB-Stick. Die Kartons, die Taschen, meinen Laptop, die Schlüssel ließ ich zurück. Vielleicht war zu gehen sowieso das Beste.

Ich konnte mir vorstellen, wie jemand diese Dinge nächste Saison finden würde, falls ich nicht zurückkehrte. Sich fragte, was wohl mit mir passiert war. Die Gerüchte über das Mädchen, das von den Lomans besessen gewesen war. Sie musste etwas zu verbergen gehabt haben.

Auf die gleiche Weise hatten wir eine Geschichte über Sadie fabriziert – eine Person, die sterben wollte.

Dieser Gedanke brachte mich dazu, Connor noch einmal anzurufen – nur damit jemand Bescheid wusste –, aber es klingelte und klingelte. Ich überlegte erst noch, lieber keine Nachricht zu hinterlassen, denn ich wusste, wie das aussehen würde, aber die Anrufe hatten ja sowieso schon Spuren hinterlassen. Und Detective Collins hatte uns zusammen gesehen.

Es war nichts Verfängliches daran, der Wahrheit auf den Grund zu gehen.

»Hi. Ich hab dich heute Morgen am Hafen nicht gefunden, wollte dir aber Bescheid geben, dass ich Littleport verlasse.« Ich wusste nicht, wie viel mehr ich sagen sollte – über die Zahlungen und die Bankkonten auf dem USB-Stick in meiner Handtasche. Ich wusste nicht, ob ich meinen Instinkten oder ihm vertrauen sollte. Aber Connor kannte meine Großmutter. Er kannte meine Familie. Und er war immer, immer besser darin gewesen – noch einmal hinzuschauen und etwas Neues zu sehen. »Ich hab versucht herauszufinden, zu welcher Bank die

Konten gehören.« Ich holte Luft. »Eins davon war das meiner Großmutter.«

Und dann fuhr ich aus Littleport heraus – durch die vollen Straßen des Ortszentrums, die nach oben und weg vom Hafen führten; sich durch die Berge wanden, das Pflaster wie Serpentinen in Teile geschnitten; vorbei an Hecken und kahlen Straßenrändern, mit nichts als Haschkneipen und Eisläden und Tankstellen mit nur einer Zapfsäule – bis zum Highway.

Ich fuhr nach Süden so wie alle, die den Ort verließen, saß fest im Verkehr zurück in die Städte bis wir auf die 95 stießen und die Straßen sich nach Portland öffneten, die Highways sich wie ein Spinnennetz in verschiedene Richtungen aufteilten.

Es war Dinnerzeit, als ich auf den Hotelparkplatz fuhr in einer Stadt, die wie jede andere aussah, durch die ich gekommen war. Connor hatte mir eine Nachricht hinterlassen, die ich mir noch im Auto anhörte, als könne sonst jemand lauschen.

»Bin gerade wieder am Hafen und hab deine Nachricht erhalten. Ruf mich zurück, wenn du das hörst. Egal wie spät.«

Das Hotelzimmer war einfach, ein schlichter Raum wie Tausende andere im ganzen Land. Ich hatte vergessen, wie in Littleport allem eine Erinnerung daran anhaftete, wo man gerade war, sogar den Motels die Küste hoch und runter, mit den Muscheln und den im Sand schwimmenden Kerzen. Hummerfallen, die zu Bänken und Kunst aufgemöbelt wurden. Netze und Bojen als Dekoration in den Lobbys und Restaurants sogar noch weiter im Inland. Hier gab es nichts als elfenbeinfarbene Wände und ein Standardblumenbild.

Vielleicht war das die Lösung. So lebte man ein Leben in wohltemperierter Sicherheit. Wo einen nichts verletzte, aber auch nicht begeisterte. Wo man nichts riskierte.

Ich nahm das hier – aus Littleport herauszutreten und wieder hineinzuschauen –, um mein Zuhause mit den Augen einer Fremden zu sehen. Um endlich ein Gespür für meine Mutter in meinem Alter zu kriegen. Nicht für das, was sie zum Bleiben bewegt, sondern was sie überhaupt hatte anhalten lassen.

In Littleport waren wir von den Extremen abhängig geworden. Egal, wo du dich wiederfandst, du passtest dich den Höhen oder den Tiefen an. Alles war vorrübergehend, und so war auch deine Stellung darin. Wir verstanden das. Es war immer da, in der Kraft des Meeres und dem Ansteigen der Berge. Im überfüllten Chaos des Sommers und der kahlen Einsamkeit des Winters. Die süßen Seerosen starben, die zarte Schneeschicht schmolz. Alles markierte eine Zeitspanne und darin eine neue Chance für dich.

Ich rief Connor zurück, sobald ich mich in meinem Zimmer eingerichtet hatte. Als er abnahm, hörte ich Geräusche im Hintergrund, als wäre er irgendwo draußen. »Ist es gerade schlecht?«

Die Geräusche entfernten sich. »Eine Sekunde«, sagte er. Ich hörte, wie eine Tür sich quietschend schloss.

»Bist du feiern?« Wie konnte er jetzt nur alles außer Acht lassen für eine Partynacht mit Freunden? Er hatte mir gesagt, ich solle aufhören zu suchen, und offensichtlich hatte er direkt weitergemacht mit seinem eigenen Leben.

»Nein, ich bin nicht feiern. Ich bin gerade nach Hause gekommen. In der Wohnung nebenan ist eine Party. Leute auf dem Flur.«

»Oh.« Ich wusste nicht einmal mehr, wo er wohnte.

»Hör mir zu.« Seine Stimme wurde leiser. »Dieser Detective war am Hafen, als ich ging, und dann auch, als ich wiederkam. Er war den ganzen Tag dort. Und er hat mich gefragt, ob ich dich gesehen habe.«

»Was hast du gesagt?«

»Was denkst du? Ich habe Nein gesagt. Aber er hat uns gestern gesehen und wollte wissen, was es damit auf sich hatte. Ich habe ihm gesagt, wir seien alte Freunde, haben Neuigkeiten ausgetauscht. Nichts, was ihn etwas anginge.«

Ich lehnte mich gegen das Kopfteil des Bettes, zog die Knie hoch und starrte mein Bild im Spiegel über der Kommode gegenüber an. »Er glaubt, es war jemand von der Party, Connor. Einer von uns. Und ich habe das Konto meiner Großmutter auf diesem USB-Stick gefunden, ich weiß nicht, was ich denken soll.«

»Wo bist du?«, fragte er.

»Connecticut. Ich will noch mit einer anderen Person sprechen, die auch die Lomans kennt.«

»Du hättest warten sollen. Ich wäre mitgekommen.«

»Connor«, sagte ich, denn wir mussten hier ehrlich miteinander sein. Nichts hielt ewig, und auch dies nicht. Eine Zweckallianz, weil wir festgestellt hatten, dass wir beide mit drinhingen. Aber wir würden uns wieder entzweien, sobald wir frei davon waren. »Ich bin hier, um mit Luciana Suarez zu sprechen. Es ist besser, wenn ich das allein tue. Du hast doch gesagt, dass sie gesehen hat, was in der Nacht auf der Party passiert ist, oder? Mit dem Fenster?«

Stille. Ich hörte etwas knacken. Sah vor mir, wie er den Kiefer hin und her schob, und plötzlich hielt ich die Luft an. Fragte mich, ob ich mein Vertrauen in den falschen Menschen gesetzt hatte, ob meine Instinkte trogen. »Lass mich wissen, was sie gesagt hat«, antwortete er schließlich. Seine Stimme leise und kühl.

»Natürlich«, sagte ich. Obwohl er, wenn er meine Tonlage so gut deuten konnte, wie ich seine, wissen würde, dass dies eine Lüge war.

Kapitel 23

Das letzte Mal hatte ich Luce auf der Trauerfeier in Connecticut gesehen, sie hatte mich nicht aus den Augen gelassen. Ich war nicht sicher, wann sie und Parker sich getrennt hatten – oder warum. Es gab den Streit auf der Party, aber auf der Trauerfeier schienen sie wieder zusammen zu sein. Ich wusste nicht, ob es wirklich nur *eine Pause* gewesen war, wie Parker es genannt hatte, oder ob etwas anderes die Trennung verursacht hatte.

Um halb sechs war ich wach, meine Gedanken rotierten. In meiner Tasche war das zusammengefaltete Blatt, auf dem ich die Uhrzeiten notiert hatte.

Ich – 18 Uhr 40

Luce – 20 Uhr

Connor – 20 Uhr 10

Parker – 20 Uhr 30

Immer wieder ging ich die Ereignisse der Nacht durch, versuchte, etwas Neues zu entdecken. Fragte mich, ob jede Person wirklich für die ganze Zeit ein Alibi hatte.

Als wir alle da waren, hatte dieses Spiel mit Greg Randolph stattgefunden; Luce hatte mir das kaputte Fenster gezeigt; dann der Stromausfall und Ellie Arnolds Sturz – oder Stoß – in den Pool; Parker, der mir hinterher half, das Bad zu putzen; danach sein Kampf mit Luce oben; und Connor, der auf dem Weg zum Ausgang war, bis ich ihn aufhielt.

Und jetzt, um halb acht Uhr morgens, stand ich bereits an

der Seitentür der Klinik und wartete, dass sie aufschlossen. Ein leises automatisches Klicken, und ich war drin.

Ich fand ihr Büro hinten in dem weißen Labyrinth aus Fluren. Ihren Name auf einem Schild an der Tür zusammen mit drei anderen. Obwohl ihre Dienstzeit erst um acht Uhr dreißig begann, war ich sicher, dass sie früher hier sein musste.

Ich sah zuerst den Schatten – keine Schritte –, der um die Ecke kam. Dann eine Frau: flache Schuhe mit Gummisohlen, Anzughose, eine blaue taillierte Bluse. Das Haar im Nacken mit einer Spange zurückgebunden, Kaffee in einer Hand, Telefon in der anderen. Es war Luce. Sie hielt an, sobald sie um die Ecke war, blickte immer noch auf ihr Handy, als würde sie etwas Ungewöhnliches spüren.

Sie sah auf und blinzelte zweimal, ihr Gesicht verriet nichts.

»Hi«, sagte ich.

Sie schaute mich weiter an, als sei sie nicht sicher, wen sie vor sich hatte.

Und dann schien der Groschen zu fallen – sie stellte mich in einen Kontext, kramte mich aus ihrer Erinnerung hervor. »Avery?« Sie blickte über ihre Schulter, als würde ich vielleicht auf jemand anderes warten.

»Ich hatte gehofft, dich vor deinen Behandlungszeiten zu erwischen.« Ich tippte auf das Schild an ihrer Tür, eine Erinnerung, dass ich nur den öffentlichen Informationen folgte. »Ich wollte mit dir reden.«

»Ist alles in Ordnung?« Sie trat dichter an mich heran, und ich fragte mich, ob sie von Parker sprach. Ob sie sich immer noch nahstanden und sie sich nun Sorgen um ihren Freund machte – sie machten ja nur *eine Pause* oder vielleicht auch nicht einmal das. Vielleicht war sie nur wegen der Arbeit nicht mitgekommen, und Parker hatte gelogen. Es wäre nicht das erste Mal.

»Ja. Nein, ich bin nicht sicher. Sadies Gedenkfeier findet diese Woche statt, weißt du? Parker ist da. Und die Untersuchung – es ist doch nicht so einfach, wie es erst schien.«

Sie steckte ihr Telefon in die Handtasche, nahm ihre Schlüssel heraus und öffnete die Tür. »Ich hab von Anfang an nicht geglaubt, dass es einfach ist.« Sie hielt mir die Tür mit dem Fuß auf, bat mich hinein, während sie das Oberlicht einschaltete und ihre Tasche hinter den Schreibtisch fallen ließ. Es war ein kleines Büro, ein paar Stühle an der Wand gegenüber des Rezeptionstisches und ein Gang mit ein paar offenen Türen, die man von da, wo wir standen, sehen konnte.

Sie schaute auf die Uhr. »Wir haben vielleicht zehn Minuten, bis die Sekretärin kommt. Sie ist immer früh.«

Ich starrte sie weiter an, und sie runzelte die Stirn. Aber ich war einfach so überrascht von ihr. Sie schien so anders als die Person, die ich vorigen Sommer kennengelernt hatte, in weißen Caprihosen, mit Goldschmuck und perfekt gelocktem Haar bis zum Schlüsselbein. Ich nahm an, dass ich ihr auch anders vorkam, außerhalb von Littleport. Der Ort selbst machte etwas mehr aus den Menschen. Deshalb kamen die Touristen dorthin. Umgeben von Bergen und Ozean wurde mehr aus dir als anderswo. Jemand, der ein Kajak durch die Stromschnellen steuern konnte; jemand, der auf einen Berggipfel wanderte, über den Wald hinwegblickte, geradewegs bis zum Meer, und glaubte, er verdiene das alles. Der rechtzeitig zu Hause sein konnte, um am Abend Champagner zu Hummer zu trinken. Jemand, der alles wert war, was dieser Ort zu bieten hatte.

Luce warf einen Blick auf die geschlossene Tür und räusperte sich. Ich verlor sie, jetzt wo sie Zeit hatte, die Dinge zu durchdenken. Als ihr klar wurde, dass ich sie ausfindig gemacht hatte, einen halben Tag gefahren war, nur damit ich hier vor ihr stehen konnte.

»Wann hast du zuletzt mit Parker gesprochen?«, fragte ich.

Das schien sie zurückzuholen, denn ihre Augen weiteten sich etwas, ihr Atem beschleunigte. Fast als hätte sie Angst. »Wir haben nicht viel gesprochen, nachdem wir uns getrennt haben.«

»Wann war das?«

Sie senkte den Kopf. »Letzten September. Na ja, eigentlich in der Nacht. Der Nacht der Party.«

»Was?« Ich sah sie wieder vor mir, wie sie oben aus dem Schlafzimmer kam. Ihren wilden Blick. Hatte er sie da abserviert? Oder sie ihn?

»Wir hatten uns in der Nacht gestritten, aber das war nur der letzte Tropfen. Das, was es dich schließlich aussprechen lässt, verstehst du?«

Ich hatte sie vom Bad aus gehört. Das Donnern gegen die Wand. Ich senkte die Stimme. »Hat er dir wehgetan?«

»Parker? Nein. So war das nicht ... Er hat die Tür aufgemacht, um zu gehen, und ich hab sie wieder zugeknallt.« Sie schüttelte den Kopf. »Nur einmal wollte ich die Wahrheit hören. Ich hatte die Lügen so satt.«

»Aber ich hab euch gesehen. Auf der Trauerfeier.« Sie hatte neben ihm gestanden und mich beobachtet. Er hatte sich hinuntergebeugt, um ihr etwas ins Ohr zu flüstern, und sie war zusammengezuckt, hatte sich abgewandt ...

»Ja, er hatte mich gebeten – na ja, er meinte es *würde nicht gut aussehen*, wenn wir uns in der gleichen Nacht getrennt hätten, in der seine Schwester starb.« Sie verdrehte die Augen. »Kannst du das fassen? Sogar da dachten sie an die Wirkung der Dinge. Wir haben vereinbart, den Schein bis nach der Trauerfeier zu wahren, bis sich alles beruhigt hatte und ich meinen Job anfing.« Sie zeigte durch den Raum. »Wir haben uns voneinander ... entfernt, danach. Es gab nichts mehr zu sagen. Ich habe mich seitdem bemüht, den Lomans nicht mehr über den Weg zu laufen. Bisher ist mir das gelungen.«

»Ich dachte du … Also sie schienen dich wirklich gemocht zu haben. Du schienst sie gemocht zu haben.«

Da lachte sie, überraschend. »Sicher. Sie scheinen eine Menge Dinge.« Sie kaute auf ihrer Wange und betrachtete mich. Eine nervöse Angewohnheit, die mir zuvor nie aufgefallen war. »Hast du mal Schach gespielt?«

»Meinst du, sie spielen ein Spiel?«, fragte ich.

Sie fuhr sich mit der Hand über ihr Haar, den Pferdeschwanz entlang. »Ich glaube, sie *sind* das Spiel, Avery. Läufer und Springer. Könige und Damen. Bauern.«

Ich verlor den Faden, die Metapher. »Du glaubst, du warst ein Bauer?« Oder vielleicht meinte sie mich.

Sie presste die Lippen zusammen, antwortete nicht. »Für den König würden sie alles opfern.«

Ich rief mir ins Gedächtnis, was Grant mich gelehrt hatte – dass man etwas riskieren musste, wenn man gewinnen wollte. Du musstest gewillt sein, dich von etwas zu trennen. Bereit zu verlieren.

»Die Familie ist so verkorkst«, fuhr sie fort, ihre Stimme kaum noch ein Flüstern. »Sie hassen sich.«

»Nein …«, sagte ich wenig überzeugend. Dachte: *Sie halten zusammen. Wenn die Dinge schlecht laufen, gehen sie in Deckung.* Bereiten Parker darauf vor, die Firma zu übernehmen. Ändern Sadies Karriere. Begleiten ihre Leben. Doch die Feindseligkeit zwischen Sadie und Parker hatte ich auch bemerkt. So wie Luce. Ich hatte das für Eifersucht gehalten, wegen der Erwartungen ihrer Eltern – eine typische Geschwisterrivalität –, aber vielleicht lag ich falsch.

»Es ist alles unecht«, sagte sie. »Stell dir vor, was sie alles auf sich nehmen müssen, sie alle, um dich daran glauben zu lassen. Alles ist unecht. Nichts ist real.«

Aber Luce hatte mit dem Finger auf mich gezeigt, das hatte mir Detective Collins gesagt.

»Du hast der Polizei gesagt, ich sei besessen von Sadie.«

Sie holte tief Luft. »Dieser Detective … er suchte nach etwas. Und ich wollte nicht, dass er es in mir fand. Er fragte immer wieder nach jedem Schritt, den ich getan hatte. Wo ich war, jede Sekunde. Es ist so schwer, sich an jeden Moment zu erinnern. Was du getan hast, was du gesehen hast …« Sie schloss die Augen, sie bewegten sich unter ihren Lidern. »Aber was sollte ich auch glauben? Als ich letzten Sommer dort ankam, warst du alles andere als begeistert. Es war nicht gelogen, was ich ihm erzählt habe.«

»Ich wusste nur nicht, dass du da sein würdest«, sagte ich. »Niemand hatte es mir erzählt.«

Sie drehte den Kaffeebecher in der Hand, nahm einen großen Schluck und ließ ihn dann in den Mülleimer neben dem Schreibtisch fallen. »Erst dachte ich, du seist hinter Parker her. Aber dann sah ich, wie du und Sadie miteinander wart. Ich weiß nicht, was über den Sommer mit euch passiert ist, aber ja, ich hab es der Polizei erzählt. Es war eine erniedrigende Nacht für mich gewesen, und ich hatte es satt, sie immer wieder neu abzuspulen. Und dann *Sadie,* mein Gott. Ich wollte nur noch da raus.« Ein Schauer durchlief sie, als sie zu Ende sprach.

»Du meinst, es gab einen Grund, warum sie sich auf dich konzentriert haben?«

Sie verzog den Mund zu einer dünnen Linie. »Nein, nicht mich.«

Parker. Sie meinte Parker. Parkers Beteiligung würde sie mit ins Chaos ziehen. Man konnte jemanden in eine andere Welt hinaufheben, aber auch mit nach unten reißen. Eine Lektion, die wir beide von den Lomans gelernt hatten.

Luce zog sich ihren weißen Kittel über. Klemmte ein Namensschild daran. Es gab so viele Arten, wie wir uns kleideten, um uns zu präsentieren. Wir schlüpften in eine Rolle, eine andere Haut. Veränderten unsere Erscheinung, um uns gegenseitig etwas mitzuteilen. Luce jetzt: *Ich bin eine Person, die dir helfen wird.* Oder: *Ich gehöre hierher.*

Sie sah wieder auf die Uhr. »Bist du deshalb gekommen? Sind wir fertig?«

»Jemand hat Sadie umgebracht. Diese Nachricht war nicht von ihr.«

Sie starrte mich lange an, die Hände erstarrt an ihrem Namensschild. Schließlich strich sie sich seitlich über den Kittel. Senkte die Stimme. »Fragst du mich, ob ich glaube, dass einer von ihnen es getan haben könnte?«

Tat ich das? War es das, weswegen ich hier war? »Du weißt besser als ich, wie sie waren.« Ich räusperte mich. »Du hast gesehen, wie sie alle waren.« Ich war zu nah dran. Und, das hatte sie mir an dem Tag, an dem wir uns kennenlernten, gesagt: Sie kannte sie länger.

»Ja, das frage ich dich.«

»Ich glaube, Sadie wollte da raus. Ich glaube, sie hat etwas über ihre Familie herausgefunden.« Ich sah zur Seite, ließ meinen Anteil daran weg – dass was auch immer sie herausgefunden hatte, nicht nur mit ihrer, sondern auch mit meiner Familie zu tun hatte. Der Diebstahl, die Zahlungen – alles hing zusammen, und ich war ein Teil davon.

»Ich weiß nicht genau, ob sie gehen wollte«, sagte Luce. »Ich glaube, sie wollte einfach gesehen werden, so wie Parker. Er braucht es, weißt du, von allen um ihn herum. Die Vergötterung des Parker Loman.« Sie verdrehte die Augen. »Aber Sadie machte da nie mit.« *Ein kleiner Star-Protegé. Ein Junior-Arschloch.* »Ihre Sticheleien gingen ihm unter die Haut. Ich hab Parkers Miene sich nie so verdunkeln sehen, wie wenn Sadie ihn reizte. Ständig war irgendetwas. Sie ärgerte ihn immer wieder wegen seiner Narbe. Ich glaube nicht, dass es so eine große Sache war. Wir waren alle mal jung.« Sie berührte ihre Augenbraue, zuckte mit den Schultern. »Aber sie ließ nicht locker. Sagte: *Oh, erzähl Luce doch mal von deiner wilden Jugend. Parker kommt mit allem davon. Was war das noch mal? Ein Streit mit zwei Typen? Ein Streit wegen eines Mädchens?* Er sagte nichts, aber sie machte immer weiter. Sagte etwas wie, *Parker, jetzt musst du sagen: ›Ihr solltet den anderen Typen sehen.‹ Oder hab ich das falsch verstanden? Komm schon, sag es uns.* Oder, *Die Sünden seiner Jugend. Für immer verborgen.«*

Ich sah es vor mir, wie Sadie das tat, den Ausdruck auf ihrem Gesicht. Bohren und bohren, bis etwas überschnappte. *Parker kommt mit allem davon.* Sie hasste ihn. Natürlich tat sie das. Das Leben, das sie nie haben konnte, nicht einmal, obwohl sie im selben Haus aufwuchs, mit denselben Eltern, denselben Möglichkeiten.

»Warum hast du dich denn von ihm getrennt? Hattest du Angst vor ihm?«

»Nein, ich hatte keine Angst. Ich hatte einfach *die Nase voll.*« Sie sah zur Seite und schniefte. »Es ist mir peinlich. Diese Nacht. Das Fenster. Erinnerst du dich?«

Ich hielt die Luft an. Hielt ganz still.

»Ich habe drinnen nach Parker gesucht. Aber schließlich hab ich ihn durchs Fenster gesehen. Ich lächelte. Ich erinnere mich, dass ich *lächelte.*« Sie schüttelte den Kopf über sich selbst. »Bis ich sah, dass seine Hände ausgestreckt waren. Er redete mit einem Mädchen und versuchte, sie zu beruhigen. Und dieser Ausdruck auf ihrem Gesicht … ich kenne diesen Ausdruck. Wut, ja, aber auch ein gebrochenes Herz. Und dann nahm sie eine dieser Säulen, die auf der Terrasse standen, und wollte ihm den Kopf damit einschlagen.« Luce schwang ihre Arme, als würde sie einen Schläger halten – um es zu zeigen oder sich zu erinnern. Mir blieb der Mund offen stehen.

Sie grinste. »So hab ich auch geguckt. Er hat sich weggeduckt, aber sie hat die Scheibe getroffen und, nun ja, du hast es ja gesehen. Sie wollte es tun. Sie wollte ihn verletzen. Sie war so, so wütend … Später, als ich ihn darauf ansprach, behauptete er, das sei schon lange vorbei. Dass sie nicht loslassen könne. Aber im Ernst!« Sie dehnte ihre Finger. »Ich wollte die Wahrheit. Keine Lügen mehr. Man wartet doch nicht bis zum allerletzten Tag des Sommers und greift dann jemanden wegen etwas an, das vor einem Jahr passiert ist. Sie war so wütend, wütend genug, um ihn genau da zu verletzen.« Ihr Hals zitterte. »Dieser ganze Ort … es ist, als käme man hinein, und es ist eine Welt für sich. Nichts sonst existiert. Die Zeit bleibt stehen. Du glaubst, du kannst *alles* tun …« Dann konzentrierte sie sich wieder auf mich. »Du wusstest es nicht? Ich dachte echt, alle waren in den Scherz eingeweiht außer mir.«

»Nein«, sagte ich. »Das wusste ich nicht.« Ich hatte keine Ahnung, was Parker so machte, wenn er allein unterwegs war.

»Parker bettelte mich an, sie da rauszulassen. Und das tat ich nur, weil ich damals nicht glaubte, dass er Sadie hätte wehtun können. Wir waren den größten Teil der Nacht zusammen gewesen, und dann war da die Nachricht … ich glaubte nicht, dass er ihr wirklich etwas antun könnte. Aber jetzt weiß ich es nicht mehr. Je mehr Zeit vergeht, wenn ich zurückblicke?« Sie schüttelte den Kopf.

Aber ich hörte kaum zu. Ich stellte mir das Mädchen da draußen vor, mit einer Säule, die sie wie einen Schläger hielt. Ging eine Reihe Gesichter durch, die ich an dem Abend gesehen hatte. Gerüchte, die ich über Parker gehört oder mir eingebildet hatte. »Dieses andere Mädchen, kanntest du ihren Namen?«

»Nein. Aber ich weiß, wer sie war. Ich hatte sie schon mal gesehen. Locken, so ein rotbraun. Sie hat in der Frühstückspension gearbeitet, in der wir manchmal zum Brunch waren.« Sie erstickte an ihrem eigenen Lachen. »Er hat mich dahin mitgenommen, während des Sommers, mich vorgeführt, der kranke Arsch. Hinterher ist mir klar geworden, dass er wegen ihr wahrscheinlich da parken wollte. Deshalb hat er so lange gebraucht, bis er zur Party kam. Weil er sie erst noch getroffen hat.«

Ich trat zurück, gerade als die Tür aufschwang. Eine ältere Frau in einem geblümten Kleid stand da, halb im Eingang, die Tür an der Hüfte. Sie sah zwischen uns hin und her. »Ist alles in Ordnung?« Sie spürte die Atmosphäre, die Spannung, die in der Luft lag. An ihr Kleid war ein Namensschild geklemmt. Die Sekretärin also.

»Ich muss gehen«, sagte ich.

»Avery?« Luces Stimme verebbte, als die Tür hinter mir zuschwang. Ich ging schnell, rannte fast den Flur entlang. Trat durch den nächsten Ausgang nach draußen, in die kühle, morgendliche endsommerliche Luft, atmete tief durch.

Verdammter Connor. Er wusste es. Das Mädchen, mit dem er im Schatten gestritten hatte – das eine Säule gegen Parker erhoben hatte. Ich hatte sie durch die Risse in der Scheibe gesehen, hinten im Garten – ihr Gesicht gerade nicht mehr im Bild. Er hatte alles gesehen – und gelogen. Hatte seine Verbündete gewählt, damals und jetzt.

Ich sah sie genau vor mir, das Mädchen im Schatten. Weiße Knöchel. Ich stellte mir ihren Blick vor, als sie zurückstolperte. Konnte es ganz klar erkennen, so wie nie zuvor. Angst ja, aber auch Wut.

Faith. Es war Faith gewesen.

Kapitel 24

Draußen vor dem Krankenhaus saß ich mit zitternden Händen im Auto. Zog das Blatt Papier mit unseren Namen hervor, faltete es noch einmal auseinander. Fügte der Liste noch einen Namen hinzu:

Faith – 21 Uhr

Sie war da gewesen. Nach Parker, aber bevor das Fenster kaputtging.

Ich konnte mich kaum auf die Autofahrt nach Hause konzentrieren, fühlte nichts als kochend heiße Wut in meinen Knochen brennen.

Wenn der Fall wieder aufgenommen worden war, was ich glaubte, suchte die Polizei nach einer Person, die auf der Party gewesen war. Sie sahen sich wieder die Liste der Namen an.

Aber es gab noch einen weiteren. Einen, von dem die Polizei noch nicht einmal wusste. Von einer Person, die gar nicht hätte da sein sollen.

Connor rief immer wieder an, mit einer Regelmäßigkeit, die ich alarmierend fand. Ich hatte jeden Anruf gesehen, dem Klingeln gelauscht, bis die Mailbox ansprang. Aber ein paar Augenblicke später ging es wieder los, und ich begann mir Sorgen zu machen, dass etwas passiert sein könnte. Sadies Gedenkfeier war am nächsten Tag. Ich fragte mich, ob die Ermittlungen irgendetwas geändert hatten. Als mein Handy das nächste Mal losging, antwortete ich über Lautsprecher. »Hallo?«

»Wo bist du«, sagte er statt einer Begrüßung.

»Auf dem Rückweg. Ist alles in Ordnung?« Der Küstenhighway war viel leerer an einem Montag in Richtung Norden, so anders als der Sonntagstrubel aus Littleport heraus.

»Ich hab mir Sorgen gemacht. Du hast gesagt, dass du anrufen würdest, und das hast du nicht.«

»Tut mir leid. Ich bin sofort losgefahren, nachdem ich mit Luce gesprochen habe.«

Pause. »Was hat sie dir erzählt? Was hast du herausgefunden?«

Nicht mehr Neugier, sondern ein Test, und ich konnte nicht sagen, wem seine Loyalität galt. »Oh, ich bin sicher, das weißt du bereits.«

Eine lange Stille, in der sich alles zwischen uns abspulte. »Nein.«

»Du wusstest nicht, dass Faith diejenige war, die das Fenster zerbrochen hat?« Ich fuhr zügig auf das Auto vor mir auf, überholte, ohne vom Gas zu gehen. Ich musste langsamer werden, mich beruhigen, aber ich klammerte mich fester ans Steuer. »Du wusstet nicht, dass sie mit Parker Loman gestritten hat und auf ihn losgegangen ist?«

»Nein. *Nein.* Also, ich hab sie da gesehen. Ich wusste, dass sie aufgebracht war. Ich wusste, dass sie da war, um Parker zur Rede zu stellen, aber ich hab ihr gesagt, dass sie gehen soll. Ich hab sie nach Hause geschickt. Mann, war die wütend auf mich, ist sie wahrscheinlich noch. Hat mir vorgeworfen, ich sei ein Verräter. Sie wusste nicht, warum ich da war.«

»Tja, du hast ihn verpasst. Den Streit. Sie war sauer und ist mit einer Steinsäule auf ihn losgegangen. Sie hat Parker verfehlt und stattdessen das Fenster getroffen.«

»Hör mal, Faith würde niemandem wehtun …«

Er brach ab, und in der Schweigepause lachte ich. »Aber ich, meinst du das?«

Er antwortete nicht.

»Sie wollte sie ihm an den *Kopf* schleudern.«

»Das Fenster war nicht mal richtig zerbrochen, oder? Wahrscheinlich hat sie nicht wirklich stark ausgeholt. Sie wollte ihm bestimmt nur Angst machen. Ihm zeigen, dass sie wütend ist.«

»Halt mal die Luft an, Connor.« Als wäre das die Geschichte, die er über Faith und sich selbst glauben wollte. Dass er sich nicht schon von klein auf an zwei Mädchen gebunden hatte, von der jede fähig war, in Rage zu geraten und dabei jemanden zu verletzen. Denn was hieß es für ihn, dass er in jeder von uns etwas sah, was er mochte – was er liebte?

»Du kennst sie nicht mehr, sie ist …«

»Was ist sie?«

»Irgendwie kleiner. Als hätte sie sich untergeordnet und aufgegeben.«

»Das klingt nicht nach Faith.« Nicht nach dem Mädchen, das ich mal gekannt hatte, das sich mit mir in Häuser geschlichen, ihre Meinung gesagt, nichts gefürchtet hatte – der immerwährende Schwung in ihren Schritten. Aber dann erinnerte ich mich daran, wie sie aussah, als ich sie letzte Woche im Point getroffen hatte, still und zurückhaltend. Die abgehackten Worte, die falsche Freundlichkeit.

Aber sie konnte anderen wehtun. Und wie sie das konnte.

Du beugst dich, bis du diesen Punkt gefunden hast. Wo du unten bist und immer schneller sinkst, und deshalb tust du etwas, irgendetwas Drastisches, einfach damit das aufhört. Das *Fuck you* steigt an die Oberfläche. Die Narbe von Parkers Kampf. Das brutale Abschütteln von Connors Arm. Meine Hände auf Faiths Schultern. Das Brennen, als ich merkte, wie sich unser Gleichgewicht veränderte – der Angelpunkt, an dem so viele Leben hingen.

»Hör zu, ich bin gerade unterwegs, um ein paar Lieferungen zu machen, aber lass mich zuerst mit ihr sprechen. Lass uns treffen. Lass uns …«

»Nein, Connor. Nein.« Ich würde nicht auf Connor warten. Detective Collins hatte ganz klar uns beide auf dem Kieker. So viel hatte Connor mir erzählt – dass der Detective Fragen stellte, nicht nur zu ihm, sondern zu mir. Und ich hatte gerade herausgefunden, dass Connors Treue nicht mir galt. Wenn ich die Wahrheit wollte, musste ich selbst dorthin, bevor es zu spät war. »Ich werde die Wahrheit erfahren, wenn ich sie frage. Ich werde es merken.« Genau wie Connor und ich uns immer noch lesen konnten, sogar nach all den Jahren. Bei Dingen, die wir verborgen halten wollten, es aber nicht konnten. Faith könnte mich nicht anlügen. Wenn ich sie fragte, wenn sie Sadie etwas getan hatte – ich würde es wissen.

»Und was dann?«, fragte Connor.

Ich wusste es nicht. Konnte nicht ehrlich antworten. Faith oder Sadie. Meine Vergangenheit oder meine Gegenwart. »Versprich mir, dass du mich zuerst mit ihr reden lässt.«

»Wir sind zu alt für Versprechungen, Avery.« Er legte auf, und ich drückte aufs Gaspedal, wurde schneller, als ich vom Highway abbog.

Ich passte nicht auf, als ich den Fuß vom Gas nahm und das Auto die Bergstraße in Richtung Meer hinuntergleiten ließ. Sah die sich nähernde Haarnadelkurve nicht und bremste zu spät – der Schwung katapultierte das Hinterteil meines Wagens über den Asphalt hinaus, das Auto scherte leicht nach links aus. Mir rutschte der Magen in die Kniekehlen, und ich riss die Handbremse hoch. Meine Hände zitterten, mein Puls raste, und erst als mich ein anderes Auto überraschte – ein

Hupen, als es vorbeizischte –, konnte ich mich wieder konzentrieren.

Wie leicht das gewesen wäre, kam mir in den Sinn. Der Tod war nichts, wonach ich suchen musste, sondern etwas, was sich anschlich, während ich gerade nicht hinsah. Wie leicht musste es für meinen Vater gewesen sein, auf der Bergstraße einzuschlafen, meine Mutter neben ihm, meine Großmutter hinten. Die dunkle Straße, die dunkle Nacht. Ehrlich gesagt überraschte es mich, dass das nicht öfter passierte.

Es schien mir wie ein Wunder, dass es so viele von uns bis hierher geschafft hatten und immer noch weitermachten.

Ich nahm ein paar tiefe Atemzüge und fuhr dann zurück ins Zentrum von Littleport. In der Ferne traf die Sonne auf die Wasseroberfläche, und der Mut verließ mich. Ich fuhr an der Einfahrt zu Hawks Ridge mit seinen Steinsäulen und Eisenpforten links vorbei. Nahm dann eine Straße nach rechts – sie gabelte sich zu dem Gebiet, in dem ich aufgewachsen war, mit den einstöckigen Häusern, die sich hinten an den Waldrand schmiegten und Blick auf die Berge hatten. Vor mir wand sich die Straße hinunter zum Meer und zum Ortszentrum.

Die Straßen waren nicht so verstopft wie am Wochenende, und ich erkannte ein paar vertraute Gesichter im Vorbeifahren. Ich wusste, Detective Collins war irgendwo hier draußen und suchte mich. Wartete auf mich. Weil er glaubte, dass ich Teil von Sadie Lomans Welt sein wollte und dass ich mir, als sie im Begriff war, mich rauszuwerfen, ihren Tod gewünscht hatte.

Sie wussten, wozu ich fähig war, wenn ich wütend war.

Das Meer in der Ferne sah ruhig aus. Ich lenkte den Wagen die Steigung hinauf, an der Polizeiwache oben auf dem Hügel vorbei, zum Point dahinter und zum Leuchtturm.

Der Parkplatz war halb voll, und meine Reifen rollten langsam über die Schotter-Auffahrt. Als ich aus dem Auto stieg, konnte ich hören, wie die Wellen gegen die Klippen hinter dem Holzzaun schlugen. Die schockierende Gewalt des Ozeans. Eine Erinnerung daran, dass der gleiche Ort sowohl ein Albtraum als auch ein Traum sein konnte.

Während ich einer Familie zusah, die ihr Gepäck aus dem Auto neben mir auslud, verpasste ich es fast: eine Frau, die hinten aus der Pension kam und in den Wald ging. Den Pfad entlang, den ich vor einem Jahr gerannt war.

Es war ihre Geschwindigkeit, die mich veranlasste, ihr zu folgen. Dieses Haar, wild und ungezähmt, zu einem hohen Pferdeschwanz auf ihrem Kopf zusammengebunden, der schnelle Blick über die Schulter, als wolle sie nicht gesehen werden.

Ich hielt Abstand, folgte dem Pfad, aber ich konnte sie nicht im Blick behalten, ohne bemerkt zu werden. Und als ich den hinteren Garten des Blue Robin erreicht hatte – die hohe Hecke, die den Pool säumte, das Aufblitzen der blauen Verkleidung des Hauses darüber –, hatte ich sie verloren.

Ich blieb stehen und lauschte nach Zeichen von ihr; auf irgendetwas.

Ein Flattern in den Bäumen. Blätter, die von einer schnellen Windböe über den Boden geweht wurden. Das Donnern der Wellen in der Ferne.

Und dann: das Geräusch einer sich öffnenden Tür.

Ich trat um die Ecke des Blue Robin, gerade rechtzeitig, um zu sehen, wie sich die Tür des Hauses auf der anderen Straßenseite schloss. Ich blieb stehen und starrte dorthin. Sie war im Sunset Retreat.

Nicht durch ein kaputtes Fenster, nicht weil ein Hebel fehlte. So war sie nicht hineingekommen.

Sie hatte einen Schlüssel.

Kapitel 25

Ich wartete auf der anderen Straßenseite, an die Seitenwand des Blue Robin gepresst, beobachtete das Haus. Versuchte zu verstehen. Faith war letztes Jahr auf der Party gewesen, hatte sich mit Parker gestritten. Jetzt war sie in einem der Loman-Häuser. Ich versuchte, diese Information mit der Vorstellung von dem Mädchen, das ich einmal gekannt hatte, in Einklang zu bringen.

Ich erinnerte mich an Connor, Faith und mich zusammen in dem leeren Loman-Haus. Wie sie die ganzen Schränke geöffnet und hineingespäht hatte – wir alle hatten dieses Leben, das nicht unseres war, genau unter die Lupe genommen. Detective Collins hatte recht – da gab es eine Person, die über die Jahre immer besessener geworden war. Die beobachtet und einen Riss gefunden hatte – einen Weg in dieses Leben. Nur dass nicht ich diejenige war.

Ich hatte keinen Fuß mehr ins Sunset Retreat gesetzt seit ich das Gasleck entdeckt hatte. So kurz danach war ich nicht sicher, ob es schon ungefährlich war.

Ich schlich über die Straße, hielt mich wenn möglich unter den Bäumen und stellte mich auf Zehenspitzen, um durch das vordere Fenster zu schauen. Hinter den luftigen Vorhängen fuhr Faith mit den Händen über die Oberflächen, öffnete die Schranktüren, so wie sie es all die Jahre getan hatte. Sie wirkte sowohl verändert als auch vertraut. Irgendwie kleiner, ja, wie Connor gesagt hatte – stiller in ihren Handlungen. Und doch dieselbe Faith, die dreist genug war, sich in ein Haus zu schleichen, das ihr nicht gehörte, im Ort durchzudrehen, als wäre sie Teil dessen, was er hervorbrachte. Jetzt unsichtbar, so wie es uns gelehrt worden war.

Ich beobachtete sie immer noch, als sie etwas von einem Schrank nahm. Ich musste meine Stirn an die Scheibe pressen, bevor ich verstand, was sie da tat – die Streichhölzer in einer Hand.

Nein. *Nein.* Ich hatte ihren Namen auf der Zunge, er steckte in meinem Hals. Das Drücken und Ziehen. Bleiben oder wegrennen. »Faith!«, rief ich, die Augen weit aufgerissen und tränend, aber sie sah nicht hoch.

Ich klopfte an die Scheibe, gerade als sie ein Streichholz anriss, aber es kam kein Funke. Da sah sie mich, doch ihr Gesicht veränderte sich nicht. Sie nahm noch ein Holz, und ich schlug wieder gegen das Fenster. »Stopp! Warte!« Ich konnte an nichts als den Gasgeruch denken.

Sie sah mir direkt in die Augen, als sie das Streichholz entzündete, und ich zuckte vor Schreck zusammen. Eine Flamme loderte auf, sie hielt das brennende Holz zwischen ihren Fingern, starrte in meine Richtung. Ich hielt die Luft an, die Schultern angespannt. Aber nichts passierte, als sie es langsam an eine Kerze hielt.

»Faith«, rief ich wieder, doch ich wusste, dass meine Stimme von der Scheibe gedämpft wurde, mein Gesicht weich und verschwommen aussah. Wieder schlug ich mit beiden Händen gegen das Glas. »Komm da raus.«

Sie hörte nicht zu, aber sie hielt mich auch nicht auf, als ich die Veranda hoch und ins Haus rannte. Ich stand im Türrahmen, die Hände zu Fäusten geballt, lehnte mich zurück – als könnte der zusätzliche Abstand mich schützen. »Puste sie aus«, sagte ich, aber sie stand nur da und sah mich an. »Hier ist Gas. War. Ein Gasleck …«

»Ich hab gehört, das wurde repariert«, sagte sie und blies das Streichholz aus. Die Kerze flackerte auf dem Tresen.

Ich stürzte an ihr vorbei, rannte praktisch quer durch das Zimmer und löschte selbst die Kerze. Meine Hände zitterten. »Es hätte eine Explosion geben können. Ein Feuer. Faith, du hättest …« Ich schüttelte den Kopf, hörte wieder Sadies Stimme. Die sämtliche Arten, auf die ich sterben könnte, aufzählte.

Faith blinzelte langsam, betrachtete mich. »Das Gas ist abgestellt worden. Es ist absolut sicher.«

Und dann standen wir uns gegenüber, zwischen uns der aufsteigende Rauch. Ihr Gesicht war kantiger – scharf geschnittene Nase, hohe Wangenknochen, ein spitzes Kinn. Die Jahre haben das herausgemeißelt, sie ernst und entschlossen gemacht.

»Hast du die Polizei gerufen?«, fragte sie ruhig, leise. Sie versuchte nicht wegzulaufen. Nun, da sie erwischt worden war, suchte sie nicht einmal Ausflüchte. Als hätte sie darauf gewartet, dass ich durch die Tür käme.

Aber ich war erschüttert, zu viel Adrenalin schoss durch meine Adern und konnte nirgendwohin. »Mein Gott, Faith, was machst du denn hier?«

Sie zuckte mit den Schultern, holte dann langsam und kontrolliert Luft. »Ich weiß nicht. Ich komm hier manchmal ganz gern her. Es ist friedlich. Eine ruhige Straße.«

»Du hast einen Schlüssel?«

Sie verdrehte die Augen. »Du sagst den Gästen immer, sie sollen die Schlüssel im Briefkasten lassen. *Stundenlang* kommt niemand. Nicht die beste Geschäftspraktik, Avery. Kannst du mir das vorwerfen? Es würde mich nicht wundern, wenn es noch andere gäbe. Du weißt doch, wie die Leute hier im Winter drauf sind.« Sie starrte mir direkt in die Augen, forderte mich heraus, das zu verneinen. Erinnerte mich daran, dass ich einmal eine von ihnen gewesen war, und sie wusste genau, was wir zusammen getan hatten.

Ich dachte an die anderen Häuser, die Zeichen, dass jemand darin gewesen war. Nicht nur das Gasleck hier, sondern der kaputte Fernsehbildschirm im Trail's End; die Spuren im Blue Robin; die Kerzen, die überall im Sea Rose gebrannt hatten. Wie viele gab es noch? »Du hast auch andere Schlüssel nachmachen lassen, oder?«

Sie zuckte wieder mit den Schultern. »Klar, warum nicht?«

Ich machte die Küchenfenster auf, nur für alle Fälle. Für mich würde es hier immer gefährlich sein. »Ist es wegen Parker?«, fragte ich.

Ihre Augen wurden schmal, die Haut darum spannte sich. Sie biss sich auf die Lippen, schüttelte aber den Kopf. »Der kann mich mal.«

Also war sie immer noch wütend. Und jetzt in der Lage, etwas dagegen zu tun. »Ich weiß, dass du letztes Jahr da warst. Auf der Party. Du hast dich mit ihm gestritten.« Ich ging auf sie zu, um die Kücheninsel herum. »Ich weiß auch, dass du das Fenster zerbrochen hast.«

Faith machte einen Schritt zurück und legte sich automatisch die Hand auf ihren Ellbogen. Da war eine Narbe von der OP. Ich blieb stehen, und sie betrachtete mich wachsam.

»Ich war wütend«, sagte sie und starrte mich an, ohne zu blinzeln. Als würde uns dieses Gefühl verbinden. Als wären wir gleich. »Er ist ein Arschloch, aber das weißt du wahrscheinlich schon.« Sie blickte zur Seite. »Wir sollten das alle wissen, oder? Wir sollten es besser wissen.« Dann sah sie mir in die Augen, und ich verstand. Wie du in die Umlaufbahn einer Welt gezogen werden und denken konntest, dass du einen Platz darin hattest, auch wenn du in Wirklichkeit nicht Teil davon warst.

»Was ist zwischen euch vorgefallen?«, fragte ich.

»Parker Loman ist vorgefallen. Du solltest es wissen, oder? Kam in die Pension gewalzt, als gehöre ihm der Laden. Ich wusste, wer er war, hatte ihn jedes Jahr gesehen, aber plötzlich sah er mich.« Sie lächelte bei der Erinnerung daran. »Im ersten Sommer machte es Spaß, es geheim zu halten. Aber dann tauchte er im Jahr danach mit *ihr* auf.«

»Luce.«

Sie winkte ab, als hätte der Name keine Bedeutung. Stützte eine Hand in die Hüfte, lehnte sich dagegen. »Er hörte nicht auf, weißt du. Erzählte mir immer wieder, es sei ein Fehler gewesen, sie mit nach Littleport zu bringen. Dass er sie nicht mehr dahaben wolle, sie aber auch nicht nach Hause schicken könne … Er kam *sogar in der Nacht*, um mich zu treffen. Setzte seine angebliche Freundin bei der Party ab und kam mich besuchen.«

Ich konnte es mir vorstellen. So wie er über mir gestanden hatte in diesem Badezimmer, während Luce irgendwo da draußen war. Sadies Worte – dass er mit allem davonkomme. Wie er es brauchte, dieses Gefühl, das Idol Parker Loman zu sein.

»Also warst du es müde, ein Geheimnis zu sein?«, fragte ich.

»Ich dachte, es wäre lustig, das Geheimnis in der Öffentlichkeit auszuleben. Wo etwas auf dem Spiel stand, weißt du? Er wurde so wütend, als ich sagte, wir sehen uns später auf der Party. Als gäbe es da Regeln, von denen ich nichts wusste. Er dachte, er könnte alles bestimmen. Aber so ist es nicht. Es ist nicht nur seine Entscheidung. Wir stritten bei mir darüber, aber dann sagte er, er müsse los. Es war noch ein Auto auf den Parkplatz vor der Pension gefahren, das hatte ihn erschreckt. Meinte, er wolle nicht *gesehen* werden.« Sie schüttelte den Kopf. »Im Ernst, schon der Gedanke daran, mit mir gesehen zu werden, war zu viel … Tja, auf einmal war es nicht mehr so lustig.«

Parker Loman, der so viele Leben lebte. Seine Lügen, damals und heute, so mühelos. Hatte er die ganze Zeit gewusst, dass sie es war? Hatte er sie verdächtigt herumzuschleichen, die Häuser zu beschädigen, und hatte den Mund gehalten, um sein Gesicht zu wahren? Damit er nicht zugeben musste, dass er etwas mit einer Einheimischen gehabt hatte, die sich seltsam verhielt?

»Aber du bist ihm gefolgt«, sagte ich. »Zur Party. Luce hat dich da gesehen, weißt du.«

Sie verschränkte die Arme vor der Brust. »Nun ja. Ich bin nicht sofort hingegangen. Hab mich ein bisschen in meinem Ärger gesuhlt. Aber dann, ja. Ich folgte ihm. Ich wusste, wo er hinging. Wo ihr alle wart. Auch wenn ich nicht mit Connor gerechnet hatte.« Ihre Augen weiteten sich. »Dieser Ort lässt euch alle glauben, ihr wäret etwas Besseres, als ihr es wirklich seid.«

»Faith«, sagte ich und riss sie zurück in die Realität. »Hast du aus Rache seine Häuser beschädigt?«

»So kleinkariert bin ich nicht. Eine erzürnte Frau. *Im Ernst*, Avery?« Sie schritt durch den Flur, warf die Haustür auf und zeigte die leere Straße entlang. Ich trat hinaus, guckte zu den Bäumen, aber ich sah nichts. »Weißt du, was hier passiert, während du dich aufführst, wie die kleine Marionette von Grant Loman? Weißt du, was mit dem Rest von uns passiert, während er mehr und mehr und mehr aufkauft?«

Ich schüttelte den Kopf, weil ich es nicht wusste. Ich kannte Grants Konten genau. Kannte seine Hoffnungen und Ziele für diesen Ort und meine Rolle darin. Ich wusste, dass viele Leute sauer waren, als ich das Haus meiner Großmutter an ihn verkauft hatte, aber ich hatte keine Ahnung, wovon Faith jetzt sprach.

»Ich hab meinen Abschluss diesen Mai gemacht, komme nach Hause, um zu arbeiten, und stelle fest, dass unsere Pension fett in den roten Zahlen steht. Nicht nur ein bisschen. Unrettbar. Meine Eltern haben eine zweite Hypothek aufgenommen für die Erweiterung von vor zwei Jahren, in dem Glauben, sie könnten das Geld mit den neuen Einheiten wieder hereinbekommen. Aber wir können es nicht. Nicht bei den ganzen anderen Möglichkeiten, die es hier gibt.« Sie sah aus dem Fenster. »Wir hatten vor, hier zu expandieren, wusstest du das? Wir haben für die Grundstücke geboten, wollten hier einen Anbau an das Hauptgebäude errichten. Aber wir haben sie nicht bekommen. Die Grundstücke sind alle unter Vertrag – bei irgendeiner Firma namens LLC.« Sie schürzte die Lippen.

»Ich arbeite nicht mehr für sie. Glaub mir, ich …«

»Und du.« Sie trat näher, konzentrierte ihre Wut auf mich. Stieg die Verandastufen hinunter und trieb mich damit weiter zurück. »Du, dieses komplette Wrack …« Sie zuckte, schüttelte den Kopf über sich selbst. »Tut mir leid, aber das warst du. Dieser vollkommene *Niemand*. Du hältst nun den Laden am Laufen? Während Menschen wie ich, die alles richtig gemacht haben, einen Abschluss gemacht haben, ihre Zeit gedient haben – hierher zurückkommen, und dann ist da nichts? Tut mir leid, dass ich dagegen etwas getan habe. Ich will nur zurück, was mir gehört.«

»Wie denn?« Und dann verstand ich. Sie wollte die Gäste verschrecken. Die Lomans da treffen, wo es wehtat. *Uns* treffen, was sie anging. Ich wusste nicht, auf wen sie wütender war – auf sie oder mich. Oder vielleicht hing alles zusammen, speiste sich gegenseitig. Ich, die Person, die sie physisch verletzt hatte; Parker, der ihr Herz gebrochen hatte; die Lomans, die ihre Zukunft zerstörten. Alles war kaputt.

»Warst du da oben? Bei den Lomans?«

Sie warf die Hände in die Luft, als sei das alles völlig klar. »Ich versuche nur etwas zu finden. Irgendetwas. Ich brauche nur etwas, was ich benutzen kann. Ich will sie hier weghaben.« Sie zitterte inzwischen. »Ich wollte dich hier weghaben. Es ist nicht fair.« Ihre Stimme brach beim letzten Wort.

Die Nächte, als der Strom ausgefallen war, und ich dachte, ich sei allein. Schritte im Sand, die Hintertür offen und das Gefühl, dass jemand mit mir im Haus sei. Die Taschenlampe auf den Klippen. »Du könntest ins Gefängnis kommen«, flüsterte ich. »Sie könnten dich ruinieren.« Das war die Wahrheit. Sie konnten jeden ruinieren.

Sie setzte sich auf die erste Stufe, sah die noch unbebaute Straße hinunter, die Beine vor sich ausgestreckt und die Knöchel überkreuzt. »Wirst du es der Polizei melden?«

Ich war hierhergekommen, um Faith wegen Sadie zu fragen, hatte gedacht, dass ich es wissen würde, wenn ich ihr in die Augen sah. Stattdessen gestand sie etwas anderes. Was vielleicht nicht damit in Verbindung stand. Inzwischen hatte ich der Polizei das Handy gegeben, hatte ihnen alles erzählt, was ich wusste, aber das hatte nur bewirkt, dass sie sich nun auf mich konzentrierten. Ich wusste nicht, was ich ihnen sonst noch schuldete. Oder ihr.

»Ich weiß es nicht«, sagte ich. Das zumindest war die Wahrheit.

»Und was ist mit ihnen?«, fragte sie. »Wirst du es den Lomans sagen?«

»Ich rede gerade nicht mit ihnen. Sie reden nicht mit mir. Ich arbeite nicht mehr für sie. Ich wurde gefeuert.« Ich schuldete den Lomans gar nichts. Vielleicht hatte ich das nie.

Ihre Augen zuckten wegen eines Gefühls, das ich nicht einordnen konnte. »Ich will, dass er weiß, dass ich es war«, sagte sie.

Sie hatte keine Ahnung von den Tiefen meiner eigenen Wut. Oder vielleicht doch. Sie neigte den Kopf zur Seite, sah mich aufmerksam an.

»Niemand hält dich auf«, sagte ich. »Tu, was du willst. Aber die Lomans, sie glauben, dass sie alles kontrollieren. Leute, Grundstücke, diesen ganzen Ort. Sie denken, dass sie ganz selbstverständlich das Recht dazu haben. Sie denken, sie verdienen es, alles zu wissen. Vielleicht tun sie das aber gar nicht.«

Wenn ich es wäre, würde ich sie im Ungewissen lassen. Würde sie von Schritten aufwachen lassen, verunsichert. Ließe diesen Bruch ihre Nächte zerreißen, ihre Leben.

»Du musst gehen«, sagte ich. »Du musst hier weg. Bitte, hör auf. Du hast fast … dieses Haus war voller Gas. Du hättest jemanden verletzen können.«

»Nein, es sollte niemand verletzt werden. Nur – niemand hatte es auch nur bemerkt. Nicht einmal du, erst bei den Kerzen. Niemand tat *irgendetwas*.«

Ein Schauer durchlief mich. All diese unsichtbaren Leben, gerade außerhalb der Sichtweite verborgen. Sogar diese Nacht auf der Party, als sie *genau da war*, blieb sie außerhalb des Rahmens, versteckt im Schatten und hinter zerbrochenem Glas.

»Hast du gesehen, was auf der Plus One vor einem Jahr passiert ist?«, fragte ich sie.

Sie sah mich aus den Augenwinkeln an. Presste dann die Lippen zusammen. Was glaubte sie, war geschehen? Glaubte sie wie die Polizei, dass ich etwas mit Sadies Tod zu tun haben könnte?

»Nein. Connor hat mir gesagt, dass ich lieber gehen sollte. Ich sollte danach nicht weiter da herumhängen.«

Waren das die Schritte, die ich in der Nacht im Wald gehört hatte? Als ich Sadies Namen gerufen hatte? Vergessen hatte, dass so viele von uns sich wie Geister bewegen konnten, unentdeckt und unsichtbar.

Dennoch war es ihre Aussage. Dass sie die Party verlassen hatte und nach Hause gegangen war. Ich starrte in ihr Gesicht, versuchte etwas zu erkennen …

Das Geräusch eines Automotors in der Ferne riss mich aus meinen Gedanken. Ich spähte die Straße hinunter, konnte aber nicht an den Bäumen vorbeisehen.

»Faith, lass uns zurück zu dir gehen.« Ich zog sie am Ärmel, damit sie aufstand, aber sie starrte nur meine Hand an, wie sie den Stoff ihres Shirts umklammerte. »Die Polizei hat das Haus auf der anderen Straßenseite im Auge.« Ich nickte in Richtung Blue Robin. Fragte mich, ob das Auto eben auch der Detective gewesen war. Ob er uns finden würde, hier und jetzt.

Sie stand auf, ihr Blick folgte meinem die Straße entlang. »Ich sehe niemanden«, sagte sie.

»Trotzdem. Wir müssen gehen.«

Wir gingen ruhig, Seite an Seite, am Blue Robin vorbei, zurück zu dem Pfad zwischen den Bäumen wie zwei Freundinnen. Von außen musste es jedem wie ein netter Spaziergang vorkommen. Ich wartete, bis wir außer Sichtweite des Blue Robin waren und ich sicher war, dass wir allein waren, dann fragte ich. Ich hielt meine Stimme leise. »Das alles – die Kerzen, die Schäden –, das hat doch nichts mit Sadie zu tun?«

Sie blieb einen Moment stehen und ging dann weiter. »Sadie? Nein. *Nein.* Du denkst, ich hätte ihr wehtun können?«

Hätte sie? Ich schloss die Augen und schüttelte den Kopf, aber das war eine Lüge, und das wusste sie. Jeder könnte das. Das war hier nicht die Frage. »Wenn ich jemandem wehtun wollte«, sagte sie, ohne langsamer zu werden, »wäre sie die letzte Loman auf meiner Liste.«

Ich hatte Faith vermisst. Sie war wild und ehrlich – wie konnte ich sie da im Schatten nicht gesehen haben? Was dieses Jahr in den Häusern passiert war, hatte alles nur mit Parker und mit dem, wofür die Lomans standen, zu tun – nicht mit Sadie.

Als wir auf der Lichtung des Parkplatzes herauskamen, lief sie auf den hinteren Teil des Hauses zu, der zum Meer hinausging.

»Faith. Bitte. Du kannst sie so sehr hassen, wie du willst, aber sie haben letztes Jahr ihre Tochter verloren. Reicht das nicht?«

Sie sah die Klippen hinunter, aber ich wusste, wie es sein konnte – wie man sich so in seiner eigenen Wut und Trauer und Bitterkeit verlor, dass man kaum etwas anderes sehen konnte. Als sie sich umdrehte, waren ihre Augen nass, doch vielleicht kam das auch vom salzigen Meerwind. »Ich weiß, dass du ihr nahestandst, und es tut mir leid. Es tut mir leid, dass sie tot ist.«

Sie ging zurück zum Haus und ich zu meinem Auto, der Rest des Parkplatzes war gerade leer. Alles, an was ich denken konnte, war, dass Parkers Auto hier stand, in der Nacht, in der Sadie starb. Er konnte weggefahren, nach Hause geschlichen und wiedergekommen sein.

»Faith«, rief ich, kurz bevor sie aus meinem Blickfeld verschwand. »Du meintest doch, dass noch ein Auto hier auf den Parkplatz fuhr, in der Nacht, nachdem Parker hier war. Wer war das?« Ich fragte mich, ob Connor dort geparkt hatte.

Sie schüttelte den Kopf. »Ich konnte es nicht richtig sehen. Es waren zwei Personen, die Richtung Party gegangen sind. Ich weiß nur, dass die eine einen blauen Rock anhatte. Das konnte ich im Mondlicht sehen.«

Faith ging weiter nach drinnen, ihre Schritte hallten auf den hölzernen Stufen.

Ich versuchte, mich daran zu erinnern, wer in der Nacht einen blauen Rock anhatte. Die meisten trugen Jeans, Khaki-Shorts, manche Sommerkleider mit Jacken. Es war unmöglich sich zu erinnern, welche Kleidung die Leute getragen hatten. Ich konnte mich kaum an meine eigene erinnern. Da war nur eine Person, die ich auswendig wusste.

Ich schloss die Augen und sah, wie Sadie sich im Eingang zu meinem Zimmer drehte. *Was halten wir davon?* Ihr blaues Kleid, glänzend. *Du wirst erfrieren, das weißt du, oder?* Dann hatte sie meinen braunen Pullover übergezogen.

Ich bekam eine Gänsehaut.

Von hinten, von da, wo Faith gestanden hatte, hätte es ausgesehen wie ein Rock.

Und plötzlich sah ich vor mir, wie Sadie ihr Handy herausnahm, die Nachricht von mir las: *Wo bist du?* Und dann: *???*

Ich sah sie mit der Klarheit einer Erinnerung statt meiner Fantasie. Mit einer Inbrunst, die es wahr werden ließ. Wie sie stirnrunzelnd ihr Handy betrachtete, mir diese Nachricht schickte – die letzte, die, die ich nie bekommen hatte. Die Punkte, die mein Telefon hatten aufleuchten lassen:

Ich bin schon hier.

Sommer 2017

Der Tag nach der Plus-One-Party

Ich schlief nicht. Nachdem ich ins Gästehaus zurückgekommen war, saß ich am Fenster, taub, wartete, dass irgendetwas Sinn ergab. Aber die Welt hatte sich verändert, und nichts war wiederzuerkennen. Die Zeit verging sprunghaft in Fragmenten. Mitten in der Nacht hatte ich aus dem Fenster Grant und Bianca zurückkehren sehen. Mehrere Streifenwagen kamen und fuhren wieder vor Tagesanbruch. Aber meine Gedanken wanderten immer wieder zurück zu Sadie, wie sie in meinem Türrahmen stand. Ich hörte sie meinen Namen rufen, ein Echo in meinen Gedanken.

Ich sah die beiden Männer kommen, bevor sie klopften, sie sprachen leise miteinander, während sie näher kamen.

Die Polizei. Sie waren hier, mich wegen der Nacht davor zu befragen. Über Sadie.

Wir saßen an meinem Küchentisch, vier Stühle an die saubere weiße Fläche geschoben. Ich setzte mich gegenüber von Detective Ben Collins und Officer Paul Chambers; so hatten sie sich vorgestellt, wobei der Detective den jüngeren Kollegen Pauly nannte, als sie ihre Notizblöcke herausholten.

»Avery, das mag Ihnen unnötig vorkommen«, sagte Detective Collins. »Vielleicht sogar grausam, wenn man die Umstände betrachtet.« Seine Stimme wurde leiser, als könne jemand lauschen. »Aber es ist hilfreich, die Dinge sofort durchzugehen, bevor die Leute vergessen. Oder bevor sie mit anderen sprechen und die Geschichten anfangen, sich zu vermischen.« Er wartete, dass ich antwortete, und ich nickte. »Wann haben Sie Sadie gestern zuletzt gesehen?«, fragte er.

Mein Blick wanderte zum Flur, zu meiner offenen Schlafzimmertür. Ich wusste die Antwort, aber meine Gedanken hinkten hinterher, als müssten sie erst noch durch einen anderen Raum reisen. »So um Mittag herum. Sie kam vorbei, als ich noch arbeitete.«

Er nickte. »Hat sie Ihnen irgendetwas über ihre Pläne für den restlichen Tag erzählt?«

Ich sah sie vor mir, wie sie sich im Türrahmen drehte. Nach meinem Pulli griff. Wie sie an ihren Haarspitzen herumspielte. »Sie hat nichts gesagt, aber wir wollten uns auf der Party treffen. Wir gehen jedes Jahr dahin.« Wofür hätte sie sich fertig machen sollen, wenn nicht dafür?

»Sie hat also nie gesagt, dass sie zur Party kommen würde.«

Das hatte sie nicht, aber es war eigentlich selbstverständlich. Hätte sie es mir sonst nicht erzählt? »Sie hat Parker gesagt, er solle nicht auf sie warten.« Meine Stimme klang rau, sogar in meinen Ohren. »Das hat er jedenfalls behauptet.«

»Und Ihnen? Hat sie Ihnen auch gesagt, sie bräuchten nicht zu warten?«

Ich schüttelte den Kopf. »Sie wusste, dass ich früh hingehen würde, um das Haus aufzuschließen und alles vorzubereiten. Aber sie ist immer zu der Plus-One-Party gekommen. Ich hab ihr geschrieben. Sehen Sie?« Ich hielt ihm mein Handy hin, damit er die gesendeten Nachrichten sehen konnte – das Fehlen einer Antwort. »Sie war dabei, mir zurückzuschreiben. Ich habe die Punkte gesehen.« Officer Chambers schrieb meine

Nummer auf, machte sich Notizen zur Zeit und dem Inhalt meiner Nachricht.

»Wie viele Drinks hatten Sie da schon getrunken?«, fragte Detective Collins.

»Zwei«, sagte ich. *Drei.*

Sie wechselten einen schnellen Blick. »Okay. Wir haben ihr Handy bisher noch nicht orten können. Es scheint, als hätte sie es bei sich gehabt, als sie ...« Hier brach er ab, aber ich beugte mich vor, versuchte zu verstehen. *Als sie fiel? Sprang? Gestoßen wurde?*

Officer Chambers notierte wieder etwas. Aber der Detective war der Einzige, der Fragen stellte. »Wie hat sie sich benommen, als Sie sie das letzte Mal gesehen haben?«

Ich schloss die Augen, versuchte, es vor mir zu sehen. Ihnen etwas an die Hand zu geben, irgendetwas. Als könnte ich sie hierher zurückholen, nur mit Worten. Wie sie sich auf den Absätzen drehte. Mit den Augen rollte. Meinen Schrank durchguckte. Meinen Pulli überwarf, vor Energie sprühend – »Wie Sadie«, sagte ich. *Als wäre alles in Ordnung. Als würde ich sie bald wiedersehen.*

Er lehnte sich auf meinem Holzstuhl zurück, es knarrte. Ich versuchte seine Notizen zu entziffern, aber sie waren von mir weggedreht. Das einzige Geräusch war das unseres Atmens.

»Sie, Luciana und Parker sind alle einzeln auf der Party erschienen«, sagte er. »Wie war das noch mal?« Als hätte er das bereits von jemandem gehört, und ich sollte nur die Details bestätigen.

»Ich kam zuerst. Luciana als Nächste. Parker zum Schluss.«

Hier, eine Pause. »Und Connor Harlow? Wir haben gehört, er war auch auf der Party.«

Das Gefühl, wie ich meine Hand an seinem Arm hinabgleiten ließ, ihn ins Schlafzimmer führte.

Ich nickte. »Connor war auch da.«

Detective Collins riss in der Stille ein Blatt Papier ab, schrieb eine Liste von Namen, bat mich, die Ankunftszeiten einzutragen: *Avery Greer, Luciana Suarez, Parker Loman, Connor Harlow.*

Ich schätzte, so gut ich konnte, hielt dann beim letzten Namen inne. Ich runzelte die Stirn über dem Blatt, meine Augen trüb und vor Müdigkeit brennend. »Connor kam vor Parker an. Ich weiß nicht genau, wann«, sagte ich.

Detective Collins drehte das Blatt wieder zu sich, überflog die Liste. »Da ist eine große Lücke zwischen Ihnen und der nächsten Person.«

»Ja, ich habe aufgebaut. Diejenigen, die zum ersten Mal mit dabei sind, kommen immer früh.« Etwas in seinem Blick konnte ich nicht deuten, eine Linie, die ich gerade gezogen hatte – und wir standen auf entgegengesetzten Seiten. Ich räusperte mich. »Ich habe die Getränke hingebracht. Das Haus aufgeschlossen. Es ist mein Job, den Besitz der Lomans zu überwachen.«

»Das sagten Sie bereits. Wie sind Sie dorthin gekommen letzte Nacht?«, fragte er.

»Ich habe mein Auto genommen«, sagte ich. Der Kofferraum war voll mit der Kiste Alkohol, den Resten aus der Speisekammer.

»Und wo ist das Auto jetzt?« Er machte eine Show daraus, sich umzusehen, als wenn es irgendwo versteckt sein könnte.

Ich atmete zitternd aus. »Als die Polizei auf der Party auftauchte, bin ich mit Parker gegangen. Ich habe nicht nachgedacht. Ich bin ihm einfach hinausgefolgt. Mein Auto war zu der Zeit sowieso zugeparkt, vor dem Haus auf der anderen Straßenseite.« Ich sah aus dem Fenster auf meinen leeren Parkplatz. »Ich nehme an, da steht es noch.«

Er legte seinen Stift hin und sah mich eindringlich an, als wäre da ein Loch in meiner Geschichte, und er wäre im Begriff, dieses aufzubohren. Aber dann machte er weiter. »Nachdem die Beamten auf der Party angekommen waren und Sie mit Parker hierher zurückgekehrt waren …« Er sah auf seine Notizen. »… sind Parker und Luciana ins Haupthaus gegangen. Und Sie?« Er schaute auf, die Antwort bereits wissend. Er war schließlich derjenige, der mich gefunden hatte.

»Ich bin wieder zurückgegangen.«

»Warum?«

Weil es mich dorthin zog. Ihr Leben war mein Leben. »Wegen der Polizei am Breaker Beach«, sagte ich. Ich schaute zu Officer Chambers und fragte mich, ob er einer von denen war, die uns vorbeigewinkt hatten, aber er hielt den Blick gesenkt. »Ein Beamter stand dort und ließ uns nicht dichter herangehen. Aber es gibt einen Weg von oben nach unten. Ich wollte es sehen.«

»Und haben Sie? Haben Sie etwas gesehen?«

Ich schüttelte den Kopf. »Nein.«

Er beugte sich vor, sprach leiser, als wäre dieser Teil nicht fürs Protokoll, nur zwischen uns. »Sie wirkten panisch, als ich Sie dort gesehen habe.«

»Das war ich auch. Sie ist meine beste Freundin. Ich hab es nicht geglaubt. Aber …«

»Aber?«

»Ihre Schuhe. Ich hab ihre Schuhe gesehen. Und da wusste ich es.« Meine Hände fingen an zu zittern, und ich drückte sie fest zusammen, damit das aufhörte.

Während er mich anstarrte, wanderte mein Blick zu den Fenstern rechts. Durch die Bäume zum Meer, dessen erschreckender Weite. Die zusammenlaufenden Strömungen und endlosen Tiefen; die Geheimnisse, die es bewahrte.

»Okay«, sagte er und lehnte sich zurück. »Lassen Sie uns die Nacht noch einmal durchgehen.« Als er sprach, sah er sich die Liste an, die ich ihm gegeben habe. »Parker und Luciana waren während der Party die meiste Zeit zusammen.« Er sah mich an, damit ich das bestätigte. Damals gab es keinen Grund, den Streit in der oberen Etage zu erwähnen. Oder die Zeit, die ich mit Parker allein war. Sie sind zusammen hingefahren. Sie sind zusammen gegangen. Sie waren den größten Teil der Nacht zusammen.

Ich nickte. »Geht es um die Party?«, fragte ich. Ich verstand nicht, warum die Details eine Rolle spielen sollten. Sie war nicht da gewesen. Die Party hatte am anderen Ende des Ortes stattgefunden.

»Nein, wir suchen hier«, sagte der Detective. Officer Chambers sah sich in meinem Wohnzimmer um, als könne dort ein Hinweis zu finden sein, der ihm entgangen war. »Das Haus, die Klippen, hinunter bis zum Breaker Beach. Das ist der Schauplatz. Der Grund, warum ich nach der Party frage« – er beugte sich vor – »ist, um herauszufinden, ob irgendjemand fehlte.« Er nahm seinen Stift in die Hand, hob eine Augenbraue. »Also. Kann jemand über die ganze Zeit für Sie bürgen, Avery?«

Ich schüttelte den Kopf, verwirrt, verzweifelt. »Parker, Luce, da war ein Haus voller Menschen. Sie haben mich gesehen. Ich war da.«

»Sie könnten gegangen sein. Sie können nicht für jeden einzelnen Moment bürgen.«

»Aber ich bin nicht gegangen. Und ich habe Ihnen erzählt, dass sie mir geschrieben hat. Es ging ihr gut.«

»Was ist mit Connor Harlow?«

»Was soll mit ihm sein?«

»Wissen Sie, wie es ihm gestern Nacht ging?«

Sein Shirt, das er sich über den Kopf zog. Wie er mich zum Bett führte …

»Ich weiß gar nichts. Connor und ich reden nicht mehr miteinander.«

»Aber Sie haben ihn dort gesehen.«

Connors Gesicht, nur Zentimeter von meinem entfernt. Das Gefühl seiner Hände auf meinen Hüften.

»Ja«, sagte ich. »Ich hab ihn gesehen.«

»War er die ganze Zeit da?«

Die Macht dieses Moments, sie schnürte mir die Luft ab. Niemand konnte eigentlich sicher sein, wer dageblieben und wer gegangen war. Über eine Party wie diese konntest du nur das erzählen, wovon du hofftest, dass die anderen es auch über dich sagen würden. Ein tief sitzender Instinkt, deinesgleichen zu beschützen. »Ja. Keiner von uns ist gegangen.«

Später an dem Morgen, nachdem die Polizei zurück ins Haupthaus gegangen war, sah ich eine Gestalt neben der Garage stehen und auf ihr Handy starren.

Ich öffnete die Tür, rief ihren Namen fast flüsternd. »Luce?«

Sie fuhr zusammen, drehte sich dann zu mir um, und ich ging ihr entgegen. Von Nahem waren ihre Augen blutunterlaufen, ihr Gesicht ausgemergelt und ohne Make-up.

»Ich muss hier weg«, sagte sie und schüttelte den Kopf. Ihr Haar war straff zurückgebunden, streng. »Ich gehöre hier im Moment nicht her. Ich versuche …« Sie klopfte auf ihr Handy, verzweifelt. »Ich versuche gerade herauszufinden, wie ich zur Busstation gelange. Wenn ich nach Boston komme, schaffe ich es nach Hause.«

Da sah ich erst, dass sie eine Tasche in der anderen Hand hatte, deren braune Ledergriffe sie fest umklammert hielt. Sie suchte meinen Blick, als hätte ich eine Antwort.

»Ich würde dich fahren, aber ich habe mein Auto nicht hier. Es ist immer noch auf der Aussichtsfläche.« Ich schluckte. »Vielleicht kannst du Parkers Auto nehmen. Grant und Bianca sind ja jetzt hier.«

Ihre Augen weiteten sich. »Das frag ich ihn doch jetzt nicht.« Sie sah über die Schulter zum Haus und schauderte. »Ich gehöre da nicht hin. Es ist nicht mein Zuhause. Es …«

»Okay, komm rein. Luce, komm.« Ich legte ihr die Hand an den Ellbogen, um sie zu überzeugen, und führte sie ins Wohnzimmer.

Sie saß auf der Couch, ihr Rücken Zentimeter von den Kissen entfernt, die Hände sorgfältig über den Knien gefaltet, das Gepäck auf dem Boden vor ihr. Ich gab ihr die Nummer eines Fahrservices, bei der sie es versuchen konnte; sie war völlig durch den Wind, nicht in der Lage, sich so weit zu konzentrieren, um selbst diese Information herauszufinden.

»Bleib hier. Ich hole meinen Wagen. Wenn du noch da bist, wenn ich zurückkomme, fahre ich dich selbst zum Bus.«

Sie nickte, starrte ins Nichts.

Ich setzte mich in Bewegung. Die Landing Lane entlang, am Breaker Beach vorbei, wo Polizeiautos den Parkplatz blockierten, der ganze Bereich war abgesperrt. Ich ging weiter bis ins Zentrum, wo eine bedächtige, schockstarre Atmosphäre herrschte, die wie dichter Nebel über allem hing.

Mein Hals zog sich zusammen, und ich beugte mich auf dem Gehweg nach vorn, die Hände auf den Knien.

»Avery?« Ein Mann, der gerade dabei gewesen war, etwas in den Kofferraum seines SUVs zu laden, drehte sich um, es war Faiths Vater. »Geht es dir gut?«

Ich streckte mich und rieb mir mit den Knöcheln über die Wangen. »Ich hab mein Auto stehen gelassen«, sagte ich, aber meine Stimme blieb stecken, als würde ich ersticken. »Auf der Party gestern Nacht.«

Er sah über seine Schulter, die Straße hinauf, in die Richtung. »Los, steig ein, ich bring dich hin.«

Sein Auto roch nach Kaffee und frischer Wäsche, die Welt drehte sich weiter mit oder ohne Sadie. Wir fuhren den Harbor

Drive hoch, an der Polizeiwache oben auf dem Hügel vorbei. »Wie schrecklich, das mit dem Loman-Mädchen. Ich hab gehört, dass ihr euch nahestandet.«

Ich konnte nur nicken. Konnte nicht an Sadie in ihrem blauen Kleid denken, wie sie am Abgrund stand. Barfuß, der Gewalt des Meeres unter ihr lauschend.

Er bog zum Point ab, räusperte sich. »Hast du einen Ort, wo du wohnen kannst?«

»Ja«, sagte ich, ich verstand die Frage nicht. Dann wurde mir klar, dass ohne Sadie auch das ganze Fundament meines Lebens im Begriff war, sich zu verschieben.

»Also«, fuhr er fort, »sonst lass es uns wissen. Saisonende, wir haben genug Platz.«

Ich drehte mich um, um ihn mir genau anzusehen – die tiefen Furchen in seinem wettergegerbten Gesicht, das längere, grau werdende Haar, zurückgeschoben, als würde er sich dem Wind entgegenstellen, und seine scharf geschnittene Nase, wie die von Faith. »Ich glaube nicht, dass Faith das gefallen würde.«

»Na ja«, sagte er, als er an der Pension vorbeifuhr, zu den Häusern auf der Aussichtsfläche, »das ist lange her.«

»Es war ein Unfall«, sagte ich.

Erst antwortete er nicht. »Du hast uns allen Angst gemacht damals. Aber du bist da wieder rausgekommen, Avery.« Er bog in den Overlook Drive ein, wo sich das Blue Robin befand.

»Hier ist okay«, sagte ich, als mein einsames Auto in Sichtweite kam. Ich wollte allein sein. Nicht zu sehr darüber nachdenken, was ich getan hatte und was ich hatte tun wollen. Wozu ich fähig war, wenn die Zügel, die mich unter Kontrolle hielten, sich lösten.

»Bist du sicher?«

»Ja. Danke.«

Er zeigte die baumgesäumte Straße von hier bis zum Sunset Retreat und dem Blue Robin entlang. »Kommen hier überall

Ferienhäuser hin? Auf jedes Grundstück? Sie werden weiterbauen?«

»Nicht gleich. Aber ja, das ist der Plan.« Ich stieg aus dem Auto. »Danke fürs Fahren.« Er nickte, hielt den Blick aber auf die lange Reihe unbebauter Plätze gerichtet.

Ich ging die Straße entlang, stellte mir den Strom der Leute vor, die in der Nacht zuvor zur Party gekommen und dann nach dem Eintreffen der Polizei wieder weggestürmt waren. Ich hatte verpasst, was auch immer danach passiert war, aber es war offensichtlich, dass die Leute in Eile die Party verlassen hatten. Reifenspuren, da, wo der Rasen an die Straße grenzte. Müll und Schutt, auf dem Randstreifen zurückgelassen. Eine leere Flasche. Eine kaputte Sonnenbrille.

Mein Auto stand in der Auffahrt zum Sunset Retreat, Schnauze nach vorn. Aber es sah aus, als wäre jemand über den Rasen gefahren: Reifenspuren führten den ganzen Weg nach unten. Wahrscheinlich hatte es eine Schlange von Autos gegeben, und jemand Ungeduldiges war an allen anderen vorbeigefahren.

Die Vordertür des Blue Robin auf der anderen Straßenseite stand offen, Dunkelheit lauerte dahinter.

Ich trat über die Schwelle und sah mir alles an. Die Luft pulsierte, als wäre das Haus lebendig.

Halbleere Flaschen standen auf dem Tresen, ein Ventilator, der zu stark eingestellt war, tickte, es roch nach Schweiß und verschüttetem Alkohol. Und die Kerzen, bis zum Stumpf heruntergebrannt, in Wachspfützen stehend. Die meisten waren von allein ausgegangen, aber eine brannte noch am hinteren Fenster, sie stand direkt unter dem Netz von Rissen. Ich blies sie aus, sah zu, wie der Rauch nach oben zog, der Himmel zerteilt hinter der Scheibe.

Oben im ersten Zimmer waren noch einige Jacken auf dem Bett liegen geblieben. Und ausgerechnet ein Schuh.

Meine Finger zuckten vor fehlgeleiteter Energie. Zu viel lag außerhalb meiner Kontrolle. Zu viel, was ich niemals würde ändern können.

Ich nahm mein Telefon und rief die Reinigungsfirma an. Bat sie, so schnell wie möglich zu kommen und die Rechnung direkt an mich zu schicken; ich wollte nicht, dass so etwas momentan bei den Lomans landete. Sie sollten dieses Chaos nicht sehen, das wir veranstaltet hatten, während ihre Tochter starb.

Unten steckte ich die Badezimmerhandtücher in die Waschmaschine, sie waren schwarz vor Dreck. Aber das war der Vorteil an weißen Handtüchern, weißen Laken – die offene, luftige Atmosphäre eines Raumes, die Sauberkeit. Es war eine Illusion, leicht zu erhalten mit einem halben Becher Bleiche.

Im Schlafzimmer war die Truhe mit den zusätzlichen Decken geöffnet, aber es schien nichts zu fehlen oder benutzt worden zu sein – nur ein Stapel gefalteter Decken –, also schloss ich sie.

Und dann – je mehr ich die Kontrolle übernahm, desto mehr fühlte ich mich wie ich selbst – suchte ich die Nummer der Fensterfirma heraus und hinterließ eine Nachricht. Dass wir einen Ersatz für ein kaputtes Fenster benötigten, in Nummer 3, Overlook Drive, und dass sie mich anrufen sollten, wenn sie zum Messen ins Haus mussten.

Danach zog ich die Vordertür zu, schloss sie aber nicht ab – ich hatte keinen Schlüssel. Ich würde wiederkommen und alles überprüfen müssen nach der Reinigung.

Ich ging über die Straße zu meinem Auto, meine Augen brannten. Jeder Ort, an den ich ging, war einer, wo Sadie nie mehr sein würde, alles, was ich sah, war etwas, was sie nie mehr sehen würde. Sogar mein Auto kam mir irgendwie unvertraut vor. Die Sandkörner unter dem Fahrersitz, die schon wer weiß wie lange dort lagen – aber alles, was ich sah, war Sadie, die ihre Beine abbürstete nach einem Lagerfeuer am Breaker

Beach. Die Zettel, die in das Seitenfach der Tür gesteckt waren – ich sah sie vor mir, wie sie einen Kassenbon zerknüllte und ihn dahin stopfte. Meine Sonnenbrille, die an die Blende geklemmt war – ich sah, wie sie sie hinunterklappte, um in den Spiegel zu schauen, und sagte: *Mein Gott, könnte ich noch blasser sein?*

Ich konnte den Geruch des Hauses nicht abschütteln, während ich fuhr. Der Alkohol, der Schweiß, etwas fast Animalisches. Also ließ ich die Fenster herunter, und die frische Luft von Littleport wehte herein.

Ich fuhr auf die sich windenden Bergstraßen zu, wo die Sonne ein Muster durch die Bäume warf, während der Wind blies, als würde er eine große Finsternis ankündigen.

Sommer 2018

Kapitel 26

Ich stand vor der Pension, nachdem Faith nach drinnen verschwunden war. Wie angewurzelt blieb ich auf der Stelle stehen, versuchte zu begreifen, was sie mir gerade erzählt hatte. Noch ein Auto war in der Partynacht aufgetaucht – und Sadie war darin gewesen.

Sadie war vor einem Jahr *genau hier* gewesen, war auf dem Parkplatz der Pension aus einem Auto gestiegen, den Pfad bis zur Party gegangen. Ich sah zu den Bäumen, den Weg hinunter, stellte mir ihren Geist vor.

Ich fuhr zurück zum Sea Rose, wollte allein sein, nachdenken. Alles, was ich über diese Nacht geglaubt hatte, war falsch. Konnte alles, was ich über Sadie dachte, auch falsch sein?

Über die Jahre hatten sich unsere Leben so miteinander verwoben, manches war nicht mehr zu unterscheiden. Die Einzelheiten verwischten und überlappten sich. Mein Zuhause war ihr Zuhause, Schlüssel an den Anhängern der jeweils anderen, ihr Daumen auf mein Telefon gedrückt, die gleiche Tätowierung – oder war es ein Brandzeichen?

Und doch, wie hatte ich verpassen können, dass sie *da* gewesen war? Sie war auf der Party angekommen. Aber irgendwie war sie wieder auf den Klippen hinter ihrem Haus gelandet und schließlich am Breaker Beach angespült worden. Wie?

Ich fuhr aus dem Ort hinaus, schlängelte mich durch Nebenstraßen, um den Verkehr zu vermeiden, bevor ich Richtung Küste und Sea Rose zurückfuhr. Die ganze Zeit ließ ich die Ereignisse jener Nacht in meinem Kopf Revue passieren. Was ich der Polizei erzählt – und was ich ihr nicht erzählt hatte.

Faith, die draußen auf Parker losgegangen war, ein Fenster zerbrochen hatte. Connor, der danach im Schatten mit Faith gestritten hatte, während Luce mich holte. Die Schlafzimmertür war abgeschlossen gewesen. Ich wollte im Bad nach Tape suchen, um das Fenster zu sichern, aber jemand anderes war darin gewesen. Ich hatte mit der Hand gegen die Tür geschlagen, aber niemand hatte reagiert.

War Sadie in dem Zimmer gewesen, während ich an die Tür gehämmert hatte? Ich hatte ihr Handy in dem Haus gefunden – in genau dem Zimmer. Vielleicht hatte es niemand dorthin gebracht. Vielleicht war es Sadie selbst gewesen, die es da verloren hatte. Dorthin gelegt hatte. Es versteckt hatte.

Aber das ergab keinen Sinn. Niemand hatte sie auf der Party gesehen, jedenfalls behaupteten das alle. Jemand musste sie doch bemerkt haben? Greg Randolph mit Sicherheit. Und wir hätten sie auch gesehen, wenn sie über die hintere Terrasse verschwunden wäre, um zum Pensionsparkplatz zu gelangen.

Aber. Das Licht war ausgegangen, die Unruhe auf der Terrasse. Ellie Arnold, die in den Pool fiel – oder geschubst wurde. Sie bestand darauf, dass man sie geschubst hatte. Behauptete das hartnäckig, war wütend, dass wir ihr nicht glaubten.

Alle waren wir da hinters Haus gegangen. Waren vom Chaos, vom Geschrei angelockt worden wie Motten von einer Flamme.

War Sadie vorn hinausgeschlichen, während wir abgelenkt waren?

Ich versuchte, es vor mir zu sehen. Jemand, der sie aus dem Haus kriegen musste. Verzweifelt nach der besten Möglichkeit suchte. Die Hintertür, nicht länger eine Option. Das Auto an der Pension, zu weit weg. Was würde derjenige tun? Eine gesichtslose Person, die die Badezimmerschränke durchsuchte, die Kommodenschubladen – nach irgendetwas. In ihre Tasche guckte, dort den Autoschlüssel sah. Der mir gehörte.

Am nächsten Tag hatte ich Reifenspuren entdeckt, als Faiths Vater mich abgesetzt hatte – weil mein Auto zugeparkt war.

Ich holte tief Luft. Sie war da gewesen. Was, wenn sie in genau diesem Auto war?

Auf der Straße zurück nach Littleport fuhr ich abrupt rechts ran, starrte den Beifahrersitz an. Suchte nach Zeichen der Verletzung. Ich strich mit der Hand über das beigefarbene Polster – alt und abgenutzt. Riss die Handbremse hoch und schaute unter den Sitz. Da war nur Dreck, Sand, Müll – ein Jahr Erinnerungen.

Doch dann fiel mir der nächste Morgen ein, als ich zum Auto zurückgegangen war. Wie ich auf dem Sitz gesessen und er sich irgendwie fremd angefühlt hatte. Damals dachte ich, es war meine ganze Welt, meine Sichtweise, die zu dem Zeitpunkt durch den Verlust Sadies aus den Fugen geraten war. Aber jetzt …

In meinem Kopf drehte sich alles, und ich stellte den Motor aus. Ich ging hinten um den Wagen herum und steckte mit zitternden Händen den Schlüssel in das Kofferraumschloss. Ein schwaches Licht ging flackernd an, ich spähte in den leeren Raum.

Er roch schwach nach Benzin und Meer.

Ich strich mit den Fingern über die dunkle Verkleidung. Sie war leicht matt geworden, mit Faserstückchen übersät. Sie löste sich von den Kanten, pellte an den Ecken ab, durch Zeit und Abnutzung.

Ich holte tief Luft, um mich zu beruhigen. Vielleicht war das alles nur meine Fantasie, die drei Schritte zu weit ging – vorwärts und zurück.

Mit der Taschenlampe meines Handys leuchtete ich in die hinteren Ecken des Kofferraums – aber er war vollkommen leer. Weiter vorn, rechts, war ein dunkler Fleck. Nur eine leichte Veränderung der Farbe – ich fuhr darüber, konnte aber nicht herausfinden, was es war. Wodka, Bier – die halb vollen Flaschen könnten übergeschwappt sein in der Partynacht. Oder eine Einkaufstüte könnte ein Leck gehabt haben in den folgenden Monaten. Das Auto war alt. Es konnte alles sein.

Ich legte das Handy hin, um genauer zu gucken, und das Licht schien nach oben, beleuchtete eine Kerbe an der Unterseite des Metalldachs. Auf der gegenüberliegenden Seite, links. Ich duckte mich hinein, strich über die Stelle. Eine Beule, ein paar Kratzer. Noch eine Beule daneben. Mein Knöchel passte in die Kerbe. Ich fuhr über die kühle Unterseite des Kofferraums. Ein Netz von Kratzern am Saum.

Es konnte alles sein. Es konnte nichts sein. Vor meinem inneren Auge sah ich, wie nah der Tod in seinen verschiedenen Spielarten sein konnte. Ich glättete das sich ablösende Futter in der einen Ecke, und da glänzte ein Stück Metall im Strahl der Taschenlampe auf. Ich streckte mich näher heran, kroch halb in den Kofferraum, um es aufzuheben.

Es war ein kleines Stück Metall. Wahrscheinlich von einer Tasche abgefallen. Golden und gedreht, und …

Ich ließ es fallen. Schreckte zurück. Schaute noch einmal.

Ihre goldenen Schuhe, die in der Kiste mit dem Beweismaterial gewesen waren – an einem hatte ein Stück von der Schnalle gefehlt. Ich dachte, weil sie schon so abgetragen waren, die Löcher der Riemen ausgeleiert, die Nähte sichtbar, die Sohlen abgewetzt. Aber das fehlende Stück der Schnalle – *hier* war es, im Kofferraum meines Autos.

Ich schaute mir die Beulen und Kratzer noch einmal an.

Als hätte sie mit den Schuhen gegen das Dach des Kofferraums getreten. Immer wieder.

O Gott, o Gott, o Gott. Ich ließ das Handy fallen, stützte mich mit den Händen auf die Stoßstange, um mich zu beruhigen.

Sadie war in diesem Kofferraum gewesen. Sadie war hier gewesen und hatte um ihr Leben gekämpft.

Ich glitt zu Boden. Das kalte Pflaster unter meinen Knien, meine Hände um die Stoßstange geklammert, die Übelkeit stieg mir in den Hals. Das einzige Licht auf der dunklen Straße kam aus dem Kofferraum, ein kränkliches Gelb, und ich konnte nicht richtig atmen. Sadie. Sadie war da gewesen. Nur wenige Meter von mir entfernt auf der Party. Und sie war *hier* gewesen. In meinem Auto, in der Hoffnung, dass ich sie fand. Dass ich sie rettete.

Die Kratzer im Kofferraum – sie wollte leben. In all den Jahren, in denen sie mit dem Tod geflirtet hatte, darüber gescherzt hatte –, sie hatte dagegen gekämpft. Alles gegeben, was sie hatte. Sadie, von der ich einmal geglaubt hatte, sie könnte alles überstehen.

Ich konnte nicht atmen. Rang keuchend nach Luft.

Die Scheinwerfer eines anderen Autos leuchteten auf, und ich zog mich an der Stoßstange hoch, sammelte mich. Der Wagen kam hinter mir zum Stehen, die Tür ging auf, der Motor lief aber weiter, die Scheinwerfer erhellten die leere Straße.

»Alles in Ordnung bei Ihnen?« Eine Männerstimme.

Ich drehte mich um, musste aber eine Hand vor das blendende Licht halten, meine Augen standen voll Wasser, ich sah Sadie vor mir. Sadie, die lebte und dann tot war. Irgendwo zwischen hier und dort.

Ich blinzelte, um das Bild vor mir klar zu sehen, und die Tränen rollten.

»Na, na.« Der Schatten vor den Scheinwerfern wurde größer. Breite Schultern, die Hände ausgestreckt. Vor mir stand Detective Ben Collins. Er legte mir eine Hand auf den Ellbogen, die andere auf meine Schulter und führte mich vom Auto weg zum Kantstein.

Der Kofferraum klaffte vor mir auf, und mein Magen rumorte wieder, ich musste meinen Kopf auf die Arme legen, die ich auf den Knien gefaltet hatte. Er hockte sich hin, sodass er mich ansehen konnte, und ich schüttelte den Kopf, versuchte mich zu konzentrieren.

»Haben Sie getrunken?«, fragte er sanft. Nah genug, dass ich die Minze in seinem Atem riechen konnte.

»Was? Nein, nein.« Ich holte tief Luft, hob langsam den Kopf.

Er sah wieder zum Auto, dann zu mir. Ich hatte endlich verstanden, wie Sadie in der Nacht von der Party zu den Klippen gelangt war. Was für ein Horror.

Endlich hatte ich einen Beweis für das, was ich immer gewusst hatte, einen Beweis, den jeder ernst nehmen würde – hier würde man mit der Untersuchung anfangen können. Mein Auto, mit dem offenen Kofferraum, in dem Sadie gelegen hatte – es fiel nur alles auf mich zurück.

Ich konnte nichts sagen, ohne mich selbst zu belasten.

Er würde das Auto nicht ohne Grund durchsuchen dürfen – außer er dachte, ich wäre betrunken oder high. Ich musste mich zusammenreißen.

»Mir war schlecht vom Autofahren«, sagte ich, eine Hand auf dem Bauch. »Und …« Ich wedelte nutzlos mit der anderen herum …

»Ich weiß, ich weiß«, sagte er und tätschelte mein Knie. »Die Gedenkfeier morgen. Alles kommt wieder hoch. Ich weiß, Sie standen sich nahe.« Er ließ mich still dort sitzen, blickte über seine Schulter. »Brauchten Sie etwas aus dem Kofferraum?« Er zeigte zum Wagen, das kränklich schwache Licht lockte.

»Nein. Ich dachte, ich hätte Wasser darin, irgendetwas zu trinken. Hab ich aber nicht.« Ich wollte nicht, dass er nachsah.

Wollte nicht, dass er sah, was ich gesehen hatte, entdeckte, was ich gerade entdeckt hatte. Ich atmete ein, und es klang wie ein Schluchzen.

»Bleiben Sie ruhig sitzen«, sagte er, und ich hatte keine Chance ihn aufzuhalten. Keine Chance, ihn davon abzuhalten nachzusehen, wenn er das wollte. Das Metallstück lag immer noch da – wie offensichtlich wäre es?

Aber er ging zu seinem eigenen Auto, das hinter meinem stand. Es war nicht der Streifenwagen, bemerkte ich nun, sondern ein Sedan, blau oder grau, im Dunkeln schwer zu sagen. Er stellte den Motor ab, so blieben nur noch ich und er und die Grillen und die Nacht.

Dann kam er mit einer Wasserflasche zurück, halb leer. »Tut mir leid, das ist alles, was ich habe, aber …« Er goss das restliche Wasser auf ein Handtuch, legte es mir dann auf die Stirn. Die Kühle half, meinen Magen zu beruhigen, meine Gedanken zu klären. Danach legte er es in meinen Nacken, und als ich die Augen öffnete, war er so nah. »Besser?«, fragte er, die Linien in seinem Gesicht hatten sich sorgenvoll vertieft.

Ich nickte. »Ja. Danke. Besser.«

Ich stieß mich ab, um aufzustehen, und er reichte mir eine Hand, um mir zu helfen. »Alles klar, ich hab Sie.« Mitgefühl, wenn auch von ihm, in diesem Moment. »Hören Sie, ich hab nach Ihnen gesucht. Hatte gehofft, mit Ihnen sprechen zu können. Kann ich Ihnen hinterherfahren? Oder später vorbeikommen? Es gibt noch ein paar Dinge zu klären vor Sadies Gedenkfeier morgen.«

»Geht es …«, fing ich an. Räusperte mich, versuchte mich aufgeräumt anzuhören, kontrolliert. »Hat es mit dem Fall zu tun, haben Sie ihn wieder aufgerollt?«

Er runzelte die Stirn, aber sein Gesicht war in der Dunkelheit nicht deutlich zu erkennen. »Nein, es geht um etwas, was wir auf ihrem Telefon gefunden haben. Wir haben uns nur gefragt, wer einige der Fotos gemacht hat. Sie oder Sadie.« Er lächelte verkniffen. »Nichts Wichtiges, aber es wäre gut zu wissen.«

Schwer zu sagen, ob das eine Falle war. Ob er mich hineinlockte unter falschen Voraussetzungen, bereit zuzuschlagen. Aber ich musste ihn mir vom Leib halten. »Heute Abend kann ich nicht«, sagte ich. Noch nicht. Nicht gerade jetzt, mit dem Auto. Nicht, bis ich nicht eine Richtung wusste, in die ich ihn lenken konnte. Sein Gesicht verhärtete sich, und ich sagte: »Morgen früh?«

Er nickte zögernd. »Na gut. Wo wohnen Sie?« Und da wusste ich, dass er gehört hatte, was mit den Lomans passiert war. Dass ich nicht mehr da wohnte. Dass ich rausgeschmissen und verlassen worden war. Alles, was gerade geschah, sagte ihm, dass er mich im Auge behalten sollte.

»Bei einer Freundin«, sagte ich.

Er zog sich leicht zurück, als geriete etwas zwischen uns. »Hat diese Freundin eine Adresse?«

»Können wir uns morgen früh zum Kaffee treffen? In der Hafenbohne?«

Sein Mund war eine gerade Linie, sein Gesichtsausdruck im Dunkeln nicht zu lesen. »Ich hatte auf ein wenig mehr Privatsphäre gehofft. Sie können auf der Wache vorbeikommen, wenn Ihnen das lieber ist … oder ich kann Sie abholen, wir können auf dem Weg zur Gedenkfeier reden.«

Ich nickte. »Ich schicke Ihnen die Adresse heute Abend, wenn ich zurück bin.«

»Großartig«, sagte er. »Sind Sie sicher, dass Sie fahren können?«

»Ja«, sagte ich und schloss den Kofferraum, schluckte trockene Luft.

Seine Scheinwerfer folgten mir den ganzen Weg in den Ort, bis ich einmal um den Block fuhr und er weiter geradeaus, zur

Wache. Ich parkte ein Stück entfernt vom Sea Rose und ging dann zurück. Ich konnte das Gefühl nicht abschütteln, dass nichts hier sicher war. Weder Sadie noch ich. Jemand sah aus der Dunkelheit zu. Etwas erwartete mich.

Etwas war hier im Kern vergiftet – eine dunkle Kehrseite, die sich in der Lücke zwischen uns allen offenbarte, wo sonst niemand guckte.

Zurück im Sea Rose nahm ich mir die Liste mit den Ankunftszeiten noch einmal vor. Fügte einen letzten Namen hinzu: *Sadie.*

Hatte ich mit Luce und Parker gesprochen, als sie sich hereingeschlichen hatte? War sie durch den Vordereingang gekommen, direkt den Flur entlang ins Schlafzimmer gegangen?

Ich versuchte, sie da zu fühlen, sie in meinen Gedanken zu orten. Den Moment zu finden, wo ich mich umdrehen und sie sehen könnte, ihren Namen rufen und eingreifen. Den Lauf von allem, was folgte, ändern.

Jemand hatte sie dahin gebracht. Jeder hätte ihr etwas tun können, aber irgendjemand wusste, dass sie dagewesen war, und hatte nichts gesagt. Ein Haus voller Gesichter, sowohl fremd als auch vertraut. Luce hatte es auf den Punkt gebracht, als sie dort oben aus dem Raum gestolpert war: *Ich hab noch nie so viele Lügner auf einem Haufen gesehen.*

Anderthalb Jahre, nachdem meine Großmutter gestorben war, hatte Grant Loman ihr Haus gekauft, mir mit meinen Finanzen geholfen. Er hatte die Kontrolle übernommen, als ich mich kaum noch über Wasser halten konnte, und dafür gesorgt, dass ich auf den Beinen blieb. Aber irgendwann war ich wieder dazu übergegangen, meine Kontoauszüge zu lesen und die Eingänge zu überprüfen.

Und so wusste ich, dass zu der Zeit, als meine Großmutter starb, keine größere regelmäßige Zahlung, die sie möglicherweise irgendwann einmal erhalten hatte, existierte. Nach ihrem Tod hatte ich die kleine Summe, die noch auf ihrem Konto war, auf mein eigenes überwiesen. Das alte Konto existierte nicht mehr. Es gab also keine einfache Möglichkeit, die Einzahlung zu finden, die Sadie entdeckt hatte.

Alles, was ich noch von meiner Großmutter besaß, war in dem einen Karton, den ich mit ins Gästehaus der Lomans genommen hatte – ein geschwungenes *B* für *Behalten* stand darauf, das Sadie vor Jahren selbst daraufgeschrieben hatte. Nun stellte ich den Karton auf den Küchentresen und leerte den Inhalt aus: die Fotoalben, das Kochbuch, die gebündelten Briefe, die zusammengehefteten Artikel über den Unfall meiner Eltern, die persönliche Mappe mit den Unterlagen zur Vermögensüberschreibung.

Ich konnte keine Quittungen finden, nichts Ungewöhnliches.

Das einzige große Vermögen in ihrem Besitz war ihr Haus.

Nachdem ich das Haus verkauft hatte, behielt ich alle Details zum Grundbesitz, ordnete alles – eine Spur aus Papieren, wie Grant es mir beigebracht hatte.

Es war die erste Akte, die ich angelegt hatte, Daten, die ich mir nie genau angesehen hatte, denn warum hätte ich es tun sollen? Aber ich hatte sie noch, unsere Zahlungschronik, gespeichert in meinem Computer.

Nun scrollte ich mit neuen Augen durch die Chronik der Hypothekenzahlungen auf meinem Laptop. Es schien, als hätte meine Großmutter in den Jahren vor ihrem Tod eine niedrige monatliche Summe automatisch einziehen lassen. Aber früher hatte sie mehr bezahlt. Es gab eine Grenze im Zeitablauf, ein Davor und Danach, als die Hypothekenzahlung deutlich gesunken ist.

Nachdem sie nämlich eine große Sondertilgung getätigt hatte.

Da. Da war es. Ein Geldausgang. Ein Beweis, der tatsächlich zurückgelassen worden war.

Ich verfolgte das Datum nach, mit dem Finger auf dem Bildschirm.

Es war der Monat, nachdem meine Eltern gestorben waren.

Ich lehnte mich im Stuhl zurück, das Zimmer wurde kalt und hohl. Ich hatte geglaubt, dass wir eine Zahlung von einer Lebensversicherung erhalten hatten – das war es, was Grant erwähnt hatte, als er mir half, die Dokumente zu ordnen. Ich stand deshalb gut da.

Aber ich schaute noch einmal hin. Glatte hunderttausend Dollar. Die gleiche Summe, die Sadie entdeckt hatte, von den Lomans an meine Großmutter überwiesen. Ganz und gar keine Lebensversicherung. Auch kein Erbe. Geld, ganz plötzlich, wo vorher keins war.

Mein Magen drehte sich mir um, Puzzleteile setzten sich in meinem Kopf zusammen.

Ich öffnete die Fotos von Sadies Telefon – die Fotos, die sie gemacht hatte. Das Bild der sich windenden von Bäumen gesäumten Bergstraße. Und schließlich verstand ich, was Sadie aufgedeckt hatte. Was mich an die Lomans band. Was für Zahlungen sie gefunden hatte.

Es war Schmiergeld für den Tod meiner Eltern.

Kapitel 27

Hier ist ein neues Spiel: Wenn ich gewusst hätte, dass die Lomans verantwortlich für den Tod meiner Eltern sind, was hätte ich getan?

Die ganze Nacht spielte ich dieses Spiel in der Dunkelheit des Hauses. Was ich sagen würde, was ich tun würde – wie ich sie dazu bringen würde, die Wahrheit zu sagen. Nein: Was ich stattdessen von ihnen nehmen würde.

Ich fühlte es, während ich da saß – nicht die kriechenden Ranken der Trauer, die mich hinunterzogen. Sondern dieses andere. Die brennende weiß glühende Wut, die ich in meinem Knochenmark spüren konnte. Die Welle, die sich auch in mir immer weiter aufbaute.

Ich wollte schreien. Wollte die Wahrheit in die Welt schreien und sie deswegen fallen sehen. Ich wollte, dass sie für das bezahlten, was sie getan hatten.

Aber dieses Wissen hatte eine Kehrseite. Denn was diese Zahlung auch lieferte war: ein Motiv. *Mein* Motiv. Alle Beweise fielen auf mich zurück. Das Handy, das ich gefunden hatte. Ihre Leiche mit Spuren eines Kampfes in meinem Kofferraum. Ich, die ich in der Nacht hinter dem Haus der Lomans herumgelaufen bin, nach zurückgelassenen Beweisen suchend. Und die Nachricht auf dem Tisch. Es war meine Handschrift. Meine Wut. Meine Rache. Es war *meins*.

Es klopfte an der Vordertür, und ich spähte durch den Spalt zwischen den Vorhängen, erwartete, dass Grant oder Parker mich irgendwie gefunden hatten. Oder Bianca, die mich wieder wegschicken wollte. Aber es war Connor. Ich sah seinen Jeep am Kantstein stehen, so auffällig an der halb leeren Straße. »Avery? Bist du da drin?«, rief er.

Scheiße, scheiße. Ich schloss die Tür auf, und er marschierte herein, als hätte ich ihn eingeladen.

»Woher wusstest du, wo ich bin?«, fragte ich, als er sich in dem unbekannten Haus umsah. Sein Blick blieb an dem Stapel Familienalben und Briefen auf dem Tresen hängen.

Er hielt einen Moment inne und starrte den Artikel oben auf dem Stapel an, ein Schwarz-Weiß-Foto des Autowracks – *Paar aus Littleport bei Alleinunfall getötet.*

»Connor?«

»Sie hat mir gesagt, was passiert ist«, sagte er und zwang sich, mich anzusehen. »Faith.« Er atmete schwer, vollgepumpt mit Adrenalin.

»Woher weißt du, dass ich hier bin?«, wiederholte ich. Ich dachte, ich wäre so vorsichtig gewesen, aber hier stand er unangekündigt. Es gefiel mir nicht, wie sein Blick über meine Sachen wanderte. Es gefiel mir nicht, wie er da so stand – nervös.

»Was?« Er schüttelte den Kopf, als wollte er das Gespräch abschütteln. »Das ist nicht schwer herauszufinden, wenn man weiß, wonach man sucht.« Ich trat einen Schritt zurück, und er runzelte die Stirn, seine Augen verengten sich. »Du hast mir gesagt, dass du nicht mehr bei den Lomans wohnst. Aber bei Faith bist du auch nicht, die meisten Hotels sind noch voll … Einige Leute haben erwähnt, dass sie dich hier gesehen haben. Ich hab an ein paar Ferienhäusern nachgeguckt und dann dein Auto im Zentrum gesehen. Das hier war das Nächste.« Er fing an, im Zimmer herumzulaufen, als wüsste er nicht, wohin mit seiner Energie. »Faith hat Sadie nichts getan, das hab ich dir doch gesagt. Du glaubst ihr doch, oder?«

»Warte.« Ich schloss die Augen, streckte die Hand aus. Ich konnte nicht beiden Gesprächsthemen auf einmal folgen. »Leute haben dir erzählt, dass sie mich gesehen haben?« Hatte ich das in letzter Zeit nicht auch bemerkt? Die Art, wie die Menschen mich ansahen, wie sie mich beobachteten. Als würden sie etwas an mir erkennen. Ich dachte, das wäre wegen des Falls, neue Gerüchte, die vielleicht umgingen. Doch vielleicht war es auch schon immer da gewesen. Und wie die Lomans war ich desensibilisiert, der Blicke nicht bewusst. »Ach so«, sagte ich und hielt mich am Tresen vor mir fest, dehnte die Entfernung zwischen mir und Connor aus. »Die Frau, die da oben mit den Lomans rumvögelt. Ist es das, was sie reden?«

Sein Hals bewegte sich, als er schluckte, aber er verneinte es nicht. »Die Frau, die *irgendwas* da oben macht.«

Ich blickte zur Seite, zu den verdeckten Fenstern und der dunklen Nacht dahinter. Ich verstand nicht, warum er hier war, was er wollte. Wie viele Menschen wussten, dass ich mich hier versteckte? War ich inzwischen nicht klüger, als immer noch zu denken, ich sei unsichtbar?

»Es war nicht Faith«, wiederholte er.

»Ja, ich weiß, dass Faith es nicht war. Ich weiß jetzt, wofür das Geld war.« Ich ballte die Hände zu Fäusten. Mein ganzes Erwachsenenleben war auf einer Lüge aufgebaut. Auf einem furchtbaren Geheimnis. Geformt von Menschen, von denen ich dachte, sie hätten mir so viel gegeben, aber stattdessen hatten sie mir alles genommen.

Connor blieb stehen und sah mich wachsam an. Vielleicht war das mein Verhängnis – am Ende war ich immer zu vertrauensselig; wählte Kontakt anstatt Einsamkeit. Immer wieder glaubte ich daran, dass Menschen sich, außer um ihre eigenen Interessen, doch noch um etwas anderes scherten. Wir waren allein im Haus, niemand sonst war hier. Er hatte mir schon einiges verschwiegen, und wir beide wussten das. Aber Connor war *hier*. Und er war wegen mir gekommen in jener Nacht vor einem Jahr, als Sadie ihm von meinem Handy aus geschrieben hatte. Mit ihm war es ein einziges Ziehen und Stoßen. Logik gegen Instinkt. Ich wusste nicht, welche Motive ihn an meine Tür gebracht hatten mitten in der Nacht, aber ich hatte schon vor langer Zeit gelernt, dass es nur zählte, wenn man die Eigenheiten von jemandem kannte und sich trotzdem für ihn entschied.

»Die Lomans – sie haben meine Großmutter bezahlt, nachdem meine Eltern gestorben sind.«

Er blinzelte, und ich konnte sehen, wie sein ganzer Ausdruck sich veränderte. »Was?«

Ich sog die Luft ein, dachte, ich müsste heulen. Dann hörte ich auf, dagegen anzukämpfen, denn was zum Teufel sollte das bringen? »Sie haben meine Eltern getötet. Irgendwie waren sie verantwortlich.«

Connor sah über die Schulter zur verschlossenen Tür, und ich fragte mich, ob jemand vorbeiging. »Wer? Wie?«

Und dann sah ich es, von Anfang an, jeden Moment mit ihnen – bis es, langsam und grauenhaft, alles deutlich wurde:

Das Bild von Parker im Wohnzimmer – sein Gesicht jugendlich und unversehrt. Die Art, wie Sadie ihn wegen seiner Narbe geärgert hatte, nicht damit aufhörte. Der finstere Blick, den er Sadie zugeworfen und den Luce bemerkt hatte. Bohrend und bohrend, bis etwas sich Bahn brach.

Der zweite Blick, den Parker mir zugeworfen hatte, als er mich in Sadies Zimmer sitzen sah, an dem Tag, als wir uns kennenlernten – er wusste, wer ich war. Natürlich wusste er das. *Avery Greer, Überlebende.*

»Parker«, sprach ich leise in die Nacht. »Es war Parker.«

Die Narbe durch seine Augenbraue, seine persönliche Erinnerung daran. Kein Kampf, sondern ein Unfall – Sadie hatte das selbst herausgefunden. Ein Unfall, den er verursacht hatte. Aber Parker Loman war unantastbar. Irgendwie war er davongekommen. Hunderttausend Dollar – der Preis für die Leben meiner Eltern. Gezahlt für unser dauerhaftes Schweigen. Eine von zwei Zahlungen, die Sadie entdeckt hatte. Ich war nicht sicher, ob die andere auch damit zusammenhing – noch jemand, der die Wahrheit kannte – oder ob die Lomans mehr als eine grauenhafte Tat vertuschten.

Parker kommt buchstäblich mit allem davon.

Sie würden alles für den König opfern.

Das war es, was wir ihnen wert waren. Zwei Leben. Alles verloren. Die ganze Zukunft der Person, die ich hätte sein sollen – einfach weg.

Ich lag falsch. Dieser Ort war es nicht, der mir etwas nahm. Es waren nicht die Bergstraßen, das Fehlen der Straßenlampen, die brutalen Extreme. Es waren die Menschen oben auf den Klippen, die über alles hinwegblickten. Sich gegenseitig deckten. Wie alt musste er da gewesen sein – vierzehn? Fünfzehn? Zu jung zum Fahren. Daraus hätte er sich nicht herausreden können, egal mit welchen Entschuldigungen. Manche Gesetze konnte man nicht beugen oder umgehen.

Seine Frage in der Nacht, als er auf der Party im Badezimmer über mir stand – ob ich glaubte, dass er ein guter Mensch sei. Er wollte, dass ich ihm Absolution erteilte. Nein. *Nein*, da war nichts an ihm gut. Nichts in seinem Innersten als der Glaube daran, dass er jedes kleine bisschen wert war, was ihm gegeben wurde.

Aber die simple Wahrheit, das Einzige, was zählte, war: Parker Loman hatte meine Eltern umgebracht.

»Ich soll mich morgen mit Detective Collins treffen«, sagte ich. »Wenn ich ihm das erzähle, kann ich nicht mehr kontrollieren, in welche Richtung die Ermittlungen gehen.« Ich sagte das wie eine Warnung. Ich sagte es, um zu sehen, was Connor tun oder sagen würde. Ich wäre nicht in der Lage, die Polizei daran zu hindern, Connor oder mich genauer zu überprüfen.

Connor blickte wieder zur Haustür, und ich begann mich zu fragen, ob noch jemand mit ihm hier war. Oder vielleicht sah ich nur plötzlich die Gefahr in jedem – alles, wozu wir fähig waren. »Parker hat auch Sadie etwas angetan?«, fragte er.

»Ich weiß es nicht«, sagte ich. Ich dachte wieder an das, was Luce über die Dunkelheit zwischen Sadie und Parker gesagt hatte. Sadie hatte geglaubt, dass ich ein Geheimnis war, und das war ich. Der Grund, warum sie mich aufgenommen hatten, der Grund, warum es *das Richtige* war – der Grund, warum Parker zweimal hingesehen hatte, als er mich das erste Mal traf. Er wusste genau, wer ich war. Und sie hatte endlich das in ihm erkannt, was er in Wahrheit war.

Ich wusste nicht, wer Sadie etwas angetan hatte und warum. Nur dass sie ein Geheimnis im Herzen unserer beiden Familien aufgedeckt hatte und nun tot war. Von der Party zurück zu sich nach Hause transportiert in meinem Auto.

Wir waren alle da gewesen in jener Nacht. Es könnte jeder gewesen sein.

Plötzlich wollte ich nur noch, dass Connor ging. Ich musste meine Gedanken sortieren, mich beschützen. Ich verschränkte die Arme.

Er trat von einem Fuß auf den anderen. »Gehst du morgen zu der Gedenkfeier?«, fragte er.

»Ja. Und du?«

»Alle gehen hin«, sagte er und hielt meinen Blick fest.

Ich schüttelte den Kopf, sah weg. »Wir sprechen dann.« Scheinwerfer schienen durch die Vorhänge, dann verschwanden sie wieder. »Du musst jetzt gehen«, sagte ich.

»Du kannst mit mir kommen, ich kann auf dem Sofa schlafen ...«

Doch ich wusste genau, was ich zu tun hatte. Nur mit Worten konnte ich die Lomans nicht zu Fall bringen. Diese Sorte Macht konnte man nicht mit Glauben allein bekämpfen. Man brauchte Beweise.

»Wir sehen uns morgen bei der Gedenkfeier, Connor«, sagte ich und öffnete die Tür. Hielt den Atem an. Bei Connor war ich immer gespannt darauf, was er tun würde.

Im Eingang drehte er sich um, um noch etwas zu sagen. Besann sich dann eines Besseren. Er spähte die dunkle Straße hinunter, die Augen verengt. »Du solltest eigentlich nicht hier sein, oder?«

Ich antwortete nicht, langsam schloss ich die Tür, während er zurückwich. Durch den Spalt zwischen den Vorhängen sah ich ihn zu seinem Jeep gehen, ein Schatten in der Nacht. Und dann schaute ich den Bremslichtern nach, wie sie in der Ferne verblassten, bis ich sicher war, dass er weg war.

Mit dem neuen Verständnis meiner Vergangenheit nahm Littleport mitten in der Nacht eine andere Form an. Nicht mehr länger bestand es aus den gewundenen Straßen mit ihren Verkehrsunfällen, aus zu wenig Straßenlaternen, aus dem Von-der-Straße-abkommen, während du schliefst. Sondern es war ein Ort, in der dreist die Schuldigen umgingen. Einer, der Menschen zu Mördern machte.

Ich war nervös, schaute immer wieder in den Rückspiegel, versuchte, nicht gesehen zu werden, als ich zurück zum Blue Robin fuhr.

Hier, so glaubte ich, war der Schauplatz des Verbrechens. Nicht das Haus der Lomans oder die Klippen oder der Strand, wie die Polizei letztes Jahr verkündet hatte. Sondern hier, auf der anderen Seite des Ortes.

Nachdem ich alles der Polizei erzählt hätte, würden sie dieses Haus durchsuchen müssen, es abriegeln, die Zivilisten fernhalten. Und ich brauchte Beweise, um die Geschichte zu untermauern, an die ich glaubte.

Ich benutzte die Taschenlampe an meinem Handy, um den Pfad vor mir zu beleuchten, während ich von der Auffahrt zur Haustür ging. Hier oben, wo das ganze unerschlossene Land lag, wurde jeder Windhauch bedrohlich, und immer wieder richtete ich den Lichtstrahl auf die Bäume, die leere Straße hinunter, bis ich sicher allein im Haus war. Licht machte ich keins an. Falls jemand mich beobachtete. Ich konnte sie alle im Schatten meiner Erinnerung spüren: Faith, die Polizei, Parker an der Seite der Garage. Es gab so viele Menschen, die Dinge gesehen hatten, Dinge wussten. Jetzt waren auch Grant und Bianca hier, und genau wie Luce war mir klar – sie würden alles tun, um den König zu beschützen.

Ich bewegte mich nach meinem Gedächtnis, strich mit der Hand an der Couch entlang, an einem Stuhl, dem Küchentresen, während ich vorbeiging. Den Lichtstrahl richtete ich nach unten, weg von den Fenstern. Das Bild meiner Mutter an der Wand, ihre Stimme in meinem Ohr: *Sieh noch einmal hin. Sag mir, was du siehst.*

Das war der Trick, das verstand ich nun. Nicht den Blickwinkel oder die Geschichte zu verändern oder einen Schritt vor oder zurück zu machen – sondern sich selbst zu verändern. Ich erinnerte mich an die Nacht, als ich hinter meiner Mutter stand, während sie die Fotos auf dem Boot der Harlows machte, die schließlich zu diesem Bild führten. Das Werk, an dem sie sich immer und immer wieder versuchte, als würde sie etwas jagen. Nun sah ich alles außerhalb des Rahmens, alles, was diesem Bild einen Kontext gab – das Boot, auf dem sie stand, wie Connor und ich ein Spionagespiel hinter ihr gespielt hatten. Die krasse Klarheit des Moments, während die Schatten vor uns immer weiter verblassten, in der Nacht verschwanden. Als wäre das Leben, das sie lebte, und das Leben, nach dem sie jagte, die ganze Zeit ein und dasselbe gewesen.

Nun trat ich davon zurück, ging zu der geschlossenen Tür am Ende des Flurs. Luce und ich hatten in der Nacht versucht, die Klinke herunterzudrücken, aber die Tür war abgeschlossen gewesen. Ich hatte mit der Hand gegen das Holz gehämmert – in der Hoffnung, dass, wer immer da drin war, sich erschrak.

Jetzt ging die Tür knarrend auf, die Schatten von Möbeln lauerten in der Dunkelheit. Bei vorgezogenen Gardinen schaltete ich hier schließlich doch das Licht an, beleuchtete den weißen Bettüberwurf, die dunkle Holztruhe, die Decken, die daneben aufgestapelt waren. Öffnete den Deckel und spähte hinein – der Geruch von Kiefer, altem Stoff, verstaubtem Dachboden.

Sie hatte offen gestanden, erinnerte ich mich, als ich am Tag nach der Party hier zum Putzen hergekommen war. War ihr Handy auch da schon dort drin gewesen?

Als Nächstes das Bett, ich fuhr mit der Hand über das weiche Material. Ich ging über den Holzboden am Schrank vorbei zum Bad, die Bodendielen knarrten.

Über der Toilette gab es ein hohes Fenster, um Licht hineinzulassen, aber es ließ sich nicht öffnen. Ein langer Spiegel, weiß umrandet. Ein Waschtisch vor den Kacheln, auf quadratischen Holzfüßen. Wir hatten den Boden gewischt, Parker und ich, nachdem Ellie Arnold hier mit ihren Freundinnen drin war, um sich aufzuwärmen. Das Wasser war überall gewesen, schmutzige Handtücher waren in den Ecken zurückgelassen worden.

Jetzt strich ich mit den Fingern über die Granitplatte auf dem Waschtisch, grau und weiß marmoriert. Die harten Ecken. Ich ließ mich auf die Knie fallen und erinnerte mich daran, wie nass der Boden in der Nacht gewesen war – an die Handtücher, die ich in eine Plastiktüte gestopft hatte.

Am nächsten Tag hatte ich sie mit Bleiche in der Waschmaschine gewaschen, um sie wieder sauber zu bekommen.

Ich spähte unter den Waschtisch, betrachtete den dunklen, unberührten Putz – schwerer zu sehen und zu säubern. Ich stand wieder auf, stemmte mich gegen den Tisch, bis er über die Fliesen kratzte, von der Wand abrückte. Ich schob weiter, Zentimeter für Zentimeter, bis er an die Duschkabine stieß, mein Atem raste. Der Platz darunter lag nun vollkommen frei, Dreck und Rückstände waren sichtbar, und der dunklere Putz, fleckig von zurückgelassenem Wasser.

Ich ging auf die Knie, strich über die kalkigen Rückstände.

In einer Ecke entdeckte ich einen rostbraunen Fleck. Eine übersehene Stelle. Ich warf mich zurück auf meine Hacken, Kälte stieg in mir auf, ich krabbelte aus dem Zimmer, sah diesmal alles deutlich.

Ein Kampf hinter verschlossenen Türen; das Handy, das ihr aus der Hand geschlagen wurde, der Sprung im Display. Ein Handgemenge, das sie weiter von der Tür wegführte, vom Ausgang. Ein Stoß im Bad. Sie fiel und schlug sich den Kopf an. Das Blut bildete eine Pfütze. Jemand versuchte verzweifelt, sauber zu machen. Nahm die übrigen Handtücher und wischte alles auf. Musste sie wegbringen.

Durchsuchte ihre Tasche, fand die Schlüssel. Schaute aus dem Fenster über der Toilette, drückte den Knopf auf dem Schlüssel – sah mein Auto auf der anderen Straßenseite aufleuchten.

Nahm eine Decke aus der Truhe, um sie zu verstecken. Verlor dabei ihr Handy, im Chaos. Wo es unten in die Truhe fiel und dort blieb – darauf wartete, gefunden zu werden.

Wickelte sie ein. Mein Gott, sie war so zierlich. Schaute in den Flur und stellte den Strom im Sicherungskasten ab. Aber wer?

War das alles passiert, um einen Aufruhr in der Dunkelheit

zu verursachen? Eine Ablenkung, während jemand eine sterbende oder bewusstlose Sadie zum Auto getragen hatte?

Wenn dem so war, hatte ich es gedeckt, alles, als ich am nächsten Tag wiedergekommen war. Die Beweise mit Bleiche in der Waschmaschine weggespült, ein neues Fenster bestellt, die Truhe geschlossen – und ihr Handy darin gelassen. Ich hatte sie ausgelöscht, Stück für Stück, bis sie unsichtbar war. Und jetzt musste ich sie wieder in den Fokus rücken.

Meine Hände zitterten, ich machte mit der Kamera meines Handys von allem Fotos: der Stelle hinter dem Waschtisch mit dem rostfarbenen Blutfleck, der Truhe mit den Decken, dem Stromkasten im Flur, dem Abstand von dort zur Vordertür. Sammelte von allem Beweise, bevor ich aus diesem Ort ausgesperrt werden würde. Für die Geschichte, die ich sehen konnte, von der nur ich Zeugin war – ihr Geist, der sich in den Lücken meiner Erinnerungen bewegte.

Ich konnte vor meinem inneren Auge sehen, wie sich alles abgespielt hatte. Drei Schritte zurück, drei Schritte vor. Von einem Mädchen in Blau, das sich in meinem Zimmer drehte bis zu einem Farbblitz im Meer, einem blassen Bein, das am Felsen hängen blieb – sich festhielt, bis sie gefunden wurde.

Ich lenkte meinen Wagen weg vom Hafen, weg von der Küste. Stattdessen zu den Bergen. Fand mich wieder, wie ich mich eine kleine Nebenstraße hinunterschlängelte, die ich seit Jahren nicht gefahren war.

Es war eine lange, halb asphaltierte Straße, die sich in Sandauffahrten hin zu alten, von Bäumen umgebenen Häusern gabelte.

Ich fuhr langsamer, bis ich das letzte Haus an der Straße erreichte: ein Farmhaus, versteckt außer Sichtweite der Straße, der Boden bedeckt mit Gras und Sand. Die Harlows wohnten immer noch nebenan. Ich parkte mein Auto in der weiten Mündung meiner alten Auffahrt unter den tief hängenden Zweigen eines knorrigen Baumes.

Einzelheiten waren in der Dunkelheit nicht zu erkennen, deshalb konnte ich mir gut die farbigen Tonkrüge auf der Veranda und das handgemalte Willkommensschild, das früher an der Tür hing, vorstellen. Die Holzstühle, die meine Mutter gebaut hatte, die matte grüne Farbe abblätternd, und ein niedriger Tisch dazwischen.

Ich sah meine Mom lesend auf der Veranda sitzen. Meinen Vater mit einem Drink in der Hand und ihren Füßen auf dem Schoß. Beide alle paar Augenblicke aufschauend, um nach mir zu sehen.

Mein eigenes Leben hatte sich mitten in tiefster Nacht gegabelt, genau hier.

Aber das – das war das Leben, das ich hätte haben sollen. Meinen Dad, der mich um die Taille packte, als ich nach drinnen rannte – *Du siehst ja wild aus*, hatte er gesagt, lachend. Meine Mom mit den Schultern zuckend, *Lass sie doch*.

Erinnerungen und Träume. Alles, was von dem Leben blieb, das mir genommen worden war.

Ich muss im Auto eingeschlafen sein – das Brummen meines Handys ließ mich in Panik aufwachen.

Ich brauchte einen Moment, um mich zu orientieren, zusammengerollt auf dem Fahrersitz. Bei Tageslicht war dieses Haus nicht länger mein Zuhause. Windspiele statt farbiger Töpferwaren, das handgemalte Willkommensschild ersetzt durch einen Kranz aus Weinranken. Grellblaue Metallstühle auf der Veranda, Farbtupfer in der Berglandschaft.

Mein Telefon brummte wieder – zwei Nachrichten von Ben Collins.

Ich hole Sie in einer halben Stunde ab.

Brauche immer noch Ihre Adresse.

Ein Mann trat aus der Haustür, ging die Verandatreppe hinunter auf das Auto zu, das neben dem Haus geparkt war – aber er blieb stehen, als er mich sah. Änderte die Richtung, kam auf mich zu.

Ich antwortete Detective Collins: *Tut mir leid, mir ist etwas dazwischengekommen. Treffe Sie auf der Gedenkfeier.*

Der Mann kam langsam die Auffahrt hoch, und ich ließ das Fenster herunter, tausend Entschuldigungen auf der Zunge.

»Wir sind gerade eingezogen«, sagte er lächelnd. Er war vielleicht so alt wie mein Vater, als er starb. Aber in meiner Erinnerung erschien er mir immer jünger. »Es ist nicht mehr auf dem Markt.«

Ich nickte. »Ich hab als Kind hier gewohnt. Tut mir leid. Ich … wollte nur sehen, wie es jetzt aussieht.«

Er blickte über die Schulter. »Schön, oder? Viel Geschichte hat dieser Ort.«

»Ja. Entschuldigen Sie die Störung. Ich war gerade in der Gegend …«

Die Sonne spiegelte sich im Windspiel über der Veranda, und er wippte auf seinen Hacken. Ich kurbelte das Fenster hoch, ließ den Motor an.

Parker hatte mir alles genommen, und ich konnte immer noch nicht beweisen, dass er es war. Aber ich wusste, dass es noch eine Stelle gab, an der ich nachsehen konnte, und es gäbe nur eine einzige, letzte Chance, das zu tun.

Mein Herz hämmerte gegen meine Rippen. Es war Zeit zu gehen. Sadies Gedenkfeier würde bald beginnen.

Alle würden da sein.

Kapitel 28

Ich war noch vier Blocks vom Breaker Beach entfernt und konnte kaum einen Parkplatz finden. Alle waren hier, ich hatte richtig vermutet. Die Gedenkfeier würde bald beginnen. Ich nahm den ersten Parkplatz, den ich fand, ging dann im Sea Rose vorbei, um einzusammeln, was ich hatte – sämtliche Beweise, die mich bis zu diesem Punkt geführt hatten. Packte alles zusammen, sodass ich es nach der Feier Detective Collins präsentieren konnte.

Dann warf ich mir die Tasche über die Schulter und machte mich auf den Weg zur Zeremonie.

Ich sah sie alle. Die Leute standen vom Breaker Beach bis zum Parkplatz, auf Felsen hinter den Dünen. Autos parkten in zwei Reihen am Straßenrand, ein Nadelöhr aus lauter Wagen und Zuschauern. Es war ein Dienstagmorgen, die Menschen hatten ihre Zeit geopfert und die Arbeit für das hier ruhen lassen. Es war ein Zeichen der Unterstützung für ein Mädchen, das größer war als das Leben. Das Einzige, was man noch geben konnte.

Eine Menge hatte sich in der Nähe des Eingangs zum Breaker Beach versammelt, in ihrer Mitte die bronzene Glocke, die Worte in Handarbeit gemeißelt.

Ich sah Bianca neben Grant auf einer erhöhten Plattform

stehen, stoisch, mit gesenktem Kopf. Grant hatte seine Hand an ihren Rücken gelegt, und Parker stand hinter den beiden, betrachtete die Menschenmenge.

Die Randolphs, die Arnolds, sie waren alle da, weit vorn. Ich ging weiter an den Leuten vorbei, die auf der Straße standen. Im Vorbeigehen sah ich die Sylvas, die Harlows, Familien, die ich schon immer gekannt hatte, hier, um Tribut zu zollen – noch ein Mensch, der an Littleport verloren worden war. Das Komitee stand in einer Reihe hinter dem provisorischen Podium, Erica neben Detective Collins, der seine Sonnenbrille aufhatte, beide andächtig und still.

Die Rednerin trat vor, und das Mikrofon verstärkte ihre Stimme klar und deutlich. »Danke, dass Sie heute Morgen hier sind, um mit uns das Leben von Sadie Janette Loman zu feiern, die diesen Ort und alle, die sie kannten, geprägt hat.«

Die Leute senkten die Köpfe, aus leisem Murmeln wurde Stille.

Vergib mir, Sadie.

Ich ging weiter, drängte mich am Rand der Menge vorbei – lief um die Kurve und die Steigung zur Landing Lane hinauf.

Ich blickte einmal über meine Schulter, es war niemand in Sicht. Niemand konnte sehen, wohin ich ging.

Das Auto von Grant und Bianca war weg – sie müssen gemeinsam damit zum Breaker Beach gefahren sein. Es war eigentlich ein leichter Weg, abgesehen von dem Gefälle der Straße, aber in feinen Schuhen fast unmöglich zu gehen.

Obwohl ich sie alle auf der Feier gesehen hatte, spähte ich zuerst in die vorderen Fenster, die Hände um die Augen gelegt. Die Lichter waren aus, und drinnen war keine Bewegung zu sehen. Ich klingelte, zählte dann bis zehn, bevor ich den Schlüssel benutzte, den sie nie zurückverlangt hatten.

Aber das stellte sich als unnötig heraus – die Tür war bereits offen. Die größte Lüge von Littleport – ein sicherer Ort, nichts zu befürchten. Als würden sie auch jetzt sagen: *Hier gibt es keine Geheimnisse.*

»Hallo?«, rief ich, als ich eintrat. Meine Stimme hallte durchs Erdgeschoss.

Das Haus war verlassen. Aber es gab Zeichen von Leben. Ein paar Schuhe am Eingang, eine Jacke über einen Küchenstuhl geworfen, weggerückte Stühle im Esszimmer. Diesmal kümmerte ich mich nicht ums Erdgeschoss, ich wusste genau, was ich suchte.

Oben ignorierte ich die geschlossene Tür des großen Schlafzimmers, ging stattdessen in Grants Büro. Der verriegelte Schrank. Die Akten.

Der Schreibtisch sah anders aus als letzte Woche – die Oberfläche aufgeräumt, alles geordnet. Als hätte Grant seinen berechtigten Platz eingenommen, Parker woandershin delegiert. Ich öffnete die oberste Schreibtischschublade, bewegte die Sammlung von USB-Sticks hin und her – und geriet in Panik.

Ich konnte keinen Schlüssel finden.

Jemand musste ihn vor Kurzem benutzt oder versteckt haben. Ich starrte aus dem Bürofenster und fing an, die Schubladen eine nach der anderen aufzureißen. Leer, leer, leer.

Mein Puls raste. Verzweifelt fuhr ich mit den Händen die Unterseite der Schubladen entlang, suchte nach irgendetwas. Mein Herz machte einen Satz, als ich mit den Nägeln gegen eine Metallleiste stieß, ein winziges Fach. Ich strich über die Oberfläche, bis ich einen Knopf fühlte und eine kleine Schublade nach vorn sprang.

Ich griff den Schlüssel und hielt ihn fest in der Hand.

Überließ es Grant, alles wieder dahin zurückzulegen, wohin es gehörte. Das Chaos und die Unordnung seines Sohnes aufzuräumen.

Nun stand ich mit einem bestimmten Ziel vor diesem Schrank. Ich zog die gebündelten Akten heraus und stapelte sie auf Grants Schreibtisch.

So weit hatte Faith es nie geschafft. Sie hatte sich hineingeschlichen, so wie wir es vor Jahren getan hatten, aber diesmal mit einer Absicht. Sie hatte mir erzählt, dass sie nach etwas suchte – irgendetwas. Was sie gegen die Lomans verwenden könnte. Aber bis hierher war sie nicht gekommen. Die Wohltätigkeitsakten, die Durchschläge. Die Kaufverträge zu ihren Mietshäusern.

Hier drin waren bloß die Dinge, die Littleport betrafen. Ich wusste, was mich wieder zu diesem Schrank zurückgetrieben hatte: eine Akte mit Arztrechnungen und -berichten. Sie würde die Informationen enthalten, nach denen ich suchte.

Ich öffnete den gebundenen Ordner, der mit *Medizinisches* gekennzeichnet war. Darin waren die Berichte von Privatärzten, koordiniert von Leuten wie den Lomans – Hausbesuche, damit sie nicht in einem Wartezimmer auf Versorgung harren mussten. Alles zu einem bestimmten Preis.

Das Erste, was ich fand, war der Bericht über Sadies Streptokokkentest im Sommer vor zwei Jahren. Danach ein aggressiver Ausschlag als Reaktion auf ihre neue Sonnencreme. Dann Husten, den Grant so lange mit sich herumgeschleppt hatte, bis Bianca selbst einen Arzt angerufen und Grant überrascht hatte, weil der mitten an einem Arbeitstag bei ihm aufgetaucht war. Behandlungsverläufe, eine Geschichte für ihre Unterlagen.

Ich blätterte in der Zeit zurück, Jahre vergingen, bis ein Wort meine Aufmerksamkeit erregte – *Stiche*. Nur ein Blatt, wenig Einzelheiten.

Parkers Name und Geburtsdatum. Die Diagnose einer Schnittwunde. Zusammenfassung einer Behandlung. Eine Notiz darüber, auf welche Zeichen man achten solle, die Möglichkeit einer Gehirnerschütterung. Ein Rezept über ein Schmerzmittel. Die Empfehlung eines plastischen Chirurgen, falls er einen brauchen sollte. Meine Hände fingen an zu zittern.

Und da, ganz unten, neben der Unterschrift des Arztes, stand das Datum. Zwei Tage nach dem Unfall meiner Eltern. Als hätten die Lomans versucht, es zu verheimlichen, Verdächtigungen zu vermeiden, bis ihnen klar geworden war, dass ihr Sohn ärztliche Hilfe benötigte.

Ich fragte mich, ob er deshalb die Narbe hatte – ob sie zu lange gewartet hatten, erst sichergehen wollten, dass der Unfall als Alleinunfall deklariert werden würde.

Vielleicht war die zweite Zahlung, die Sadie auf den USB-Stick geladen hatte, ja an ihn gegangen, diesen Arzt, der wusste, dass Parker deutlich verletzt war und im Gegenzug für sein Schweigen bezahlt worden war. Der belohnt worden war, dafür, dass er nicht zu viele Fragen stellte.

Das war er. Der beste Beweis, den ich bekommen konnte. Ich sah aus dem Fenster, aber die Auffahrt war leer. Ich machte ein Foto von dem Dokument mit Parkers Verletzung einschließlich des Datums der Behandlung und schickte es an Detective Ben Collins Nummer, mit einer Nachricht: *Ich muss mit Ihnen über Parker Loman reden.*

Dann schickte ich Connor noch eine: *Ist die Zeremonie noch im Gange?*

Ich sah noch einmal aus dem Fenster. Immer noch kein Auto.

Ich begann, die Akten wieder wegzuräumen, hörte dann aber auf. Es kümmerte mich nicht, wenn sie es wussten. Grants Worte in meinem Ohr, ein grausames Flüstern – dass er mich überschätzt hätte. Wie Faith wollte ich, dass sie Bescheid wüssten. Wer sonst würde besser wissen, wo man nachsehen musste, als jemand, den sie in ihr Haus aufgenommen hatten?

Mein Leben hatte eine Wendung genommen, wegen ihnen. Alles, was ich verloren hatte, war wegen ihnen.

Mein Telefon summte mit einer Antwort. Nicht vom Detective, sondern von Connor: *Sie ist fast vorbei. Wo bist du?*

Ich wollte Connor sehen, es ihm sagen. Er hatte vielleicht Faiths Geheimnisse bewahrt, aber auch meine. Und nach alldem verdiente er es, die Wahrheit zu kennen.

Aber erst musste ich Detective Collins finden, ihn bitten, auf der Wache mit ihm sprechen zu dürfen, ihm alles zeigen, was ich gefunden hatte – ruhig, klar. Ich wusste nicht sicher, wer Sadie getötet hatte. Konnte noch nicht beweisen, dass es Parker war – aber ich hatte jetzt sein Motiv. Das Wichtigste war, dass sie mir glaubten.

Ich hatte meine Sachen eingesammelt, war bereit zu gehen, als sich irgendwo im Haus eine Tür schloss.

Ich erstarrte, meine Hände schwebten über dem Schreibtisch. Ich atmete noch nicht einmal. Schritte auf der Treppe, hektisch sah ich mich nach einem Versteck um. Der einzige Ort außer Sichtweite war der Schrank, und die ganzen Papiere waren schon draußen. Wenn die Schritte sich in die andere Richtung bewegten, könnte ich dorthin rennen …

»Avery?« Die Stimme war so nah. Ein Mann. Nicht Parker. Nicht Grant. Es hatte keinen Sinn, sich zu verstecken. Wer immer es war, er suchte mich bereits.

Und dann stand Detective Ben Collins in der offenen Bürotür, seine Stirn vor Verwirrung in Falten gelegt. Sein Blick huschte über den Schreibtisch, über meine Hände, die über der Oberfläche schwebten. Er trat ins Zimmer. »Was machen Sie in diesem Haus?«

Ich schluckte, mein Hals schmerzte. »Haben Sie meine Nachricht bekommen?«

»Ja«, sagte er und trat dichter an den Schreibtisch. »Und ich hab Sie vorhin in diese Richtung gehen sehen. Sie haben meine Frage nicht beantwortet. Was tun Sie hier drin?«

Ich war eingebrochen, und er hatte mich gefunden. Er wusste, was ich durchsucht hatte und wo ich zu finden war. Hatte mich in die Ecke getrieben und auf frischer Tat ertappt.

»Warten Sie«, bettelte ich, die Hände ausgestreckt. »Bitte warten Sie.« Ich musste es ihm jetzt gleich zeigen, bevor er seine Meinung ändern konnte, mich festnahm, die Lomans anrief und ich keine Chance mehr haben würde. Die Lomans konnten jeden ruinieren. »Ich muss Ihnen etwas zeigen.« Ich suchte in meiner Tasche, nahm alles heraus, was ich mitgebracht hatte. Versuchte etwas Platz auf dem Schreibtisch zu schaffen. »Das habe ich Ihnen geschickt«, sagte ich und hielt ihm den medizinischen Bericht über Parker hin. »Sehen Sie?«

Er runzelte konzentriert die Stirn, während er das Blatt las. »Ich weiß nicht, was ich da vor mir habe.«

»Das ist der Beweis, dass Parker zur gleichen Zeit verletzt wurde, als meine Eltern bei einem Autounfall starben.«

Er starrte mich an, seine grünen Augen blitzten auf im Licht, das durchs Fenster fiel. Ich konnte seinen Gesichtsausdruck nicht entschlüsseln, ob er mir glaubte, ob er versuchte, sich die Dinge selbst zusammenzureimen.

»Sadie«, sagte ich und gab ihm den USB-Stick, mein Hals tat weh, als ich ihren Namen aussprach. »Sie hat einen Beweis gefunden, dass ihre Familie meine Großmutter bezahlt hat, nach dem Tod meiner Eltern. Hunderttausend Dollar. Er ist hier drauf.«

Er nahm ihn stirnrunzelnd entgegen. Drehte ihn in seiner Hand.

»Ich habe mehr«, sagte ich, ich hatte alles. Ich listete die Beweise auf, schob die Mappe, die ich mitgebracht hatte, in seine Richtung. Die passende Kontonummer vom Scheckbuch meiner Großmutter. Das musste reichen. »Es gibt Beweise, dass meine Großmutter ihre Hypothek mit diesem Geld abbezahlt hat, direkt nachdem sie gestorben waren. Und«, sagte ich, holte mein Telefon mit zitternden Händen hervor, »Beweise, dass

Sadie auf der Party letztes Jahr verletzt worden ist. Detective, sie war *da.*« Ich rief die Fotos auf, die ich gerade gemacht hatte, gab ihm mein Handy, die Worte kamen zu schnell herausgesprudelt. Ich versuchte, ihn durch den Ablauf der Ereignisse zu führen – der Blutfleck im Badezimmer, meine Annahme, dass jemand sie aus dem Haus geschafft, sie in eine Decke gewickelt, ihr Telefon dabei verloren hatte.

»Derjenige hat mein Auto benutzt. Meinen Kofferraum«, sagte ich, und ein Schluchzen steckte in meiner Kehle. »Der Ort des Verbrechens war *da*. Nicht hier. Sie ist nicht gesprungen.«

Seine Mundwinkel fielen nach unten, und er schüttelte den Kopf. »Avery, Sie müssen sich beruhigen.«

Aber das stimmte nicht. Ich musste noch schneller sein. Sadie wollte keine verdammte Glocke, kein trauriges Zitat. Sie wollte *das*. Gesehen werden. Gerächt werden. Und er hörte nicht zu. Was musste ich tun, damit er es sah?

Er starrte die Fotos auf meinem Handy an, auch seine Hand zitterte leicht, als hätte ich meine Angst direkt auf ihn übertragen. Sein Blick wanderte zum Fenster hinter mir, und ich wusste, was er dachte – die Lomans würden bald zurück sein.

Er musste mir glauben, bevor sie kamen.

»Es muss Menschen in Ihrer Abteilung geben, die sich an den Unfall erinnern«, sagte ich. »Die irgendetwas wissen. Es ist lange her, aber Leute erinnern sich.« Es war schrecklich. Das war es, was der erste Beamte, der zum Unfallort gekommen war, gesagt hatte. Ich hatte den Artikel bei mir in der Mappe auf dem Schreibtisch. »Vielleicht können wir mit der Person sprechen, die zuerst am Unfallort war. Vielleicht gibt es Beweise, die damals keinen Sinn ergaben.« Noch ein Beweisstück, das die Fälle verband.

Ich öffnete die Akte, zog den Artikel hervor – damit er sich erinnerte. Detective Collins hatte mir einmal gesagt, er wisse, wer ich sei, was ich durchgemacht hätte – dass ich verdammt beschissene Karten gezogen hatte. Er war älter als ich. Er musste sich daran erinnern.

»Kann ich …« Er räusperte sich, hielt mein Telefon hoch. »Kann ich das mitnehmen?«

Ich nickte, und er steckte sich mein Handy in die Tasche, zog dann eine Schachtel Zigaretten hervor, nahm eine heraus, Feuerzeug in der anderen Hand. »Schlechte Angewohnheit, ich weiß«, sagte er. Seine Hand zitterte, als er das Feuerzeug zweimal anschnippste, bevor eine Flamme erschien. Ein langsames Ausatmen des Rauches, die Augen geschlossen. »Aber manchmal hilft es.«

Ich stellte mir vor, wie der Rauch in die Wände der Lomans sickerte, in den kunstvollen Teppich unter unseren Füßen. Wie sie das hassen würden. Fast hätte ich instinktiv etwas gesagt, hielt mich dann aber zurück. Wen kümmerte es?

In dem Artikel gab es ein Schwarz-Weiß-Foto von der Straße – wie konnte ich das vorher nicht erkannt haben, das gleiche Bild, das Sadie auf ihrem Telefon hatte? Der Tunnel aus Bäumen, so anders im Tageslicht – aber es passte.

Auch das zurückgelassene Wrack war in diesem Artikel abgebildet. Der Metallhaufen von einem Auto, das an einem Baum zerquetscht worden war. Mein Herz zog sich zusammen, und ich musste die Augen schließen, auch nach all den Jahren.

Ich überflog Sätze, Absätze, bis zu dem Teil, an den ich mich erinnerte – der sich schon vor Jahren in mein Gedächtnis gebrannt hatte.

»Der erste Beamte am Schauplatz hat vor dem Reporter ein Statement abgegeben«, sagte ich. Ich las die Worte, die ich schon so lange zu vergessen versuchte. »Hier ist es. ›*Ich konnte nichts tun. Es war einfach schrecklich. Furchtbar. Ich dachte, wir hätten sie alle verloren, aber als der Rettungswagen kam, entdeckten sie, dass die Frau auf dem* Rücksitz noch lebte. Nur bewusstlos war.‹ Der Verlust wird in der ganzen Gemeinde zu spüren sein, auch bei dem jungen *Beamten …*«

Ich hörte auf zu lesen, das Zimmer kam mir hohl vor. Konnte es nicht zu Ende bringen. Konnte die Worte nicht sagen. Stattdessen sah ich dabei zu, wie sich alles verwandelte.

Er hob seine Augenbrauen, schnippte das Feuerzeug wieder an. Hielt es unter Parkers Arztbericht, ließ ihn Feuer fangen und in den Stahlmülleimer fallen.

Ich starrte noch einmal den Artikel in meiner Hand an. Die Wahrheit, nur Zentimeter entfernt, darauf wartend, dass ich noch einmal hinsah.

Der unbeendete Satz, unsere Wege, die sich immer wieder kreuzten, ungesehen, unerkannt. *Officer Ben Collins.*

Kapitel 29

Rauch stieg aus dem Mülleimer auf, die Luft gefährlich und lebendig. »Sie wussten es«, sagte ich und trat zurück.

Detective Ben Collins stand zwischen mir und der Tür, sah mich nicht an. Systematisch ließ er Seite um Seite in den Mülleimer fallen. Jedes Beweisstück, das ich ihm gegeben hatte, alles. Eins nach dem anderen wanderte in den brennenden Abfall. Er hatte mein Handy. Meinen USB-Stick. Die Beweise für die Zahlungen …

Die andere Zahlung, die Sadie gefunden und kopiert hatte, gesichert auf dem USB-Stick neben der an meine Großmutter. Sie war an ihn gegangen. »Die Lomans haben auch Sie bestochen«, sagte ich.

Endlich sah er mich an. Ein Mann, in Teile geschnitten, wie aus einem Negativraum. »Es war ein Unfall. Wenn das hilft – er hat es nicht mit Absicht getan. Ein Jugendlicher, der an mir vorbeiraste, wie eine Fledermaus aus der Hölle, mitten in der Nacht. Ich wusste nicht, dass es Parker Loman war, als ich ihn verfolgte – er sah das andere Auto nicht kommen. Die Lichter müssen sie geblendet haben. Beide kamen von der Straße ab, aber das andere Auto …«

»Das andere *Auto* …«, ich keuchte. Meine *Eltern*. Da waren Menschen drin gewesen. Menschen, die mir genommen worden waren.

Wie lange hatte er gewartet, bis er den Krankenwagen rief, nachdem Parker Loman aus dem Auto gestiegen war? Hatte

Parker ihn gebeten zu warten, während er seine Hand auf den Schnitt auf seiner Stirn gepresst hatte, sah, was er getan hatte? Oder war Grant Loman gekommen, hatte alles erklärt, ihn überzeugt, seinen Sohn gehen zu lassen – dass nichts mehr zu machen sei, es keinen Sinn habe, noch ein Leben zu ruinieren –, eine Bitte, aber auch eine Drohung?

Waren meine Eltern verblutet, während er wartete? Hatten Sie dagegen angekämpft, gegen die Dunkelheit, während ein junger Ben Collins sein eigenes Leben gegen ihres aufgewogen und seine Wahl getroffen hatte?

Der Mülleimer knisterte, Hitze breitete sich zwischen uns aus, während wir auf entgegengesetzten Seiten des Schreibtischs standen.

»Avery, hören Sie zu, wir waren alle jung.«

Das verstand ich, oder? Die schrecklichen Entscheidungen, die wir trafen, ohne klar bei Verstand zu sein. Instinktiv, emotional oder in einem drastischen Schritt, einfach, damit die Dinge aufhörten. Sich änderten.

»Ich denke oft daran«, sagte er. »Ich glaube, das machen wir alle. Und jetzt tun wir unser Bestes, jeder von uns. Es war furchtbar, aber die Lomans sind mit diesem Ort durch dick und dünn gegangen, haben ihn unterstützt, haben wo immer sie konnten, etwas zurückgegeben. Ich habe eine Entscheidung getroffen, als ich dreiundzwanzig war, und ich versuche seitdem, damit Frieden zu schließen.« Er streckte eine Hand zur Seite aus. »Ich habe diesem Ort *alles* gegeben.«

Seine Augen waren jetzt geweitet, als würde er mich anbetteln, es zu sehen – den Menschen, der sich in seinen Augen spiegelte. Den besseren Menschen, der er geworden war. Es stimmte, wenn ich darüber nachdachte – er war immer überall dabei, freiwillig. Organisierte die Paraden, die Veranstaltungen. War der, den die Menschen baten, einem Komitee beizutreten. Aber das Einzige, was ich sehen konnte, war die

Lüge. Alles, was er jetzt war, sein ganzes Wesen, baute darauf auf.

»Sie sind *tot*!«, schrie ich da. Endlich etwas, auf das ich meine Wut richten konnte. Statt noch tiefer in mich selbst zu versinken.

Er zuckte zusammen. »Was wollen Sie, Avery?« Sachlich. Als wäre alles im Leben eine Verhandlungssache.

Ich schüttelte den Kopf. Er war so ruhig, und das Knistern der Flammen fraß die Luft, zerstörte alles noch einmal.

Ich musste aus diesem Zimmer raus, aber er versperrte den Weg.

Ich wich instinktiv zurück an die Wand.

»Wir reden mit Grant, finden eine Lösung. Okay?«, sagte er.

Doch natürlich konnte er das nicht tun.

»Sadie«, sagte ich und verstand endlich. Ihr Fehler war auch meiner – sie hatte der falschen Person vertraut. Mein Leben war ihr Leben. Sie muss genau denselben Weg gegangen, auf seinen Namen gestoßen sein – und geglaubt haben, er würde ihr die Wahrheit erzählen. »Sie haben sie umgebracht«, flüsterte ich und schlug mir bei dieser Erkenntnis vor Grauen die Hand vor den Mund.

Er war der Mann gewesen, der sie zur Party gebracht hatte. Der Mann, den niemand gesehen hatte.

Seine Augen schlossen sich, und er schreckte zurück. »Nein«, sagte er. Aber voller Verzweiflung, wie eine Bitte.

Vor meinem inneren Auge sah ich noch einmal alles vor mir – drei Schritte zurück, sie fand Ben Collins in dem Artikel, genau wie ich. Fragte ihn, ob er sie abholen könne, lotste ihn zur Party. Sadie, voller Macht durch das, was sie entdeckt hatte, in dem Glauben, sie hätte alle da, wo sie sie haben wollte – für einen letzten vernichtenden Schlag. Sie hatte die Spur des Geldes versteckt; sie brauchte nur noch ihn. Das Geld, das sie von der Firma gestohlen hatte – dafür. Für ihn. Die Gefahr hatte sie nie gesehen. »Alles, was sie von Ihnen wollte, war die Wahrheit«, sagte ich.

Er blinzelte zweimal, das Gesicht stoisch, bevor er sprach. »Was soll das jetzt noch bringen? Ich würde uns alle zugrunde richten. Und wofür? Wir können die Vergangenheit nicht ändern.«

Wofür? Wie konnte er das fragen? Für Gerechtigkeit. Für meine Eltern. Für mich.

Um endlich die Wahrheit auszusprechen: Parker war verantwortlich für den Tod meiner Eltern. Denn in dieser Familie hatte es einen immerwährenden Machtkampf gegeben, und Sadie musste endlich einen Weg gefunden haben, ihren Bruder zu Fall zu bringen. Ein kalkulierter, fataler Schritt.

Aber noch etwas war hinter der verschlossenen Tür auf der Party passiert. Sie hatte Ben Collins falsch eingeschätzt. Hatte sie ihm ihre Sichtweise dargelegt, ihm das Geld angeboten, geglaubt, er sei auf ihrer Seite – bevor er zugeschlagen hatte? Oder hatten sie gestritten, hatte sich die Gefahr langsam von Worten in Gewalt verwandelt, bis es zu spät war?

»Das Blut im Bad. Sie haben sie *verletzt*«, sagte ich flüsternd. Kein Auto, das ein anderes unabsichtlich von der Straße gedrängt hatte. Sondern Hände und Fäuste auf Fleisch und Knochen.

»Sie ist ausgerutscht«, sagte er. »Es war ein Unfall«, wiederholte er. »Ich wusste nicht, was ich tun sollte, und bin in Panik geraten. Nichts hätte sie zurückgebracht.«

Aber seine Worte waren leer, hohle Lügen. Sadie hatte geatmet. Er musste gewusst haben, dass sie noch lebte. Warum hätte er sie sonst zu den Klippen bringen sollen? Das Wasser in ihrer Lunge, die Tatsache, dass es wie Selbstmord aussehen könnte, das Platzieren ihrer Schuhe – der letzte Schritt seiner Vertuschung. Mit kühlem, klarem Verstand hatte er das Ende eines Lebens geplant, um das zu retten, was von seinem noch übrig war.

Hatten die Lomans ihn schon vor Jahren zum Mörder, zum Komplizen gemacht? Die Grenzen seiner eigenen Moral verschoben, bis er auch das hier rechtfertigen konnte?

Er drehte den USB-Stick noch einmal in der Hand, steckte ihn dann in die Tasche. »Sie hat mir erzählt, dass noch jemand Beweise haben würde. Ich hab mir immer gedacht, dass Sie das sind.«

Nur dass ich es nicht war. Es war Connor, auch wenn er es nicht wusste. Deshalb wollte Sadie ihn auf der Party haben, hatte sie beide dorthin gebracht. Sicherheit durch Wissen, durch eine Mehrheit. In einer Menge.

Auf dem Schreibtisch lag nichts mehr außer dem Artikel über den Unfall meiner Eltern. Als würde er alle Spuren von Sadie noch einmal löschen.

»Sie war wach«, sagte ich. »Sie hat versucht, aus dem Kofferraum zu entkommen. Ich hab Beweise.« Die zumindest konnte er in diesem Zimmer nicht vernichten.

Da veränderte sich alles. Sein Gesicht, der Rauch, das Knistern der Flammen.

»Ihr Kofferraum«, sagte er monoton. »Das Telefon, das *Sie* gefunden haben, die Person, mit der *Sie* gekämpft haben, Beweise in *Ihrem* Kofferraum. Die Tochter der Familie, die Sie gerade *gefeuert* hat. Sie wollen das nicht tun, glauben Sie mir.«

Als wäre ich ein Niemand. Machtlos, damals und heute. Die Person, die er beschuldigen würde. Die Person, die bezahlen würde.

Nun verstand ich, warum er uns immer wieder über die Party befragt hatte. Er wollte herausfinden, wer ihn oder Sadie gesehen haben könnte. Wer vielleicht beobachtet hatte, wie er ihren schlaffen Körper nach draußen brachte. Wie er ihn von den Klippen geworfen oder hinterher mein Auto zurückgebracht hatte oder allein zum Parkplatz der Pension gegangen war.

Und dann war ich da. Er sah mich auf den Klippen, als er ihre Schuhe »fand«. Seine Fingerabdrücke mussten darauf sein, wenn er derjenige war, der sie gefunden hatte. Er hatte dasselbe von mir gesagt, als ich ihm Sadies Handy gebracht hatte.

Deshalb hatte er mich befragt, immer wieder, über die Nacht. Mich in den Verhören so intensiv angesehen, er suchte nach dem, was ich verbarg. Er fürchtete, dass ich mehr wusste, als ich sagte.

Das letzte Puzzleteil. Die unausgesprochene Frage, die er in der Nacht stellte: Hatte ich *ihn* gesehen?

»Sagen Sie mir einfach, was Sie wollen«, sagte er und griff nach dem Artikel auf dem Schreibtisch.

»Halt«, sagte ich und langte selbst danach – was für ein blödsinniges Teil, um sich daran festzuhalten. Ich könnte ein anderes gedrucktes Exemplar oder eine Datei davon finden. Aber es ging um die Tatsache, dass mir schon wieder etwas weggenommen wurde, ohne meine Erlaubnis.

Ich hatte das Blatt in der Hand, aber er langte in meine Richtung, griff nach meinem Arm.

Kristallklar.

Dieser Mann hatte Sadie umgebracht, weil sie die Wahrheit kannte. Ich würde keine Chance bekommen, meine Unschuld zu beweisen, meine Seite des Falls zu präsentieren. Er hatte getötet, um sich zu schützen – aus keinem anderen Grund. Und nun war ich die Bedrohung.

Ich riss mich los und rannte um den Schreibtisch herum zur Tür. Er langte wieder in meine Richtung, stieß den Mülleimer um, die Papiere kippten aus, in einer Spur aus Glut und Flammen. Griffen auf den Teppich über. Seine Augen weiteten sich.

Ich rannte. Stolperte aus dem Zimmer, Ben Collins' Schritte hinter mir. Er rief meinen Namen, der Geruch von Rauch folgte. Auf der Treppe würde er mich zu leicht schnappen – dieser offenen, luftigen Spirale. Also tauchte ich im nächsten Raum unter, schlug die Tür hinter mir zu.

Sadies Zimmer.

Es gab keine Schlösser. Und keine Verstecke. Alles war dazu bestimmt, die sauberen Linien zu betonen. Der kahle Holzfußboden unter dem Bett. Der offene Raum. Kein Platz für Geheimnisse hier.

Der Feueralarm ging los, ein gleichmäßiges hohes Heulen.

Vielleicht würde die Feuerwehr kommen. Aber nicht schnell genug.

Ich zog ihre Glasbalkontüren auf, ließ den Stoff hineinwehen. Es war zu tief, um zu springen. Das einzige Zimmer, aus dem man gefahrlos springen konnte, war das große Schlafzimmer, mit dem Grashang unter dem Balkon – an dem Connor, Faith und ich vor Jahren hochgeklettert waren.

Alles, was ich tun konnte, war, mich gegen die Wand neben ihrer Zimmertür zu pressen, bevor diese aufflog. Ben Collins ging geradewegs zu den offenen Türen über der Terrasse, beugte sich vor – spähte hinunter. Und diesen Moment nutzte ich, um den Flur hinunter in die andere Richtung zu rennen.

Er muss meine Schritte gehört haben – alles hallte hier –, denn er rief wieder meinen Namen, seine Stimme donnerte über den Feueralarm hinweg.

Aber ich war am anderen Ende des Flurs, aus dem Büro zwischen uns drang Rauch.

Ich knallte die Tür des großen Schlafzimmers hinter mir zu und rannte zum Balkon. Schwang ein Bein über das Geländer, hing an meinen Fingerspitzen, stellte mir Connor unter mir vor, meine Füße auf seinen Schultern. Ein Fall aus zwei Metern Höhe. Ich konnte das.

Als ich losließ, hörte ich, wie die Tür sich öffnete, der Aufschlag stauchte mich zusammen. Ich stolperte, richtete mich auf und rannte zum Klippenpfad. Ich schrie um Hilfe, aber meine Rufe wurden vom Tosen der Wellen geschluckt.

»Halt!«, rief er, zu nah – nah genug, dass ich nicht nur seine Worte, sondern auch seine Schritte hören konnte. »Nicht weglaufen!«

Zeugen. Alles, an was ich denken konnte war: *Zeugen*. Sadie war hinter einer verschlossenen Tür gewesen, in einem verschlossenen Kofferraum. Niemand hatte sie kommen oder gehen sehen.

Ich war keine Kriminelle, die vor der Polizei wegrannte. Ich war nicht das, was seine Geschichte aus mir machen würde.

Die Umrisse eines Mannes tauchten am Endes des Klippenpfades auf, und ich stieß fast mit ihm zusammen, dann erkannte ich ihn. Parker. »Was ist …«

Ich stolperte zurück, und Detective Collins blieb stehen, nur ein paar Schritte von uns beiden entfernt. Das Wasser schlug an die Felsen hinter uns. Die Stufen zum Breaker Beach waren so nah, schon in Sichtweite …

»Er hat sie umgebracht!«, brüllte ich. Ich wollte, dass noch jemand uns hörte, jemand uns sah.

»Was?« Parker sah von mir zum Detective, zurück zum Haus – von wo das Heulen des Feuermelders uns nur schwach erreichte.

»Sie weiß von dem Unfall«, sagte Detective Collins schwer atmend. Lenkte ab, konzentrierte sich neu. Ich sah zwischen beiden hin und her, fragte mich, ob ich die Gefahr wohl nur verdoppelt hatte. Wozu jeder von ihnen in der Lage wäre, um seine Geheimnisse zu bewahren. Der Detective hatte die Hände in seine Hüften gestemmt, während er sich anstrengte, wieder zu Atem zu kommen. Er schob seinen Mantel zur Seite, und eine Waffe kam zum Vorschein.

Parker wandte sich mir zu, seine dunklen Augen forschend. »Ein Unfall«, sagte er, die Worte undeutlich. Das Gleiche, was

Detective Collins gesagt hatte, was auch Parkers Eltern gesagt haben mussten – die Zeilen, an die Parker sich hielt. Und doch fiel mir vor allem auf, was er nicht sagte: Weder er noch seine Schwester waren je zu einer Entschuldigung fähig gewesen.

Parker sah den Detective an. »Haben Sie es ihr erzählt?«

»Sadie wusste es«, sagte ich, bevor er antworten konnte. Mir hatte es niemand gesagt. Sadie hatte mich dahin geführt. Meine Schritte in ihren Schritten. Aber nun waren nur wir drei hier und das brutale Meer unter uns, die ganzen schrecklichen Geheimnisse, die es barg. »Sie hat die Wahrheit herausgefunden, und er hat sie ermordet.«

Der Detective schüttelte den Kopf, trat näher. »Nein, hören Sie zu …«

Parker blinzelte, als eine Welle unter uns brach. »Was hast du gesagt, Avery?«

Aber ich bekam keine Chance mehr zu antworten.

Der Detective muss es in Parkers Augen gesehen haben, genau wie ich. Das plötzliche Aufwallen des Zornes, die sich sammelnde Wut, bis etwas Fremdes in seinem Blut brannte. Detective Collins griff nach seiner Waffe, gleichzeitig stürzte Parker sich auf ihn.

Ich konnte nicht sagen, wer sich zuerst bewegt hatte. Was die Aktion und was die Reaktion war. Nur dass Parker auf ihm war in dem Moment, als der Detective die Pistole in der Hand hatte – aber er schaffte es nicht mehr, sie richtig festzuhalten, zu zielen, wo immer er hinzielen wollte.

Es brannte in Parkers Knochen – sein Leben balancierte auf einem Angelpunkt, als er Ben Collins nach hinten stieß, dem die Waffe aus der Hand fiel.

Sie traf den Felsen, ein Schuss löste sich. Der Knall ließ uns alle innehalten. Ein Schwarm Vögel flog auf, als unser aller Leben sich änderte – die entscheidende Wende. Ich sah es zuerst in den geweiteten Augen von Ben Collins. Verzweifelt versuchte er, sich mit seinen leeren Händen an mir festzuhalten. Er stolperte einmal, zweimal, bis die Wucht ihn nach hinten warf, in die Luft.

Ich sah zu. Sein farbiges T-Shirt, wie es hinter der Klippenkante verschwand. Dann nichts, nichts, nichts mehr. Nur das Geräusch des Wassers, das unten gegen die Felsen schlug.

Und dann hörte ich den Schrei.

Die Bewohner von Littleport waren unten am Strand versammelt, wandten sich uns zu, um Zeugnis abzulegen.

Kapitel 30

In der Ferne läutete eine Glockenboje. Darüber kreiste ein Falke und schrie. Das Wasser brandete donnernd gegen die Felsen. Die Zeit lief weiter.

»Es war ein Unfall«, sagte Parker und glitt zu Boden, als die Menschen herbeirannten.

Schon wieder ein Unfall.

Der erste Beamte kam auf den Klippen an, rannte von der Straße hinauf, wies seine Kollegen an zurückzukommen.

Von unten ertönten Schreie, Leute wateten vom Strand ins Wasser. Aber es war zu spät, und wir alle wussten das.

»Niemand rührt sich«, sagte der Polizist, als er die Szene betrachtete. Da erkannte ich ihn – Officer Paul Chambers, der andere Mann, der uns letztes Jahr verhört hatte.

Officer Chambers sah zum Haus in der Ferne, zum aufsteigenden Rauch. Dann zu Parker, der auf dem Boden hockte und seinen Arm hielt.

»Er hat Sadie getötet«, sagte Parker. »Er wollte Avery etwas antun.« Er sah mich an, bettelnd. Ein Handel, sogar da noch. »Er hatte eine Waffe. Ich musste es tun. Ich musste ihn stoppen.«

Noch nie hatte ich so eine Macht gespürt wie in diesem Moment, als er die Luft anhielt und alle zusahen. Ich bestätigte nicht, ich widersprach nicht.

Ich spürte Parkers Blick auf mir. Hörte sein verzweifeltes Flüstern. *Bitte.*

»Kein Wort mehr, Parker.« Das war Grant, seine Stimme schnitt warnend durch die Zuschauer.

In der Menge waren bekannte Gesichter. Die Sylvas, die Harlows, die Lomans – Grant telefonierte, während Parker dasaß und seinen Arm hielt. Connor schob sich durch die Menschen nach vorn, aber noch ein Beamter war gekommen und hielt alle zurück. Man hörte Sirenen. Weitere Rufe von unten. Eine Anweisung, die Autos wegzufahren, die Leute fernzuhalten – die Rettungswagen kamen nicht durch. Hinter uns hatte der Rauch die offenen Balkontüren im zweiten Stock erreicht und strömte hinaus.

Das Haus der Lomans brannte, jemand war tot, und wir standen immer noch an der Kante.

»Du hast meine Eltern getötet«, sagte ich. Laut genug, dass alle es hören konnten. Nicht nur Officer Chambers, sondern die Leute, die sich versammelt hatten und zusahen. Connor, Faith, Grant und Bianca.

Parker zuckte zusammen, schüttelte den Kopf, auch wenn wir beide die Wahrheit kannten.

»Ich weiß, dass du es getan hast. Und Sadie ist tot, weil sie es herausgefunden hat.« Alle Menschen, die ich verloren hatte, konnten zu ihm zurückverfolgt werden, und ich wollte, dass er bezahlte.

Parker schüttelte weiter den Kopf. Er blieb still, wie sein Vater es ihm befohlen hatte. Auch als er aufstehen musste. Auch als man ihm hinter dem Rücken Handschellen anlegte. Parkers Blick schoss von einer Seite zur anderen, als er durch die Menge geführt wurde, als wäre er verzweifelt auf der Suche nach jemandem, der das in Ordnung brachte.

Er ging still, den Kopf gesenkt. Ein Mann wie jeder andere.

Auf der Wache gab ich ihnen alles, was ich noch besaß. Doch ich hatte so viel verloren, sowohl ans Feuer als auch ans Meer.

Die Beweise waren verbrannt. Mein Telefon. Der USB-Stick. Alles weg. Aber ich hatte die Datei vom USB-Stick auf meinen Laptop kopiert. Und ich hatte Sadies Fotos auch von ihrem Handy heruntergeladen. Officer Chambers guckte verwundert bei der Erwähnung von Sadies Handy – anscheinend hatte Ben Collins diese Information für sich behalten und die Entdeckung des Telefons nie irgendjemandem gegenüber erwähnt.

Ich wusste nicht, ob das reichte – die Dinge, die noch übrig waren.

Danach stand ich mit nichts in der Lobby der Wache. Mein Auto und mein Laptop mussten als Beweise dortbleiben. Ich fragte den Pförtner, ob ich das Telefon benutzen konnte, doch ich kannte keine einzige Nummer auswendig.

»Avery.« Ich drehte mich um, als ich Connors Stimme hörte. Durchs Fenster sah ich seinen Jeep hinter ihm stehen, wahllos geparkt, als hätte er gewartet.

Ich fragte nicht, wohin wir fuhren, als ich mich anschnallte – hatte keine Ahnung, *wohin* ich gehen könnte. Aber als Connor zur Aussichtsfläche hochfuhr, wusste ich es.

Er parkte auf dem Schotterparkplatz vor der Pension, stellte den Motor ab. Ein Karton mit meinen Sachen stand bereits auf der Veranda. Connor öffnete seine Tür, hielt aber inne, bevor er ausstieg.

»Saisonende, da ist immer Platz.«

Sommer 2019

Erster Tag des Sommers

Durch das offene Fenster konnte ich die Wellen gegen die Felsen schlagen hören. Den Wind, der von der Küste her wehte, die über mir rauschenden Blätter.

Sonnenlicht schien flackernd durch die Vorhänge, und die Zweige schaukelten sanft.

Ich nahm Gläser aus dem Schrank, holte die Getränke und die Platten mit Essen aus dem Kühlschrank. Schüttelte die Kissen aus, holte ein paar zusätzliche Stühle von hinten. Bereitete alles vor.

Sie würden bald ankommen, die Auffahrt hoch in die Landing Lane.

Das Haus hat man nicht retten können. Es hätte von vornherein nicht gebaut werden sollen. Sadie hatte schon vor Jahren darauf hingewiesen: Es war nicht sicher. Nicht etwas in dieser Größe, was sich bis hinter die Belastungsgrenze erstreckte. Das erste Mal hatten sie jemanden bestochen, um die Genehmigung zu bekommen. Das würde nicht noch einmal passieren.

Wenn man weiß, wo man gucken muss, sind immer noch Spuren zu erkennen. Wo das Gras feiner und von blasserem Grün ist. Eine leichte Kuhle in der Erde, da wo der Pool war.

Aber vom Gästehaus gesehen ist das nur eine Laune der Natur, eine Lichtung zwischen den Bäumen vor den Felsen. Ein atemberaubender, freier Blick, der mich jeden Morgen begrüßt.

Eine Belohnung für ein Risiko.

Von anderen im Ort hatte ich gehört, dass Parker einen Deal ausgehandelt hatte. Dass er Hausarrest hatte. Eine elektronische Fußfessel trug. Aus der Firma entfernt worden war.

Das meiste davon waren wahrscheinlich Gerüchte. Doch mir war nur wichtig, dass er weg war. Und dass sie nicht wiederkommen würden.

Im Winter, nachdem ich die Plätze auf der Aussichtsfläche verkauft hatte, hatte ich einen niedrigen, aber fairen Preis für dieses Grundstück geboten. Es ist ja nicht so, dass irgendjemand hier noch mal würde bauen können. Nur das Gästehaus lag weit genug zurück, innerhalb der Bebauungsgrenze. Aber mehr brauchte ich auch nicht.

Ich wollte dieses Land einfach wegen der Aussicht, hinweggesehen über ganz Littleport und alles, was ich je gekannt hatte.

Ich bedauere nur, dass ich Grants Gesicht nicht zu sehen bekommen hatte, als er herausfand, was ich getan hatte.

Im Winter letzten Jahres hatte ich alles, was ich besaß, an die Sylvas verkauft. Eine Reihe von Grundstücken oben auf der Aussichtsfläche, die ich selbst erworben hatte. Unter dem Decknamen LCC.

Ich hatte schon Jahre zuvor angefangen, Geld aus dem Verkauf des Hauses meiner Großmutter zu investieren. Bargeld von den Lomans selbst, nachdem sie es gekauft hatten. Bianca war die Einzige, die je gefragt hatte, wo mein Geld hingeflossen war. Grant hatte anscheinend nicht aufgepasst.

In meinem Vertrag mit den Lomans stand nichts, das mich davon abhielt, selbst Geschäfte zu machen. Meine eigenen Investitionen. Also hab ich die erste Summe genommen und gemeinsam mit einer kleinen Gruppe in ein Grundstück ein paar Orte weiter die Küste hoch investiert.

Wir verkauften es, jeder bekam seinen Anteil am Gewinn, machten weiter.

Ich hatte ein Auge dafür und den Mut, es zu tun. Und offensichtlich waren das die beiden Hauptzutaten für Erfolg. Alles für eine Gelegenheit zu riskieren.

Es war der Beginn einer weiteren Saison in Littleport, und heute waren wir hier, um auf einen Wiederanfang anzustoßen – auf ein gemeinsames Unternehmen mit Faith: die Vermietung ihrer neuen Ferienhäuser.

Greg Randolph hatte mich mal Sadies Monster genannt, doch er hatte unrecht. Wenn ich jemandes Monster war, dann wohl eher Grants.

Ich hatte mir alles zu Herzen genommen, was er mir beigebracht hatte, das Startgeld investiert, ohne Garantie. Immer wieder alles riskiert beim Kauf von Grundstücken in Orten die Küste hoch und runter. In dem Glauben, dass es hier etwas gab, weswegen Menschen weiterhin herkommen würden – die Macht des Meeres, die Weite, das Geheimnisvolle –, und das taten sie.

Vielleicht war das leichtsinnig, es gab keine Sicherheit, keine Versprechen.

Aber Littleport war schon immer ein Ort gewesen, der die Mutigen mochte.

Dank

Ich danke allen, die geholfen haben, dieses Projekt vom ersten Entwurf bis zum fertigen Buch zu führen:

Meiner Agentin Sarah Davis für ihre wundervolle Unterstützung bei diesem und allen Büchern.

Meinen Lektorinnen Karyn Marcus und Marysue Rucci für die klugen Anmerkungen, die Begleitung und Ermutigung bei jedem Schritt auf dem Weg, von der ersten Idee bis zum fertigen Werk. Und dem gesamten Team von Simon & Schuster, mit Richard Rhorer, Jonathan Karp, Zack Knoll, Amanda Lang, Elizabeth Breeden und Marie Florio. Ich habe so ein Glück, mit Ihnen allen arbeiten zu dürfen!

Ich danke auch meinen kritischen Leserinnen Megan Shepherd, Ashley Elston und Elle Cosimano für euer Feedback und eure Unterstützung.

Und zuletzt, wie immer, meiner Familie.

Lesen Sie weiter >>

LESEPROBE

Sie wohnt bei dir. Du denkst, du kennst sie.
Doch du weißt nicht, wozu sie fähig ist …

Die Journalistin Leah flieht vor ihrem alten Leben: Sie lässt ihre Heimat und ihren Job hinter sich und zieht mit ihrer besten Freundin Emmy in ein altes Haus auf dem Land. Das Zusammenleben klappt gut. Leah arbeitet tagsüber in der Schule, Emmy nachts an einer Rezeption. Doch dann stellt Leah eines Nachts fest, dass sie ihre Freundin seit Tagen nicht gesehen hat. Noch bevor sie Emmy als vermisst melden kann, wird in der Nähe eine brutal misshandelte junge Frau gefunden. Doch die Frau ist nicht Emmy – stattdessen sieht sie Leah zum Verwechseln ähnlich … Muss Leah nicht nur um Emmys, sondern auch ihr eigenes Leben fürchten?

Prolog

Die Katze war wieder mal unter der vorderen Veranda zugange. Ihr Kratzen an den Holzbohlen übertrug sich auf meine Schlafzimmerdielen. Wetzte sich die Krallen, markierte ihr Revier – unermüdlich in finsterer Nacht.

Ich saß auf der Bettkante, stampfte mit den Füßen auf den Boden und dachte, *bitte lass mich schlafen*, mein wiederholtes Stoßgebet an alles Belebte außerhalb meiner vier Wände, an die Natur da draußen, die sich dort bemerkbar machte.

Das Kratzen verstummte, und ich schlüpfte wieder unter die Decke.

Nun andere, vertrautere Geräusche: das Knarzen der alten Matratze, Grillengezirp, der Wind, der heulend durchs Tal fegte. Das alles wies mich auf mein neues Leben hin – das Bett, in dem ich schlief, das Tal, in dem ich lebte, ein Flüstern in der Nacht: *Du bist hier.*

Ich war in der Stadt aufgewachsen und für das Leben dort gemacht, hatte mich an die Geräusche der Menschen unten auf der Straße gewöhnt, an das Hupen, die Bahn, die bis Mitternacht die Gleise entlang rollte. Wartete schon auf die Schritte über mir, die zuknallenden Türen, Wasser, das durch die Leitungen lief. Das alles hielt mich nicht vom Schlafen ab.

Die Stille in diesem Haus jedoch beunruhigte mich manchmal. Aber sie war immer noch besser als die Tiere.

An Emmy könnte ich mich gewöhnen. Sie schlüpfte einfach so herein, der stotternde Motor ihres Wagens in der Auffahrt war ein Trost, ihre Schritte im Flur begleiteten mich in den Schlaf. Doch die Katze, die Grillen, die Eulen und der Kojote – für die brauchte es etwas Zeit.

Vier Monate, und endlich veränderte sich etwas, so wie die Jahreszeit.

Wir waren im Sommer angekommen – Emmy zuerst, ich ein paar Wochen später. Wir schliefen jede auf einer Seite des Flures in gegenüberliegenden Zimmern, bei geschlossenen Türen und voll aufgedrehter Klimaanlage. Als ich damals im Juli das erste Mal mitten in der Nacht den Schrei gehört hatte, war ich sofort senkrecht im Bett hochgefahren und hatte gedacht: *Emmy.*

Es war ein ersticktes, tiefes Stöhnen, so wie wenn etwas mit dem Tod ringt, und meine Fantasie füllte bereits die Lücken: Emmy, wie sie sich abkämpfte, sich röchelnd den Hals hielt oder ohnmächtig auf dem staubigen Boden lag. Ich rannte über den Flur und hatte schon die Hand an ihrem Türgriff, als sie von innen die Tür aufriss und mich mit großen Augen anstarrte. Im ersten Moment sah sie aus wie an dem Tag, an dem wir uns das erste Mal getroffen hatten, beide gerade mit der Schule fertig. Doch es war nur die Dunkelheit, die mir das vorgaukelte.

»Hast du das gehört?«, flüsterte sie.

»Ich dachte, du warst das.«

Sie packte mein Handgelenk, das Mondlicht hinter den unverhängten Fenstern ließ das Weiße in ihren Augen aufleuchten.

»Was war es dann?«, fragte ich. Emmy hatte schon in der Wildnis gelebt, war ein paar Jahre beim Friedenskorps gewesen und hatte sich an das Unbekannte gewöhnt.

Noch ein Schrei, und Emmy machte einen Satz – der Laut kam von direkt unter uns. »Ich weiß nicht.«

Sie war ungefähr so groß wie ich, aber dünner. Vor acht Jahren war das umgekehrt gewesen, doch nachdem sie weggegangen war, hatte sie ihre Rundungen verloren, und die vielen Jahre waren ihr anzusehen. Ich hatte das Gefühl, dass ich nun diejenige war, die sie beschützen, sie gegen jegliche Gefahr abschirmen musste, denn Emmy bestand in diesen Tagen aus nichts als scharfen Kanten und blasser Haut.

Doch sie setzte sich als Erste in Bewegung, lief geräuschlos den Flur entlang, ihre Hacken berührten kaum den Boden. Mit vorsichtigen Schritten und flachem Atem folgte ich ihr.

Ich legte die Hand auf das Telefon, das ein Kabel hatte und an die Küchenwand gehängt war, für alle Fälle. Aber Emmy hatte andere Pläne. Sie schnappte sich eine Taschenlampe aus der Küchenschublade, schob langsam die Vordertür auf und trat nach draußen auf die Holzveranda. Das Mondlicht ließ sie sanfter wirken, ihre dunklen Haare bewegten sich in der Brise. Sie richtete den Lichtkegel auf den Waldrand und wollte die Stufen hinuntergehen.

»Emmy, warte«, sagte ich, aber sie lag schon bäuchlings auf der Erde und ignorierte mich. Sie leuchtete unter die Veranda, und da schrie wieder etwas. Ich klammerte mich an das Holzgeländer, während Emmy sich auf den Rücken rollte, von einem leisen Lachen geschüttelt, das sich dann laut Bahn brach und in den Nachthimmel schallte.

Ein Fauchen, dann schoss ein Streifen Fell unter dem Haus hervor und verschwand im Wald, gefolgt von einem zweiten. Emmy setzte sich auf, ihre Schultern bebten immer noch.

»Wir wohnen über einem Katzenpuff«, sagte sie.

Ich musste lächeln, was für eine Erleichterung. »Kein Wunder, dass die Miete so günstig ist«, sagte ich.

Ihr Lachen erstarb langsam, als etwas anderes ihre Aufmerksamkeit auf sich zog. »Oh, guck mal«, sagte sie und zeigte mit einem dünnen Arm auf den Himmel hinter mir.

Vollmond. Nein, Supermond. So hieß das doch. Gelb und zu nah, so als könne er die Schwerkraft beeinflussen. Uns alle in den Wahnsinn treiben. Katzen durchdrehen lassen.

»Wir könnten Betonblöcke verlegen«, sagte ich, »um die Tiere fernzuhalten.«

»Genau«, sagte sie.

Aber natürlich taten wir das nie.

Emmy mochte schon die Vorstellung von Katzen. So wie sie auch die Vorstellung von alten Holzhütten und einer Veranda mit Schaukelstühlen mochte; außerdem: Wodka, während des Wodkatrinkens Dartpfeile auf Karten zu werfen, das Schicksal.

In Letzterem war sie ganz groß.

Deshalb war sie auch so sicher gewesen, dass es richtig war, hier gemeinsam herzuziehen, ohne noch einmal groß darüber nachzudenken, ohne Zweifel. Das Schicksal hatte uns wieder zusammengeführt, unsere Wege hatten sich in einer schummerigen Bar gekreuzt, acht Jahre nachdem wir uns das letzte Mal begegnet waren. »Das ist ein Zeichen«, hatte sie gesagt, und in meiner Trunkenheit war mir das vollkommen logisch erschienen, meine Gedanken verschwommen mit ihren, Hirnwindungen kreuzten sich.

Die Katzen waren vermutlich auch ein Zeichen – wofür, dessen war ich mir nicht sicher. Aber außerdem: der Supermond, Glühwürmchen, die im Rhythmus ihres Lachens aufleuchteten, von Feuchtigkeit schwere Luft, die uns umfing wie eine Hülle.

Wann immer wir danach ein Geräusch hörten, ich von dem durchgesessenen braunen Sofa oder meinem Platz am Vinylküchentisch hochschreckte, zuckte Emmy mit den Schultern und sagte: »Nur die Katzen, Leah.«

Trotzdem träumte ich wochenlang von größeren Geschöpfen, die unter uns lebten. Jeden Tag, wenn ich das Haus verließ, nahm ich die Stufen mit einem einzigen großen Schritt, wie ein Kind. Ich stellte mir zusammengerollte oder sich duckende Kreaturen vor, in der Dunkelheit, im Dreck, nichts als gelbe Augen, die einen anstarrten. Schlangen. Waschbären. Streunende und tollwütige Hunde.

Gerade gestern hatte ein Lehrerkollege erzählt, ein Bär sei in seinem Garten gewesen. Einfach so: ein Bär im Garten. Als wäre das etwas, was man so eben im Vorbeigehen bemerkte oder auch nicht. Graffiti auf der Überführung, eine kaputte Straßenlaterne. Nur ein Bär.

»Mögen Sie keine Bären, Miss Stevens?«, hatte er mit einem breiten Grinsen gefragt. Er war schon etwas älter und hatte weiche Konturen, die Haut um seinen Ehering wölbte sich auf beiden Seiten wie im Protest, er unterrichtete Geschichte und schien sie der Realität vorzuziehen.

»Wer mag denn bitte Bären?«, sagte ich und versuchte, mich im Flur an ihm vorbeizuschieben.

»Wenn man in ein Bärengebiet zieht, sollte man sie wohl besser mögen.« Seine Stimme war lauter als nötig. »Es ist ihr Zuhause, auf dem Sie alle sich immer weiter ausbreiten. Wo sollten sie sonst sein?«

Der Nachbarshund fing an zu bellen, und ich starrte auf die Lücke zwischen den Vorhängen, wartete auf die ersten Anzeichen von Tageslicht.

An Morgen wie diesem sehnte ich mich trotz meiner ursprünglichen Hoffnungen – der Duft der Natur, der Charme von Holzhütten mit Schaukelstühlen, das Versprechen eines neuen Anfangs – nach der Stadt. Sehnte mich danach wie nach dem Kaffee, der mir ins Blut schoss, der Jagd nach einer Story, meinem Namen schwarz auf weiß.

Als ich im Sommer hierhergekommen war, hatte es eine lange Phase der Ruhe gegeben, in der mich die ausgedehnten Tage mit einer gesegneten Abwesenheit von Gedanken begrüßt hatten. Ich war morgens aufgewacht, hatte mir einen Kaffee eingeschenkt und war die hölzernen Verandastufen hinuntergetreten, hatte mich für einen kurzen Moment der Erde ganz nah gefühlt, verbunden mit etwas, das ich zuvor vermisst hatte: Meine Füße standen fest auf der Erde vor unserer Veranda, ein paar Grashalme lugten zwischen meinen Zehen hindurch, als würde dieser Ort selbst mich in sich aufnehmen.

Doch an anderen Tagen verwandelte sich die Ruhe in Einsamkeit, und ich fühlte, wie sich etwas in mir regte, als würden meine Muskeln sich erinnern.

Manchmal träumte ich, dass ein verrückter Hacker das gesamte Internet gelöscht, uns alle reingewaschen hatte und ich zurückgehen könnte. Noch einmal von vorn anfangen. Die Leah Stevens sein, die ich hatte sein wollen.

Kapitel 1

Das Haus habe Charakter, hatte Emmy gesagt und damit seine Macken gemeint: der nicht vorhandene Wasserdruck in der Dusche, die unlogische Ausrichtung. Unser Haus hatte zwei große gläserne Schiebetüren, durch die man von der Veranda aus direkt ins Wohnzimmer und die Küche kam, vom Flur dahinter gingen zwei Schlafzimmer und ein gemeinsames Bad ab. Der Haupteingang lag am anderen Ende des Flurs und ging zum Wald hinaus, als hätte man es zwar mit den richtigen Maßen gebaut, aber in die falsche Richtung.

Das Netteste, was ich über das Haus sagen konnte, war wohl, dass es meins war. Aber auch das stimmte nicht ganz. Mein Name stand im Vertrag, mein Essen im Kühlschrank, es war mein Glasreiniger, mit dem man den Blütenstaub von den Schiebetüren wischen konnte.

Trotzdem gehörte es jemand anderem. Ebenso die Möbel. Ich hatte nicht viel mitgebracht. Wenn man es genau betrachtete, besaß ich kaum etwas, was ich beim Auszug aus meiner Einzimmerwohnung im Zentrum von Boston hätte mitnehmen können. Barhocker, die an keinen normalen Tisch passten. Zwei Kommoden, eine Couch und ein Bett, dessen Transport mehr gekostet hätte als ein Neukauf.

Manchmal fragte ich mich, ob es nur die Worte meiner Mutter in meinem Kopf waren, die bewirkten, dass ich diesen Ort und meine Entscheidung, hier zu leben, geringer schätzte, als sie es waren.

Bevor ich Boston verlassen hatte, hatte ich versucht, mir in Gedanken eine Geschichte für meine Mutter zurechtzulegen, in der ich diese große Lebensveränderung als eine aktive Entscheidung ausgab, die ihren Sinn für Wohltätigkeit und Anstand ansprechen würde – sowohl zu ihrem als auch zu meinem Besten. Ich hatte mal gehört, wie sie meine Schwester und mich ihren Freunden vorstellte: »Rebecca hilft denen, die man retten kann, und Leah gibt jenen einen Stimme, für die es keine Rettung gibt.« Und so stellte ich mir vor, wie sie das jetzt für ihre Freunde zusammenfassen würde: *Meine Tochter macht gerade ein Sabbatjahr. Um bedürftigen Kindern zu helfen.* Wenn jemand das verkaufen konnte, dann sie.

Erst einmal ließ ich es so aussehen, als sei das Ganze meine Idee gewesen und nicht der Plan von jemand anderem, an den ich mich einfach gehängt hatte, weil ich nirgends anders hinkonnte. Weil ich das Gefühl hatte, das Netz um mich schloss sich umso enger, je länger ich stillhielt.

Emmy und ich hatten bereits die Kaution bezahlt, und ich schwebte durch die Wochen und träumte von der neuen Welt, die auf mich wartete. Doch sogar da wappnete ich mich für den Anruf bei meiner Mutter. Plante ihn für einen Zeitpunkt, von dem ich wusste, sie wäre dann schon auf dem Sprung zu ihrer Stehkaffeeverabredung mit »den Mädels«. Übte meine Rede, wobei ich vorsorglich Gegenargumente für alle Kritikpunkte bereithielt: *Ich habe meinen Job gekündigt und verlasse Boston. Ich werde in der Highschool unterrichten, ich habe schon ein Angebot. West Pennsylvania. Bestimmt weißt du ja, dass es große ländliche Gebiete hier in Amerika gibt, wo Hilfe gebraucht wird, oder? Nein, ich werde nicht alleine sein. Erinnerst du dich an Emmy? Meine Zimmergenossin während meines Praktikums nach dem College? Sie kommt mit mir.*

Das Erste, was meine Mutter sagte, war: »Ich erinnere mich an keine Emmy.« Als wäre das die wichtigste Tatsache. Aber so machte sie es immer, sie rüttelte an den Details, bis das Große und Ganze schließlich nachgab, vollkommen unerwartet. Und dennoch war ihre Fragemethode auch der Beweis dafür, dass wir unsere Pläne nicht auf einem Traum aufbauten, dass wir ein sicheres Fundament hatten, das unter Druck nicht unweigerlich bröckeln würde.

Ich klemmte das Telefon zwischen Schulter und Ohr. »Ich habe nach dem College mit ihr zusammengewohnt.«

Stille, aber ich konnte sie denken hören: *Du meinst, nachdem du den Job nicht bekommen hast, von dem du dachtest, er wäre dir nach deinem Abschluss sicher, stattdessen ein unbezahltes Praktikum gemacht hast und keine Wohnung hattest?*

»Ich dachte, du hast da mit ... wie hieß sie noch, zusammengewohnt? Das Mädchen mit den roten Haaren? Deine Mitbewohnerin aus dem College?«

»Paige«, sagte ich und sah nicht nur sie, sondern auch Aaron vor mir, wie immer. »Das war nur kurz.«

»Verstehe«, sagte sie langsam.

»Ich bitte dich nicht um Erlaubnis, Ma.«

Nur dass ich es doch irgendwie tat. Sie wusste das. Ich wusste das.

»Komm nach Hause, Leah. Komm nach Hause und lass uns darüber reden.«

Unter ihrer Führung waren meine Schwester und ich seit der Mittelstufe mit unseren Leistungen immer auf der Überholspur gewesen. Sie hatte ihre eigenen Fehltritte als Beispiele herangezogen, um uns vor ihnen zu bewahren. Und zwei unabhängige, erfolgreiche Töchter großgezogen. Einen Status, den ich nun wohl gefährdete.

»Also, wie jetzt?«, fragte sie und änderte die Marschrichtung. »Du bist also einfach eines Tages zur Arbeit gegangen und hast gekündigt?«

»Ja«, sagte ich.

»Und *warum* genau?«

Ich schloss die Augen und malte mir einen Moment lang aus, wie es wäre, jemand anderes zu sein, wenn wir beide Menschen wären, die Dinge sagen konnten wie: *Weil ich Probleme habe, Riesenprobleme*, bevor ich mich dann aufrichtete und ihr meine Ansprache hielt. »Weil ich etwas verändern will. Nicht nur Fakten sammeln und darüber berichten. Bei der Zeitung tue ich nichts, als mein Ego zu streicheln. Lehrer werden gebraucht, Mom. Ich könnte wirklich etwas bewirken.«

»Ja, aber in West Pennsylvania?«

Die Art, wie sie das von sich gab, sagte mir alles, was ich wissen musste. Als Emmy den Vorschlag gemacht hatte, war mir West Pennsylvania wie eine andere Version der Welt erschienen, die ich kannte, mit einer anderen Version von mir selbst darin – was damals genau das gewesen war, was ich gebraucht hatte. Aber die Welt meiner Mutter hatte die Form eines Hufeisens. Sie erstreckte sich von New York City nach Boston und umfasste in einem Bogen ganz Massachusetts (sparte aber Connecticut vollkommen aus). Sie war das Epizentrum in West Massachusetts und hatte je eine Tochter erfolgreich in beide Enden des Bogens entsandt, und die Welt war richtig und vollständig. Jeder andere Ort würde im Vergleich dazu immer nur mehr oder minder großes Versagen bedeuten.

Meine Familie war eigentlich nur eine Generation von einem Leben entfernt, das so aussah: ein Mietshaus mit maroden Leitungen, notgedrungen einem Mitbewohner, eine Stadt, deren Namen man leicht vergessen konnte, eine Arbeit, aber ohne Perspektive. Als mein Vater uns verließ, war ich nicht wirklich alt genug, um die Auswirkungen zu verstehen. Aber ich erinnerte mich, dass es eine Zeit gegeben hatte, in der wir völlig planlos waren und abhängig von der Großzügigkeit der Menschen um uns herum. Das waren die Höllenjahre gewesen – diejenigen, über die meine Mutter nie sprach, eine Zeit, von der sie jetzt so tat, als hätte sie nie existiert.

Für sie klang das hier bestimmt sehr nach einem Rückschritt.

»Gute Lehrer werden überall gebraucht«, sagte ich.

Erst erwiderte sie nichts und ließ sich dann zu einem langsamen und schleppenden »Ja« herab.

Ich legte auf, fühlte mich bestätigt, doch dann kam der Stich. Sie hatte gar nicht zugestimmt. *Gute Lehrer werden überall gebraucht, ja, aber das bist du nicht.*

Genau genommen meinte sie das nicht böse. Meine Schwester und ich waren beide Abschlussrednerinnen gewesen, hatten beide ein Stipendium erhalten, waren beide in jüngerem Alter als üblich jeweils an den Colleges unserer Wahl angenommen worden. Es war nicht verwunderlich, dass sie diese Entscheidung hinterfragte – besonders, weil sie aus heiterem Himmel kam.

Ich habe gekündigt, hatte ich gesagt. Das war keine Lüge, sondern Formsache – die Wahrheit war, dass es der sicherste Weg gewesen war, sowohl für die Zeitung als auch für mich. In Wahrheit hatte ich keinen Job in dem Beruf, den ich erlernt hatte, ich hatte auch keinen in Aussicht. In Wahrheit war ich froh, einen so nichtssagenden Namen zu haben, einen Namen, den ich als Jugendliche nicht hatte ausstehen können. Ein Mädchen, das sich in der Masse verstecken konnte und nie hervorstach. Ein x-beliebiger Name.

Emmys Auto war noch immer nicht zurück, als ich zur Schule aufbrechen wollte. Das war nicht ungewöhnlich. Sie hatte Nachtschicht, und sie ging mit einem Typen namens Jim aus – der am Telefon so klang, als wären seine Lungen ständig in Rauch gehüllt. Ich fand nicht, dass er gut genug für Emmy war; fand, dass sie in gewisser Weise einen Rückschritt machte, so wie ich. Doch ich sah es ihr nach, denn ich verstand, wie es hier draußen sein konnte, wie die Ruhe sich manchmal wie eine Leere anfühlte – und dass man ab und zu einfach von jemandem wahrgenommen werden wollte.

Außer an Wochenenden verpassten wir uns manchmal tagelang hintereinander. Aber es war Donnerstag, und ich musste die Miete bezahlen. Normalerweise ließ sie mir Geld auf dem Tisch liegen, unter dem bemalten Gartenzwerg aus Stein, den sie gefunden hatte und als Tischdeko benutzte. Ich nahm den Zwerg an seiner roten Mütze hoch, nur um sicherzugehen, entdeckte aber nichts als ein paar Krümel.

Dass sie die Miete zu spät zahlte, war allerdings auch nicht so ungewöhnlich.

Ich hinterließ ihr eine Nachricht auf einem Klebezettel neben dem Telefon, der Stelle, die wir dafür auserkoren hatten. Ich schrieb MIETE FÄLLIG in großen Buchstaben auf den Zettel und klebte ihn an die holzvertäfelte Wand. Sie hatte alle Nachrichten von dieser Woche abgenommen – SIEHE RECHNUNG ELEKTRIKER, MIKROWELLE KAPUTT, MIKROWELLE REPARIERT.

Ich öffnete die Schiebetüren, drückte auf den Lichtschalter neben dem Eingang, wühlte in meiner Tasche nach meinem Autoschlüssel – und merkte, dass ich mein Handy vergessen hatte. Ein Windstoß wehte hinein, worauf der gelbe Zettel – MIETE FÄLLIG – herunterflatterte und hinter einen Holzständer rutschte, in dem wir die Post stapelten.

Ich hockte mich hin und sah das Chaos, einen Haufen Klebezettel. JIM ANRUFEN mit der Aufschrift nach oben, aber halb verdeckt von einem anderen. Einige weitere, umgedreht. Also doch nicht von Emmy entfernt, sondern verloren gegangen zwischen Wand und Möbelstück, während der letzten Wochen.

Emmy hatte kein Handy, denn ihr Vertrag lief immer noch über ihren Ex-Freund, und sie wollte nicht, dass er sie so leicht ausfindig machen konnte. Beim Gedanken daran, kein Handy zu besitzen, fühlte ich mich fast nackt, aber sie fand, es sei großartig, nicht mehr ständig auf Abruf und erreichbar zu sein. Das erschien mir damals so typisch Emmy – skurril und liebenswert –, aber nun kam es mir eher irrational und egoistisch vor.

Ich ließ die Nachrichten auf dem Küchentisch. Lehnte sie gegen den Gartenzwerg. Versuchte, mich zu erinnern, wie viele Tage es her war, seit ich sie zuletzt gesehen hatte.

Ich fügte noch eine Nachricht hinzu: RUF MICH AN.

Beschloss dann, die anderen Klebezettel wegzuwerfen, damit meiner nicht in dem Haufen unterging.